El silencio de los claustros

Novela
Crimen y Misterio

Biografía

Alicia Giménez Bartlett (Almansa, Albacete, 1951) vive en Barcelona desde 1975. Ha publicado, entre otras, las novelas *Exit*, *Una habitación ajena* (Premio Femenino Singular 1997), *Secreta Penélope, Días de amor y engaños* y *Donde nadie te encuentre* (Premio Nadal 2011). Con la serie protagonizada por la inspectora Petra Delicado se ha convertido en una de las autoras más traducidas y leídas del mundo: *Ritos de muerte*, *Día de perros*, *Mensajeros de la oscuridad*, *Muertos de papel*, *Serpientes en el paraíso, Un barco cargado de arroz*, *Nido vacío* y *El silencio de los claustros*. Ha recibido los prestigiosos premios Grinzane Cavour en Italia y Raymond Chandler en Suiza.

Alicia Giménez Bartlett

El silencio de los claustros

DESTINO

El papel utilizado para la impresión de este libro es cien por cien libre de cloro y está calificado como **papel ecológico**.

Avinguda Diagonal, 662, 6.ª planta. 08034 Barcelona (España)
www.edestino.es
www.planetadelibros.com

Ilustración de la cubierta: Shutterstock
Fotografía de la autora: © Dani Mandràgora
Primera edición en Colección Booket: febrero de 2010
Segunda impresión: mayo de 2010
Tercera impresión: febrero de 2011
Cuarta impresión: marzo de 2012

Depósito legal: B. 5.057-2011
ISBN: 978-84-233-4184-9
Impresión y encuadernación: Liberdúplex, S. L.
Printed in Spain - Impreso en España

A dos puntales de amistad:

Para Álvaro Pombo.
Un maestro, un amigo capaz de reír.

Para Begoña Martínez Santos que,
como Petra Delicado, es una mujer
dulce y fuerte a la vez.

I

La encontré en el sofá. El cabello, suelto y despeinado, le ocultaba la cara por completo. Su cabeza se hallaba quebrada sobre los almohadones formando un ángulo anti natural. Las piernas, rígidas, apuntaban hacia arriba, desnudas y blanquecinas. La falda se le había arremolinado en torno a la cintura. Me quedé boquiabierta y exclamé:

—¡Marina!, ¿qué demonio haces así?

Entonces Marina, la hija de seis años de mi tercer marido y, por lo tanto mi hijastra legal, recompuso su descoyuntada figura, recuperó la habitual posición erguida y, con el rostro congestionado por haber estado boca abajo, respondió:

—Lo veía todo al revés.

—Me ha causado muy mala impresión encontrarte en esa postura.

—Porque has pensado en gente asesinada.

Aquella niña de seis años tenía la facultad de adivinar lo que sucedía en mi mente con una facilidad aterradora. Callada, discreta, inteligente, clavaba sus ojos azules en los míos y automáticamente sabía lo que estaba pensando. Semejante aptitud no me complacía lo más mínimo, puesto que me obligaba a permanecer siempre en estado de disimulo y, de vez en cuando, me obligaba a mentir con descaro, como cuando le respondí.

—¿Gente asesinada?, ¡vaya ocurrencia más lúgubre! De ninguna manera he pensado en gente asesinada.

—Entonces ¿por qué te he causado mala impresión? Improvisé a toda prisa.

—Parecías... ¡un pollo colgado en una carnicería!

Se quedó pensativa, buscando algún aliciente en aquello de ser un pollo, y sin duda lo encontró, porque con gran agilidad volvió a colocarse patas arriba sin añadir ni una sola palabra más.

Suspiré. Nunca había tenido contacto con niños hasta mi tercer matrimonio; y lo cierto era que su forma de actuar me tenía fascinada. Me parecían extraños, incomprensibles, observadores como auténticos psicólogos, sinceros como sólo los locos pueden serlo. En cualquier caso, si temía ser examinada por ellos y fingía frente a sus adivinaciones se debía a mi proverbial facilidad para complicarme la vida. Marcos, mi marido, jamás me había pedido que fuera cautelosa frente a sus hijos con respecto a mi actividad policial. Naturalmente se daba por descontado que no iba a comentar con detalle una autopsia durante del desayuno, pero yo era la única responsable de haber juzgado poco conveniente que los chicos supieran demasiado sobre lo que me ocupaba en comisaría. Un error por mi parte, ya que con tanta prevención sólo conseguía excitar su curiosidad y hacer que sus fantasías volaran como cometas en el cielo de la especulación. Hugo y Teo, los gemelos, eran los más inclinados a formular hipótesis imaginativas acerca de mi trabajo. Cuando veían un dossier sobre la mesa, les faltaba tiempo para preguntar si se trataba de algún caso «chulo» que me hubieran encomendado. Tardé un poco en comprender que «chulo» significaba para ellos un crimen con abundancia de sangre, mutilaciones espantosas e incluso evisceraciones sumarísimas. Aunque en lo que tenían puestas más esperanzas era en la posibilidad de que un buen día apareciera en mi vida un cruel asesino en serie.

Inútilmente les repetía que los asesinos en serie no son muy corrientes en ninguna latitud y aún menos en España; ellos, inmunes a mis palabras, siempre conservaban la ilusión.

De todos modos, aquellas cosas constituían problemas menores para mí. Los hijos de Marcos sólo pasaban con nosotros algunos fines de semana y he de decir que, en el fondo, me divertía bastante desmoronar con negativas sus cruentos castillos en el aire. Por lo demás, me había habituado sin problemas a las circunstancias de mi nuevo matrimonio. Durante los primeros meses todas mis alarmas estaban conectadas. Sentía miedo infundado a que afloraran mis manías de loba esteparia e hicieran añicos la armonía conyugal. Además, muchas de mis amigas narraban episodios banales de sus matrimonios con saña escalofriante. Se trataba normalmente de pequeños detalles sin importancia, pero que me ponían en guardia sobre la dificultad de la convivencia. Por ejemplo, alguna contaba cómo el simple hecho de encontrar cada mañana el tubo de pasta dentífrica abierto, le hacía concebir deseos asesinos contra su esposo. Nada de eso me sucedía a mí, ya que me había propuesto dejar en el tintero pequeños egoísmos y lograr que mi tercer intento matrimonial fuera definitivo. No éramos principiantes en la institución, sino señeros veteranos, y en algo tenía que notarse. Íbamos a cumplir un año de casados y todo funcionaba razonablemente bien.

Aquella tarde en la que a Marina le dio por hacer el pino sobre el sofá, se encontraba con nosotros de modo excepcional. Un taxista contratado por su madre la había traído a la salida del colegio. Yo tenía la tarde libre y el plan era que se quedara conmigo hasta que llegara su padre, que debía acompañarla al dentista. La dejé en posición supina y fui a darme una ducha. Había estado trabajando y necesitaba despejarme.

Cuando hube acabado regresé al salón y encontré a Marina aún en aquel equilibrio tan incómodo.

—Deja de hacer eso, Marina, no debe ser nada bueno para la salud.

Me hizo caso y se sentó. Me observó con expresión distante, luego dijo:

—La superiora de mi colegio quiere hablar contigo.

¿Cómo?, exclamé mentalmente. Aquello iba más allá de mis atribuciones como madrastra. Pero no quería ser brusca con la niña.

—¿Tú le has hablado de mí?

—Sí, algunas veces. Le he dicho que eres policía y todo eso.

—Pero ella ya sabe que los responsables de tu educación son tus padres, ¿verdad?

—Supongo.

—¿Tienes alguna idea de lo que quiere?

—No, pero me ha dicho que es muy urgente, que la llames enseguida. El número que me ha dado está encima de la mesa.

—Pero ¿qué quieres decir, que acaba de llamar?

—Sí, mientras estabas en la ducha.

—¿Por qué no me lo has dicho antes?

—Como me hacías preguntas...

La condenada niña llevaba razón, pero me fastidiaba reconocerlo. Más alarmada que intrigada (me preguntaba qué demonio podía querer una monja de mí), marqué el número de teléfono y esperé. Marina, muy prudentemente, me sopló el nombre que había olvidado preguntarle:

—Se llama Guillermina, la madre Guillermina.

No sé si aquella criatura era perfecta, pero desde luego siempre se mostraba menos distraída que yo. Una voz me respondió con un sonsonete peculiar:

—Aquí el convento de las hermanas corazonianas. ¿En qué puedo servirle?

—Quiero hablar con la madre Guillermina. Soy Petra Delicado, ella me llamó hace un rato.

—Sí, espere un momento, por favor.

Marina estaba sentada, mirándome fijamente. Era obvio que sentía curiosidad, pero su ademán impasible la neutralizaba bastante en su expresión.

—¿Inspectora Delicado? —preguntó alguien con gravedad al otro lado del hilo.

—Sí, soy yo.

—¡Gracias a Dios que ha llamado!

—¿Sucede algo, madre Guillermina?

—Sí, inspectora, una auténtica tragedia. Le ruego que venga lo antes posible, por favor.

—Pero...

—No quiero decirle nada por teléfono, inspectora, compréndalo. Es mejor que venga enseguida.

—De acuerdo, pero dígame, ¿se trata de un asunto policial?

—Me temo que sí, por desgracia me temo que sí.

—Voy para allá, déme su dirección.

Naturalmente, en cuanto dejé de escribir, Marina me preguntó qué sucedía. Era estoica, pero no tanto. Le sonreí:

—No lo sé. ¿Tú les has dicho a las monjas que tu padre se había casado con una inspectora de policía?

—Sí, se quedaron alucinadas.

—Me lo imagino. Pero ése no es el colegio al que vas, ¿no, Marina?

—No, a éste voy un día a la semana porque mi madre quiere que me enseñen cosas de religión y como mi padre no quería llevarme a un colegio de monjas... Me enseñan a hacer caridad y cosas así.

—Entiendo.

El problema que se me presentaba era que Jacinta, nuestra nueva asistenta, tenía la tarde libre los viernes; de modo que si me marchaba en aquel momento, la niña permanecería sola más de una hora hasta que llegara su padre. Regresé al salón y la observé. Había vuelto a ponerse boca abajo en el sofá, exhibiendo con obstinación sus calcetines de color rosa. ¿Cómo podía irme con tranquilidad? Si era capaz de pasarse media tarde en decúbito supino sólo para ver el mundo al revés, podía ocurrírsele cualquier otra cosa más peregrina aún. Afrontar la responsabilidad de lo que pudiera sucederle me pareció demasiado para mí, así que telefoneé a Marcos.

—Marina puede quedarse sola sin ningún problema. Es bastante formal. ¿Qué está haciendo ahora? —preguntó como casualmente mi marido.

—El pino encima de un sofá.

Se quedó un momento callado, sin duda no esperaba que su hija se hallara enfrascada en una ocupación tan inusual.

—Vete tranquila, Petra, yo enseguida salgo para allá. Será tan sólo un rato.

Con la gabardina abrochada y el bolso en la mano me planté frente a la niña.

—Marina, ¿puedes ver el mundo un momento al derecho?

Descendió y me miró, la cara enrojecida y los pelos alborotados.

—Tu padre llegará enseguida, pero yo tengo que marcharme a toda prisa.

—¿Han asesinado a una monja?

Suspiré, cargada de paciencia.

—En la vida real no hay tantos asesinatos como en las películas. El hecho de que asesinen a alguien es excepcional, lo normal es que todo el mundo siga vivo, ¿comprendes?

—Sí.

—¿Crees que estarás bien sola durante una horita?

—Sí.

Ya empezaba a acostumbrarme a sus monosílabos categóricos, así que no recabé de ella ningún otro matiz.

—No abras la puerta a nadie. No enciendas el fuego

de la cocina. No te asomes a ninguna ventana. No manipules ningún cable eléctrico ni enchufe.

—En una hora no me daría tiempo a hacer tantas cosas.

—Bien. Lo que puedes hacer es leer un libro, escuchar música y, si no tienes miedo de volverte idiota, también ver la televisión.

—¿Puedo comerme una manzana?

—Sí, pero no estando boca abajo, podrías atragantarte.

Permaneció inmóvil, considerando los riesgos de comerse una manzana con los pies en alto, y por fin asintió. Yo salí corriendo y me prometí no volver a pensar en los innumerables peligros que una casa encierra.

El convento de las corazonianas estaba situado en las cercanías de la plaza de Sant Just i Pastor. En una callejuela lateral, la portada levemente barroca, más bien fuera de cualquier estilo arquitectónico absoluto, se elevaba entre otros edificios antiguos, provocando una sensación inquietante y serena al mismo tiempo, si eso puede ser así. Un timbre hábilmente disimulado conectaba aquellas piedras con la modernidad. Llamé, y apenas un segundo después, una voz nada agradable, que más bien remitía a un ama de casa agobiada que a una novicia angelical, me preguntó quién era a través de un interfono ronroneante. Al contestar: «Petra Delicado, inspectora de policía», me invadió una oleada de irrealidad. ¿Qué demonio pintaba yo allí?, ¿qué me esperaba tras aquellos muros centenarios?, ¿para qué me necesitaban en una comunidad religiosa? Pensé que sin duda se trataría de alguna gilipollez: una niña de las que acudían por allí había cometido alguna gamberrada o un turista presuntamente cultural les había mangado algún cáliz de relativo valor. Sin duda mi cometido se limitaría a vehicular el asunto en las manos de los colegas a quienes compitiera, y a ser tan amable como para conseguir que Marina y su familia quedáramos en buen lugar.

Una monja con tantas dioptrías como años abrió la puerta y me atisbó a través de los cristales espesos de sus gafas pasadas de moda. Iba vestida con un hábito negro por completo que le daba el aspecto de un oscuro pajarraco de mal agüero. Para intentar verme mejor, elevaba la cabeza y arrugaba la nariz.

—¿Es usted la policía? —se cercioró—. Pase por aquí. La madre Guillermina enseguida la recibirá.

Me depositó en una salita poco iluminada. Olía a lejía, a incienso y, sorprendentemente, también a humo de cigarrillos. Me senté en un sofá del año de la polca y pasé revista a los cuadros de sacristía que ocupaban las paredes. Eran horribles: ángeles musculosos como matones de discoteca armados con espadas flamígeras, santas con guirnaldas de floripondios en torno al cuello y los ojos en blanco a causa de algún éxtasis ignoto... pero el más llamativo por su mal gusto representaba a un niño Jesús con claro sobrepeso siendo adorado por tres Reyes Magos sacados de un carnaval popular. Si se había producido un robo en aquel convento y si lo robado estaba a la altura artística de aquellos adefesios, ni siquiera sería necesario pedir refuerzos, con tomar nota de la denuncia y olvidarme después estaría bien. En ese momento entró la hermana portera, o como diantre se denominara, y me invitó a acompañarla.

—Vamos al despacho de la madre superiora —aclaró.

La seguí por largos pasillos lúgubres, desiertos de cualquier vestigio vital. Al entrar en el despacho anunciado el conjunto cambió. Era una estancia amplia, amueblada de modo funcional, y en la mesa que ocupaba el centro se veía un ordenador de última generación. La calefacción hacía menos inhóspito el ambiente y, estaba segura, olía a tabaco una barbaridad. Me senté en un silloncito de confidente y me relajé. La tal madre Guillermina se hacía esperar más que un ministro, pero eso me indicaba que el problema que debía resolver no era grave. Al fin, una puerta que había en un rincón se abrió y entró con paso firme una monja de unos cincuenta años, alta, fornida, de ojos claros velados por gafas, que alargó su mano para estrechar la mía, una mano casi varonil que me hizo daño al apretar.

—Inspectora Delicado, gracias por venir. Soy Guillermina de Arrinoaga, madre Guillermina del Sagrado Corazón en esta comunidad. No se levante, por favor.

Tomó asiento pesadamente y suspiró. Me miró taladrándome y volvió a suspirar. Yo permanecía aún impresionada por su pinta imponente y por la energía que desprendía su presencia.

—Petra. ¿Puedo llamarla Petra? Marina siempre nos habla de usted. La quiere mucho, dice que es usted la mejor policía de la ciudad.

—No creo que conozca a muchos más. Dudo de que figure algún policía en la nómina de amigos de su madre.

Soltó una carcajada seca y corta.

—Sí, policías y monjas no tenemos buen cartel en el mundo burgués. Carecemos de lo que ahora llaman *glamour.* ¿Usted fuma, inspectora?

—No compulsivamente, puedo esperar a salir.

—Bien, con lo que le queda por ver en esta casa no creo que se escandalice porque fume yo. Pasé quince años en Miami fundando una comunidad, todas las monjas eran cubanas, por supuesto. De modo que regresé de allí con dos defectos: no soporto el frío y fumo, ¡qué le vamos a hacer! Suelo retenerme en público, pero estoy tan alterada con lo de hoy...

Abrió un cajón y me ofreció un cigarrillo del paquete que extrajo. Lo tomé. No quería forzar las cosas, pensaba dejarla hablar. Exhalamos al unísono la primera bocanada. Ella la soltó como una verdadera chimenea industrial.

—¿Es usted vasca, madre?

—Pamplonica.

—Buena tierra.

—Al final, una monja no tiene tierra, ni familia, ni siquiera nombre, ya ve que nos lo cambian. Es más duro de lo que parece. Pero compensa, ¿y sabe por qué compensa?

—¿Por la fe?

—Completamente cierto. Por la fe y por la paz. En el interior de los conventos hay paz, inspectora. No le digo que no haya trabajo, y papeleos, y lucha por la subsistencia; pero estamos preservadas de los vientos que soplan fuera. Me entiende, ¿verdad?

—La entiendo muy bien.

—Por eso la he llamado a usted. Ha ocurrido una cosa terrible, algo que nos podría arrojar a los leones, perturbar nuestra vida y nuestro estatus. De modo que resulta imprescindible la discreción, discreción absoluta.

—¿De qué me habla?

—Prefiero que lo vea, luego le cuento.

Aplastamos nuestras colillas contra un cenicero de cristal basto y nos levantamos. Fui tras ella, acompasando mis pasos a su marcha casi atlética. En aquellos momentos había renunciado a cualquier deducción, estaba en blanco, pero el corazón me palpitaba con la violencia que antecede a los infartos, tanta era la expectación que todo aquello me había creado. La superiora paró de repente ante una puerta de doble hoja, de madera noble, más historiada que el resto de las que habíamos sobrepasado. Echó mano al bolsillo de su hábito y empezó a buscar enérgicamente.

—¡Estas dichosas llaves!

Creí que iba a maldecir, pero encontró la llave que estaba buscando. Era grande, antigua, de hierro forjado. Con ella abrió la puerta y entramos. Encendió las luces, que iluminaron tenuemente una pequeña capilla gótica, bellísima en su simplicidad.

—Venga por aquí.

El caminar vigoroso de la monja se volvió más mesurado mientras nos encaminábamos a la parte posterior del altar. Allí, la madre Guillermina se paró en seco y me señaló un bulto informe que había en el suelo. No conseguía distinguir nada con claridad, la miré inquisitivamente.

—Acérquese usted, yo ya lo he visto demasiado.

Di varios pasos en la penumbra y al fin pude apreciar con claridad de qué se trataba. Era un hombre caído boca abajo. Me acerqué aún más. Sin lugar a dudas estaba muerto, a su alrededor se extendía un charco de sangre negra que parecía haber manado de una herida o golpe que tenía en el occipital. Fui incapaz de seguir observando detalle alguno; el asombro se anteponía a cualquier rasgo profesional. Llegué hasta donde estaba la superiora y la increpé de modo bastante absurdo:

—¿Usted sabe lo que hay ahí? ¡Ese hombre está muerto!

—¿Por qué cree que la he llamado? ¡Por supuesto que está muerto, alguien lo ha asesinado!

—¿Desde cuándo lo sabe?

—Lo encontró al alba la hermana que hace la limpieza.

—Pero ¿sabe cuántas horas han pasado desde esta mañana?

—¡Claro que lo sé, puedo contarlas igual que usted!

Las dos estábamos furibundas, casi chillando. Me pasé la mano por la cara como si fuera a despertarme de un mal sueño, aquello no podía ser verdad.

—¿Sabe que debía haber llamado a la policía inmediatamente, sabe que...

Me interrumpí, exasperada, y saqué mi teléfono móvil.

—¿Qué está haciendo? —inquirió la monja de muy mal talante—. Si hemos tardado tanto en llamar y si al final he decidido llamarla a usted es porque buscábamos ante todo la discreción. No podemos echar las campanas al vuelo tratándose de un tema del convento.

—¿Qué sugiere, que lo enterremos en la cripta y borremos las huellas?

—¡No diga tonterías ni se insolente conmigo. Éste es mi convento y aquí mando yo! ¿Tiene alguna idea de quién es ese hombre? ¡Es el hermano Cristóbal del Espíritu Santo, monje del monasterio de Poblet! ¿Quiere organizar un escándalo que implique a dos órdenes religiosas a la vez?

Apreté los dientes, la miré con furia y mascullé:

—Usted puede ser la priora de este convento y de diecisiete más y ese hombre el papa de Roma cortado en trocitos; me da igual; estamos en un país donde hay una ley y nadie está al margen de ella.

Noté cómo se sulfuraba a más no poder, cómo tomaba resuello para soltarme la próxima andanada, pero antes de que articulara una palabra la atajé:

—Madre Guillermina, si me impide durante un segundo más ejercer mis funciones de policía o retrasa de algún modo la investigación que necesariamente se va a producir, le aseguro que me la llevaré detenida por obstrucción a la justicia.

Se calló, aunque siguió lanzándome una mirada de perro dominante, que yo sostuve. Luego bajó los ojos y gruñó:

—Haga lo que tenga que hacer, pero le ruego que sea discreta.

No queriendo enardecerme en la victoria, marqué el número de Garzón mientras le susurraba:

—No se preocupe, lo seré.

El subinspector debía estar en una fiesta, porque su voz tenía como telón de fondo una increíble animación.

—¡Hola, Petra! No puedo creer que me llame, tenemos la tarde libre, ¿recuerda?

—Se trata de un asunto grave, subinspector. Quiero que organice todo el operativo para el levantamiento de un cadáver. Envíelos al convento de las corazonianas que se encuentra junto a la plaza Sant Just i Pastor. Y venga usted también, a toda prisa.

—¡Ja! Cada vez aprecio más su sentido del humor. Así que me espera en el convento como si usted fuera el Tenorio y yo doña Inés, ¿eh?

Me separé un poco de la religiosa y bajé la voz.

—Subinspector Garzón, deje la copa que tiene en la mano y tómese un café. Le quiero aquí inmediatamente, ¿entendido?

—Pero...¡es el cumpleaños de mi mujer!

—Inmediatamente.

Colgué. Observé en la siempre expresiva mirada de la madre Guillermina cierto fulgor admirativo. A los autoritarios suele gustarles encontrarse a alguien que está cortado por su mismo patrón. Me puse frente a ella:

—Y ahora, mientras llegan mis compañeros, los sanitarios y el juez, empiece a contarme qué ha pasado.

—Pero es que aún no lo ha visto todo.

Se me aflojaron las piernas.

—No irá a decirme que hay algún muerto más.

Se movió en dirección a un muro lateral y señaló un aparatoso sarcófago vacío.

—Justamente lo contrario, hay un muerto menos. Ha desaparecido nuestro beato.

—Vamos a ver, madre, empecemos por el principio o conseguirá volverme loca.

—Es muy fácil, no se ponga nerviosa. El hermano Cristóbal llevaba varios días haciendo la restauración y mantenimiento de nuestro beato, fray Asercio de Montcada, una momia medieval, para que usted lo entienda.

—De acuerdo, ahora sí empiezo a entenderla. De modo que esta mañana han encontrado al hermano

Cristóbal asesinado y, al mismo tiempo, ha desaparecido la momia de Fray Asercio.

—Exacto. Usted comprenderá, inspectora, que antes de tomar la determinación de poner todo esto en conocimiento de la policía necesitaba valorar personalmente el alcance de lo ocurrido.

—Al menos espero que nadie haya tocado nada.

—En absoluto. Yo misma fui a buscar la llave y cerré la puerta para que nadie entrara.

—De modo que si había alguien dentro tampoco pudo salir después de irse usted.

—Dentro no había nadie, se lo puedo asegurar.

—Si las cosas sucedieron como usted cuenta...

—La hermana Marcela entró para hacer la limpieza, encontró al hermano Cristóbal muerto y fue a avisarme inmediatamente.

—En ese lapso alguien pudo salir.

—¿Y quién podía estar dentro?

—Si contestamos a esa pregunta enseguida encontramos la explicación, madre. ¿Estaba la capilla cerrada con llave?

—Nunca lo está. Todas solemos acudir en momentos puntuales, aunque siempre puede haber alguien que necesite la capilla para hacer sus devociones privadas a deshora.

—Ya. Y la puerta del convento, ¿queda bien cerrada por las noches?

—¡Por supuesto que sí; siempre lo está. Además, la cerraba el hermano Cristóbal cuando se iba. Mientras él estaba aquí nadie podía entrar desde fuera, pero sí salir desde el interior. Lo malo es que esa noche la puerta de la capilla que da a la calle permaneció abierta. O él le abrió a su asesino o por alguna razón la dejó abierta.

—De lo contrario esa puerta está siempre cerrada.

—Sólo se abre los domingos para que entren los turistas.

—¿Y quién tiene la llave?

—No hay misterio ninguno. Está siempre colgada ahí —dijo señalando un rincón.

Al cabo de unos minutos que aproveché para observar cada detalle, entró la hermana portera, que me pareció más fea aún que la primera vez.

—Madre, ha llegado más policía, y un montón de gente con ellos.

La priora suspiró profundamente, tomó aire, se santiguó y por fin dijo en tono resignado:

—Déjelos pasar.

Garzón estaba perplejo, y su perplejidad hacía que entendiera las cosas con mucha más lentitud que de costumbre. Cuando se hubo hecho una idea cabal, enseguida sacó a relucir su lado práctico.

—Oiga, inspectora, hay que decírselo al comisario Coronas inmediatamente. Lo más probable es que este caso no nos corresponda llevarlo a nosotros; de modo que tampoco hace falta que nos descornemos demasiado.

—¿Ni siquiera siente curiosidad? Es insólito que asesinen a un monje en este lugar, y mucho más insólito aún que roben un cuerpo que lleva siglos patidifuso.

—Será muy milagrero o algo así.

La madre priora se nos acercó. Estaba blanca, visiblemente alterada por todo el follón que habíamos organizado. A nuestro alrededor se movía el forense, el juez, los expertos, los fotógrafos... comprendí que todo aquello estuviera poniéndola nerviosa.

—¿Cuánto dura todo esto, inspectora?

—Depende, pero le aseguro que aún tenemos para un buen rato.

—Y mientras tanto, ¿ustedes no empiezan a investigar?

—Ni siquiera sabemos si nos adjudicarán el caso; pero lo más probable es que caiga bajo la jurisdicción de los Mossos d'Esquadra.

—¡Ah, no!, yo la he llamado a usted porque quiero que se haga cargo de esta cosa terrible; no voy a consentir que otros agentes vengan a meter las narices aquí.

—Madre Guillermina, le agradezco mucho la confianza que tiene depositada en mí sin conocerme siquiera, pero yo no soy una detective privada. Debo obedecer a mis superiores y le aseguro que la policía tiene sus propios cauces y sistemas internos.

—Puede ser, pero ¿usted no ha oído hablar de la capacidad de insistencia de las monjas? Es proverbial, y yo pienso ponerla en práctica con todas mis fuerzas, de modo que...

—Ya lo veremos, es absurdo que me ponga a discutir con usted.

Al cabo de una hora llegó Coronas. Preguntó, se movió por todos lados y recabó información.

—Parece ser que lleva más de diez horas muerto, Petra. ¿Qué coño ha pasado aquí?

—La superiora tardó en llamarme, por el tema de la discreción.

—Hay que joderse.

—Piense en lo que significa un asunto así para una comunidad en la que no es habitual tratar con gente.

—¿De qué viven?

—Dan clases de instrucción religiosa a algunas niñas que tienen matriculadas. Realizan trabajos externos de oficina, reciben subvenciones de la diócesis y donativos privados. Los domingos por la mañana permiten que los turistas visiten la momia del cuerpo incorrupto del beato, por lo que cobran también.

—¡Vaya por Dios, pues les han machacado parte de los ingresos!

—¿Quiere que hagamos averiguaciones entre el vecindario, señor? Si se llevaron la momia alguien tuvo que verlo.

—No, no, ni hablar. Ya están a punto de llegar los de

la autonómica. Aquí nosotros no tenemos nada que rascar. Pueden marcharse si quieren. Yo me quedaré para el traspaso de poderes y en paz.

Huimos de una manera bastante poco cortés, pero sabía que si pasaba a despedirme de la madre superiora, volvería a enzarzarme en un diálogo sin fin.

—Siento haberle molestado, Garzón.

—No se preocupe. Volveré a la fiesta.

—¿Felicitará a Beatriz de mi parte?

—Desde luego, descuide.

En el coche, mi mente estaba ocupada en lo que no debía. ¿Quién mata a un restaurador de momias que pertenece al monasterio de Poblet y, consecuentemente, a la orden del Císter? Y sobre todo ¿quién y para qué carga con una momia y la saca de un convento en plena madrugada jugándose el tipo? Porque si se la llevaron debíamos suponer que era porque la querían para algo. ¿Una momia es frágil?; aparentemente sí. Debían de manipularla con un cuidado exquisito. ¿Una momia tiene cotización en el mercado de los anticuarios? Me costaba creerlo, la verdad, a no ser que se encontrara engalanada con algún rico hábito funerario, una capa bordada con joyas o alguna reliquia especial. Pero en tal caso, ¿no hubiera sido más fácil desnudar al pobre beato, cargar con sus ropajes y dejarlo allí, triste y en pelotas. Además, si el motivo de aquel delito era el robo, ¿por qué tuvieron que matar al pobre fraile? ¿Estaba trabajando a horas intempestivas y descubrió a los profanadores? Nunca, en toda mi vida de policía, me había encontrado con tantos interrogantes al comienzo de un caso. Normalmente, aunque luego los hallazgos de la investigación te lleven por otros derroteros, el delito suele tener una apariencia más o menos lógica cuando te enfrentas a él. En ocasiones, son más las hipótesis que las preguntas y todo tiende a encajar en un patrón no demasiado variable. Daba igual, lo único que me estaría permitido hacer a partir de aquel momento sería curiosear de vez en cuando sobre los avances del caso que la policía autonómica realizara, si es que tenían a bien contarme algo.

Cuando llegué a casa, Marina ya se había marchado con su madre y Marcos me esperaba leyendo.

—¿Por qué no te has ido a la cama?

—Quería verte.

Nos abrazamos. Su cuerpo exhalaba un aire cálido. Olía a colonia suave, a ropa seca. Sentí deseos de que nos fuéramos directamente a dormir, sin hablar ni una palabra. De pronto me sentía muy cansada. El ansia de saber que me había mantenido alerta durante tanto tiempo me abandonó de pronto.

—Te he preparado una ensalada para que puedas cenar algo.

No me apetecía lo más mínimo cenar, pero era impensable desairar a mi marido. Me quité el abrigo, me lavé las manos y fui a la cocina. Él ya estaba allí. Había preparado un servicio de mesa y estaba sacando de la nevera una apetitosa ensalada de atún y una cerveza.

—No era necesario que te molestaras tanto.

—Bueno, has llegado más tarde de trabajar que yo. Si hubiera sido al revés estoy seguro de que tú hubieras hecho lo mismo.

—¡En fin! —exclamé—. Siempre es bueno saber lo que los demás esperan de una.

Me eché a reír y lo besé alegremente.

—Hablando en serio, no deberías prepararme nada.

—¿Se puede saber por qué?

—A veces no se puede calcular cuándo acaba el trabajo, las cosas se complican, los horarios se retrasan, y todo se hace más difícil si piensas que una ensalada te espera languideciendo en la nevera.

—Bueno, en ese caso te presento mi dimisión como cocinero de horas extra.

—¡Demonio!, ¿no te has dejado convencer demasiado deprisa?

Hizo ademán de estrangularme y me abrazó.

Comí, y, a medida que lo hacía, mi apetito fue despertándose. Por supuesto, Marcos me preguntó para qué querían verme las monjas corazonianas. Le conté y, naturalmente, se quedó tan intrigado como yo. Las preguntas que yo había estado haciéndome le asaltaron también a él.

—¡Todo es tan extraño, Petra! ¿Y si se trata de alguna secta misteriosa? O de la maldición de la momia, como en las películas antiguas; no sé, parece algo fuera de lo normal.

—¡Jo, eres peor que tus hijos!

—Me temo que, en esta ocasión, yo también voy a freírte a preguntas.

—Pues no tendrás más remedio que moderarte. El caso es competencia de los Mossos d'Esquadra y no vamos a llevarlo nosotros. Te aseguro que me siento un poco frustrada, porque me gustaría meter las narices en ese berenjenal. Seguro que es un misterio mucho más lógico y terrenal de lo que parece.

—Te pasas la vida protestando, pero es evidente que te gusta tu profesión.

—A veces no está mal. ¿Sabes qué le ha dicho Marina a esa monja? Que soy la mejor policía de Barcelona.

—No dudo de que lo seas, aunque es cierto que mi hija te quiere un montón.

—¿Por qué va a ese convento una vez por semana?

—Su madre cree que en un colegio laico no le darán algunos valores cristianos que le parecen imprescindibles. La asistencia a esas clases de tipo religioso sería como un complemento a su educación. Aunque, en el fondo, creo que la manda sólo por llevarme la contraria. Tú has dejado a tus espaldas tantos divorcios como yo, pero has tenido la suerte de no tener hijos en ninguno de tus matrimonios. Si los tienes, la paz con tu ex pareja no se firma jamás.

—Debe ser fastidioso. ¿Sabes?, la priora me ha caído bien. Parece una mujer con las ideas muy claras. Tenía la pretensión de que yo llevara el caso, contra viento y marea.

—¡Se sentirá un poco decepcionada!

—Con el jaleo que se le avecina no creo que tenga mucho tiempo de pensar en mí.

—Yo sí, yo tengo todo el tiempo del mundo para pensar en ti. ¿Nos vamos a la cama?

Le seguí escaleras arriba. Realmente Marcos era un tipo muy raro: no discutía, no se enfadaba, mostraba una genuina preocupación por mi bienestar... a lo mejor había encontrado el prototipo de marido ideal y no le daba ninguna trascendencia al hallazgo. Mal hecho, quizá mi obligación femenina era exhibirlo en una *web* para que cientos de mujeres no perdieran la confianza en el destino.

Dormí toda la noche de un tirón. Cuando me desperté eran las nueve del sábado y Marcos ya no estaba en la cama. Los niños debían de haber llegado. Bajé envuelta en una bata y los encontré en la cocina. Sus tres hijos desayunaban en torno a la mesa. Me besó, me besaron todos. Marcos enseguida se levantó.

—Petra, prepárate tú el café. Voy a subir un par de horas a mi estudio, ando un poco mal de tiempo en este proyecto.

Sonreí y cargué la cafetera. Los niños estaban muy silenciosos. Aún sentía cierta prevención cuando me quedaba sola con ellos. Temía sus preguntas más que a un cielo nublado; en especial las de Hugo y Teo, que no solían morderse la lengua. Crucé los dedos para que Marina no les hubiera contado nada de la llamada desde el convento. Me serví el café, me senté a su lado. A aquellas alturas de nuestra parcial convivencia seguía sin encontrar el tono correcto para hablarles. Siempre temía ser demasiado infantil o, yendo hacia el otro extremo, demasiado adulta. Lo intenté esta vez decantándome por una alegría un tanto impostada.

—¿Qué tal, muchachos, cómo ha ido la semana?

Se miraron entre ellos como si aquella pregunta denotara una grave carencia de sustancia. Teo se avino a responder.

—En el colegio. —Y lo dijo en un tono que parecía evidenciar todas las miserias y el aburrimiento que la actividad escolar comportaba.

—Pues estupendo, ¿no? —rematé mi más que fallida intervención.

—¿Y tú? —inquirió entonces Hugo con un claro deje de interés latente. Ya no me cupo la menor duda de que Marina les había contado algo sobre la llamada del convento.

—En la comisaría —respondí muy en su estilo.

—¿Y todo bien en la comisaría? —lo intentó Teo.

—Bien, normal, la rutina diaria.

—Y eso que estás metida en muchos problemas, ¿verdad? —llevó la cosa al límite Hugo. Pero yo estaba dispuesta a resistir.

—No más que de costumbre.

Entonces Marina, que había permanecido callada y formal, comentó con toda naturalidad:

—Quieren saber cosas sobre el crimen del convento.

A raíz de aquel gong de sinceridad, una cascada de preguntas malamente inhibidas hasta el momento se abatió sobre mí.

—¿Han matado a una monja? —pregunta de Hugo.

—¿Ha sido un psicópata, Petra? —pregunta de Teo.

—¿Tenéis muchas pistas? —nueva pregunta de Hugo.

—¿Habéis hecho un retrato robot del asesino? —nueva pregunta de Teo.

—¡De los psicópatas no se hace un retrato robot, tonto, se hace un retrato psicológico! —exclamó Marina cargada de razón.

Salté literalmente de la silla.

—¿Pero qué diantre estáis diciendo, os habéis vuelto locos?

—Marina nos dijo que te llamaron ayer y papá nos ha dicho que encontraron a alguien muerto. Le preguntamos a quién y contestó que no lo sabía; o sea, que seguro que lo sabe y no ha querido soltar nada.

—Vayamos por partes. En primer lugar tenéis que confiar en lo que se os dice, porque si no es así, entonces no merece la pena que volváis a preguntar nada.

Cabecearon, entre la aceptación y el escepticismo. Continué, aparentando un auto control que distaba mucho de poseer.

—Es verdad que ha aparecido una persona asesinada en el convento de las corazonianas, un fraile. Pero no sé nada más. Y tampoco lo sabré más adelante, el caso lo llevarán los Mossos d'Esquadra.

—Ya nos enteraremos por la tele —comentó Teo con desprecio.

—No creo que debierais perder el tiempo preocupándoos de esas cosas, pero en fin, vosotros veréis.

—Seguro que tú te enterarás de más cosas que la tele. ¿Podremos hacerte preguntas concretas?

—No, no podréis y si lo hacéis yo no os contestaré, porque de verdad lo más probable es que no sepa nada.

—¡Pues vaya! —exclamó Hugo, decepcionado.

—Yo no te preguntaré. —terció Marina, y le agradecí la declaración de intenciones con una sonrisa. Pero lo estropeó enseguida.

—Sólo contesta a una cosa más: ¿a que es verdad que de los psicópatas se hace un retrato psicológico?

—Sí, es verdad, suelen requerirse los servicios de un psiquiatra.

—¿Lo ves? —Fulguraron los ojos de Marina en dirección a su hermano.

—Eres idiota —apostrofó éste como toda respuesta.

—¡Tengamos la fiesta en paz! —solté aparentando autoridad. En ese momento entró Marcos.

—¿Aún estáis en la mesa? Tomad una ducha y vestíos, luego os llevaré a vuestro partido de fútbol.

—Yo también quiero ir —pidió la niña.

—Estupendo, también vendrás. ¡Ah!, y se me había olvidado deciros que esta noche Petra y yo tenemos que asistir a una cena, de modo que vendrá Sandra a cuidaros.

—Sandra es un muermo —subrayó Teo.

—Sí, ya lo sé, si quisiera que os cuidara alguien más divertido hubiera contratado a un equipo de *majorettes*.

Hugo se echó a reír ruidosamente. Teo le enseñó los dientes en plan perro amenazador y yo comprendí que, para tener hijos, se necesita una sangre fría mucho mayor que la que permite cazar asesinos.

Cuando los niños hubieron despejado el campo le pregunté a Marcos:

—¿Qué es eso de una cena?

—Pero bueno, Petra, ya te lo dije, es la cena anual del colegio de arquitectos.

—Es la primera noticia que tengo.

—En absoluto, te lo comenté, estoy seguro.

—Pues yo estoy segura de que no.

—¿Vamos a discutir por eso?

—Me parece un buen motivo.

—¿Por qué?

—Está bien, dejémoslo; pero deberías procurar no ser tan despistado.

—Y tú no estar siempre tan ensimismada cuando te hablo.

Me quedé sola frente a un café que ya estaba frío. La fragilidad de la armonía doméstica es llamativa, pensé, y acto seguido me pregunté cómo me vestiría aquella noche.

Mientras íbamos a la fiesta en nuestro coche, Marcos me sacó de mi oscuro mutismo.

—Hueles a naranjas verdes.

—Sí, es un nuevo perfume. Sueños de Levante o Brisas de Levante... no sé, nunca acierto con los nombres. De todas maneras tengo la sensación de que huele a chinches de campo.

—¿Por qué estás enfadada, Petra?

—No estoy enfadada, estoy preocupada.

—¿Por qué?

—Por todo.

—Ése es un índice alto de preocupación.

—No bromeo. Estoy preocupada por tus hijos, y también por la cena a la que vamos.

—Sí, me imagino que los chicos te han sometido a un tercer grado esta mañana, no tuve más remedio que contarles algo, lo mínimo. Pero ¿la cena?

—Temo que tus colegas me miren con curiosidad malsana. ¿Saben que soy policía?

—Supongo que unos sí, otros no... ¿eso es importante?

—Desde luego. Pensarán qué hace alguien como tú casado con una tía de la bofia.

Soltó una leve carcajada.

—Mira, Petra, si nos preocupáramos por todo lo que la gente puede pensar o decir nos pasaríamos la vida sumidos en un pozo de angustia. Olvídate, sólo tienes que preocuparte por las cosas que tú puedes controlar.

—¡Joder!, ¿por qué no escribes libros de autoayuda en vez de proyectar casas? Pareces budista o algo así.

Me miró de reojo. No parecía dispuesto a iniciar una discusión conyugal. Yo tampoco. Hubiera sido injusto. Él llevaba razón, no puedes pretender que todas las facetas de tu vida encajen milimétricamente formando un ingenioso *puzzle*. Aunque lo cierto era que el matrimonio había complicado mi *puzzle* y me sobraban piezas por todos lados. De modo que seguí preocupándome un rato más. Estaba convencida de que muchos de los colegas de mi marido sabían que era policía y me mirarían con expectación. ¿Por qué un policía excita la curiosidad de la gente más que ningún otro oficio? ¿Porque tenemos fama de estar encallecidos y ser un poco cabrones? ¿Porque nos ocupamos del mal? Sería más lógico que la sociedad se intrigara frente a un entomólogo, una cantante de fados, un investigador de células madre. Pero no, en cuestión de interés morboso los polis estamos a la cabeza de la clasificación.

Tras la cena tuve que reconocer que se trató de una velada discreta, con invitados de modales amables y conversaciones anodinas. Todo estaba estudiado para que nadie incomodara a nadie, para que las palabras pasaran como soplos de brisa sin fuerza ninguna. Nadie preguntaba lo que en realidad deseaba saber y las mentes de todos parecían vagar lejos, por cualquier otro lugar. Aquél no era mi mundo, pero ¿dónde estaba mi mundo? Podía afirmar con rotundidad que tampoco en las cenas de comisaría. Quizá no perteneciera a ningún mundo. En cualquier caso, la extrema corrección de las reglas burguesas que allí ejercitábamos permitía decir sin decir, pensar sin pensar, estar sin estar. Un limbo cómodo.

A la vuelta, no pude por menos de comentarle a Marcos:

—Creo que yo no pinto nada en las reuniones de tu vida profesional.

Con gesto contrariado me preguntó:

—¿Y pinto yo algo en las tuyas?

—Tampoco.

—Entonces, ¿qué sugieres que hagamos?

—Dejar de asistir a los compromisos que el otro tiene.

—Las cosas no funcionan así. Ambos tenemos nuestro trabajo, nuestra historia pasada, pero habrá que compartir algo, ¿no te parece?

—¿Una cena social?

—Me gusta que la gente te conozca. Estoy orgulloso de ti.

—¡Ya compartimos otras cosas!

—¿Cuántas, y quién determina si son suficientes o no?

Estaba compungido, pero firme y sereno. De pronto me vi a mí misma como una niña egoísta y caprichosa.

—Marcos, no quiero que te enfades conmigo.

—No lo estoy.

—Sí lo estás, y te aseguro que no lo soportaré. Si te enfadas me matricularé en tibetano para poder largarme a uno de esos putos santuarios donde no se pega ni golpe.

—Petra, eres una maldita guripa grosera y mal hablada.

—Ah, ¿sí, y qué más?

—Tu perfume huele fatal.

Intercambiamos una mirada sonriente y amorosa.

Dos días de insistencia fueron suficientes. Debió tratarse de una tozudez delirante, o bien fue ejercida sobre los centros neurálgicos de la cuestión; fuera como fuese, dos días más tarde el caso del asesinato en el convento había sido transferido desde la policía autonómica a la Policía Nacional y, una vez allí, se nos había asignado a Garzón y a mí. No podía creerlo, cuando el comisario Coronas nos lo comunicó, como si fuera la cosa más natural del mundo, no supe si atribuir el hecho a los siglos de consecuciones de la Iglesia católica o a la singularidad de la madre Guillermina. Supuse que ambas cosas habían sido copartícipes. Lo más curioso fue que no sabía si alegrarme o no de aquel giro imprevisto. Por una parte, la intriga del asunto no había dejado de ocupar un lugar en mi mente. Por otra, nos enfrentábamos a un asesinato que tenía todo el aspecto de ser endemoniadamente complicado. Por si fuera poco, la peculiaridad del caso, con momia robada incluida, atraería a los medios de comunicación y tampoco era desdeñable como incordio la presión que las comunidades cistercienses y corazonianas ejercerían sobre las pesquisas. Garzón había escuchado el encargo de Coronas como si estuviera sonado. Ni siquiera añadió sus preguntas a las mías cuando planteé:

—Pero, comisario, la investigación ya debe haber comenzado.

—Ahora les daré el nombre de los responsables de los Mossos que la llevan. Tienen que pasarles a ustedes toda la información.

—Pues no estarán precisamente contentos.

—No les quedarán más cáscaras. El pacto se ha gestado en las alturas políticas. No subestimen nunca la fuerza del elemento eclesiástico. Eso sirve también para advertirles de que quiero un trabajo bien hecho y, sobre todo, rápido. Con esta coña del traspaso tendremos a todo el mundo pendiente de nosotros, al margen de lo llamativo que el caso pueda ser.

—Oiga, comisario, ¿y Asercio?

—¿Y quién coño es Asercio?

—La momia desaparecida.

—¡Joder, Petra!, no tenía ni idea de que se llamara así. Pues Asercio...¿qué es lo que quiere saber exactamente?

—Se trata de un robo. ¿Eso también tenemos que investigarlo nosotros?

—A nadie se le ha ocurrido que pueda estar desvinculado del asesinato de fray Cristóbal; de modo que...

—De modo que la momia va en el lote.

—En estas circunstancias no sé si valoro demasiado su sentido del humor, Petra. ¿Por qué no se ponen a trabajar de una maldita vez? Supongo que no tengo ni que mencionarles que los informes diarios deben estar puntualmente registrados en el ordenador. Piensen que el jefe superior se ha interesado en el caso. ¿Me explico?

Se había explicado bastante bien, pero mientras caminábamos por el pasillo, Garzón no daba síntomas de haber entendido ni sus palabras ni ninguna otra comunicación humana. Decidí ejecutar una intervención de urgencia en su cerebro.

—¿Se encuentra usted mal o anda solidarizándose con la momia?

Se paró en seco y me miró con gesto bobalicón.

—¿Por qué me dice eso?

—Le digo eso porque no da usted síntomas de vida inteligente.

—Sí, es verdad. Pero ¿sabe qué me pasa, Petra?, que este caso no lo entiendo. Normalmente cuando iniciamos una investigación me brotan ideas, suposiciones... a veces he de frenarme a mí mismo porque suelo dar demasiadas cosas por sentadas. Pero aquí... estoy más vacío que el desierto de Gobi.

—¡Ah, es eso!; creí que tenía resaca.

—Un poco de resaca también tengo, la verdad.

—Pues ya puede ir desembarazándose de ella o pediré otro colaborador.

—Hay que ver, inspectora, yo estaba convencido de que cuando fuera una mujer de nuevo casada se convertiría en un ser más tolerante y amable. Pero compruebo que su caparazón sigue siendo tan duro como siempre.

—¿Pretende tocarme las pelotas, subinspector? Por cierto, ¿de dónde ha sacado su cara ese moreno tipo glamour total?

—¿Por cierto? ¿Tiene algo que ver lo que estábamos hablando con mi bronceado?

—Bueno, hablando sobre lo que han comportado nuestros matrimonios, debo decirle que antes, después del fin de semana nunca tenía usted un aspecto tan saludable.

—¡Vaya manera de retorcer la conversación para ir a parar donde usted quería! Pues bien, no tengo nada que ocultar, este bronceado se debe a que estuve el domingo iniciándome en el golf con mi esposa en un club elegante de las afueras. ¿Y sabe qué le digo?. Que me gustó, y, según me dijeron, no se me da nada mal.

—¡No me lo puedo creer. El deporte burgués por excelencia! ¡Usted, siempre tan proletario y crítico con la vida muelle!

—Me está bien empleado. A estas alturas debería haber aprendido que en cuestión de tocar las pelotas no hay nadie que le gane. Pero vamos a ver, ¿qué prefiere, que sigamos con las bromas o que le abra mi corazón sinceramente?

—No se mosquee, amado colega, usted sabe que puede abrirme su corazón e incluso su bazo.

—Pues en ese caso le confesaré que estoy preocupado.

—¿Por qué?

—Porque me estoy acostumbrando a la buena vida a pasos de gigante. Al principio de mi matrimonio con Beatriz todo lujo me parecía superfluo, pero después de un corto tiempo, cada vez considero más natural acudir a cenar a un restaurante de primera fila, beber siempre buen vino, asistir a la ópera, salir de compras caras... y ahora, para colmo, ¡jugaré al golf!

—No veo el problema.

—¿Y si sobreviniera una ruptura entre Beatriz y yo? Nos adoramos, pero ésa es una contingencia que no hay que descartar en cualquier matrimonio, como usted sabe bien. Lo he pensado con detenimiento y me doy cuenta de cuánto me costaría regresar a mis sencillos hábitos de antes.

—Voy a hacerle una pregunta: ¿se casó con Beatriz por interés económico?

—Usted sabe que no.

—Correcto. Más preguntas. ¿Acaso no trabaja usted tanto como antes?

—¡Por supuesto!, y seguiré haciéndolo hasta que me llegue la jubilación.

—¿Explota usted a alguien, se ha vuelto presumido, desdeña a los que no llevan una vida como la suya?

—Ni mucho menos.

—Pues entonces no sé por qué se preocupa. Disfrute de lo que tiene. La vida le ha hecho un regalo después de muchos años de negarle alegrías. ¿Y qué tipo de persona rechaza un regalo? Yo se lo diré: los amargados, los tacaños que piensan que deberán devolverlo, los traumatizados por la culpabilidad que inculca la religión católica... en una palabra: los *frikis* de alma; no hay más.

—¡Carajo!, con lo fáciles y convincentes que pone las cosas para los demás y luego siempre anda usted comiéndose el coco cuando se trata de sí misma.

—Ésa es la base de los buenos consejeros, amigo mío; por eso la mayoría de los psiquiatras están desequilibrados y casi ningún cura cree en Dios.

—Dice usted cosas inquietantes, jefa.

—Y no ha oído nada aún. Espere a la pregunta que le tengo lista. A saber: ¿qué coño hacemos usted y yo charlando alegremente cuando un asesino corre suelto por Barcelona y el pobre Asercio anda descarriado?

Como no supo darme una respuesta satisfactoria, nos pusimos en marcha acelerada hacia el cuartel general de los Mossos d'Esquadra. Así fue el comienzo oficial de uno de los casos más extraños y complicados de nuestra carrera.

2

El inspector Palafolls era uno de mis compañeros reconvertidos de policía nacional a mosso d'esquadra. Se puso contento cuando nos vio.

—¡A Dios pongo por testigo!, Tenía el pálpito de que erais tú y el amable Garzón quienes me robaban el caso y he aquí la confirmación. ¡Joder, Petra, para un caso bonito que pescamos... y encima no es la primera vez. ¿Recuerdas que cuando yo estaba en la Nacional una vez ya me birlasteis un caso que...?

—¡Para el carro, Palafolls, que yo soy una mandada! No he movido un dedo para que nos adjudiquen ese jodido caso.

—Y si lo has movido peor para ti, porque este lío del come curas se las trae.

—¿Tenéis algo?

—Ahora te lo pasaré, pero para los comentarios mejor nos vamos al bar de enfrente y nos tomamos un café.

Allá fuimos los tres. Felizmente el hecho de que nos conociéramos aliviaba cualquier resquemor entre cuerpos policiales. Palafolls era un buen hombre y estaba segura de que nos facilitaría el traspaso. Sentados a una mesa empezamos a enterarnos de los prolegómenos imprescindibles para hacernos cargo del trabajo.

—Vamos a ver —comenzó Palafolls dándole un primer tiento a su café—. Para empezar os diré que la instrucción la lleva el juez Juan Manacor: nuevo, joven, con poca experiencia y, según me han contado, uno de los primeros de su promoción. Es decir, primera cagada.

—¿Por qué? —preguntó Garzón casi por inercia.

—Lo sabéis muy bien. Como todo novato brillante es legalista, formalista, teórico y no pasa una. Por ejemplo, le pedimos que decretara el secreto del sumario y dijo que ni hablar, así que ya tenemos a toda la prensa encantada con esta historia tan divertida: que si asuntos de frailes y monjas, que si la momia perdida... un filón. Y eso que aún no han empezado las filtraciones. Por ejemplo, no se ha filtrado lo del papel.

—¿Qué es lo del papel?

—Agarraos bien a la silla para evitar batacazos. Resulta que el muerto llevaba en el pecho un papel escrito con letra gótica que ponía: «Buscadme donde ya no puedo estar».

—¡No jodas!

—Lo que oyes; así que la cosa va con su enigma y todo. Los del laboratorio están investigando el papel. Y el forense el cuerpo de la víctima, pronto habrá resultados de la autopsia.

—¿Sabéis cómo fue?

—Por lo visto el fraile se quedaba trabajando hasta muy tarde. Le dejaban la puerta sin cerrojo para que pudiera salir cuando acabara. Luego la cerraba él. Pero entraron por la puerta de la capilla que accede a la calle. Él o algún otro la abrió. Le arrearon un golpe en el occipucio.

—¿Iban a por él?

—El robo está descartado, por supuesto; no es que hubiera muchas cosas en la iglesia, pero unos cuantos copones o como se llamen sí que se almacenaban en la sacristía, y todo está tal cual. Sólo ha desaparecido el bacalao.

—¡Coño, inspector, un poco de respeto, que era un beato! —exclamó Garzón entre risas.

—Beato y todo era una momia del siglo XV, así que ya me dirás tú si no estaba tieso como un bacalao. Y lo del cartelito... Para mí que esto es obra de un tío loco de atar, Petra, un fanático religioso o algo así.

—También puede ser que el fraile tuviera un enemigo que con todas estas pistas en plan místico histórico nos quiera despistar —apunté.

—Pues se ha tomado muchas molestias el enemigo en cuestión, porque sacar a la momia con los pies por delante...

—Eso es lo que imaginamos, pero bien la pudo trocear, meterla en una bolsa de basura y en paz.

—No fue así. La sacaron entre dos, con mucho cuidado. Uno sujetaba la cabeza y otro los pies.

—¿Cómo llegas a esa deducción?

—Es que la parte más interesante la he dejado para el final: hay un testigo.

Garzón y yo impulsamos nuestros cuerpos hacia delante en una idéntica reacción.

—Pero ¡coño, Palafolls, haber empezado por ahí!

—¡Calma y tranquilidad, que el testigo que tenemos tampoco es como para lanzar cohetes. Se trata de una mujer, una *homeless*, una mendiga bastante mayor que suele instalarse con todos sus arreos muy cerca del convento. Nos contó que de madrugada llegó una furgoneta, bajó alguien: no sabe cuántas personas ni cómo eran, entró tranquilamente por la puerta, y luego salieron dos cargando con lo que ella denominó un enfermo, lo subieron en la trasera y el vehículo desapareció.

—¿Qué más?

—Nada más. Es incapaz de describir a los hombres que portaban el cuerpo y de la furgoneta dice que era de color claro como único dato. Así que cualquier cosa.

—¿No vio a nadie entrando antes de toda esa movida?, ¿no sabe si llegaron también dos personas?

—No. No vio nada ni parece enterarse de mucho. Ya

sabes cómo son esos tíos. Yo creo que ésta tiene como mejor amiga la botella, de modo que...

—¿La tenéis localizable?

—Le pedimos al juez que nos diera permiso para recluirla temporalmente en alguna institución, pero el muy capullo se negó en redondo. El único sitio donde está casi cada día es en un comedor social de la calle Ferran. Y luego en su dormitorio suntuario de la puta calle. Si la necesitamos para testificar habrá que echarle un galgo. Por lo menos le hemos hecho una foto. ¿Qué, qué os parece el casito de marras?

—A mí me parece que no entiendo nada —declaró Garzón.

—Pues eso es lo que hay. Como que casi me alegro del latrocinio que os estáis marcando. Porque a este sainete hay que añadirle a las monjas dando el turre con la discreción, los frailes de Poblet que están de los nervios, los chicos de la prensa merodeando como chacales y los jefes en plan: esto es un asunto de prioridad. Vamos, que casi casi os regalo el caso.

—¡Qué chulo eres, Palafolls!

—Como que nací en Olot pero mi madre es madrileña, cosa de los genes.

—Y de indicios, pelos, huellas, ¿cómo estamos?

—Fatal. Se han recogido cosas, pero en un lugar donde entran turistas de visita una vez a la semana tú me dirás qué valor tienen. Vamos para la oficina y os lo doy todo, que aquí acaba mi cometido y yo no trabajo por afición.

De todo cuanto nos había informado, lo más llamativo era lo del cartel. «Buscadme donde ya no puedo estar.» Un jeroglífico inquietante, como cualquier mensaje que un asesino deja a la policía en el lugar del crimen.

Bien, el caso ya se encontraba bajo nuestra responsabilidad. Eran tantas las incógnitas, que se hacía difícil escoger un camino por el que dar los primeros pasos. En espera de los resultados de la autopsia regresamos al convento de las corazonianas. La madre Guillermina estaba ya al tanto de los cambios que ella misma había originado. Nos recibió en su despacho, bastante ufana.

—Doy gracias a Dios de que sean ustedes quienes se ocupen de esta tragedia.

—Tengo la impresión de que nos está valorando en exceso, madre.

—Estoy segura de que son ustedes excelentes profesionales. Además, no quiero gente desconocida trajinando en el convento. Más sincera no puedo ser.

—Hay preguntas que debemos hacerle.

—¿Sobre qué?

—Sobre el trabajo que estaba efectuando el hermano Cristóbal.

—Me lo imaginaba. Para eso llamaré a la hermana Domitila. Es nuestra experta en arte y cultura, una especie de mantenedora de los bienes que guardamos aquí. Ella era quien estaba en contacto más directo con el pobre hermano.

—Hablaremos con ella, por supuesto, pero ¿y el resto de la comunidad?

—Aquí vivimos quince monjas.

—Quiero verlas a todas.

Torció el gesto, se dirigió a mí con un deje de impaciencia que ni siquiera intentaba disimular.

—Lo cierto es que yo había pensado preservarlas un poco de todo este asunto.

—Es comprensible, pero se trata de personas que pueden ofrecer algún testimonio y, por lo tanto, deben ser interrogadas, aunque sea someramente.

—Testimonios... lo dudo, ellas continuaron con sus quehaceres diarios mientras el hermano Cristóbal venía a trabajar. La mayoría de ellas ni lo vio.

—Entonces me entrevistaré con todas a la vez. Le

ruego que lo organice para que pueda hacerlo con efectividad.

—Como usted ordene.

Salió con cara de disgusto y yo miré a Garzón, que permanecía callado como un muerto.

—A lo mejor esta hermana presidenta se creía que si era usted la encargada del caso iba a poder torearla a su antojo.

—Pues es obvio que si pensó eso estaba equivocada. Y deje de llamarla hermana presidenta. Puede llamarla madre priora o madre superiora.

—Es complicado, ¡joder!, madre, hermana... con tantos parentescos...

—Sí, no va a ser nada fácil, y espérese, que cuando acabemos aquí nos queda aún Poblet.

—¿Usted cree que la cosa es interna de ambas comunidades, el asesino está en una de ellas?

—No lo sé, Garzón.

—¿Y el cartel gótico, y los tíos llevándose a la momia en una furgoneta? ¡Si es que es todo la hostia, inspectora, parece una película de televisión!

—A usted le parecerá un sinsentido, pero un hombre está muerto, Fermín.

—Sí y a otro más muerto aún se lo han llevado de paseo.

—No sea imprudente, cállese. Las paredes oyen.

Aunque lo hiciera callar, yo compartía su sensación de astracanada. Además, bien a mi pesar, consideraba divertido lo que estaba diciendo. Pero no podíamos permitirnos un ataque de risa en aquellas circunstancias.

Al cabo de un rato regresó la priora.

—Las hermanas se encuentran todas ejerciendo sus diferentes labores y costará un poco reunirlas. ¿Por qué no hablan antes con sor Domitila y sor Pilar, su ayudante?

—No hay ningún inconveniente.

Tras nuevos minutos de espera aparecieron dos monjas. Eran las primeras que veíamos exceptuando a la superiora y la horrible portera. La más alta frisaba los cuarenta años y tenía un rostro inteligente y sereno. La otra era muy joven, parecía una niña disfrazada de monja, y nos miraba con sus hermosos ojos abiertos como platos llenos de curiosidad. La archivera sonrió, se presentó y presentó a su ayudante.

—La madre ha dicho que le ayudemos en todo lo posible. Así que ustedes dirán.

Yo hice también las introducciones previas, y no pude por menos que advertir cómo la presencia masculina de Garzón las incomodaba un poco. Sin duda estaban menos acostumbradas que la madre Guillermina a entrevistarse con gente del exterior.

—Lo primero que debemos preguntarles es si vieron el cadáver antes del levantamiento.

Negaron con la cabeza, ambas adoptaron una actitud de recogimiento respetuoso.

—La madre Guillermina nos ha evitado esa experiencia tan dura.

—Usted lo frecuentó durante todos los días que permaneció trabajando aquí, ¿no es cierto, hermana Domitila?

—Sí, sor Pilar y yo lo atendíamos en todo lo que nos pedía.

—¿Y qué solía ser eso?

—Le facilitábamos los documentos que necesitaba, fundamentalmente.

—Tenía entendido que la labor del hermano Cristóbal era llevar a cabo una especie de «mantenimiento» del cuerpo momificado del beato. ¿Necesitaba documentos para ese cometido?

—En realidad el hermano era arqueólogo y también historiador; un auténtico sabio, un erudito. Muchos monjes cistercienses lo son. Acudía a muchos conventos e iglesias para realizar trabajos históricos: dataciones, documentaciones de fechas o de santos... Aquí vino llamado por la madre Guillermina, que a instancias de la madre provincial y con muy buen criterio, consideraba que habíamos tenido a nuestro beato muy desatendido, por decirlo de alguna manera comprensible. No teníamos su historia completa. Además, su cuerpo nunca había sido remozado, médicamente hablando. El hermano Cristóbal reunía en sí ambas cualidades: como historiador y como mantenedor de momias podía hacer un gran trabajo. Por eso nosotras le llevábamos documentos que iba solicitando.

—Comprendo. ¿Desde cuándo trabajaba aquí?

—Quince días más o menos.

—¿En qué punto de su labor estaba?

—Recopilaba documentos y los ordenaba. Escribía cosas en su ordenador portátil. Con los trabajos físicos del cuerpo aún no había comenzado.

—¿Cuándo le vio por última vez?

—La misma mañana del día de su muerte. Dijo que no nos necesitaba, que pasaría la tarde en la capilla y acabaría de noche, que después cerraría él como siempre solía hacer en esos casos.

—¿Se fijó en si la puerta de la capilla que da a la calle estaba cerrada con llave?

—No, no me fijé.

—¿Le dijo si iba a abrirla por alguna razón?

—No mencionó la puerta para nada.

—¿La había abierto alguna otra vez?

—Que yo sepa, no.

—¿Le notó algo especial?

—¿Qué quiere decir?

—Si lo notó nervioso, triste, cansado, si le hizo algún comentario fuera de lo corriente.

—¡No, qué va!; el hermano era un hombre muy tranquilo, muy cordial, paciente y minucioso como lo requería su trabajo. No tenía altibajos de humor.

—¿Dónde está su ordenador portátil?

—¿No lo han encontrado?
—No entre las cosas halladas aquí.
—¿Han buscado en su celda de Poblet?
—Todavía no.
—Allí debe de estar; alguna vez había venido sin él.
—¿No solía llevar más material?
—Bueno, su cartera de papeles y su libreta de notas.
—¿Y dónde están ahora?
—No lo sé, inspectora. —Se volvió hacia la monja joven y le preguntó—: ¿Usted sabe algo, hermana Pilar?
—No, yo no.
—¿Han mirado en la biblioteca? Trabajaba ahí. Aunque los otros policías ya buscaron por todas partes.

Garzón y yo nos observamos mutuamente con cara de despiste. La monja asintió y, muy decidida, dio media vuelta.

—Voy a echar una ojeada —dijo y se disponía a salir cuando la atajé.

—¡Un momento, hermana, un momento! Me temo que nosotros también queremos inspeccionar esa biblioteca.

—Pues habrá que preguntarle a la superiora. Es zona de clausura.

—Mire, estamos llevando a cabo un procedimiento policial por asesinato; de modo que todas las dependencias del lugar del crimen son susceptibles de ser inspeccionadas.

—Sí, ya sé; pero ustedes tienen su estructura de mando y nosotras la nuestra. ¿A que usted no puede saltarse a su comisario y reportar con el jefe superior?

—¡Caramba, está usted muy familiarizada con las cosas policiales!

—Antes de entrar en la orden leía novelas de crímenes. No se preocupen, enseguida regresaré con el permiso de la superiora.

La religiosa más joven hizo ademán de seguirla como un perrillo; pero su jefa le dijo en susurro:

—Quédese aquí, hermana.

Bajó la vista con timidez. Empecé a pensar qué podía preguntarle, pero Garzón se me adelantó, y no lo hizo en el entorno de la investigación, sino que se arrancó con un muy directo:

—¿Y usted desde cuándo es monja?

—¿Yo? —balbució a punto de fundirse—. Yo venía a recibir instrucción religiosa los viernes y, al final, con los años ingresé en el convento. Ahora tengo veintitrés y hace cuatro que soy monja —soltó de corrido como si fuera una lección largamente recitada.

—¡Pues qué joven! —respondió Garzón en un tono que oscilaba entre la simple sorpresa y la censura.

—Sí —añadió muy turbada—. Ahora voy a la universidad.

—Muy bien; por lo menos hay que estar instruido.

Sin saber a qué se refería aquel «por lo menos», y con sincero pánico de averiguarlo en aquel momento, desvié la conversación hacia el caso.

—¿Cómo era de carácter el hermano Cristóbal?

—Muy bueno, muy trabajador. A mí siempre me gastaba bromas y me decía que tenía que estudiar mucho.

—¿Qué estudia?

—Segundo curso de Historia.

Desviaba la vista hacia el suelo cada vez que nos hablaba, con semejante timidez no debía pasarlo demasiado bien en la universidad. Puso cara de liberación cuando entró sor Domitila.

—Ya está, pueden ustedes pasar; también el subinspector.

Comprendí que la excepción era doble en el caso de Garzón.

Entre pasillos, siempre vacíos, nos condujo a la biblioteca. No era muy espectacular; más bien modesta. Las paredes estaban llenas de anaqueles abiertos con libros modernos y una vitrina cerrada con llave contenía los antiguos. En el centro una gran mesa desnuda rodeada de incómodas sillas.

—Aquí trabajaba el hermano cuando no tenía que estar en la capilla.

—¿Y su cartera?

—No está.

—¿Se ha informado de si alguien la ha recogido?

—La superiora dice que todo está como él lo dejó. Seguro que está en Poblet.

—Quizá esté en la habitación del hermano, ¿han mirado ustedes bien? Ése es otro sitio que tendremos que inspeccionar.

—Pero el hermano Cristóbal regresaba cada día a Poblet.

—¿No se alojaba aquí?

—¡No, jamás podríamos alojar a un hombre, inspectora, aunque perteneciera a una congregación religiosa. Son las normas.

—¡Pues debía de ser muy pesado para él!

—Venía unos tres días a la semana, se quedaba hasta muy tarde a veces. Pero decía que al día siguiente le dejaban descansar. Hubiera podido dormir en el convento de alguna otra comunidad de frailes, siempre hay acuerdos, pero él cogía su cochecito y regresaba, le gustaba hacerlo así. De modo que sus cosas deben estar en el monasterio.

—Mañana lo veremos.

—¿Es importante? —Parecía súbitamente concienciada de la trascendencia de la investigación—. Porque si quieren puedo darles el número de teléfono de los frailes y llaman ustedes ahora mismo.

—No será necesario. Mañana tenemos proyectado hablar con el prior.

—Y si no encuentran la cartera, ¿significa eso que la investigación iría peor? —Su cara de interés me sorprendió. Le sonreí.

—¿Quiere usted saber cómo trabajamos?

Se turbó un poco, se echó a reír con levedad.

—Perdónenme; estoy muy apenada por la muerte del hermano Cristóbal y eso es lo único que debería importarme; pero la verdad es que todo lo policial es...

—¿Intrigante?

—¡Ésa es la palabra justa!

—Resulta mucho menos seductor cuando tienes que bregar con ello.

—Me lo imagino. ¡Dios mío, si yo tuviera que ver la muerte violenta de cerca! Tienen ustedes un trabajo terrible.

—¿Puedo irme ya, hermana? —preguntó de pronto la joven monja.

—Si los inspectores no quieren nada de usted...

Negué con la cabeza. Entonces salió como si estuviera deseando largarse de allí. Sonreí a la hermana Domitila.

—No es muy comunicativa.

—La pobrecilla está aterrorizada. Todo este asunto ha sido demasiado para ella. Lo ha sido para todas las hermanas, pero en su caso aún más. La hermana Pilar es muy sensible. Creció sin familia, en un centro de acogida, y los fines de semana venía aquí a recibir instrucción religiosa. Y ya ve, con nosotras se ha quedado. Es una joven estupenda que vale mucho. En los estudios es muy brillante y la madre superiora cree que llegará lejos.

—Por cierto, hermana, ¿cree que la madre habrá reunido ya a toda la comunidad?

—Voy a averiguarlo. Esperen un segundo.

Cuando nos quedamos solos ambos tuvimos el mismo pensamiento, que nos apresuramos a comunicar. Garzón habló primero, y como era tan directo, el suyo estuvo teñido de mayor rotundidad.

—Me siento como en una puta cárcel. ¿De qué manera podemos investigar aquí?

—Lleva razón, es una especie de secuestro. Imposible moverse sin permiso.

—¡Pero estamos en el lugar del crimen!

—El lugar del crimen fue la capilla.

—Y todo el convento, por extensión. ¿No hay manera legal de que nos dejen campar a nuestras anchas?

—Se lo preguntaré a Coronas.

—¿Se ha fijado en esta monja pizpireta? ¡Daría algo por meterse en nuestra investigación!

—Sí, hasta aquí hay policías aficionados.

El centro de reunión de las quince monjas fue el refectorio. Allí, alineadas junto a la mesa, pero de pie, esperaban como si fuéramos a ajusticiarlas. Me fijé en ellas. La mayoría rondaba los cincuenta, algunas tenían más. Provocaban una sensación extraña, todas vestidas igual, pero tan diferentes en altura y complexión. Guardaban silencio absoluto. La priora tomó la voz cantante, estaba claro que su autoridad era superior a la nuestra en aquel territorio.

—Hermanas, la inspectora Petra Delicado y el subinspector Garzón investigan la muerte del pobre hermano Cristóbal y la desaparición de nuestro beato. Quieren hacerles preguntas para esclarecer los hechos. Contéstenles pensando bien.

Una monja gordita y bastante mayor se echó a llorar quedamente, tapándose los ojos con la mano. La superiora la reprendió sin demasiada aspereza pero con innegable genio.

—Hermanas, les ruego que, por el bien de estas investigaciones, controlen la emotividad.

Me gustaba su estilo, se mostraba precisa e inconmovible como un general. Lástima que no fuera ella quien parecía poseer veleidades detectivescas. Hablé, procurando sonar serena y convincente:

—Hermanas, de entrada debo decirles que cualquier cosa que recuerden de las últimas horas que el hermano Cristóbal pasó entre ustedes puede ser de enorme interés para nosotros. Díganme, ¿quién lo vio por última vez?

Noté que algo no iba bien porque se miraron las unas a las otras con cara de no comprender nada. La superiora intervino enseguida.

—Como les dije, muy pocas han visto al hermano. —Se dirigió a la congregación y exclamó—: Levanten la mano quienes lo conocieron o se encontraron con él en alguna ocasión.

Levantaron la mano Domitila y Pilar, la portera y otra monja, de quien me informaron que era una de las hermanas que hacía la limpieza general y quien lo encontró muerto. Me acerqué a ella.

—¿Lo vio antes de morir?

Asintió con la cabeza como si algo en la garganta le impidiera responder.

—Le llevé un café con leche a las siete de la tarde.

—Y la siguiente vez que lo vio ya estaba muerto.

Se santiguó.

—¿Se fijó en si la puerta estaba cerrada con llave?

—No, señora.

—¿Le dijo algo el hermano?

—Sí, que le comunicara a la hermana portera que se quedaría trabajando aquí hasta por lo menos las doce.

—Y eso fue todo.

—Sí.

Me dirigí a toda la comunidad.

—¿Alguien se fijó en si la puerta de la capilla que tiene acceso directo a la calle estaba abierta?

Las negativas se sucedieron en todas las cabezas cubiertas con tocas.

—¿Desde qué hora estaban ustedes en sus habitaciones aquella noche?

—Desde las diez y media —respondió la superiora sin dudar.

—¿Nadie salió por ningún motivo, nadie hizo algo especial?

El silencio y muchos ojos clavados en el suelo fueron la única respuesta.

—¿Oyeron ustedes algún ruido extraño, alguna cosa que las sobresaltara o intrigara?

Nuevo silencio. Poco íbamos a sacar de allí, y encima no sabíamos todavía la hora exacta de la muerte. Se me ocurrió una solución de compromiso.

—Les voy a dar un tiempo de reflexión. A veces los recuerdos surgen mucho después de haberlos buscado en nuestra mente. Volveremos dentro de un par de días y, si mientras tanto han conseguido que algo les haga dudar...

Hubo una pequeña vibración de asentimiento, o quizá sería el alivio al comprobar que aquello se acababa. Las monjas desfilaron hacia sus aposentos y la superiora nos miró.

—No ha resultado muy fructífero el interrogatorio, ¿verdad?

—Nunca se sabe —dije vagamente.

—Enséñenos la puerta de la calle, madre Guillermina, queremos verla una vez más —pidió Garzón.

Una vez más comprobamos que era imposible abrir la puerta desde fuera. ¿Y nadie había oído a un par de hombres llevando una momia a cuestas? Era posible que no, todo dependía del sigilo con el que se hubiera realizado la acción, a aquellas horas en que el cuerpo había sido sacado del convento según la mendiga, era perfectamente verosímil que todo el mundo estuviera durmiendo con la mayor profundidad.

Hubo que esperar un día más hasta que los resultados de la autopsia estuvieron listos. Me llamaron desde el Anatómico Forense antes de salir de casa y yo avisé a

Garzón. Quedamos en que desayunaríamos juntos. Me despedí de Marcos a toda prisa, estaba afeitándose.

—Querido, me voy zumbando.

—¿Ni siquiera tomas un café?

—Marcos, este caso va a ser complicado. Además, a la jefatura la tenemos nerviosa. En principio no cuentes conmigo para cenas, desayunos o cualquier otro rito de la vida normal. Dentro de unos días ya te diré.

—¿No capturaréis enseguida al asesino?

—Cuando un asesino deja cartelitos y zarandajas hay que pensar que la cosa va para largo.

Se encogió de hombros y, entre la espuma de afeitar, me pareció que ponía cara de resignación. Pensé que quizá por primera vez desde que estábamos juntos, iba a tener que soportar las incomodidades de vivir con una policía, aquello no era la rutina diaria, sino algo mucho más comprometido y demencial.

Habíamos quedado en una cafetería cercana al depósito. Desde que Garzón estaba casado, notaba que se habían efectuado importantes cambios en su modo de vestir. Ahora llevaba camisas y pantalones más esport, americanas ligeramente desestructuradas, había abdicado de la corbata y no había vuelto a ponerse ningún traje en la línea ortopédica que le caracterizó durante su larga viudedad. Tuve la funesta idea de comentárselo porque aquella mañana lo encontré particularmente elegante. Como estaba cantado, se mosqueó.

—¡Vaya por Dios! Seguro que la ha llamado Beatriz para pedirle que me lance ese tipo de piropos.

—¡Cómo puede ser tan desconfiado y tan gruñón! Que su pinta ha mejorado es algo fácilmente comprobable.

—Pues a mí me gustaba más cómo me vestía antes. Creo que iba más acorde con mi edad. Es que mi mujer se cree que soy todavía un crío, uno de esos chavales con gorra de béisbol que se ven por ahí. Pero ir a trabajar con traje aporta dignidad.

—¿A cuántos compañeros ve con traje en comisaría?

—¡Porque todos son más jóvenes que yo! Prácticamente todo el mundo, dentro y fuera de comisaría, es ya más joven que yo.

—¡Tonterías!

—¡Nada de tonterías!; y si continúo haciendo caso de los consejos de Beatriz, pronto pareceré uno de esos polis americanos con cazadora brillante y calzado deportivo. ¡Una ridiculez!

Todavía enfadado, o aparentando estarlo, pidió al camarero un bocadillo de chorizo, café con leche y un cruasán.

—¿Va a zamparse todo eso?

—¡Sí! porque, entre otras cosas, nadie nos garantiza a qué hora vamos a comer hoy. Además, le confesaré que ya estoy hasta las pelotas de los brotes de soja y la comida ligera y saludable que comemos en mi casa. ¡Y todo para poder llevar una ropa que me sienta como un tiro!

Observé cómo daba dentelladas al pan con gesto fiero. Tenía ganas de reír, pero me contuve.

—Se diría que es usted tremendamente desgraciado en su matrimonio.

—Usted sabe que no, Petra. De hecho, nunca había sido tan feliz en toda mi puñetera vida. Lo que ocurre es que no estoy acostumbrado a que se ocupen de mí.

—No crea, a mí me ocurre algo por el estilo. Es extraño, recibir atenciones me gusta, pero siento como si me creara una especie de esclavitud.

—Si es así, entonces cuente que yo soy como uno de aquellos esclavos de la guerra de Secesión, con grilletes y una cadena al cuello. Beatriz se preocupa por mi salud, mi alimentación, mi aspecto, mi estado de ánimo... sólo tengo la esperanza de que se apunte a alguna ONG y desvíe hacia allí todos sus instintos protectores.

En ese momento dejé de reprimirme y estallé en carcajadas.

—Ríase, ríase de mí. En realidad no ha hecho otra cosa desde que nos conocemos.

—Nada de eso, querido colega. Me río porque es usted un exagerado y porque estoy contenta de que Beatriz le cuide tanto. Si no fuera por ella a estas alturas estaría usted hecho un...

—¿Un qué?

—Un guiñapo.

—Bueno, me conformo con lo de guiñapo; creí que iba a salir peor parado. Oiga, ¿y usted por qué come tan poco, no quiere un bocadillo?

—Prefiero preparar mi estómago para lo que nos espera.

—Este caso se las trae, Petra. Por la noche me he despertado veinte veces y no he dejado de darle vueltas. ¿Por dónde vamos a empezar?

—Por el principio y, sobre todo, sin ideas preconcebidas.

—Ya sé que a usted todas esas hipótesis del fanático religioso...

—Dejemos lo que yo pueda pensar. ¿Quiere otro café?

—Me inclino por acabar con un chupito de whisky. ¿Me acompaña?

—Quizá sea lo mejor para enfrentarse a la muerte.

Una vez más le preguntaríamos a la muerte cosas sobre la vida. La muerte, un concepto trascendente que pierde su solemnidad cuando se abre un cajón frigorífico de la morgue. Frente a un cuerpo helado, envasado, almacenado ordenadamente, todo toma el aire de una nevera industrial donde bien podrían estar depositados simples corderos en espera del transporte hasta sus puntos de venta. Nunca me acostumbraría a la frigidez que flotaba en el aire, haciéndolo demasiado puro, demasiado carente de olores y movimientos. Tampoco a descubrir la cara del infortunado habitante de la caja, esperando impávidamente que por fin los vivos lo dejaran desaparecer por completo del mundo.

La forense encargada era una mujer: la doctora Nuria Port. Debía de tener mi edad, y a sus ojos afloraba la mirada distante que proporciona la experiencia. Dijo saberse el informe de memoria; pero yo quería ver el cuerpo en silencio antes de oír las circunstancias que lo habían convertido en un cadáver. Buscó el número y me condujo hasta allí. Deslizó el cajón suavemente y abrió la cremallera de plástico. Ante mis ojos apareció la cara blanca, relajada, de rasgos suaves con la única discordancia de una gran nariz aguileña que había pertenecido al hermano Cristóbal. Descubrí que a ambos lados nasales se veían dos inequívocas marquitas indicativas del peso continuado de unas gafas. Como siempre suele ocurrirme, sentí que en aquel momento empezaba a tomar el caso en mis manos. Fraile o no, era un hombre, un hombre de apenas cuarenta años, muerto, absurdamente muerto, porque no hay muerte violenta o natural que no parezca absurda vista de cerca, ni hombre que no debiera permanecer vivo para siempre. Apreté los párpados para intentar retener su imagen. Más tarde la evocaría si perdíamos ganas de trabajar, si el curso de la investigación devenía rutinario, se despersonalizaba o se convertía en un rompecabezas sin sentido. No, todo partía de ahí, de aquel hombre sin vida que aún tenía marcadas sus gafas de intelectual sobre la elegante nariz de canónigo, un tanto amoratada.

Garzón ya estaba acostumbrado a mis largas meditaciones frente a los muertos, pero la doctora Port carraspeó. Ella vivía entre la muerte y sin embargo, los minutos de su jornada laboral transcurrían con plena vitalidad. Me volví, como si despertara de un sueño. Ella enderezó los papeles que llevaba en la mano y empezó a leer:

—Individuo de raza caucásica. Unos cuarenta años. A la hora de morir presentaba...

La interrumpí con gesto cansado.

—Doctora, por favor, si se sabe los detalles de memoria como dijo, ¿por qué no nos evita el horrible lenguaje forense?

Me miró con más curiosidad que enojo. Y no le faltaba razón, yo me había comportado como un artista a quien molestan cuando está pensando. Rectifiqué sin mucha dignidad.

—Es que estoy un poco impresionada por esta muerte. Era un monje, ¿lo sabe?

—¡Por supuesto que lo sé! Ahí fuera hay a cualquier hora del día otro monje que lo vela. Lo invitamos a marcharse por la noche cuando cerramos. Se van turnando, porque no siempre es el mismo. Sólo en las familias gitanas había visto una atención semejante a sus muertos.

—Cuéntenos los detalles de la autopsia, doctora.

—No hay mucho que contar. Era un hombre sano y murió como consecuencia del tremendo golpe que le propinaron en el occipital. El golpe fue asestado con una fuerza descomunal, por medio de un objeto romo. Por la localización de la contusión y la forma de la fractura vino dirigido levemente desde arriba. Eso significa que el asesino era probablemente un hombre corpulento y bastante alto, al menos más alto que la víctima, que ya mide uno setenta y ocho.

—¿Eso descarta a una mujer?

—En caso de serlo debía tratarse de una mujer extraordinaria desde el punto de vista físico, imagínese a una levantadora de pesas o algo así.

—Entiendo. En un principio deberíamos inclinarnos antes por la posibilidad de que fuera un hombre.

—Así es. Por otra parte el golpe vino impulsado de izquierda a derecha.

—¿Un zurdo?

—No se puede afirmar con rotundidad. Hay gente que se siente más a gusto con los golpes de revés. En cualquier caso no hay signos de lucha; pero contando que lo golpearon por detrás, eso sólo significa que quizá lo sorprendieron, quizá pudo ser alguien conocido al que él abrió y que le atacó cuando le dio la espalda.

—¿Eso no puede saberlo?

—En algunos casos la víctima ha intentado darse la vuelta, lo cual se advierte porque existe en su musculatura algún gesto de torsión. Pero a este hombre lo atacaron y cayó a plomo, golpeándose la nariz contra el suelo. También tiene algún impacto y escoriación en la frente y la barbilla, siempre como consecuencia de la caída.

—¿Ha determinado la hora de la muerte con seguridad?

—Sobre las tres de la mañana del jueves pasado.

—¿Hay algo más que debamos saber?

—Todo está escrito en el informe; pero pueden llamarme si les surge alguna duda.

—¿Dónde está en este momento el fraile que vela a la víctima?

Resopló de mal talante.

—En la sala de visitas. Estoy deseando que se lleven el cadáver de aquí. Es un abuso. Es verdad que los pobres no se meten con nadie, pero incordian cuando cambian el turno, llaman a la puerta, hay que abrirles, conducirlos hasta dentro... además es un fastidio saber que andan por aquí. Y total, ¿para qué? ¿No dice la religión que el alma inmortal se escapa del cuerpo cuando morimos? ¿Pues para qué quieren estar horas acompañando a un trozo de carne?

—Bueno, es una hermosa costumbre solidaria si bien se mira. Cuando yo muera dudo de que alguien me vele así.

—¡Jo, inspectora, ni a mí!, ni mi propio perro sería tan fiel. Pero mejor ser solidario cuando uno está vivo.

Nos condujo hasta la puerta de la sala de visitas. Alargó su mano fuerte para estrechar la nuestra como despedida, antes abrió la puerta y pegó una ojeada al interior.

—Está el más vejete. Es un poco *friki* pero no molesta. Se pasa el día leyendo un misal. Todos los que vienen son viejos, no vayan a creerse, que tampoco es que envíen a lo más selecto de la comunidad para velar al muerto. Supongo que así se los quitan de en medio un rato. Matan dos pájaros de un tiro.

Desapareció con andares decididos y la bata blanca abierta de par en par. Garzón abrió la boca para susurrarme al oído:

—Bastante bruta, la doctora.

—Supongo que cuando trabajas al lado de la muerte debes ver la vida con cierto realismo descarnado. Es como un mecanismo de defensa.

Al entrar, un frailuco de al menos cien años se levantó sin dificultad. No debía medir más de uno cincuenta y enseguida nos sonrió mientras nos daba los buenos días una y otra vez. Hice las presentaciones y él siguió sonriendo sin ninguna expresión, más como un budista que como un cisterciense.

—¿Conocía usted al hermano Cristóbal?

—El hermano Cristóbal, sí. Está con Dios, Dios vela por él.

—Hoy mismo vamos a ir a su monasterio en Poblet, hermano, y antes de llegar allí nos gustaría saber un poco el carácter del monje fallecido: cómo era, si tenía alguna afición...

—El hermano Cristóbal está con los ángeles, los ángeles del Señor lo han recibido en su santa casa.

—Es inútil —masculló el subinspector—. Está como una tapia celestial.

Nos despedimos dando casi tantos cabezazos de amable asentimiento como daba él. Una vez fuera le dije a mi compañero:

—Creo que nos oía perfectamente; lo que ocurre es que no debe tener permiso de sus superiores para hablar con nosotros.

—Total, para lo que podía decirnos...

—Quería cambiar impresiones con él antes de meternos en la boca del lobo. Eso de saltar de convento en convento no crea que me hace ninguna gracia. Todo se vuelve más complicado. Por cierto, llame a Coronas e infórmele de que nos largamos a Poblet.

—¿No sería mejor interrogar antes a la mendiga que dio testimonio, inspectora? Así los principales elementos del caso pasarían a nuestras manos de una vez.

—Con calma, Garzón, este caso tiene muchos frentes y llegamos tarde a él; pero si se queda más tranquilo avise a Yolanda: que intente encontrar a esa mujer y la cite para esta tarde a última hora. Y si no hemos regresado, para mañana.

Obedeció encantado y después subimos al coche en plan de excursión.

3

A lo largo de mi vida había visitado un par de veces el monasterio de Poblet. Siempre me pareció una construcción de elegancia infinita. En cuanto traspasabas la tapia que daba acceso al primer patio, sentías que una especie de paz especial dotaba a cada piedra de cierto aire sacro en el que te encontrabas inmerso. Era como si no fueras alguien ajeno, como si formaras parte del lugar y dejaras a un lado tus inquietudes de visitante cultural o simple turista. Tú mismo devenías algo armónico y trascendente.

Como el recinto es tan grande, nos encaminamos a la primera puerta esperando encontrar a alguien. Un par de gatos nos observaron con escaso interés mientras paseaban entre los cipreses. Garzón se estremeció.

—Estoy impresionado por este sitio.

—¿No había venido nunca? ¡Es impactante! Hay tres grandes recintos y la portada de la iglesia es increíblemente bella. No debe costar nada llevar una vida santa entre estas paredes. Claro que no se puede jugar al golf.

Me miró entre las rendijas maliciosas de sus ojos, pero no mordió el cebo.

—¿Y qué clase de frailes son?

—Cistercienses.

Llamamos al timbre de una puerta lateral y, tras una larga espera, nos abrió un monje joven con hábito blanco. Hice nuestras presentaciones oficiales y el monje se limitó a asentir.

—Síganme, por favor —dijo al fin.

Todo fue más fácil de lo que parecía al estar informados los monjes de nuestra visita. Unos minutos más tarde apareció un fraile de unos sesenta años, alto y enjuto, con pinta de haber sido fraile desde que nació. Pensé que se trataba del abad; pero sin necesidad de preguntarle me sacó del error.

—Soy el hermano Magí. El abad está en Francia, en una convención de monjes cistercienses. Él me ha autorizado para que trate con ustedes y les atienda en todo lo que precisen.

—Verá, hermano, el caso es que nos gustaría hablar con la persona que estuviera más informada o hubiera tenido una relación más estrecha con el fallecido hermano Cristóbal.

—Lo sé. Por eso les recibo yo. Me ocupo de la biblioteca. El hermano Cristóbal y yo colaborábamos en muchísimos temas. Pueden imaginarse que estamos todos consternados. Como le dije a la policía autonómica en el breve contacto que tuvimos, poco podemos aclararles sobre este hecho tan terrible, pero...

—Hermano, antes de continuar, sí hay algo importante que debemos saber enseguida: ¿está aquí el ordenador personal del hermano Cristóbal, los papeles de trabajo que manejó durante sus visitas a las corazonianas?

—Algo hay en su celda. Pero desde luego, puedo asegurarles que el ordenador no está aquí. Lo llevaba con él en su último viaje.

Garzón y yo intercambiamos una mirada que fluctuaba entre el mutuo entendimiento y la decepción. Adiós a un banco de pruebas en el que hubiéramos podido encontrar algún indicio, aunque, al mismo tiempo, aquello representaba una constatación importante: al fraile se lo habían cargado por algún tema relacionado con el trabajo que estaba llevando a cabo; y si aquello era así, el hermano Magí se convertía en un interlocutor de oro, y la hermana Domitila también. Me veía creando una verdadera fraternidad de detectives investidos por la gracia divina.

—Creo, hermano, que deberíamos visitar la celda del hermano Cristóbal. Me imagino que tiene que pedir permiso para ello, de modo que...

—En ausencia del abad estoy autorizado a colaborar con ustedes en todo lo que me pidan; sólo que... siendo usted una mujer, sería mejor alertar a los frailes de su presencia para que se retiren convenientemente. No hay ningún problema en sí, pero tratándose de una zona de clausura... espérenme aquí, sólo será un momento.

Se retiró. Garzón no esperó a que se hubiera disipado su aura para decir:

—¿Qué cojones habría averiguado ese maldito fraile para que se lo cepillaran de ese modo tan brutal?

—Procure moderar su vocabulario, aquí estamos en territorio sacro y no me gustaría que se creara ningún problema diplomático.

—Pues el territorio sacro es un campo minado: permisos de visita, prevenir a los frailes para que se oculten... En realidad se trata de un lugar ideal para cometer un asesinato.

—El marco es bueno, pero ¿qué me dice de los móviles? En un sitio donde los anhelos del mundo quedan fuera, ¿qué motivo hay para matar?

—¿A qué le llama usted los anhelos del mundo?

—Pues ya sabe. El mundo, el demonio y la carne. Es decir: amor, sexo, dinero, poder... en fin, todo lo interesante.

—Ha de ser jodido renunciar a tantas cosas. ¿Y a cambio de qué?

—De la paz, de la unión con Dios... no creo ser la mejor persona para explicarle todo eso. Yo tampoco lo entiendo, la verdad.

Entró el hermano Magí con una sonrisa velada.

—Acompáñenme, por favor.

Mientras caminábamos por el hermoso monasterio le pregunté cómo estaban organizados.

—Somos cistercienses y nos regimos por la regla benedictina, aunque no somos propiamente benedictinos. Los benedictinos llevan el hábito negro y nosotros lo llevamos blanco. La máxima de nuestra organización es sencilla: «ora et labora». Oramos cuatro veces al día, la primera a las cuatro de la mañana.

—¡Caramba! —exclamó un Garzón muy comedido—. Un poco pronto, ¿no?

—Es un primer y agradable encuentro con Dios. Enseguida te acostumbras.

—Se necesita mucha moral. Porque teniendo todo el día por delante y no muchas cosas que hacer...

—Sí hay cosas que hacer, subinspector. Piense que todos los miembros de esta comunidad nos autogestionamos y que las tareas son múltiples.

Garzón cabeceó sin mucha convicción, seguramente comparaba los posibles quehaceres de los monjes con sus labores policiales. Habíamos llegado a un corredor donde las sencillas puertas de madera de pino se alineaban a ambos lados. El monje abrió una de ellas y con gesto grave, como si hubiera recordado de pronto al hermano Cristóbal, nos hizo pasar. Se trataba de una escueta habitación solo amueblada con una cama, un armario y una pequeña mesa de trabajo. Por una estrecha ventana se veía un trozo de cielo. Aquel habitáculo exudaba un aire de tranquilidad, recordando más un cuarto de estudiante que la celda de una prisión. Sobre la mesa había un fajo de folios. Los hojeé.

—¿Forma esto parte del trabajo sobre el beato?

El hermano Magí leyó el primer párrafo.

—Sí, creo que sí.

—¿Le comentaba a usted los progresos que hacía?

—No me mantenía al tanto de todo, pero a veces intercambiábamos impresiones.

—¿Le dijo algo importante, algo inusual, algo que... no sé cómo expresarlo.

—¿Algo que pudiera justificar su asesinato? Supongo que no lo dice en serio, inspectora. ¿Qué tema sobre una momia medieval puede justificar esta muerte espantosa?

—Algún secreto, alguna revelación que pudiera incomodar a alguien.

—Ese tipo de secretos no existen, inspectora. Leyendas populares sobre los conventos.

—Estoy de acuerdo con usted, pero le recuerdo que al tal beato se lo han llevado como si fuera un objeto valioso.

—Puede tratarse de una simple gamberrada, de una profanación. A veces bandas de jóvenes inadaptados hacen esas cosas. Se han profanado tumbas en más de una ocasión.

—Al beato Asercio de Montcada lo sacaron del convento con sumo cuidado, como si fuera un enfermo, más que un cuerpo momificado.

Los ojos pardos e inteligentes del hermano Magí abandonaron la indiferencia metafísica y se instalaron en la más mundanal de las curiosidades.

—¿Cómo se han enterado de eso?

—Hay una testigo que lo vio. Fue cargado en una furgoneta. Ése es el único dato que tenemos.

—No puedo creerlo; pero ¿por qué robar un cuerpo santo?

—Cuando sepamos por qué estaremos cerca de una resolución del caso. ¿A usted no se le ocurre una razón?

—De ninguna manera. Es absurdo, es demencial.

—¿No existe un mercado clandestino de momias como pueda haberlo de objetos de culto, de piezas arqueológicas?

—Le aseguro que no. Hay redes internacionales que comercian con objetos artísticos de origen eclesiástico, ustedes lo saben mejor que yo; pero ¿una momia? Una momia sólo puede tener interés para un museo, ¿y qué museo exhibiría el botín de un robo con asesinato?

—Quizá un museo extranjero, de un país remoto con pocos escrúpulos.

—¿Y cómo lo sacan del país, en un camión?

—Ése no es el problema; el problema es que ningún director de museo, por más loco que esté, mata para añadir una pieza a su colección. No resulta lógico.

Garzón había estado revisando las hojas del hermano Cristóbal. De pronto, dio un respingo.

—Mire, inspectora, esta cosa debe ser el beato.

Me alargó unas fotografías en las que se distinguía a fray Asercio yaciendo en su hornacina. Era apenas una sombra vestida con un hábito medio consumido por el tiempo. En las manos, casi huesos, portaba un rosario de madera. Garzón lo observaba absorto, con cara de asco.

—Mire, aquí hay un primer plano. ¡Vaya pinta que se gastaba!

Carraspeé fuertemente para hacerle notar su incorrección. Él intentó rectificar con poca fortuna.

—Quiero decir que está bastante apolillado.

Fray Magí, imperturbable como si no hubiera oído nada inconveniente, comentó:

—El cuerpo estaba, en efecto, muy deteriorado. Ésa era una de las razones por las que el hermano se encontraba allí. Además de esa labor tenía que reconstruir históricamente su figura, en cuya evolución había lagunas.

—Lo sabemos. Hermano, creo que será bueno que mantengamos una reunión de trabajo con usted y con la hermana Domitila, de las corazonianas. Entre todos es posible que podamos aclarar un poco las conclusiones a las que el hermano Cristóbal estaba llegando.

—Avísenme con un día de anticipación e iré a Barcelona encantado. Vengan, salgamos de aquí. Si tienen un momento quiero hacerles visitar nuestra iglesia.

Ante la magnífica fachada, la Puerta Dorada, y ya en el interior de la iglesia, cuando paramos frente al retablo de Damià Forment, pude oír la por fin adecuada exclamación del subinspector:

—¡Dios mío, qué preciosidad!

Luego salimos al majestuoso claustro. Cuando nos acercábamos a la fuente le pregunté a nuestro anfitrión:

—¿Qué tipo de persona era el hermano Cristóbal?

—El más amable de los hombres, aparte de un grandísimo intelectual. Estaba siempre estudiando y muy absorbido por sus investigaciones.

—¿Era apreciado en la comunidad?

—Era... ¡venerado en la comunidad! Siempre se encontraba dispuesto a hacer un favor, a colaborar. Se interesaba por la salud de los hermanos de más edad, se mostraba alegre sin excepción. Le puedo asegurar que era muy popular, y que la noticia ha sido tan terrible que ninguno de nosotros ha dejado de rezar especialmente por su alma desde que supimos que había fallecido.

—Su familia... debo suponer que ya ha sido informada.

—Por supuesto.

—Tendrá que darme sus señas.

—Era originario del delta del Ebro. Los Mossos d'Esquadra ya tienen su dirección; pero se la daré a ustedes también.

En el coche, Garzón se mostraba sobrecogido.

—¡Qué belleza de monasterio, qué grandiosidad, qué elegancia de formas!

—Deje de hacer el turista y dígame qué le ha parecido la conversación con el fraile.

—Poco interesante, inspectora. Aquí a nadie se le ocurre por qué carajo han podido matar a un monje y mucho menos quién querría llevarse a casa un momio más feo que la madre que lo parió.

—Llame a Yolanda. Dígale que en un par de horas queremos hablar con la testigo si es que la ha encontrado, que prepare un interrogatorio en comisaría.

Miraba de reojo al subinspector. Desde que se había casado era evidente que nunca estaba de mal talante. Antes, cuando un caso se presentaba especialmente complicado, renegaba como un carretero cada vez que debía hacer una gestión. Pero ahora era diferente, daba la impresión de que ponía menos celo en el trabajo, y eso hacía que lo tomara con mayor naturalidad. Supuse que todos tenemos una cantidad limitada de posibilidad de atención abstracta, y cuando crece la demanda en un sector de nuestra vida, baja forzosamente por otro lado. Quizá debido a eso dicen que las relaciones estables mejoran el equilibrio de nuestra existencia total. Pero pensar en esa teoría se me antojaba frustrante, porque se trata del mismo principio que niega la buena estrategia a los generales demasiado enamorados, la genialidad a los artistas inflamados de amor, y la perspicacia a los policías que llevan una plena vida sentimental. Y no era así, o por lo menos no debía serlo. Creo que fue ése el momento en el que acepté el reto de aquel extraño caso con toda intensidad, y me prometí a mí misma que resolveríamos aquel asesinato aunque tuviera que desatender durante un tiempo las otras facetas de la existencia.

Embebida en mis pensamientos casi no presté oídos al hecho de que Garzón había repetido tres veces la frase «no jodas» mientras hablaba con Yolanda. Luego añadió: «Vale» y cortó la comunicación.

—No encuentra a la mendiga.

—No joda.

—Eso mismo he dicho yo. Pero le falta buscar en el albergue donde a veces duerme. Ahora va hacia allí.

—Vuelva a llamarla. Dígale que Sonia la acompañe, que peinen casa a casa la ciudad si es necesario, pero que la encuentren ya.

Me obedeció. Luego se volvió hacia mí.

—¿Tan importante le parece esa mujer?

—No tenemos más testigos del traslado del cuerpo.

—Pero es un testimonio muy poco fiable.

—¡Y qué más da, es el único! Además, seguramente fue interrogada en el contexto de una primera aproximación al caso, y no con el detalle de una sesión regular.

Vi cómo se encogía de hombros, tenaz en su escepticismo, y no hablamos más.

La entrada en comisaría fue triunfal. El policía Domínguez corrió hacia mí en cuanto traspasamos la puerta.

—Inspectora, el comisario Coronas ha dicho que pasaran a su despacho en cuanto llegaran.

—Esta bien, Domínguez. Usted ya me ha transmitido la orden, ahora es cosa mía si la cumplo o no.

El pobre Domínguez, que era manso y amable por naturaleza, siempre sufría mucho cuando recibía respuestas mías de ese calibre. Durante unos instantes se debatía entre la bifurcación del deber que se le presentaba sin avisar. Se decantó por la más directa.

—Como usted diga, inspectora.

Miré a Garzón y le dije en un susurro:

—Lárguese y controle a Sonia y Yolanda; usted se puede librar de perder el tiempo en el despacho del jefe. En cuanto sepa algo de la testigo, llámeme.

Como si la prisa fuera un concepto ajeno al ser humano entré en mi despacho y me puse a leer los doctos folios que había redactado el fallecido hermano Cristóbal. Eran notas de investigación histórica. Hablaban del beato Asercio, intentando datar las etapas por las que había pasado el cuerpo presuntamente incorrupto. Busqué en las conclusiones, inacabadas:

«En el año 1423 se encuentran documentos en la catedral de Girona en los que se relatan hechos de la vida de fray Asercio de Montcada, de cómo éste vivió santamente el monacato y de cómo la fama de sus buenas obras se extendió por toda la comarca y, más tarde, por todo el reino. Posteriormente, en un pliego fechado en 1619 y que se halla en el archivo diocesano de Barcelona encontramos una memoria de altísima importancia. Se trata de un proceso contra tres eclesiásticos que en mayo de ese año consiguieron desenterrar un cuerpo momificado en una iglesia (no especificada) valiéndose de "acciones nocturnas". Según las investigaciones llevadas a cabo en la época, podría tratarse de la momia de fray Asercio. En el legajo no figura la intención que llevó a los eclesiásticos al robo del cuerpo; si bien del acta del tribunal se infiere que, sabiendo que el cuerpo era santo e incorrupto, quisiera exhibirse en alguna pequeña capilla falta de atractivos espirituales para los fieles».

Tuve que releerlo varias veces para comprender bien lo que decía. Al final deduje que el tal Asercio no era la primera vez que se había convertido en el botín de un robo. Y todo para devenir en lo que eufemísticamente se denominaba como «atractivo espiritual», lo que en nuestro lenguaje actual sería «atractivo turístico». Es posible que el mundo esté en continua evolución, pero las motivaciones de las sociedades parecen permanecer inalterables. No sabía cómo había trascurrido la vida del beato, pero una vez muerto sus aventuras parecían más notables que las del propio Indiana Jones. Sentía curiosidad por ver la cara que ponía el subinspector al enterarse de aquello.

En otros folios se tomaba nota de algunas ceremonias celebradas en honor del beato, siempre dentro de los claustros de varias órdenes religiosas. Figuraban como fuentes informativas los documentos archivados en la biblioteca de las corazonianas.

Al final, había una lista de los objetivos del trabajo: determinación de fechas trascendentales, trayectoria de los restos y mantenimiento de la momia. Me fijé en este apartado que, crípticamente, indicaba: 1.—Diagnóstico de incorruptibilidad. 2.—Tratamiento del textil. 3.—Estudio de órganos. Posibilidad de análisis ADN. 4.—Tratamiento de los restos con COMPLUCAD. Trabajos no iniciados.

Cada vez me parecía más necesaria aquella reunión de expertos que me proponía hacer con los hermanos Domitila y Magí. De otro modo nos veríamos condenados a contratar ayuda externa y ¿quién tiene mejores conocimientos de arqueología eclesiástica que los propios eruditos pertenecientes al clero?

Llamaron a la puerta. Domínguez dejó ver fugazmente su filosófica jeta.

—Inspectora...

—Dígale que voy enseguida.

—No se trata del comisario; es que han traído un informe para usted.

Lo tomé de su mano con expresión neutra. Al salir, Domínguez se permitió un recordatorio.

—Pero el comisario la espera, se acuerda, ¿verdad?

Lo miré con impaciencia y salió huyendo. El sobre contenía el informe pericial de la nota encontrada en el cadáver. Me alegró la claridad con la que estaba redactado.

«El documento analizado está en soporte papel grueso de 19 milímetros color blanco, tamaño DIN A4. Corriente en el mercado. No se aprecian huellas de ningún tipo en toda su superficie; lo cual indica que fue manipulado concienzudamente con guantes. Las letras están dibujadas con trazo firme y seguro, pudiendo afirmarse con escaso margen de error que el autor de las mismas tiene conocimiento preciso de la escritura e iconografía gótica medieval tardía.»

Algo es algo, pensé, por lo menos ahora podemos estar seguros de que el cartelito es obra de un experto; aunque ¿experto en qué: en dibujo, en historia, en falsificaciones? Todo aquello me parecía cada vez más un laberinto en el que resultaba difícil orientarse. ¿Por dónde empezar? Una vez exploradas las pruebas iniciales, nada permitía lanzarse con ímpetu en uno u otro sentido. Consulté mi reloj. Ni acopiando toda la sangre fría del mundo podía posponer por más tiempo mi visita a Coronas. En ese instante llamó el subinspector.

—Malas noticias, Petra. La testigo no aparece. Dicen en el albergue que hace tres noches que no va a dormir.

—¿Es normal que falte tanto tiempo?

—Parece que no. Alguna noche no se presentaba, pero tres seguidas es demasiado, sobre todo cuando hace frío. Por lo menos nos han ratificado que se llama Eulalia Hermosilla y figura como alcohólica crónica en la ficha del centro. ¿Qué hacemos?

—Venga aquí con las chicas. Si no estoy cuando lleguen, me esperan en el despacho.

Me dirigí a la cueva del ogro con paso firme y llamé a la puerta con tres golpes más firmes aún. Sabía que iba a verme obligada a lanzar un contraataque y preparaba las huestes mentales para ponerlas a batallar. El ogro cargó contra mí en tono irónico.

—¡Hombre, Petra, cuánto bueno por aquí! ¡Empieza la cosa de manera fina y discreta! Tengo menos informes en el ordenador que un *broker* en Siberia. ¿Sería muy impertinente preguntarle a qué se dedican Garzón y usted?

—Comisario, sabe usted perfectamente que hemos tomado el caso de manos de los Mossos y que ellos se encontraban en una fase muy primitiva de la investigación. Ha sido necesario reiniciar muchas diligencias, esperar los informes periciales y...

—¡Basta, basta, no me agobie con su retórica oficialista! El jefe superior quiere informes encima de su mesa ya. Además, ha considerado imprescindible que hable usted con el portavoz para que éste pueda dar audiencia a la nube de periodistas que la han solicitado. Antes de que las filtraciones digan que ha sido la momia quien ha matado al fraile hay que actuar. De manera que, en cuanto salga de aquí reúnase con Enrique Villamagna, el nuevo portavoz.

—A sus órdenes, señor. Pero antes...

—¡Dios mío, Petra, cuando la he oído decir: «A sus órdenes señor» ya se me han alterado los pulsos! ¿Se puede saber qué quiere?

—Necesito una dotación especial de veinte hombres.

—¡Cojonudo! ¿Usted sabe lo que son veinte hombres? Ya puestos, ¿por qué no pedimos refuerzos a la policía montada del Canadá? ¿Y para qué necesita semejante batallón?

—Ha desaparecido la testigo que vio sacar el cuerpo del convento, señor. No hay manera de dar con ella.

—Pero ¿no era una mendiga? ¡Estará en cualquier parte!

—Ése es el problema, señor, que estará en cualquier parte y yo la necesito para interrogarla inmediatamente.

—Ya lo hicieron los Mossos d'Esquadra y al parecer estaba muy tronada, no pudo añadir mucho más de lo que dijo.

—No podemos renunciar a un interrogatorio más amplio y profundo, señor, y en otras circunstancias diferentes de las de una investigación que comienza, que no son las ideales.

Se pasó las manos por los ojos en un amago teatral de gesto desesperado.

—Está bien, inspectora, está bien. Le daré veinte hombres durante tres días. Ni uno más. Si después de ese tiempo no hay nada nuevo, siga con su equipo habitual.

—Muchas gracias, señor, es lo justo.

—Haga el maldito favor de dejarme calibrar a mí lo que es justo y lo que no lo es y vaya a redactar esos informes, pero después de hablar con Villamagna. ¿Está claro?

—Muy claro, señor.

Coronas no era un mal hombre, después de todo. En cuanto redactara el dichoso informe me dejaría en paz. La cadena de mando policial no era muy diferente de la cadena alimentaria; sólo que en nuestro caso, lo importante era obtener comida del de abajo para dar de comer al de arriba. Yo elaboraría el informe que serviría para dejar conforme al comisario que, a su vez, dejaría conforme al jefe superior. ¿Y de dónde sacaría yo el alimento?; de los subordinados que me esperaban en el despacho. En esa organización sencilla, surgían sin embargo parásitos extraños que necesitaban una pitanza suplementaria y especial cuyo destino era la prensa del país, el total de los ciudadanos, la *res publica*. Comprobé semejante anomalía en el momento en que Enrique Villamagna atajó mi paso sigiloso en medio del pasillo. Era pelirrojo como Judas y casi tan interesado como él. Se había estrenado en el cargo sólo hacía unos meses y apenas si alcanzaba los treinta años. Había estudiado en la academia de policía al mismo tiempo que se licenciaba en periodismo. Por eso, y por sus muchas ganas de hacerlo bien, estaba considerado como un auténtico número uno. Pero su mayor peculiaridad, que a mí me parecía divertida, consistía en mostrarse como una verdadera personificación de la dualidad Doctor Jekyll y Mister Hyde. Quiero decir que en las ruedas de prensa aparecía como un buen chico, voluntarioso y atento, contestando con educación exquisita las preguntas de los periodistas. Para ello utilizaba un lenguaje ecléctico, a medio camino entre lo informativo y lo policial, que resultaba efectivo y moderno. Solía ir vestido para esas ocasiones con impecables trajes de corte actual que lo emparentaban con toda una generación de jóvenes ejecutivos de éxito indudable. Por el contrario, cuando circulaba por las comisarías al abrigo de las miradas exteriores, su aspecto remitía al de un *hooligan* después del partido: tejanos de bordes deshilachados, camisetas con algún logo impertinente y zapatillas deportivas. Su lenguaje entonces era el de un carretero. Nunca había visto un caso de doble faz tan natural y espontáneo.

Al verme se acercó con una sonrisa amplia y generosa.

—¡Carajo, la célebre inspectora Petra Delicado! Cuando me dijeron que tenía que tratar contigo me puse contento de verdad. La más guapa, lo mejor parido de la policía de Barcelona.

—¿Cómo estás, Villamagna? Bien o mal me parieron hace los suficientes años como para desconfiar de los piropos.

—¡Tonterías!, estoy por decirle al jefe superior que informes tú directamente a los plumillas sobre el caso del fanático religioso, así verán la belleza de las féminas de la pasma.

—¿Fanático religioso? No sé de qué me hablas.

—Venga, Petra, no me vaciles. Desde que se ha sabido lo del crimen del fraile, todo el mundo anda a vueltas con el puto fanático religioso.

—No sé quién habrá sido el tarado mental que ha filtrado semejante cosa; porque te aseguro que anda despistado.

Sacó un cuadernillo y un bolígrafo.

—Bueno, pues entonces lo que tú me digas. Soy todo oídos, aunque...

—¡Para el carro, Villamagna! Si quieres puedes informar sobre el asesinato del hermano Cristóbal, contar qué estaba haciendo en el convento de las corazonianas, por ahí te extiendes sobre arte y cultura, ya te daré datos. Puedes decir también que ha desaparecido el beato fray Asercio de Montcada, y vuelves a extenderte sobre momias medievales, conservaciones funerarias, enterramientos en iglesias, etc. Por último, añades que creemos que ambos hechos están relacionados, que se descarta el robo por lucro y que hay un testigo. Y ya está.

—¡Coño, Petra, no me jodas, me van a crucificar! ¿Tú no te das cuenta de que la imaginación popular se desbordará con todos estos elementos?: que si momias desaparecidas, que si monjes asesinados por la espalda, maldiciones, misterios, venganzas... y voy yo y les suelto a los putos periodistas una clase de historia antigua. ¡Me hostiarán!

—Puedes añadir un poco de historia sagrada: los frailes, *ora et labora*, el Monte Tabor, las bienaventuranzas...

—Sí, claro, y pasarles un DVD de *Los diez mandamientos*; pero te aseguro que no van a tragar.

—¿Tu obligación no es mantener a los informadores a distancia?

—Para nada. Mi obligación es negociar contigo que me des lo máximo que puedas, venderlo a la prensa como si fuera mucho más y procurar que la imagen de la policía salga siempre bien parada.

—Dales la nota oficial y van que arden.

—Esa nota es más sosa que una invitación a tomar el té. Si les suelto sólo eso se inventarán cosas, se producirán filtraciones porque empezarán a acosar hasta al último mono de la bofia, será un follón.

—Pues entonces diles la verdad: que no tenemos ni la más remota idea, que andamos despistados y que si seguimos así la momia acabará por pudrirse en su desconocido destino.

Rezongó un buen rato mientras yo me alejaba. ¡El fanático religioso! En aquella ocasión los plumillas, como él les denominaba, demostraban tener bien poca imaginación. Pero así eran las cosas, la historia criminal española estaba falta de casos con componentes llamativos u originales y, si nadie lo remediaba, las filtraciones e inventos a los que hacía mención el portavoz, no tardarían mucho en hacerse realidad. Habría que darle un poco de carnaza de vez en cuando para que él la distribuyera entre los colmillos periodísticos.

Intentando que aquel problema adicional no perturbara mis planes inmediatos me dirigí a mi despacho. La puerta estaba entreabierta. Me acerqué, apliqué el oído y pude distinguir que Yolanda y Sonia se encontraban enfrascadas en una discusión. Desde hacía un tiempo se había distribuido entre la dotación policial un montón de protocolos que debían rellenarse según la actividad que se estuviera llevando a cabo. De ese modo podían efectuarse rápidos recuentos estadísticos que facilitaban el análisis de la praxis policial al mismo tiempo que una valoración de los hechos delictivos. Como toda medida de nueva creación que significaba más trabajo, había sido muy mal recibida por los agentes. Éstos no siempre sabían cómo encuadrar el servicio prestado dentro de las escuetas casillas de los formularios. Policías como Sonia, no muy sobrada de luces, tenían reiteradas dificultades para cumplir con esta labor burocrática. Corroboré todo esto en la conversación que oí entre las dos jóvenes policías. Sonia parecía al borde de la desesperación.

—Pero, vamos a ver, Yolanda: si encuentro a un menor que merodea solo por la calle utilizo el impreso C; pero si no es la primera vez que me topo con él, ¿entonces qué impreso se rellena: el de menores o el de reincidencia?

Entré súbitamente y las dos se callaron al instante.

—Veo que están en plena faena técnica —comenté.

Yolanda enseguida contestó:

—Nada especial, inspectora. Se presentan algunas dudas de vez en cuando. Es que esto de los impresos es un lío del demonio. A veces te dan ganas de no detener a algún sospechoso porque no sabes en qué impreso tendrás que ponerlo después. ¡Y total para que los políticos puedan manejar cifras en sus discursos!

—Meterse con los políticos es la típica actitud de policía fascistoide que no corresponde a tu edad. Además, deberías saber que las estadísticas son importantes.

—Sí, inspectora —respondió enseguida como una aprendiz de marine.

—¿Dónde está el subinspector?

—¡Aquí! —cantó Garzón desde la puerta—. Había ido al excusado, con perdón.

Sonia dejó escapar una tonta risita.

—Quiero saber cómo habéis realizado la búsqueda de la testigo.

—Hemos visitado y preguntado por ella en todos los lugares donde solía estar. Hemos ido al albergue en el que pernoctaba y nos han informado de que no había acudido allí en los últimos tres días, lo cual era considerado extraño por la directora. También nos hemos enterado de que paseaba por el barrio del Born, donde nadie la ha visto últimamente. Tampoco ha vuelto a ocupar el lugar frente al convento de las corazonianas, donde se convirtió en testigo del desplazamiento en camioneta del beato.

—Correcto. Como os imagináis, no os he hecho venir a mi despacho para echaros broncas. Quiero que trabajéis las dos en este caso.

Sonia no estaba dotada con la virtud de la prudencia ni con la capacidad del disimulo, así que prácticamente dio un salto para decir:

—¡Bien, en el de la momia, qué ilusión!

La recompensé con una mirada que hubiera debido helarle la sangre, pero aún encontró fuerzas para intentar arreglarlo y musitó:

—Bueno, quiero decir que todo el mundo lo comenta y dicen que es como los asesinatos de las «pelis», como la maldición de la momia y yo...

—¡Ni maldición de la momia ni pollas en vinagre! Es un caso de asesinato que vamos a investigar y punto. El comisario Coronas nos ha autorizado un operativo especial de veinte hombres durante tres días para buscar a esa mendiga. Vosotras dos aglutinaréis los informes diarios de todos esos agentes.

—¿Un operativo de veinte hombres? ¡No me lo puedo creer! —exclamó Garzón, y añadió parodiando a Sonia—: ¡Qué ilusión!

—La ilusión para mí sería que dejaran de interrumpirme. Deben elaborar un mapa con los lugares que frecuentaba la mendiga o que sean frecuentados por mendigos en general, con especial atención a los alrededores de los conventos. Quede bien entendido que ninguna de las dos, al igual que los hombres del operativo, tendrá información sobre los avances del caso. Además, si me entero de que alguien habla con algún periodista lo machacaré. Vuestra labor también consistirá en darme el chivatazo si os enteráis de que alguno de los hombres se reúne con la prensa. ¡Y nada de comentarios estúpidos sobre la maldición de la momia o la venganza del Espíritu Santo! ¿Entendido?

—Sí, inspectora —respondieron al unísono con aire marcial.

Mientras salían oí cómo Sonia le preguntaba a Yolanda en voz queda:

—¿Y qué impresos habrá que rellenar para toda esta movida?

Yolanda contestó en un susurro airado:

—¿Pero tú eres gilipollas o qué?

Volví mi alterado rostro hacia Garzón y lo descubrí pugnando por ocultar la risa.

—Puede reírse todo lo que quiera; pero le comunico que Coronas quiere un informe hoy mismo, de todo. Así que más vale que nos repartamos la tarea y nos pongamos a trabajar.

—Tengo que llamar a Beatriz para decirle que llegaré tarde.

Se retiró un poco para no hablar delante de mí y yo simulé enfrascarme en mis papeles. Pude oírle decir «cariño» un par de veces. Cuando regresó puse cara de póker.

—¿Usted no llama a Marcos?

—Ya le advertí que quizá me retrasara bastantes días mientras esto dure.

—Bueno, pero una llamadita nunca está de más.

—No quiero malacostumbrarlo —dije sólo para hacerlo rabiar.

—Va usted de dura, ¿eh, inspectora?

—Ya me conoce, Bogart y yo somos así.

Nos repartimos el trabajo adentrándonos sin ningunas ganas en la redacción de los informes. Cenamos un bocadillo que nos trajeron desde La Jarra de Oro y abundancia de café. A las doce de la noche Garzón asomó la cabeza.

—Yo ya lo tengo todo más o menos encarrilado, ¿qué le parece si nos largamos?

—Yo he acabado también.

Me desperecé discretamente mientras él se frotaba los ojos. Cuando estaba cerrando el ordenador como en un antiguo ritual, el subinspector me propuso de improviso:

—¿Y si nos tomamos una cervecita? La Jarra debe estar abierto aún.

Sólo por la elevación sutilísima de las comisuras de sus labios pude darme cuenta de que estaba retándome. Lo único que me apetecía era llegar a casa y charlar con mi marido, pero después de mi farol anterior, no me quedaba más remedio que aceptar el envite.

—¡Y dos si es necesario! Deje que vaya un momento a lavarme la cara y estoy lista.

Las comisuras descendieron notablemente, por lo que colegí que él también se encontraba loco por regresar a los brazos de su amada. Sin embargo, ninguno de los dos estábamos dispuestos a reconocer nuestro nuevo estado de cónyuges felices y las esclavitudes que eso comportaba, así que un rato más tarde estábamos sentados en la barra del bar, que a esas horas se hallaba lleno de gente solitaria.

—¿Tiene la impresión de que con veinte hombres encontraremos a la mendiga, inspectora?

—Se supone que estamos aquí para solazarnos después de un largo día, de manera que no tratemos de trabajo.

—Lleva razón. ¿Qué tal le va con los hijos de Marcos?

—Sobre la familia tampoco quiero hablar.

Le pegó un sorbo concienzudo a su cerveza y, con retranca, preguntó:

—¿Cree que el Deportivo de la Coruña le ganará al Real Madrid?

Lo observé, impertérrita.

—Arriesgaría toda mi fortuna apostando a que sí, Fermín —le contesté.

Cerca de la una llegué a casa. Marcos estaba despierto aún, leyendo un libro. Vino a mi encuentro, me abrazó. Parecía preocupado.

—¿Todo va bien?

—Relativamente bien.

—Es terrible que tengas que ocupar horas y horas en asuntos tan lúgubres.

—¡Pero Marcos, en eso consiste mi profesión!

—Ya lo sé; pero todo esto del monje muerto es muy desagradable. Me gustaría poder preservarte de esa realidad tan sangrienta.

Lo miré con afecto.

—Tú me preservarías de la realidad negativa a mí, yo te preservaría a ti, pero entonces ninguno de los dos estaría en la realidad.

—Supongo que es así, pero cuando he oído al portavoz de la policía dando detalles del caso...

—¿Cuándo ha sido eso?

—En las noticias de las diez. Vamos a la cocina, van dando resúmenes informativos de vez en cuando. Además tienes preparada una minitortilla de calabacín. Me acordaba perfectamente de que no quieres que te cocine nada, pero hoy estaba seguro de que no habías cenado. Le he pedido a Jacinta que la hiciera.

Aparenté sonreír. La vida es increíble, pensé, centenares de miles de mujeres se quejan de la falta de atenciones domésticas de sus maridos y yo, que sólo aspiraba a llegar a casa y descansar, me veía obligada a zamparme una amorosa tortilla que sin duda me sentaría fatal.

Encendí el televisor, le quité la voz y ambos nos sentamos a la mesa de la cocina.

—Cuéntame cómo va tu trabajo, Marcos —le pedí mientras comía.

—Como de costumbre. Ahí andamos todo el equipo peleándonos con los planos de un nuevo hotel.

—¡Qué interesante!

—¿De verdad te lo parece?

—¡Por supuesto!

—No veo por qué.

—Pues es evidente: tantas habitaciones, todos esos espacios comunes... ¡la gran cocina!

Se echó a reír, valorando mis esfuerzos por demostrar que la arquitectura de un hotel me parecía apasionante.

—Si de verdad te llama la atención te enseñaré los proyectos, te los explicaré.

—¡Estupendo!

Cogí a toda prisa el mando a distancia y subí el volumen del televisor. Había avistado a Villamagna en la pantalla. Iba trajeado, elegante, y pronunciaba cada palabra con acento patricio. Le oí decir:

«La policía está siguiendo varias pistas fiables, y ninguna de ellas se descarta actualmente. Operativos especiales han sido puestos en marcha para aligerar la investigación. De momento, es todo lo que puedo comunicarles. Ustedes saben, caballeros, que en este tipo de asuntos resultan básicas la discreción y la prudencia».

—Cuando le vi antes contó algunas cosas más.

—¿De qué tipo?

—Vaguedades. Más o menos lo que me habías contado tú. Habló durante diez minutos sin decir absolutamente nada.

—Eso es justo lo que debe hacer.

—Pues no sé si ésa es una buena solución para acallar los comentarios de la gente.

—¿Qué comentarios?

—De todo tipo. El otro día en el trabajo los administrativos estaban en plan *gore*. Decían que a la momia le habían clavado una cruz puntiaguda en el pecho.

—¡Qué bestias! Y eso que aún no han empezado a producirse filtraciones en serio. Cuando ocurra, la gente las deformará hasta lo increíble.

—¿No podéis evitarlo?

—Resulta difícil. Un asesinato llamativo es como una casa vieja; aunque se hagan apaños siguen apareciendo goteras. Sólo espero que tus hijos no oigan demasiados bulos sobre esto.

—No te preocupes. Tú ya tienes bastante con lo tuyo.

—Lo mío es que se han cargado a un buen hombre sin ningún motivo aparente.

—¡Me parece terrible, el ser humano no avanza!

Recogí los restos de mi cena mientras Marcos subía a acostarse, un tanto cabizbajo. Era obvio que yo no había sabido preservarlo de la realidad, sino al contrario, había proyectado de lleno sobre él mis tristes asuntos policiales. Claro que él tampoco había conseguido gran cosa conmigo: la tortilla de calabacín empezaba a provocarme ardor de estómago. Y es que probablemente el amor pueda ser capaz de metamorfosear el carácter del hombre, incluso su vida, pero desde luego se muestra absolutamente ineficaz para cambiar las miserias diarias.

4

A la mañana siguiente, al llegar a comisaría, encontré a Garzón acompañado de Yolanda y Sonia. Estaban clavando chinchetas sobre un gran plano de Barcelona que habían colocado en la pared.

—¿Qué es eso? —pregunté—. ¿Un torneo de golf?

—Son los lugares donde suelen encontrarse mendigos, y en la selección incluimos los albergues y los comedores de beneficencia.

—¡Qué cantidad de chinchetas!

Garzón suspiró profundamente, hizo un gesto de serena desesperanza y abrió los brazos de par en par.

—¡Las ciudades están infestadas de gente sin hogar, infestadas!

—Sí, ya sé, en este país hay más mendigos que bares, por poner un ejemplo exagerado; pero supongo que han escogido los sectores siguiendo un criterio racional.

Yolanda tomó la palabra.

—Hemos suprimido los comedores religiosos. En el albergue donde solía dormir Eulalia nos dijeron que es muy anticlerical, que siempre renegaba contra curas y monjas.

—Me parece bien.

—También hemos suprimido un tugurio donde van indigentes por su condición sexual.

—¿Y eso qué quiere decir?

—Que van maricones —soltó Sonia a bocajarro.

—¡Pero, tía! —exclamó Yolanda viendo estropeada su eufemística denominación.

—¡Es para que la inspectora lo entienda!

—En efecto, lo he entendido. Yolanda, ve a pedirle al comisario la lista de hombres con los que vamos a contar y convócalos a todos esta tarde a las cuatro. Para entonces es preciso que tengan perfectamente claro las zonas que deben controlar.

—¿Aprueba usted el mapa que hemos preparado?

—*Nihil obstat*, que, como ustedes saben perfectamente, significa: todos al tajo.

Salieron del despacho como dos legionarias inflamadas de sentido del deber. Garzón me miraba con cara de pitorreo.

—*¡Nihil obstat!*, ¡vaya expresión para utilizarla con las chicas! Y luego se queja de la fama de excéntrica que tiene entre los colegas.

—Vámonos, subinspector. La familia del finado nos espera, y vive a casi doscientos kilómetros de aquí.

La familia del padre Cristóbal vivía en Sant Carles de la Rápita, un pequeño y próspero pueblo casi colindante con la Comunidad Valenciana. Los padres nos esperaban en su casa de planta cómoda y amplia, donde la sencillez no significaba ningún tipo de penuria económica. Nos contaron que regentaban la panadería más grande y concurrida de la localidad y que tenían cinco hijos, todos ya con sus propios núcleos familiares formados. Estaban destrozados por la muerte del que había sido el primogénito.

—Ya nunca nos levantaremos de este golpe —sentenció el padre, sereno y trágico. Miré al suelo. No había nada que nosotros pudiéramos decir en aquellos casos, sólo guardar un silencio respetuoso. Garzón encontró sin embargo la fórmula correcta dentro del más puro formalismo:

—Les acompañamos en el sentimiento.

Ambos agradecieron la frase, callaron de un modo

grave que helaba la sangre. No había lágrimas ni lamentos, sólo la dignidad del que acepta un destino terrible sin comprenderlo. Tuve que tomar la iniciativa, pero mis palabras empezaron a parecerme absurdas en cuanto empecé a pronunciarlas.

—Señores, ya sé que todo esto es muy duro para ustedes y que seguramente las preguntas que voy a hacerles les sonarán a sacrilegio, pero tenemos que descartar muchos puntos para llegar al meollo de este horrible asesinato. Díganme, ¿su hijo tenía algún enemigo?

Se miraron entre ellos como si no fueran capaces de discernir el sentido último de lo que les planteaba. La madre respondió:

—Mi hijo era muy bueno, hace más de veinte años que ingresó en los frailes. Aquí no dejó más que amigos.

—¿No hay en su familia ninguna enemistad con nadie, quiero decir una de esas enemistades que duran años por cuestiones de tierras, de herencias.

Ahora fue el padre quien se adelantó.

—No, inspectora; los pueblos de esta zona son pueblos modernos, sitios tranquilos donde la gente trabaja y convive. No pasan cosas como las que se ven a veces por la tele de gente atrasada que se venga de otros vecinos con golpes de hacha o usando las escopetas de caza.

Supe que me había entendido perfectamente. Continué.

—¿Cuándo fue la última vez que vieron a su hijo?

—Hace tres meses el abad le dio permiso para visitarnos y vino a comer.

—¿Les comentó algo que pudiera parecer extraño, algo que saliera de la normalidad?

—No, estaba muy alegre, como siempre. En el convento tenía su vida y su trabajo. Cuando de jovencito nos dijo que quería profesar nos disgustamos mucho. Es normal, era el *hereu*, había sido siempre muy buen chico... pero después comprendimos que en Poblet era feliz. Nunca se arrepintió de ser fraile, nunca lo vimos mal. Al final, nosotros también estábamos contentos de que hubiera encontrado su sitio. Yo, como madre, pensaba que allí, con aquella paz y con los otros monjes que lo cuidaban, pues estaba a salvo de todas las cosas malas de la vida y ahora esto...

Ahí sí se quebró su fortaleza y se echó a llorar con desconsuelo, calladamente. El marido le pasó el brazo por los hombros.

—Tanto llorar —dijo—. Tanto llorar. ¿Quién puede querer matar a un fraile que es un santo, quién?

Nos miró con gesto desesperado. Garzón hizo su segunda y acertada intervención.

—Nosotros no podemos darles consuelo, pero por lo menos quiero que sepan que quien ha matado a su hijo lo va a pagar. Caerá sobre él todo el peso de la ley, se lo aseguramos.

El hombre pareció reconfortado, la mujer seguía llorando.

—¿Quieren hablar con mis hijos? —preguntó él.

—No creo que sea necesario. Pregúntenles ustedes si vieron algo raro en su hermano o si les hizo alguna confidencia y si hay algo, por pequeño que sea, llámenos.

Le pasé mi tarjeta e iniciamos una triste retirada. La voz del padre la interrumpió.

—Señores, no dejen que los periodistas digan barbaridades, aunque sólo sea por la memoria de Cristóbal.

—No depende de nosotros, pero lo intentaremos —contestó Garzón, y luego añadió con una naturalidad que me dejó perpleja:

—¿Hay algún sitio por aquí que nos recomiende para comer?

El hombre, lejos de sorprenderse por un cambio tan radical, nos informó con idéntico desparpajo.

—Vayan a El Peix. Se encuentra en el paseo marítimo, aunque cualquier restaurante de este pueblo está bien.

La madre se secó las lágrimas para añadir:

—Todo el pescado y el marisco es fresco de verdad.

Al subir al coche le dije a Garzón:

—Es usted la pera, subinspector. Los ha reconfortado con cuatro frases hechas, pero le ha salido genial.

—Naturalmente, la gente sencilla aprecia el uso de la frase hecha. Saben entonces que los tratas con educación, además de condolerte, alegrarte o lo que toque.

—Nunca lo hubiera pensado. También ha estado muy bien el capítulo de los restaurantes. Cuando lo oí preguntar me dio la sensación de que era poco oportuno, después de haber hablado de su hijo muerto, pero he visto que les ha parecido normal.

—Claro, inspectora, los que somos de pueblo sabemos que comer es capítulo aparte en cualquier situación, es lo básico, lo más importante, lo que nos une a todos. Y si les pides una recomendación demuestras que los tomas por conocedores de su tierra y que la valoras tú al mismo tiempo.

—Increíble. No le conocía toda esa sabiduría antropológica.

—Es que usted desconoce al pueblo llano; es un poco pija, como si dijéramos.

—No se pase ni un pelo o comemos un simple bocata.

No se pasó, de modo que paramos en un restaurante del paseo marítimo con la sana intención de tomar un arroz de la zona. Sant Carles de la Rápita era un lugar pequeño y coqueto, tranquilo, con un aire vagamente colonial. La cantidad de restaurantes que se alineaban en el paseo y que surgían en muchas de sus calles interiores hacía pensar en una auténtica ciudad-gastronómica. La fama del emplazamiento era tal que muchos viajeros que pasaban por la cercana autopista del Mediterráneo hacían allí una parada para comer.

Mientras dábamos cuenta de una deliciosa paella de pescado, me sentí lo suficientemente inspirada como para afirmar:

—Creo que ha llegado el momento de descartar cualquier motivo personal en esta muerte, subinspector. El hermano Cristóbal no tenía enemigos en el convento ni fuera de él, y su personalidad no iba más allá de su trabajo y su fe religiosa.

—Si lo hubieran matado en Poblet hubiéramos tenido que pensar en su posible homosexualidad, lo cual hubiera sido muy violento. ¿Se imagina?

—No quiero imaginar más de lo que veo. Creo que, de una vez por todas, hemos de centrarnos en el trabajo que la víctima estaba realizando. No hay más.

—Si nos centramos en el trabajo entonces no se puede descartar al fanático religioso que tanto parece gustarle al personal y que a usted le pone los pelos de punta.

—No entiendo la relación.

—Puede ser alguien que no quisiera que se manipulara un cuerpo incorrupto o que considerara un sacrilegio el hecho de investigar en el pasado de los santos...¡qué sé yo! Si hablamos de un fanático hablamos de una mente trastornada y en ese caso cualquier barbaridad es posible.

—Demasiado rebuscado.

—¿Ha pensado en la posibilidad de que se trate de un fanático de otra religión, por ejemplo un musulmán. Alguien de un entorno extremista que con este golpe quiera llamar la atención sobre algún colectivo que vive aquí, al que no le permiten construir mezquitas... algo de ese tipo.

Medité sus palabras con atención.

—En ese caso hubiera existido una reivindicación. ¿Y qué me dice del cartelito gótico?

—Eso es lo que me lleva a pensar que es un pirado con algún cómplice tan pirado como él. Y dudo que el comisario le permita descartar esa opción.

—Ya veremos. Se impone esa reunión con los sabios de ambas congregaciones, y con seguridad no será la última.

—Al menos vamos a aprender un montón de cosas sobre momias.

—Sí, nos resultarán muy útiles para la vida cotidiana.

Garzón siguió comiendo, concentrado en el placer que sentía. Cuando hubo acabado hasta con el último grano de arroz, exclamó:

—Yo no sería fraile ni de coña, inspectora. Sólo el pensar que mi deber consistiera en privarme de todas las cosas buenas del mundo me sumiría en un estado de desesperación que me trastornaría por completo.

—Sí, ya me imaginaba que en usted no primaba la parte espiritual.

—A lo mejor ni siquiera tengo esa parte.

—En ese caso también se priva de algunos placeres.

—¿Usted la tiene, Petra?

—Supongo que está adormecida en algún pliegue de mi personalidad, aunque no estoy nada segura de que exista en mí. Y para demostrárselo voy a pedir un pedazo de aquella tarta barroca que estoy viendo en el carrito de postres.

Salimos del restaurante reconciliados con la realidad inmediata. Nos acercamos a contemplar el hermoso Mediterráneo, que ni siquiera la luz helada del invierno conseguía convertir en algo tan amenazante y oscuro como los mares nórdicos. No, continuaba siendo una superficie plácida y familiar, el origen de todo: el placer que encontrábamos al comer, el sentido de la vida que ostentábamos, el valor que dábamos a las cosas, el humor con que las tratábamos y hasta los claustros santificados a los que el trabajo nos había llevado de manera impensada.

Permanecimos en silencio mirando al mar. El subinspector dio un suspiro vigoroso.

—En estos momentos sí noto una fuerte sensación espiritual. Creo que yo también tengo mi parte mística.

—Que se manifiesta después de un banquete del carajo. No sé si sería usted admitido entre las filas celestiales.

—¡Todo lo estropea usted, inspectora. Es que no pasa una!

—Olvídese, Fermín; de cualquier modo la espiritualidad es un lujo que ni usted ni yo podemos permitirnos. Para ser espiritual hay que ser rico o muy egoísta; o sea no tener que trabajar y que te importe tres cuernos la suerte ajena, siempre concentrado en tu propia alma. Y nosotros ni lo uno ni lo otro, de modo que: ¡volvemos a Barcelona!

Veinte hombres, varones y mujeres, llegados desde diferentes comisarías de la ciudad para formar el operativo de lo que ya había empezado a llamarse «operación claustros». Los observé, la mayoría jóvenes, sentados como niños en el colegio en espera de que les adjudicaran alguna tarea. Según el procedimiento habitual, nadie les daría las claves de la investigación, ni cómo se imbricaba su trabajo en el rompecabezas general del caso. Consecuentemente, para que realizaran con efectividad el encargo, debían tener muy bien acotada su misión. La reunión inicial era importante.

Bien visible, aparecía el mapa de situación de los lugares que debían ser inspeccionados. Yolanda, Sonia y el subinspector habían elaborado el material que les repartimos a cada uno de ellos. Consistía en una fotocopia de dicho mapa, otra de la fotografía de Eulalia y la descripción de la impedimenta que solía llevar con ella según la versión de los Mossos d'Esquadra: un gran saco de dormir y varias bolsas.

Tomé la palabra después de saludarlos.

—La teoría es muy fácil, señores, y ustedes se la saben de memoria: preguntar, mostrar la foto, seguir la pista y encontrar a esta mujer. No hay nada que yo pueda enseñarles. Dentro de un momento el subinspector Garzón realizará el reparto de las zonas de la ciudad que hemos seleccionado. Antes de hacerlo les ruego que si alguno de ustedes conoce muy bien un sector, se lo comunique al subinspector para que le sea adjudicado con preferencia. Cualquier novedad debe ser informada inmediatamente a los teléfonos móviles de las agentes Yolanda y Sonia, que coordinan el operativo. ¿Hay preguntas?

—¿Con cuánto tiempo contamos?

—Buena pregunta, se me había olvidado. La búsqueda tiene un tope de tres días. Pasado ese tiempo el número de hombres deberá rebajarse por razones lógicas; se les necesitará en otros cometidos. ¡Ah!, y les ruego discreción absoluta. Mucha suerte.

Un murmullo de aquiescencia recorrió la sala de reuniones. Salí y, diligente, fui a mi despacho a preparar el informe del día. Ya que el comisario se había portado bien prestándonos tantos agentes, yo procuraría cumplir las órdenes que más me reventaban con toda disciplina.

A las ocho había acabado y me propuse regresar pronto a casa, al menos por una vez. Vi a Garzón poniéndose el abrigo.

—¿Qué tal ha ido todo?

—Sin problemas. Son gente espabilada. Ya tiene todo el mundo su sector y empiezan mañana. De ésta la encuentran seguro.

—Así sea.

En casa me quedé sorprendida al descubrir que los hijos de Marcos cenaban en la cocina. No era fin de semana.

—Hemos venido en jueves porque el sábado no podremos. Tenemos una excursión. Y Marina ha venido para estar con nosotros —me explicó Hugo.

—Yo sí que vendré el sábado porque no tengo ninguna excursión —dijo Marina.

—Estupendo. ¿Dónde está vuestro padre?

—Dijo que llegaría tarde por culpa de una reunión. Nos ha hecho la cena Jacinta, que se acaba de marchar. Pero no nos ha dicho qué había de postre.

Abrí la nevera.

—Vamos a ver... yogur, hay yogur si os apetece.

Teo, el más irónico, el más rebelde, me lanzó una mirada fría e inquietante. De pronto dijo:

—La verdad es que no sé por qué hemos venido. A mi padre ni se sabe cuándo le veremos el pelo y tú también vuelves tarde del trabajo. Hubiera sido mejor quedarnos en casa.

—Si os hubierais quedado en vuestra casa no hubierais visto a Marina ni tampoco a mí. Lo que voy a hacer es sentarme con vosotros en la mesa y charlamos un rato.

—¿Charlar?, si luego no quieres contarnos nada de las investigaciones del muerto ese del convento. Todos los compañeros saben que la mujer de mi padre es policía y no paran de preguntarnos cosas sobre este caso tan interesante. Quedamos en ridículo diciendo que no sabemos nada.

Hugo le soltó agriamente:

—¡Mamá ha dicho que no quiere que hablemos con Petra de cosas de asesinatos!

Me quedé boquiabierta. Intenté calmarme y reaccionar de manera adecuada.

—Lo siento de verdad, pero debéis decirles a vuestros amigos que las cosas del trabajo son importantes, tanto que no está permitido hablar de ellas.

Teo siguió en pie de guerra declarada.

—Sí, ya veo, el trabajo es lo más importante para mi padre y para ti. No tenéis tiempo de ocuparos de nada más. Por eso digo que hubiera sido mejor no venir.

Acopié toda la paciencia que al parecer guardaba en ignotos almacenes. Había leído en un magazine dominical que con los niños siempre hay que intentar el diálogo.

—Vamos a ver, Teo: ¿por qué estás hoy aquí?, porque el sábado sales de excursión, ¿no es eso? Entonces lo que ocurre es que tu trabajo, una excursión escolar, forma parte del trabajo de un estudiante, te impide venir. Es decir, que debes renunciar al fin de semana con tu padre por motivos de trabajo; lo cual indica que el trabajo te importa tanto como a los demás.

Saltó como un pequeño insecto al que intentaran tocar con el dedo.

—¡A mí me obligan a ir!

—¿Crees que tu padre y yo trabajamos por placer?

—¡Pero es que vosotros...!

Con la voluntad de diálogo hecha trizas lo interrumpí casi gritando.

—¡No pienso seguir con esta conversación absurda! ¿Piensas que no tengo otra cosa que hacer más importante que oír las opiniones de un niño consentido?

Fijó los ojos en mí con una rabia que me asustó. Apretó los dientes para preguntar:

—¿Puedo irme a mi habitación?

—Antes, recoge tus platos de la mesa.

Lo hizo con gestos precisos y cara impasible. Cuando estaba en mitad de la operación se levantó Hugo, muy serio, y también preguntó:

—¿Puedo irme yo? Ya recojo lo mío.

Era obvio que se veía obligado a tomar partido por su hermano. Me estaba bien empleado, era yo quien había perdido el control de la situación al haberle reñido. Desaparecieron ambos de la cocina, dignos y ofendidos. Marina daba los últimos bocados a sus croquetas de pollo. En ningún momento había hecho comentarios o dejado de comer. Exclamé como para mí misma:

—¡Vaya, genial, todo el mundo enfadado!

Me dirigí a la nevera.

—Bueno, me comeré yo el yogur. ¿Tú quieres, Marina?

—Sí. —respondió. Lo abrió y empezó a removerlo con la cucharilla, impávida. Comimos en silencio, frente a frente. Por fin dijo:

—No hagas caso. Teo siempre tiene que meterse con todo el mundo, y Hugo hace lo que él quiere. Además, su madre es una histérica.

La miré con incredulidad. Aquella niña de seis años, formal y un tanto ensimismada, ¿había proferido en realidad aquella última frase? Sin la menor duda, porque continuó en el mismo tono.

—Cuando mi padre estaba casado con mi madre y Hugo y Teo venían en fin de semana, también le soltaban bobadas y le recordaban lo que su madre quería y no quería que hicieran. Un día mi madre me contó que la de ellos era una histérica.

—Es posible; pero de todos modos tengo la sensación de que a tus hermanos no les caigo muy bien. Supongo que no contaban con un tercer matrimonio de tu padre.

—¡Bah!, los padres de casi todos los chicos de mi clase se han casado tres veces.

Sabía que estaba mintiendo, pero le agradecí la inmejorable intención. Entonces remató:

—A mí sí que me caes bien.

Le sonreí.

—Gracias, Marina, tú también a mí.

—Ninguna niña de mi clase tiene una madre o una madrastra que sea policía. Sólo yo.

Bien, aunque únicamente fuera por la originalidad que aportaba a su corta vida, estaba claro que no existían problemas entre Marina y yo. En cuanto a los gemelos... Suspiré; no me encontraba preparada para todas aquellas eventualidades. El matrimonio con Marcos había abierto un nuevo campo en mi vida que hasta entonces me resultaba desconocido. No sabía si podría transitarlo con éxito. Ya era suficiente con tener que coordinar el trabajo y la convivencia amorosa como para, encima, preocuparse de las relaciones intermitentes con unos niños que yo no había traído al mundo. De cualquier modo, descarté comentarle a Marcos lo sucedido. Era demasiado pronto como para considerar aquello un conflicto serio.

A la mañana siguiente, mientras mi marido y yo desayunábamos, me preguntó como por casualidad:

—¿Qué tal anoche con los chicos?

—¡Ah, bien, estuvimos charlando un rato!

—Petra, antes de irse al colegio, Marina me ha contado lo que pasó.

—No pasó nada grave.

—Puede que no; pero tengo que hablar seriamente con Teo y Hugo.

—No merece la pena, ya irán aceptando la situación. Y si les caigo mal no hay gran cosa que tú puedas hacer.

—Dudo que les caigas mal, simplemente están molestos porque no quieres contarles cosas sobre tu trabajo de policía.

—¡Hay que joderse! A ningún niño del mundo le importa un carajo la profesión de los mayores; pero claro, por culpa de la maldita televisión, del cine, de las estúpidas novelas de detectives, todo el mundo cree que vivimos en una película de suspense y acción. Un día me voy a llevar a tus chicos a comisaría para que me vean horas y horas haciendo informes en el ordenador, rellenando formularios, archivando papeles. Se pegarán tal aburrida que no volverán a demostrar interés en lo que hago.

—Quizá no fuera una mala idea.

—Me gustaría saber qué pensarían sus madres si se enteran de que se han solazado con semejante visita turística.

—Si tuviera que preocuparme por lo que piensan mis ex mujeres sobre lo que sucede en mi casa ya me habría vuelto loco.

—En eso llevas razón. Al menos mis ex maridos han quedado sepultados en la noche de los tiempos.

—Ventajas de no haber tenido hijos con ellos.

Se acercó a mí, me abrazó.

—Siento haberte complicado la vida, Petra, lo siento de verdad.

—Olvídalo, la complicación es mi sino.

Me quedé un rato sola en la cocina, frente a una última taza de café. Todo es complicado, todo, y todo se paga. Encuentras un hombre con el que te resulta placentero vivir, pero él solito se marca una familia numerosa, ¡y con dos madres distintas, además! Cada paso que das comporta nuevos escenarios con los que no habías contado. ¿Qué salidas tenía: intentar camelar a los hijos de Marcos, decirle a él que se buscara una casa cercana a la mía y que ya nos veríamos de vez en cuando? Compaginar las distintas facetas de la vida es una clásica aspiración femenina. Nos creemos omnipotentes: «Puedo ser una profesional combativa y una madre amorosa y la mejor de las amantes y todo al mismo tiempo». Pero ¿qué pasaba cuando, como en mi caso, los requerimientos se disparaban en direcciones insospechadas?: «Quiero atrapar a un asesino ladrón de momias, y ser amable con los compañeros de trabajo y una esposa excelente... y, por si no fuera bastante quiero ser una madrastra que no tenga nada que ver con la de Blancanieves». ¡Demasiado para ti, Petra!, me dije dando un sorbo nervioso al café. Pero ¿a cuáles de aquellas metas podía renunciar? Podía ser antipática en comisaría, pero lo demás... Había magnificado mis capacidades. Sin duda existen mujeres que son excelentes esposas y madres, buenas físicas nucleares y que en sus ratos libres cooperan con una ONG, pero no era mi caso. Una policía vive al instante, en la incertidumbre, construye sendas como un zapador por las que debe caminar a tientas. Su vida depende de la circunstancia, de la suerte, del caso que esté investigando en cada momento. Una policía no puede imponerse rutinas, ni organizar milimétricamente la semana, ni asegurar siquiera qué hará en la hora siguiente. Y yo me sentía policía y a eso tampoco pensaba renunciar. ¡Dios te asista, Petra!, me autocomplací en mis problemas. Luego miré el reloj y salí de casa a toda velocidad.

Aquella mañana Garzón estaba pletórico de fuerzas, despejado como un lechuguino, y exhibía una sonrisa feliz. Ninguna nube parecía ensombrecer su cielo azul. Era obvio que su matrimonio no presentaba ambivalencias y lo salvaguardaba de cualquier problema. Le había aportado estabilidad emocional, económica y social. Además, no tenía hijos ni hijastros.

Me recibió contento como si fuera el día de su primera comunión. Mientras preparábamos el trabajo de la jornada, silbaba una canción desconocida para mí y cuando le fallaba el flujo de aire, pasaba al tarareo. No estaba segura de cuál de las dos modalidades sinfónicas me incomodaba más.

—¿Es imprescindible para su inspiración policial que emita esos trinos?

—¿No le gusta? Me extraña; todo el mundo me dice que, de no haber sido policía, tenía un futuro como cantante.

—Pero ya que es policía, mejor se olvida de su segunda vocación.

—¿Está de mal humor, querida jefa?

—No he dormido bien.

—Sé que está preocupada por este caso, pero tranquilícese: estoy seguro de que vamos a atrapar al asesino del fraile. Incluso intuyo que recuperaremos los restos del bueno de Asercio. Me lo dice mi sexto sentido.

—Espero que el sexto lo tenga usted mejor que el sentido del oído.

Lejos de molestarse, soltó una carcajada divertida.

—Le propongo que vayamos a tomar café antes de empezar el currelo. Eso siempre consigue animarla un poco.

—Voy a necesitar dosis masivas.

Desayunamos en La Jarra de Oro, yo aún de mal humor, él siempre pletórico como un político en campaña. Charló sobre fútbol con el camarero, saludó a un par de colegas que se sentaban a nuestro lado, comentó las inclemencias del tiempo con otro cliente...

—¡Caramba, Fermín!, ¿por qué no se está callado sólo un rato? Me está animando tanto que estoy casi al borde de un ataque de nervios.

—¿Puede decirme de una vez qué es lo que le pasa? Porque algo le pasa; la conozco mejor que si la hubiera parido, y Dios me libre de haber contribuido de ese modo a los desastres de la Humanidad.

Refocilándome en una debilidad personal inaguantable hice algo que no había hecho jamás: saqué a relucir mi vida privada y le conté mis problemas con los hijos de Marcos. Debía estar convirtiéndome en una mujer de lo más corriente, porque estaba convencida de que esa confidencia me relajaría y pondría de mejor humor. Dejándome con la boca abierta por el pasmo, mi subalterno soltó una carcajada y pontificó:

—¡Ay, inspectora, cómo se nota que es usted de una generación privilegiada!

—No sé qué coño tiene que ver mi generación con esto.

—Pues todo. Usted ya pertenece a la España de las consecuciones absolutas. Tienen ustedes un objetivo importante, luchan por él, lo logran y entonces todo tiene que ser redondo y perfecto. Pero yo soy más viejo que usted, soy de la España de las mejoras. En mi época no había objetivos, lo único a lo que nos atrevíamos a aspirar era a mejorar un poquito: que te aumentaran el sueldo, que tu hijo pudiera estudiar, poder veranear en la playa...

—¡Joder, Garzón, en buena hora he hablado! Yo le hago un comentario de mi vida y usted me recita el Catón.

—Déjese de historias, Petra, tiene usted mucha suerte. Se ha casado con un hombre lleno de madurez, de inteligencia, que sabe cómo tratar con una mujer moderna y que no se inmuta por tonterías.

—El problema es que tiene más hijos que un jeque árabe.

—¡Vaya problema! ¿Le llama usted problema a que dos críos de doce años estén mosqueados con usted? Eso se lo arreglo yo en dos patadas.

—¿Pero qué dice?

—Si de lo que se quejan es de que no les habla de su actividad policial, tráigalos alguna vez a comisaría.

—Ya lo había pensado, para que se aburran a morir; pero presentarme en el despacho con mis hijastros es poco serio.

—Yo me encargo de llevarlos; y los jefes no tienen por qué enterarse.

Detrás de nosotros carraspeó Sonia, sin atreverse a hablar.

—¿Ocurre algo, Sonia?

—No, nada, sólo que el comisario me ha mandado a buscarles. Vino al despacho preguntando por ustedes y le dije que estaban tomando un café. Me soltó que si ahora los casos se llevan desde el bar que a él nadie le ha avisado oficialmente.

Garzón abrió mucho los ojos.

—¿Y tú por qué carajo le cantas que estamos en el bar? ¿Nadie te ha enseñado que un superior nunca toma café cuando lo requiere otro superior de mayor rango?

—¿Y qué iba a decirle?

—¡Cualquier cosa! Que estábamos en el depósito de cadáveres, camino de China buscando una pista... pero ¡tomando café!... Puedes largarte, enseguida iremos.

Me reí entre dientes mientras Garzón sentenciaba:

—No sé qué futuro nos aguarda con semejante juventud.

Aquel día estaba especialmente filosófico.

Coronas siempre conseguía cazarnos con la guardia baja. Nos presentamos en su despacho muy seguros porque llevábamos al día los informes; pero salió por otro lado.

—Lamento decirles que la presión informativa sobre el caso se ha disparado. La madre superiora de las corazonianas ha llamado al jefe superior pidiendo ayuda, y lo mismo el abad de Poblet. Los periodistas montan guardia en ambos recintos y no paran de incordiar a los religiosos, alterando su paz. En un montón de medios de comunicación crecen los artículos especulando con posibilidades cada vez más fantasiosas. Esto no puede seguir así.

—¿Y qué podemos hacer nosotros?

—Declaraciones que los dejen contentos.

—Señor, ¿por qué el jefe superior no le pide al juez instructor que declare secreto el sumario?

—Ya lo ha hecho, pero el juez se niega. Es un capullo como la copa de un pino, con perdón del poder judicial. Se cree que es el primer juez de la historia de este país.

—Pero en este momento no podemos decir nada determinante.

—Según sus informes van a centrarse en lo que estaba investigando el hermano Cristóbal.

—Esta misma tarde tenemos una reunión de trabajo con el fraile y la monja que lo ayudaban.

—Eso significa que el crimen podría tener un móvil religioso.

—Bueno, no sé, es una interpretación amplia.

—Pues si tiene un móvil religioso entonces es posible que lo haya cometido un fanático.

—Es muy pronto para saber eso; incluso yo diría que es una posibilidad bastante improbable.

—No les estoy diciendo que centren la investigación ahí; sino que le digan a Villamagna que no descartan esa posibilidad. Es más, creo que lo mejor será pedir ayuda externa. Voy a hablar con un psiquiatra para que elabore perfiles de fanáticos religiosos y todas esas zarandajas. Ustedes las hilvanan y el portavoz se las endilga a los periodistas, así quizá nos dejen tranquilos.

—Eso sólo servirá para enardecerlos, acosarán aún más a los religiosos.

—A nosotros eso nos da igual, que cierren la puerta. Lo

que necesitamos es tener a los chicos de la prensa ocupados y controlar lo que dicen, poco más. ¿Me ha entendido?

—Pero señor...

—No hay peros ni hostias, Petra. Es una orden.

—Y yo la acato, señor, pero poner un psiquiatra en este caso es tan absurdo como...

—Como dar información sobre un crimen sobre el que no tenemos ni puta idea. Ya pueden marcharse.

La política policial no era mi fuerte, pero aquello me parecía un despropósito y así se lo comuniqué al subinspector, que le quitó importancia.

—No se haga mala sangre, inspectora; usted tiene cuajo suficiente para darle cancha al psiquiatra que asignen sin hacerle ni puto caso.

—¿No le parece que este caso ya es suficientemente complicado?

Se encogió de hombros. El día que estaba alegre costaba mucho reintegrarlo a la realidad.

Nos presentamos en el convento de las corazonianas puntualmente a la hora convenida. Había algunos pequeños grupos de periodistas sentados en la calle. La camioneta de una verdulería estaba aparcada frente a la puerta. Cuando llamamos salían un repartidor joven que se cruzó con nosotros. Volviéndose hacia la hermana portera dijo:

—Oiga, y que no se olviden de firmar el albarán de la semana pasada, que luego me lo reclama el jefe y...

La hermana portera prácticamente lo empujaba fuera como si se tratara de una mosca impertinente.

—Sí, sí, hombre de Dios, no es necesario que me diga siempre lo mismo, le firmarán el albarán. Vaya usted con Dios.

Nos vio de pronto y su mirada bizqueante se hizo más torva aún. Antes de que nos echara le recordé quiénes éramos. Eso no cambió demasiado su humor. Pensé que no debía entusiasmarle tratar con el mundo exterior, aunque fuera su cometido.

—¡Ah, sí, los policías —barboteó—. Pasen. La madre superiora me ha dicho que usted, inspectora, vaya a verla un momento a su despacho. A su ayudante lo acompañaré a la biblioteca, donde ya están esperándoles.

—A mí no hace falta que me acompañe, ya sé dónde es.

No hubo modo de que me dejara ir sola. Obviamente una de las reglas del convento era que nadie campara a sus anchas por los pasillos. Llamó a la puerta de la superiora y me anunció con las trazas de un mayordomo jorobado de película de terror.

—Reverenda madre, la policía está aquí.

Luego se alejó, renqueando como una artrítica. La madre Guillermina de Arrinoaga se puso en pie y abrió sus fuertes brazos para recibirme.

—¿Qué tal, inspectora? Me alegro de verla nuevamente por aquí.

—¿Reverenda madre? A mí también me gustaría tener un tratamiento parecido, suena bien.

Dio un par de carcajadas bien timbradas y me invitó a sentarme.

—No se fíe demasiado de las apariencias pomposas, ya casi nadie me llama así. Pero la hermana portera es de la antigua escuela.

—Pues sigue en plena forma, la he visto desembarazándose de un repartidor y lo hacía muy bien.

Rió de nuevo, de modo sofocado.

—¡Ay, por Dios!, es verdad que tiene muy malas pulgas, pero nadie puede culparla, es a ella a quien le toca pelearse con repartidores, operarios que vienen a hacer mantenimiento, turistas que visitan la capilla... Tendría que ir pensando en jubilarla, pero no sé si una monja joven haría su labor con tanta eficacia.

Le sonreí y me quedé mirándola, ella también a mí. Viendo que no me aclaraba de modo espontáneo para qué me necesitaba no tuve más remedio que inquirir:

—Y bien, usted dirá.

—¡Ah, no crea, inspectora, no la he llamado por nada especial! Me apetecía verla y charlar con usted, que me informe un poco de la marcha del caso. Sé que va a tener una reunión con la hermana Domitila y un monje de Poblet que ayudaba al hermano Cristóbal.

—No ha habido grandes avances, me temo. Es un caso muy oscuro. No encontramos un móvil aparente para el asesinato. Hemos llegado a la conclusión de que la razón por la que mataron al hermano puede hallarse en las investigaciones que estaba realizando sobre el beato.

—¡No me diga!, pero eso es insólito. No se me ocurre cómo, una persona muerta hace tantos siglos.

—Quizá descubrió algo que no hubiera debido descubrir.

—¿Y la desaparición del cuerpo santo?

—No lo sé, madre, no me haga preguntas que no puedo contestar.

Impulsivamente adelantó su poderoso cuerpo hacia mí como si fuera a hablar, luego dio marcha atrás y se quedó silenciosa.

—¡Dios eterno!, si no fuera un pecado terrible le diría que la curiosidad me está matando. No, no, es mejor que no me diga nada, cuanto más sepa peor para el estado de mi alma. Mire, aquí tenemos un poco de té que he mandado preparar. Acompáñeme en una tacita y luego ya la dejo que se vaya a trabajar con esos chicos. La verdad es que no me extraña que los periodistas se pongan insistentes, ¡es un enigma tan intrincado!

—Mi jefe me dijo que llamó usted pidiendo nuestra colaboración para que la prensa las deje en paz.

—Sí, me dijo muy buenas palabras, pero dudo de que me tomara en serio. Y si lo dudo es porque yo, como superiora, también hago lo mismo: cuando me piden algo, a todo el mundo digo lo que quiere oír, aunque no prometo nada. Su jefe tampoco me prometió nada.

—Eso es lo que se llama hacer política.

—Son sólo mañas del que tiene que mandar aunque no quiera.

—A mi comisario sí le gusta mandar.

—A mí, no. A veces me canso, ¿sabe, inspectora? —Había empezado a servir el té con modales exquisitos—. Yo soy una mujer que viene de familia numerosa, casi todo eran chicos menos mi hermana Camila y yo. Mi padre era notario en Pamplona, un hombre simpático, con sentido del humor. Mi madre era también alegre y amante de las fiestas. Después de la cena cada día hacíamos un rato de sobremesa toda la familia. Mi padre contaba cosas, a veces mi madre tocaba el piano, cantaba. Con mis hermanos organizábamos batallas campales, hacíamos pequeñas gamberradas... Cuando les comuniqué a todos que me metía monja fue como una tragedia. Nadie lo comprendía, porque encima mi padre era progresista y la Iglesia le parecía un horror. Luego ya lo aceptaron, y yo siempre he estado contenta con mi vocación, pero nunca he dejado de echar de menos la alegría, el humor... en este convento ¡todo el mundo es tan serio!

—¿Por qué lo hizo?

—¿Qué?

—Meterse monja.

—No hay razones para eso, inspectora, es la vocación, la llamada de Cristo. Yo la oí, le hice caso, y soy muy feliz. Sólo echo de menos el poder charlar...; claro que nuestra regla dice que la charla es algo vano y peligroso, pero la verdad, yo no creo que sea para tanto. El hombre no es un animal porque tiene alma, y la señal del alma es la palabra.

Nos observamos con mutua simpatía. Así que un rato de conversación era lo único que quería de mí.

—¿Qué tal está el té? —me preguntó de pronto.

—Excelente. Uno de los mejores tés que he probado jamás. Espero que no sea la última vez que me invite a tomarlo.

Creo que agradeció que hubiera comprendido su necesidad de compañía. Apuró su taza hasta el fondo con un gesto impetuoso y dijo después:

—Ya la libero. Vaya usted con esos dos eruditos. No saben tanto como el pobre hermano Cristóbal, pero le van a la zaga.

—Ojalá que puedan ayudarme.

—Así lo quiera Dios, que es como decimos «ojalá» en esta casa. Yo misma la acompaño a la biblioteca.

Caminamos juntas por entre el silencio y la sombra. Sus zancadas eran tan potentes que provocaban un revuelo en el borde inferior de sus hábitos. Al llegar frente a la puerta me dio la mano y estrechó la mía casi haciéndome daño.

—Vuelva a verme, inspectora. Y cuénteme algo sobre los avances del caso.

—Lo haré.

En la biblioteca estaban ya Garzón, el hermano Magí, la hermana Domitila y también Pilar, su joven ayudante, que al verme entrar se levantó, me saludó y se fue, siempre discreta y casi inexistente como una brisa del mes de agosto. Supuse que su presencia allí hasta aquel momento se había debido al hecho de acompañar a la otra monja para que no permaneciera sola con dos hombres. Pensé que toda situación o movimiento estaba sutilmente pautada entre aquellas paredes.

Garzón se encargó de ponerme al corriente de una conversación que ya había empezado.

—Verá, inspectora. Les he dicho a los hermanos que empezaremos la reunión pasando revista a los objetivos que el hermano Cristóbal, a quien en adelante llamaremos la víctima para abreviar, tenía escritos en sus papeles. La metodología de la reunión consistirá en que respondan a nuestras preguntas. Pero eso no será óbice para que ellos, como conocedores del tema, agreguen o completen cualquier información o dato que les parezca interesante.

«Muy bien, Garzón —pensé—, perfecta retórica», y eso que yo estaba preocupada por no haberle prevenido una vez más sobre la corrección de su lenguaje mientras permaneciéramos con los religiosos. Sacó la fotocopia de los papeles de la víctima y leyó:

—Punto número uno: «Diagnóstico de incorruptibilidad».

Silencio absoluto. No pude por menos de observar cómo Domitila y Magí intercambiaban una mirada incómoda. A la vista de que no afloraban comentarios pregunté:

—¿Pueden explicarnos qué significa eso?

Como la monja no abría el pico, tomó la palabra el fraile, a quien adiviné lleno de reticencia.

—Verán, teóricamente el cuerpo del beato estaba censado en los anales eclesiásticos como incorrupto. Es decir, que gracias a su santidad en vida, Dios le había concedido el don de no descomponerse una vez muerto.

—¿Un milagro? —inquirió Garzón con súbito interés.

—Bueno, la historia de la Iglesia católica es larga y azarosa. Digamos que en época medieval había una reiterada tendencia a atribuir milagrosidad a ciertos procesos naturales. Hoy en día, ustedes lo saben, la Iglesia es mucho más cauta en estas materias. Además, hablamos de épocas históricas remotas en las que no se contaba con los medios científicos que ahora tenemos. No sólo dentro del seno de la Iglesia se creía en la incorruptibilidad, sino en toda la sociedad, que era atrasada e ingenua.

En esta ocasión la mirada que Domitila le dirigió a su compañero de fe demostraba hasta qué punto admiraba el modo en que había preservado la reputación eclesiástica sin dejar de contestar. Garzón hizo un resumen bastante menos diplomático.

—O sea, que lo de los cuerpos que no se pudrían era un camelo total que los curas consentían para tener a los feligreses enganchados al carro.

—¡Subinspector...! —dijo el pobre Magí como pidiendo clemencia.

—Pero en ese caso... —intervine— si es un hecho probado que la incorruptibilidad se acepta hoy en día como algo simbólico, ¿por qué la víctima incluía ese diagnóstico entre los trabajos de la investigación?

Entonces fue la hermana Domitila la que saltó.

—¡Un momento, inspectora!, que muchas momificaciones se produjeran por medios naturales o embalsamamientos directos del hombre no significa que no haya auténticos santos incorruptos. Por ejemplo san Pascual Bailón. La representación iconográfica que tenemos ahora es copia de su cuerpo auténticamente incorrupto que fue profanado por los comunistas durante la guerra civil. Además, en el Concilio de Trento se dice textualmente: «Los cuerpos de los santos mártires y otros que viven ahora con Cristo, cuerpos que eran sus miembros y templos del Espíritu Santo, que un día se levantarán por Él y serán glorificados en la vida eterna, pueden ser venerados por los creyentes. Dios da muchos beneficios a los creyentes a través de ellos».

Ni siquiera el hermano Magí estaba preparado para aquella andanada que incluía a las hordas rojas y el concilio trentino de golpe. Se quedó tan patidifuso como nosotros y exclamó como en tono de excusa:

—Sí, ciertamente; en el caso del papa beato Juan XXIII sé que se realizó cierto tratamiento de embalsamamiento para que el cuerpo aguantara bien las ceremonias fúnebres prolongadas. Sin embargo, es extraordinario que se conserve tanto tiempo después de aquello sin ningún tipo de mantenimiento.

Pero la hermana Domitila estaba lanzada en su fervor integrista.

—¿Y qué me dicen del brazo incorrupto de santa Teresa de Jesús? Está probado por la Iglesia que se trata de un hecho milagroso. Otros cuerpos santos son incorruptos sólo un tiempo y luego se van secando muy lentamente, pero sin ser atacados por los síntomas de la corrupción, como por ejemplo santa Bernadette Soubirou, santa Catalina Labouré, que hasta olía a rosas, san Vicente de Paúl, santa Vittoria... y ahora no recuerdo, pero sé que hay más.

Garzón y yo asistíamos un tanto estupefactos a aquella conversación tan exótica. El hermano Magí sonrió, filosófico, y dijo:

—No seré yo quien niegue los milagros, hermana, pero creo que, en cualquier caso, el hermano..., perdón, la víctima, incluyó ese punto en sus papeles de trabajo porque se trata de una especie de protocolo de la Iglesia en cualquier investigación de este tipo.

—Comprendo —respondí algo mareada por el aluvión de cadáveres hechos pimpollos—. Pero díganme, en el caso de que el beato Asercio no hubiera estado tocado por la gracia, ni oliera a rosas ni nada de eso, ¿cómo hubiera podido conservarse tal como estaba?

—Como ha mencionado la hermana, hay dos modos: uno, que hubiera sido embalsamado por mano humana y otro que la momificación se hubiera producido de modo natural. Si la humedad es baja en el lugar de conservación y la temperatura alta, los cuerpos tienden a momificarse por sí solos.

—¿Había determinado la víctima cuál era el caso del beato Asercio?

—Tal y como les dije, el... la víctima aún no había realizado ningún estudio sobre el cuerpo —contestó Domitila.

—Pues a mí me comentó que quería comenzar muy pronto —apuntó el fraile.

—No creo, andaba bastante retrasado con las investigaciones históricas, y eso venía después en sus planes.

El hermano Magí, una vez más frustrado por la monja, optó por callar prudentemente. Sin embargo, la disensión entre ellos resurgió cuando pregunté:

—¿Pensaba realizar un análisis de ADN?

—Eso me dijo —anunció el monje.

—En ningún caso. Estuvimos analizando la necesidad y llegó a la conclusión de que sería una pérdida de tiempo y dinero.

Calló Magí, pero me percaté de que no le convencía la respuesta. Eso debió de parecerle también a la beligerante sor, porque remató afirmando:

—Usted, hermano Magí, charlaba con él sobre el trabajo, pero yo colaboraba en sus investigaciones.

—Por supuesto, hermana. ¡Dios me libre de querer llevar razón!

No parecía que congeniaran demasiado, de modo que pensé en la posibilidad de que se hubieran encontrado anteriormente.

—¿Ustedes se conocían?

Ambos negaron bajando la cabeza con discreción. Sólo ella añadió:

—A veces el pobre... la pobre víctima me contaba que comentaba cosas del trabajo con usted; le tenía en gran consideración.

—Y a usted también, hermana.

Bueno, no se había producido ningún cisma finalmente. Aliviada de momento la tensión, Garzón preguntó con toda pertinencia:

—Hay otra cosa en las notas de la víctima que no comprendemos bien: ¿qué es exactamente el «Complucad»?

Magí, algo acobardado, guardó silencio. La hermana Domitila, quizá consciente de su excesiva vehemencia hasta el momento, sonrió diciendo:

—Dígaselo usted, hermano, yo de estos temas científicos sé muy poco.

—Es un preparado comercial muy nuevo, que se está utilizando con excelentes resultados. Desconozco qué compuestos químicos incluye. Sirve para embalsamar, también lo utilizan en las facultades de medicina para preparar los cadáveres que van a la sala de disección. Y si ustedes preguntan a sus colegas... tengo entendido que también se usa en prácticas policiales. Se ha hecho muy popular en el área arqueológica para la conservación de momias, también para flexibilizarlas.

—¿Qué hubiera hecho la víctima sobre el cuerpo del beato?

—Si no había análisis de ADN se hubiera limitado a desnudar el cuerpo, quizá abrirlo para comprobar si estaba eviscerado y después le hubiera inyectado Complucad en lugares estratégicos. No creo que hubiera hecho nada más.

—Hermana, ¿alguna vez se había levantado la tapa de la hornacina que cubría al beato?

—No, nunca, que yo sepa.

—¿Es muy pesada?

—Sus compañeros los Mossos d'Esquadra determinaron que sólo podían levantarla como mínimo dos personas muy fornidas.

—Sí, lo he leído en el informe. ¿Nunca le dijo la víctima que quería echar una ojeada directa al cuerpo?

—No, nunca, aún no.

—¿Tampoco vio desde fuera nada que pudiera llamarle la atención en la momia del beato?

—No sé a qué se refiere, pero no, no me dijo nada al respecto.

—¿Existe alguna posibilidad, o ha surgido algún indicio en las investigaciones históricas sobre la momia del beato en las que se hablara de que el cuerpo podía esconder riquezas?

—¿Riquezas materiales?

—Sí, claro: oro, joyas... objetos preciosos ocultos en su cuerpo.

Los ojos almendrados de sor Domitila me miraron, esta vez divertidos.

—No, inspectora, en ningún caso.

—Nos llamó la atención leer en los papeles del difunto algo sobre el proceso histórico a unos eclesiásticos que habían robado el cuerpo...

—¡Ah, cierto!; fue uno de los episodios que más cautivó al hermano Cristóbal de todo cuanto tenía recopilado sobre nuestro beato. Dijo que era algo que hubiera podido servirle en sus estudios futuros de índole general. —comentó la hermana.

—¿Podríamos decir que se trata de algo insólito, de una especie de descubrimiento fuera de lo normal?

—Sinceramente, no lo creo. No sé si el hermano Magí estará de acuerdo conmigo, pero los robos de reliquias o cuerpos santos no eran algo tan inusual en la Edad Media. Exhibirlos fomentaba la religiosidad entre los feligreses de las iglesias que los tenían. Y ya saben que hablamos de un período histórico convulso y oscuro. A menudo los eclesiásticos no eran enteramente vocacionales como ahora ocurre, sino gente pobre que había sido entregada de niños a los conventos o que ellos mismos buscaban un modo de vida al ingresar. Con esos antecedentes no es extraño que se produjeran robos o faltas morales de todo tipo.

—¿Había algún otro móvil que pudiera desencadenar robos de cuerpos incorruptos en el pasado?

La monja elevó los bonitos ojos en busca de una respuesta, suspiró...

—Esa pregunta no es fácil de contestar, pero hay algo... también muy propio de aquellos tiempos de superstición seudorreligiosa que podría considerarse como un móvil. Durante una época se creyó que el polvo de cuerpo incorrupto podía tener propiedades curativas. Eso había desencadenado algunos robos de los que se tiene constancia documental, aunque para nada afectan a nuestro beato.

El hermano Magí levantó un dedo en señal de que quería intervenir.

—Sólo una precisión: el polvo que se consideraba sanador no era sólo el que provenía de moler cuerpos santos incorruptos, sino cualquier momia de cualquier origen. Incluso en el siglo XIX se cometieron hurtos y amputaciones de momias egipcias con la intención de vender el polvo curativo. Como pueden comprender, eso dio lugar a un sinfín de estafas y mercadeos fraudulentos que tenía como víctimas a personas de poca cultura.

—Bueno, pero eso no tiene que ver con el caso —replicó Domitila, picada.

—Era tan sólo una precisión cultural —respondió el monje, digno. Garzón se rascó los pelos del cogote como si todo aquello superara su capacidad de comprensión.

—Sí, pero hoy en día, quiero decir en este momento y en este país, nadie robaría ni mataría para hacer polvitos de momia y ponerlos a la venta por internet, ¿no les parece?

Los dos eclesiásticos se quedaron de una pieza y, por una vez, estuvieron de acuerdo.

—No, por supuesto que no —exclamaron al unísono.

Antes de que me entrara un ataque de risa, pregunté:

—Hermanos, la pregunta es para los dos: si ustedes estuvieran en nuestro lugar, si fueran los detectives de este caso, ¿qué pensarían, qué harían?

Hubo un silencio prolongado. Observé sus caras con detenimiento. El fraile estaba serio, con aire consternado y negaba con la cabeza, mientras la religiosa había entrecerrado los párpados y ponía cara de intensa concentración. Fue él quien empezó a hablar.

—Yo sería incapaz de pensar nada, inspectora. Sólo un loco, una mente auténticamente perturbada puede haber perpetrado un hecho tan terrible y extraño.

—Serían dos los locos cuanto menos, puesto que se necesitan al menos dos personas para abrir el sarcófago. Pero dígame, ¿podríamos llegar a pensar en una conspiración enloquecida, o en alguna extraña organización?

—Le repito que no lo sé, inspectora. Simplemente no sé qué pensar.

Domitila tomó la palabra vivazmente.

—¿Y el papel encontrado en el lugar del crimen, cómo es que no nos hacen preguntas sobre él?

—No quiero entrar en el juego de un asesino, porque la mayor parte de las veces sólo intentan despistar a la policía —respondí.

—Pero si como dice el hermano Magí, se trata de una mente perturbada, a lo mejor quiere significar algo. ¿Quiere recordarnos qué decía lo escrito?

—«Buscadme donde ya no puedo estar.»

—¿Qué puede querer decir eso?

—No lo sabemos. En cualquier caso lo investigaremos cuando cada cosa esté en su lugar. Lo que quiero de ustedes es que reconstruyan en lo posible todo lo que la víctima hubiera podido encontrar en sus investigaciones ya que no hemos logrado encontrar su ordenador personal.

—Yo sólo puedo aportar sus comentarios, si es que me viene a la mente alguno más —dijo Magí.

—Yo le ordenaré todos los legajos que él quiso ver —concluyó Domitila.

—Pues prepáreme un dossier sobre el contenido de cada uno de ellos. Nos ayudará.

Di por terminada la prolongada reunión. Me dolía la cabeza y la sensación de irrealidad que aquel caso me provocaba se había acrecentado después de aquella impensable sesión de trabajo. El convento estaba oscuro como la boca de una alimaña y el silencio era idéntico al de una tumba. Aparentemente todo el mundo dormía. Cuando habíamos caminado unos pasos vislumbré una impresionante figura que caminaba, negra, hacia nosotros: era la madre superiora. Nos saludó y eximió a la hermana Domitila de acompañarnos hasta la puerta. Ella lo hizo. Garzón y el monje caminaban delante. De improviso la madre Guillermina me dijo en voz baja:

—¿Sería mucho pedirle que se fumara conmigo un cigarrito en mi despacho antes de irse?

Accedí aunque no me apetecía. Después de despedir a los dos hombres entramos en su despacho y sacó un paquete de cigarrillos rubios, me ofreció uno y encendió otro con una inaudita delectación.

—Debería decirle que la he llamado para preguntarle qué tal ha ido todo, pero no es verdad. Si hago examen de conciencia me doy cuenta de que la tomo como excusa para poder fumar un cigarrillo más. He hecho el firme propósito de no fumar más allá de las diez, a no ser que...

—A no ser que haya una policía en su despacho.

Se echó a reír con ganas y yo la seguí.

—Mi carne también es débil, inspectora. A veces lo pienso con un gran sentimiento de culpa, pero luego me digo: has entregado tu vida entera al servicio de Dios, ¿y Dios va a ser tan cicatero de contarte los cigarros? ¡Bah, uno más! A lo mejor mi autoindulgencia me pierde cuando me presente ante Él. ¿Cómo ha ido la reunión?

Me encogí de hombros, puse cara de indiferencia primero, de contrariedad después.

—Muy instructiva. Nos hemos enterado de que el polvo de momia se consideraba curativo en la antigüedad...pero aparte de eso, ninguna luz sobre el caso.

—¿El polvo de momia? ¡Puaf! Eso se lo habrá contado la hermana Domitila, seguro. ¡Sabe tantísimas cosas!

—¿Es la hermana una mujer muy conservadora o muy vehemente?

—¿Conservadora?... La política entre nosotras no es importante, casi nunca hablamos de ella. Vehemente sí es un poco, se vuelve muy taxativa cuando se trata de asuntos de fe. Supongo que cuando se formaba en la facultad de historia tuvo que oírse muchas bromas malintencionadas sobre la religión. De todas maneras, los cuarenta años son una época de exaltación para una monja.

—¿Puede explicarme por qué?

—¿Siente curiosidad?

—Casi tanta como usted por los temas policiales.

Rió suavemente por debajo de la nariz.

—No hay nada especial. Cuando tienes cuarenta por lo general ya llevas muchos años en la orden. Te has librado de las tentaciones del mundo y te has demostrado a ti misma que puedes soportar bien la dureza de esta vida. Eso te proporciona una sensación de omnipotencia y te vuelves vehemente con tus creencias. Ése es todo el misterio.

—¿Y a su edad, madre? ¿Qué es lo que piensa usted?

Sonrió, apagó el cigarrillo con gestos enérgicos.

—Tengo cincuenta y siete años. A mi edad te das cuenta de que, hayas hecho lo que hayas hecho en la vida, es un éxito seguir adelante con cierta ilusión.

Una nube de tristeza cruzó por su rostro. Quedamos en silencio.

—¿Otro cigarrillo?

—Deje, deje, inspectora. No haga de demonio tentador. La acompaño a la puerta antes de que me haga caer.

5

Era sábado; de modo que el caso debía permanecer en espera durante el fin de semana. Sin embargo, el operativo de búsqueda coordinado por las chicas no tenía descanso. Probablemente hubiera debido pasar la mañana en comisaría para dar ejemplo de interés, pero hacía tiempo que ni siquiera cruzaba tres palabras con Marcos, de manera que decidí quedarme en casa, si bien llevando el teléfono encima en todo momento. Aquel fin de semana teníamos a los niños con nosotros. Durante la mañana su padre se encargaba de llevarlos a las múltiples actividades cívicas y deportivas en las que los tres estaban apuntados. Pude hacer exactamente lo que me apetecía: cuidar de mi abandonado cuerpo y mi no menos deteriorada mente. Me embadurné la cara con una mascarilla verde francamente desagradable, me introduje en un baño de hierbas aromáticas, un tanto pestilentes a fuerza de perfume, y tomé un libro que empecé a leer con fruición. Al cabo de un rato había vuelto a sentirme casi como una persona normal. Aquel caso era tan absorbente que no había tenido tiempo ni de tomar conciencia de mí misma. En aquel momento la tomé, pero no dio otro resultado más que intranquilizarme. Allí estaba, librada a los placeres termales, mientras el jodido caso del fraile seguía impenetrable como una manzana colgada de un árbol. Ni siquiera habíamos encontrado o el método para hincarle el diente y allí continuaba apetitosa y dorada por el sol, pero fuera de nuestro alcance. Pensé que en cuanto saliera del agua haría una llamada a las chicas, pero el teléfono se me adelantó, sonando sobre un taburete que había colocado junto a la bañera. Pero sólo era Garzón.

—Inspectora, he estado pensando... ¿por qué no me prepara a sus hijastros esta tarde y me los llevo de visita a comisaría?

—¡Hombre, Fermín!, ¿usted cree que es adecuado?

—No habrá casi nadie por allí, es el momento ideal. Así a lo mejor dejan de darle la matraca con que no les cuenta nada de nuestro trabajo.

—¿Y va a malgastar una tarde libre pasándola con críos?

—¡Qué va! Aquí donde me ve he sido siempre bastante criaturero. Los niños me gustan más que los animales, si he de decirle de verdad; aunque ya sé que usted no está de acuerdo conmigo. Además, Beatriz se va de compras con su hermana Mercedes y le juro que la visita será una excusa perfecta para no acompañarlas. Eso de ir de compras me parece un coñazo. Nunca sé qué cara poner cuando ellas entran a probarse y yo me quedo solo con los dependientes. Siempre tengo la impresión de que me miran diciendo: «¿Y este palurdo qué coño pinta aquí?».

—Tengo que preguntarle a Marcos. A lo mejor no le parece bien que sus chicos vayan a una comisaría.

Le pareció de perlas. Muy instructivo y original, según comentó. Ni que decir tiene que a los tres encartados aquella propuesta les fascinó. Marina preguntaba, entusiasmada:

—¿Nos dejarán ver a los presos?

—En las comisarías no hay presos, tonta; eso es en las cárceles —respondió Hugo muy suficiente. Pero ella no estaba dispuesta a dar su brazo a torcer.

—Sí que hay, ¿verdad, Petra? En algunas películas lo

he visto: aparece un montón de gente en una comisaría porque se han metido en un lío y todos hablan a la vez. Entonces el policía que está de guardia les dice: «¡Basta, basta o los encerraré a todos en el calabozo!».

—Bueno, ya sabéis que no hay que hacer demasiado caso a las películas —exclamé tirando pelotas fuera.

Teo, duro, implacable, ponía todo su empeño en que no se notara la emoción que sin duda le producía el plan del subinspector.

—¡Bah! —dijo con suficiencia—. A unos niños como nosotros no les van a enseñar nada interesante o ¿es que creéis que nos van a llevar por los sitios secretos?

¡Los sitios secretos! No podía imaginar qué se representaba en la mente de aquel crío cuando pensaba en la policía. A lo mejor la idea de Garzón podía ser muy provechosa, aunque como dijo Virginia Woolf: «Es más difícil matar a un fantasma que a una realidad».

A las cinco de la tarde se presentó el subinspector muy ufano, con bufanda y todo, y se los llevó como si no hubiera hecho otra cosa en la vida más que pastorear niños. Cuando hubieron salido, formando un extraño grupo, me volví hacia Marcos con cierta inquietud.

—No sé si no deberíamos arrepentirnos de haberlos dejado marchar.

—¿Por qué? Fermín me parece un hombre lleno de sentido común.

—Sí, a veces, pero otras tiene unos arranques imprevistos que no dicta precisamente el sentido común.

—Pues ahora ya es inútil preocuparse.

—Marcos, tengo una pregunta que hacerte: ¿tú te preocupas por algo alguna vez?

—A ver... déjame pensar...: nunca me preocupo por lo que es inevitable, y sí, en ocasiones me preocupa el calentamiento global.

—Me das miedo. Pareces tenerlo todo permanentemente bajo control.

—¿Me querrías más si fuera un individuo excitable, siempre pendiente de los posibles riesgos de cualquier decisión, siempre angustiado porque algo se pueda torcer?

—Tengo mis dudas sobre que seas humano. Temo despertarme una noche y ver durmiendo a mi lado a un tipo de otra galaxia, con el pecho cubierto de escamas o algo así.

—Ven, querida mía, te demostraré hasta qué punto soy humano.

Se acercó moviendo los dedos como si fueran las garras de un rufián y yo salí corriendo. Me persiguió, yo grité y tras un breve juego me demostró que era humano y masculino, ambos derrumbados sobre el sofá.

Después de hacer el amor suspiré profundamente, mientras él dormitaba entre los cojines desordenados. Me sentía bien. El carácter racional y sereno de aquel hombre era ideal para alguien tan tendente al pesimismo como yo. Lo miré detenidamente. Con los ojos cerrados resaltaba su bonito perfil. ¿Por qué habían fracasado sus anteriores matrimonios?, ¿quizá justamente por su modo inalterable de actuar? ¿Había conseguido esa actitud que sus esposas se sintieran histéricas o estúpidas por comparación? ¿Acabaría pasándome eso a mí también? Me reconvine por estar pensando así de alguien que se había casado las mismas veces que yo. No estaba autorizada por mi biografía para considerarlo un barbazul. Además, el fracaso sentimental no existe, sólo existen las personas, las combinaciones entre ellas y las combinaciones de sus circunstancias. Cualquier otra teorización quedaba para los libros de autoayuda y los consejeros matrimoniales, fueran éstos titulados o no.

Pasamos el resto de la tarde sin salir, leyendo, charlando y bebiendo un cóctel estupendo que él preparó. La felicidad es fácil si no pretendes alcanzarla, pensé. Sólo en un par de oportunidades me flageló la necesidad de llamar a Yolanda, pero la respuesta de la joven policía fue siempre la misma: la búsqueda continuaba, pero aún no habían encontrado nada. A nuestra testigo se la había tragado el asfalto de la ciudad.

A las nueve de la noche regresó la comitiva. El subinspector ni siquiera subió, tenía prisa. Los tres niños parecían exhaustos. Marcos les preguntó qué tal lo habían pasado y su sincera curiosidad, que yo compartía, tuvo que conformarse con un escueto: «Bien».

—«Bien» es poco decir después de toda una tarde con la policía.

—Hemos visto vídeos de robos —se avino por fin a anunciar Marina.

—Y una habitación llena de armas incautadas —dijo Hugo demostrando que había asimilado a la perfección el vocabulario policial. Teo permanecía callado. Probé con él:

—¿Y tú, Teo, no has visto nada interesante?

—Sí, el subinspector Garzón también nos llevó a la policía científica y nos enseñaron cómo se toman las huellas dactilares.

—¡Bueno, al parecer ha sido un día muy intenso!

—Sí, y el subinspector Garzón nos ha contado que ha pasado por muchos peligros y cómo ha atrapado a muchos malhechores. Es un hombre muy valiente, aunque parezca normal —soltó Marina llena de genuina admiración.

—Puedes estar segura de ello —contesté con cierto retintín.

—En la mesa de la cocina tenéis algo para cenar.

—No tenemos hambre, papá. El subinspector nos ha invitado a unos bocadillos de chorizo que estaban buenísimos —remató Hugo. Dicho esto, desaparecieron en fila silenciosa. O estaban realmente cansados o algo impresionados por la realidad que acababan de contemplar. Marcos y yo nos miramos mutuamente con un poco de intriga.

—¿Tú crees que les ha ido bien? Están raros.

—¡No, mujer!, que no se muestren demasiado comunicativos es un comportamiento típico infantil: cuanto mejor lo pasan, más remisos son a contarlo.

—Lo comprendo, porque a mí me pasa lo mismo...

—Además están hechos trizas, parece que Garzón les ha pegado una buena batida por todas partes.

—Aparte de contarles que él solito se encarga de luchar contra el crimen en este país.

—No seas malvada.

—En fin, mientras esto no sirva para que les dé por hacerse policías.

—Hay tragedias peores.

—Sí, pero yo no las he vivido.

El domingo por la mañana bajé a desayunar temprano porque quería ponerme a trabajar un rato. En la cocina ya estaba Hugo, tomando leche con galletas, solo.

—¡Ah, vaya!, creí que era la más madrugadora, pero veo que te has adelantado.

—Los demás duermen aún.

Me preparé café y me senté a su lado. Estábamos callados, comiendo tranquilamente, cuando de pronto dijo:

—Petra, ¿tú por qué te hiciste policía?

—Bueno, al principio era abogada, pero el trabajo me aburría bastante. Entonces estudié en la academia de policía y después empecé a ejercer y me gustó.

—¿Y ya no te aburres?

—En absoluto. Tampoco es una fiesta continua, pero resulta interesante.

—Yo nunca me haría policía.

—¿Tan mal te pareció lo que viste ayer?

—No es eso, lo que pasa es que no me gustaría tratar con gente que hace cosas malas. ¿Entiendes lo que quiero decir?

—Perfectamente.

—La verdad es que tú no pareces policía, el subinspector Garzón lo parece mucho más. Dice cosas más fuertes.

Un sentimiento de extrema prudencia me llevó a no preguntar qué «cosas fuertes» eran las que decía Garzón, aunque me propuse investigarlo por mis propios medios, temiéndome lo peor. Intenté dirigir la conversación por derroteros menos comprometidos.

—¿Ya sabes lo que quieres ser de mayor, quizá arquitecto como tu padre?

—No. Quiero ser guardia forestal. Viviré en la montaña en una casa de madera y tendré un montón de perros.

—No es un mal plan; espero que me invites a visitarte alguna vez.

—Sí, sí que te invitaré. Teo dice que quiere ser terrorista musulmán.

—¡Qué barbaridad!

—Bueno, ya sabes cómo es.

—Le gusta que todo el mundo piense mal de él.

—Sí, va de duro. —Hizo una pausa y añadió—: Petra, el subinspector es supersimpático, pero prefiero que seas tú la que vive con nosotros.

—Claro, una madrastra con bigote debe ser algo difícil de aceptar.

Se rió un poco y siguió desayunando con buen apetito. Yo me retiré, poniendo a Dios por testigo de que averiguaría qué diantre había sucedido con Garzón.

Estaba en el salón, releyendo todos los informes del caso desde el principio cuando entró Marcos. Me traía una taza de té. Me besó.

—¿Trabajando en domingo? Estás preocupada por ese caso, ¿verdad?

—Tengo que confesarte que sí. No sabemos por dónde tirar y la atención de todo el mundo está centrada en nosotros.

—Creo que tu trabajo es de los más duros que existen.

—Quizá no es para tanto.

—Sí lo es. En las demás profesiones podemos dedicarnos con más o menos ahínco a un proyecto, buscar una consecución, pero solemos depender más de nosotros mismos. Sin embargo, un policía que persigue a un criminal está siempre hipotecado por un montón de variables que no puede controlar.

—Llevas razón, a menudo es frustrante. Cientos de esfuerzos quedan sin ninguna compensación. Un trabajo de locos, créeme.

—Quizá decir eso es excesivo. Todos los trabajos conllevan una parte de frustración. Yo mismo acabo de presentar el proyecto del hotel en el que he trabajado horas y horas y ni siquiera sé si lo aceptarán.

—No sabía que lo habías acabado.

—¿Quieres verlo? Si puedes dejar un momento lo que haces te lo mostraré.

Lo acompañé hasta su estudio y mientras me explicaba los complejos planos, lleno de entusiasmo, me di cuenta de que no había estado prestando la menor atención a sus quehaceres de arquitecto. El interés parecía siempre centrado en mis investigaciones, lo cual era terriblemente injusto. Sin duda era un llamativo fallo por mi parte. Pero ¿cómo estar pendiente de los detalles de la convivencia cuando un caso difícil te mantiene cautiva? El matrimonio debería ser considerado como una tarea más, como una empresa gestionable, como un jardín de flores que necesita cuidados y atención. Pero si así era, entonces los momentos de distensión absoluta, aquellos en los que uno se encuentra consigo mismo y no debe procurar nada sólo se encuentran en soledad. Complicado, el matrimonio, realmente complicado, y Marcos debía de saberlo, quizá por eso me preparaba tortillitas reparadoras cuando regresaba tarde y tazas de té si me veía atareada. ¿Y qué hacía yo a cambio? Correr tras una momia presuntamente incorrupta sin detenerme a pensar ni un minuto en el bienestar de mi marido. Suspiré para mis adentros mientras fingía escuchar sus comentarios técnicos. En ese instante, unos golpecitos discretos sonaron en la puerta. Era Teo.

—Petra, han llamado de comisaría. Dicen que tienes que ir urgentemente.

Me puse tensa, tomé el teléfono que había sobre la mesa de Marcos.

—No, si ya han colgado. Sólo dijeron que te avisara de que tenías que ir.

—¿Con quién has hablado?

—No lo sé. Era una chica, pero no dijo su nombre.

Fui en busca de mi móvil, tenía un mensaje de Yolanda: «Venga en cuanto pueda, inspectora». La llamé varias veces pero no respondía.

—Tengo que marcharme, Marcos, soy incapaz de aclarar qué ha pasado. En cuanto pueda volver sigues contándome los planos.

—Olvídate de eso ahora.

Por desgracia así tuvo que ser. Llegué a comisaría con la lengua fuera y un evidente estado de preocupación. Yolanda se dio cuenta e hizo ademán de pararme con ambas manos.

—Tranquila, inspectora, tranquila. No es tan grave, pero es que Sonia la llamó y...

Maldije para mis adentros a la torpe Sonia, pero lo que vi me convenció de que no era mala idea haber acudido a comisaría. Todo el mundo estaba trabajando: el operativo en pleno, lo cual me hizo sentirme un poco culpable.

—¿Qué ha pasado?

—Una vecina de la calle Escornalbou está segura de haber visto a la mendiga anteayer por la mañana. Aquí está el informe que el compañero López ha escrito.

Lo leí con avidez. La mujer se había instalado con un carrito de supermercado lleno de sus objetos personales y su mochila habitual en la esquina de Escornalbou con Reinaxença, en el suelo de un portal. La vecina que la reconoció se había fijado en ella desde el balcón de su casa porque no paraba de moverse y parecía alterada. Media hora después de haber llegado se levantó del suelo y se marchó, empujando su carro, en dirección al parque del Guinardó. La testigo no presentó la más mínima duda sobre la identidad de la mendiga.

Cuando levanté la vista del papel me topé con los ojos de Sonia, grandes e inexpresivos como faros marinos.

—El policía López es del grupo que reportaba conmigo directamente, por eso la he llamado, inspectora. No sabía si...

—Has hecho bien, Sonia.

—A lo mejor la he molestado, pero me pareció que...

—Ya te he dicho que está todo correcto. ¿Qué más quieres que haga, aplaudir?

Se mordió el labio con el gesto inconfundible de quien lamenta haber metido la pata.

—Ve a buscar a López, quiero hablar con él.

En cuanto estuvimos solas, Yolanda se atrevió a decir:

—¡Jo, inspectora!, ¿no le da usted demasiada caña a la pobre Sonia? Le aseguro que trabaja sin parar.

—Ya lo sé, pero no puedo evitarlo. Me altera los nervios, tiene esa virtud.

—Pues le advierto que ella la admira muchísimo.

—Quizá sea por eso. Recomiéndale que me odie, quizá así vayamos mejor. Y sigamos trabajando, no he venido aquí para una sesión humanitaria. Puedes decir a la mitad del operativo que ya ha acabado su misión. Concentra al resto de gente en el barrio del Guinardó. Id vosotras también. Que no quede metro cuadrado sin inspeccionar. ¿Está claro?

—Sí, inspectora —soltó con un aire castrense que me sonó levemente crítico.

—¡Pues, marchando! —apostillé por si el aire era reprobatorio de verdad.

A la mañana siguiente la comisaría era un hervidero: alguien había filtrado a los periodistas que estábamos buscando a una mendiga que podía ser la misteriosa asesina del hermano Cristóbal. Las interpretaciones de los diarios no podían ser más variopintas: en unos casos decían que la mujer quizá estaba adscrita a alguna secta religiosa, en otras se especulaba con la posibilidad de que hubiera sido una antigua novia del fraile que se había vuelto medio loca cuando él la abandonó para profesar. Yo me encontraba al borde de la histeria, lo cual contrastaba con la tranquilidad y filosofía con que lo tomaba Garzón.

—Ya se sabe, inspectora; con un operativo de gente tan numeroso y en un caso que tiene captada la curiosidad del público siempre hay filtraciones; y usted sabe hasta qué punto es inútil intentar averiguar quién ha sido.

—¿Y todos estos culebrones que se inventan? Algunos están creando un auténtico folletín decimonónico.

—A los lectores les gustan los folletines y los periodistas tienen un número determinado de líneas que rellenar.

—¡Ah, pues cojonudo! Si tan bien le parece, ¿por qué no va a contarles que la mendiga es nieta natural de Anastasia, la zarina perdida? ¡Seguro que les encanta y lo ponen en primera página!

—Inspectora, se está poniendo usted de los nervios sin necesidad. La prensa es algo con lo que debemos aprender a convivir.

—¿Qué ha hecho usted, un cursillo de yoga? Localíceme a Villamagna, quiero hablar con él.

Había dado media vuelta y tres pasos cuando lo llamé.

—Garzón, se me olvidaba. Me gustaría saber qué pasó con los niños en la visita a comisaría que hicieron el sábado.

—¡Ah, nada, fue muy bien! ¿No se lo han contado ellos? Son unos chavales muy majos. Si me los prestan otro día los llevaré a merendar a mi casa. Beatriz quiere conocerlos mejor.

—Sí, algo me contaron, pero quisiera saber si Teo se portó bien. Ya sabe, es el más irónico, el más difícil de los gemelos.

—Sí, bueno, no me pareció nada preocupante. Quería hacerse el machito, lo cual es corriente entre chicos de su edad.

El brillo de sus ojos de nutria junto al modo en que desviaba la mirada me confirmó que algo había ocurrido. Insistí.

—No le estoy pidiendo un dictamen psicológico del niño; sólo quiero que me cuente qué sucedió.

—Parece que esté preguntando por algo grave, pero nada malo pasó, fue una simple anécdota. Resulta que Teo estaba en plan duro. Cuando a sus hermanos les enseñaba la habitación de las pistolas, o los reactivos para huellas... bueno, pues se mostraban encantados, abrían unos ojos como platos, preguntaban, exclamaban... en fin, lo natural. Sobre todo Marina; esa niña es un sol, tan lista, tan formal...

—Centrémonos en la historia, Fermín.

—Bueno, pues como le digo a Marina y Hugo se les veía entusiasmados con lo que les estaba enseñando. Sólo Teo iba de pasota, de conocedor del tema. Ponía todo el rato cara de indiferencia, y de vez en cuando soltaba algún comentario cínico como al desgaire. Por ejemplo le oí decir: «Sí, ya. Pero la policía buena es la americana. Esto de la policía española es una cutrez». En ese momento pensé que sería bueno aplicarle un ligero correctivo, bueno para su educación, quiero decir.

Lo interrumpí, cada vez más alarmada.

—¿Quiere decirme de una vez qué es lo que pasó?

—Nada, si va a parecerle una tontería, pero el caso es que, ya un poco mosqueado, les digo a los chicos que voy a buscarles una bebida y los dejo solos en mi despacho. Y mira tú que, junto a la máquina de refrescos, me encuentro al policía Domínguez.

—¿Al marido de Yolanda?

—El mismo. Se iba para su casa, ya sin uniforme, y entonces se me ocurrió que podía hacerme de figurante en una pequeña escena de ficción criminal. Como ya sabe usted lo buena persona que es, accedió enseguida. Le dije que se sentara en un banco del pasillo y fui a buscar a los chicos con la excusa de que me ayudaran con las bebidas. Pasamos por delante de Domínguez, que estaba allí como si lo hubiéramos detenido, y yo informé a los niños en voz baja de que se trataba de un peligroso delincuente. Entonces Domínguez, según lo acordado, me soltó en plan muy chulo: «¿Qué pasa, por qué me miran como si tuviera monos en la cara?». Me acerqué, le grité cuatro palabras malsonantes, él hizo como si se rebotara y se puso en pie. Lo senté de un empujón, lo cogí por la pechera, lo zarandeé un poco y lo amenacé diciendo que si volvía a respirar le rompería todos los dientes con la culata de mi pistola. ¡Una gilipollez!, como usted puede ver, pero le aseguro que surtió su efecto. El machito se puso blanco como la cera y cambió por completo de actitud hasta el punto de estar el resto de la visita atento a mis explicaciones como si no le llegara la camisa al cuerpo.

—¡La rehostia, Garzón! Algo me imaginaba ¿Cómo se le ha ocurrido hacer una cosa así? ¡Cualquiera de esos críos tiene más cerebro que usted!

—No creo que a su padre le importe demasiado.

—Puede que no, aunque dudo de que se ponga a dar saltos de alegría, pero le recuerdo que esos niños tienen madres, y a lo mejor a esas madres, por pura casualidad, no les gusta que sus hijos presencien escenas de violencia que suceden en el entorno de su madrastra.

—¿Escenas de violencia? ¡Pero si ya le digo que no fue nada!, cuatro tacos mal dichos, y de los suaves. Seguro que esos niños los utilizan mucho más bestias en el colegio.

—Todo esto traerá consecuencias nefastas para mí, ya verá. ¡Es usted un inconsciente y un vivalavirgen!

—Y usted una exagerada. Además no sabe nada de psicología infantil. Estoy seguro de que a ese niño se lo he puesto a tono para siempre. Ahora se dará cuenta de cómo nos las gastamos los policías y se portará con más respeto hacia usted. Será mejor que no me reproche nada más porque luego tendrá que pedirme disculpas e incluso darme las gracias por mi acción pedagógica.

Dio media vuelta y se largó tan campante. ¡Su acción pedagógica! Era el colmo de la desfachatez. No podía salir de mi asombro. De repente se habían volatilizado de mi mente todos los pormenores del caso y sólo sentía una gran indignación junto a la necesidad urgente de poner al corriente de los hechos a Marcos. Lo llamé por teléfono y le dije que quería que comiéramos juntos en un italiano al que solíamos ir. Y vive Dios que me costó pasar el resto de la mañana concentrada en los malditos informes.

A la una y media salí como una bala de comisaría para que nadie me viera. Marcos me esperaba ya, con la carta del restaurante en la mano, y me lanzó una sonrisa encantadora.

—¿A qué se debe el honor de que mi querida esposa me dedique una comida íntima e inesperada?

—Déjate de bromas y escúchame.

Le transmití punto por punto y sin omitir nada el relato que me había hecho el subinspector. Luego, sin dejarlo apenas reaccionar, empecé a despotricar contra Garzón. Al final de la catilinaria Marcos quedó callado. Se quitó las gafas y se masajeó los ojos con ambas manos. De repente me di cuenta de que estaba riéndose.

—¡Jo, es la berza, el tal Garzón!

—¿Es lo único que se te ocurre: reírte y decir que es la berza como si fueras un quinceañero? ¿No te das cuenta de que tus hijos lo contarán en sus casas? ¡Tus ex mujeres se echarán sobre nosotros!

Devolvió las gafas a su lugar, se encogió de hombros y suspiró filosóficamente.

—Petra, si hubiera tenido que hipotecar mi vida por temor a lo que pensaran o hicieran mis ex mujeres estaría más parado que la estatua de Lot. Si quieren, siempre encontrarán un flanco débil por el que atacarme. Pero el tiempo pasa, y las cosas tienden a calmarse, de modo que si los chicos cuentan algo lo más probable es que no ocurra nada.

—Debe ser cosa de hombres, lo de la inconsciencia.

—¡Y de mujeres lo de poner el grito en el cielo ante cualquier posibilidad de problema! —exclamó con vehemencia. Me costó cerrar la boca tras la sorpresa. Marcos nunca me había hablado así. Mi reacción de desconcierto pareció divertirle.

—A lo mejor a los chicos les vino bien la «lección pedagógica» de tu compañero; puede que incluso una lección de calma te viniera bien a ti.

—Si sigues hablándome en ese tono me levantaré y me iré.

El camarero esperaba nuestra orden, bastante violento, porque era obvio que nos hallábamos en una pelea. Pedí un plato de pasta porque en el fondo me parecía excesivo largarme, pero en aquel momento pensaba en el total de los hombres como en un hatajo de cretinos autosuficientes a los que sin duda se debería exterminar.

—¿Quieres seguir discutiendo? —preguntó Marcos ante su pizza.

—No —contesté secamente.

El resto de la comida fue tenso, pero conseguimos comentar con cierta normalidad asuntos neutros. Con el último sorbo de café aún en el paladar, nos fuimos y la despedida consistió en un frío beso sobre la mejilla.

Regresé a comisaría con un nudo en la garganta. Estaba tan acostumbrada a la ternura de Marcos que su reacción airada me dolía de manera exagerada. ¿Sería aquello el principio del final? De repente el generador de todos los males se presentó ante mí.

—Hola, inspectora. La he buscado para comer juntos pero me han dicho que había salido a toda prisa.

—Un asunto personal.

—¿Todavía está enfadada conmigo por lo de los chavales? ¡Cualquiera diría que los llevé a una autopsia con vísceras al aire!

—Supongo que no se le ocurrió.

—Oiga, Petra, estos chicos de hoy en día necesitan un poco de enfrentamiento con la realidad, tanta preservación lleva a...

—¡Ni una palabra más! Sólo me faltaba tener que tragarme una conferencia sobre su nueva faceta de pedagogo. Pasemos al trabajo: ¿hay algo nuevo?

—Sí, el portavoz Villamagna la está esperando en la sala.

—Pues dígale que venga a mi despacho.

¿Qué puede hacerse cuando el mal humor nos invade hasta el punto de potenciar nuestros defectos y minimizar nuestras virtudes? Hay quien cuenta hasta diez, quien hace yoga, quien ejecuta flexiones en el suelo procurando ventilar correctamente... yo apreté los dientes y me dije: «Petra, basta ya. Finalmente esos niños no son hijos tuyos. Además, la vida privada no puede inmiscuirse en la profesión, sobre todo si eres un buen policía». Me sentí más serena con aquella reflexión de manual, pero toda mi serenidad estuvo a punto de irse al traste cuando vi a Villamagna mascando chicle y ataviado con una camiseta en la que destacaba una enorme calavera sonriente:

—¡Eh, Petra!, ¿cómo estás?

—Cabreada.

—Me lo imagino. ¿Has visto la literatura de usar y tirar sobre el caso de la momia?

—Sí, me ha resultado muy ilustrativa del tipo de merluzos con los que tienes que tratar.

—Ya ves, tía, así de dura es la vida del portavoz.

—Pero el portavoz debería hacer alguna declaración de vez en cuando que consiguiera mantener a los periodistas más a raya.

—¡Coño, Petra, ahora sí que me has jodido! He preguntado un par de veces y no habéis averiguado una puta mierda. ¿Qué quieres que haga, que me invente yo las jodidas basuras que se inventan ellos?

—¡Dijiste que los mantendrías ocupados con declaraciones que no contuvieran nada sustancial! Teóricamente tú sabías hacerlo.

—Oye, Petra, ¿pero tú qué te crees, que los tíos a los que debo enfrentarme son monjas de la caridad como las del convento de la momia de los cojones? ¡Son plumillas de sucesos, lo más tirado que hay dentro de la profesión, y te aseguro que tienen el culo pelado de ruedas de prensa y que si no les dice nada con chicha se ponen de un borde que no hay quien los aguante! Entonces es peor que no convocarlos; también se inventan cosas pero a mala hostia.

—¡Basta, Villamagna, cierra la compuerta de las groserías que ya te he entendido!

—De acuerdo, ¿pues qué quieres que les diga? A ver. Si al capullo ese del juez no le pasa por la polla declarar el sumario secreto ya me contarás. Pero yo les digo lo que tú me mandes. Ahora mismo nos pegamos una sentada tú y yo y voy apuntando.

Era un enfrentamiento meramente nominal, sin verdadera acritud, pero en él nos encontró Garzón cuando vino a buscarme. Como si se tratara de un mayordomo británico de los de la antigua escuela me dejó caer un suavísimo:

—Inspectora Delicado. El comisario Coronas desea vernos en su despacho a la mayor brevedad posible.

Segura de que estaba pitorreándose lo miré con enojo:

—Ya voy, querido colega, transmítale al comisario mi intención de personarme inmediatamente.

—¡Joder! —masculló Villamagna—. ¿Y yo qué hago mientras tanto, me la casco?

—Es una opción —dije quedamente mientras salía.

Coronas estaba como siempre, es decir, sobrepasado o aparentando estarlo por causa del trabajo y las responsabilidades.

—Siéntense, por favor —concedió como una *prima donna* dispuesta al sacrificio. Cuando lo hubimos hecho, levantó la vista de su ordenador y dio un suspiro de madre abnegada.

—Y bien, señores, veo que sus progresos, si es que los hay, son lentos y titubeantes. No es mi intención apresurarlos ni agobiarlos demasiado porque comprendo que este caso es mucho más endiablado de lo que aparentaba en un principio. Sin embargo, nos encontramos con el problema de la presión mediática, que no sólo no ha cedido sino que va incrementándose más a cada día que pasa. Supongo que han leído ustedes las soplapolleces que se han publicado últimamente.

—Así es —afirmó Garzón de modo innecesario.

—Muy bien, ustedes pueden permitirse el lujo de ignorarlas, pero yo, cada vez que aparece una historia publicada, tengo que dar la cara frente a mis superiores que, dicho sea sin ánimo de crítica, suelen ponerse histéricos.

—Sí, señor, acabo de hablar con el inspector Villamagna, pero...

—Quieta, Petra, aún no he acabado. Quería informarles de que, tal y como les anuncié, he contratado la ayuda externa de un psiquiatra de lujo: el doctor Beltrán.

—¿Y con quién debe pasar consulta: con nosotros, con los periodistas, con los superiores?

—No se haga la graciosa, Petra. El doctor Beltrán es especialista en mentes perturbadas con delirios de tipo religioso.

—Pero señor, hicieron falta dos tipos para levantar la urna donde estaba la momia robada, y dos fueron las personas que, según la testigo, transportaron la momia hasta una furgoneta. ¿Usted cree que eso concuerda con la figura de un psicópata que actúa en la sombra obsesionado con su idea?

—Según el doctor hay psicópatas, siempre de gran inteligencia, que son capaces de convencer a personas de escasa voluntad para que los secunden en sus propósitos.

Di un suspiro de desánimo que Coronas fingió no haber oído.

—Además... —prosiguió—... y aquí enlazo con la primera parte de mi discurso, este psiquiatra nos ayudará a dar explicaciones a los periodistas porque, hasta donde sé, posee un estilo muy didáctico ya que acaba de publicar un libro de divulgación psicológica en una importante editorial.

—¿Quiere esto decir que debemos abrir una línea de investigación que contemple la posibilidad de un psicópata asesino y ladrón de reliquias? ¿Y con qué pruebas, señor?

—Bueno, deberán escuchar lo que vaya determinando el doctor Beltrán después de haber contemplado el caso a la a luz de sus conocimientos. De todas maneras les recuerdo que siguen ustedes trabajando sin que exista la más mínima hipótesis consistente y que la única prueba fiable es un cartel del asesino proponiendo un juego; lo cual se trata de un proceder típico psicopático.

Iba a decir algo, pero me callé. Coronas, encantado de verme tan modosa, sonrió levemente.

—¿Alguna pregunta? —dijo para echarnos pronto. Descubrí por el rabillo del ojo que Garzón se rascaba tras la oreja como solía hacer cuando se estrujaba las meninges y, antes de que hubiera preguntado cualquier cosa insensata, lo atajé poniéndome en pie.

—¿Y cuándo se incorpora el doctor Beltrán?

—Mañana, a partir de mañana —respondió el comisario abismándose de nuevo en las profundidades de su ordenador.

En el pasillo, Garzón había concluido el rascado de su oreja, que esta vez no le había dado buenos resultados, ya que exclamó:

—De verdad que ahora sí que no entiendo un carajo.

—Pues está claro como el agua. ¿No lo ve?: el comisario nos endosa a este médico y de esa manera mata dos pájaros de un tiro: proporciona material a los periodistas, que estarán felices con la idea de meter a un psicópata en la historia, y al mismo tiempo, le dice a sus superiores que ya trabajamos con una hipótesis en la que estamos ahondando. Por su parte, el psiquiatra promociona su libro y se cubre de gloria.

—¡Pero es que lo del psicópata es absurdo!

—¿Usted sería capaz de descartarlo?

—No sé, Petra, no sé; todo esto me parece un engaño.

—Nadie ha dicho que no lo sea, Fermín. Pero no se preocupe, nosotros obraremos en consecuencia.

—¿Y eso qué significa?

—Que seguiremos investigando a nuestro aire. Al psiquiatra, para que nos deje en paz, le soltaremos a Sonia que será quien trate con él. Ya veremos qué pasa; será interesante comprobar quién sobrevive a quién.

—¡Pero, inspectora, nos la podemos cargar con todo el equipo!

—Bueno, si nos echan de la policía usted siempre

puede abrir un gabinete pedagógico para niños difíciles y yo... yo me quedo como ama de casa y me dedico a hacer *soufflés*.

Villamagna se quedó de una pieza cuando le dije:

—Muchacho, asunto solucionado: a partir de ahora despacharás con un psiquiatra que se incorpora a las pesquisas.

—¡No jodas! ¿Un loquero? ¿Y para qué?

—No te pagan por buscarle utilidad a las cosas. Vas a estar encantado, ya verás. ¿Tú sabes la cantidad de páginas que se pueden llenar con informes mentales?

—Si a mí me da igual; como si quieren contratar a un cantaor de flamenco; aunque hay que reconocer que un psiquiatra da mucho juego.

—Pues todos contentos —concluí.

Por la noche llegué tarde a casa. Marcos ya estaba durmiendo. Recordaba perfectamente que estábamos enfadados, pero no por qué. Mejor no refrescar la memoria. Me tumbé a su lado procurando no despertarlo, pero se dio la vuelta y me abrazó. Sin dirigirnos ni una sola palabra hicimos el amor arrullados por mugidos de sueño, de placer. Luego nos dormimos. ¿Quién ha dicho que hablando se entiende la gente?, un lugar común más.

El doctor Beltrán era una eminencia, debíamos estar muy agradecidos de que hubiera aceptado colaborar con nosotros. Había desarrollado la mayor parte de su carrera profesional en Estados Unidos, de donde no hacía mucho que había regresado, y su actividad actual era incesante: daba clases en la escuela judicial, trabajaba como psiquiatra en el Clínico, pronunciaba conferencias en numerosos e importantes foros, acudía a congresos internacionales y en el tiempo que le quedaba libre, escribía libros de divulgación, que resultaban siempre sonoros éxitos de ventas. Un auténtico número uno. La información que Villamagna proporcionó a los periodistas era exhaustiva y tenía un indisimulado tono laudatorio, mientras que la reunión en la que nos fue presentado por Coronas me pareció kafkiana. El comisario compuso la figura de un esmerado maestro de ceremonias tan gustoso de recibir a nuestro invitado que parecía dispuesto a cargarse a un par de frailes más con tal de que su dictamen pericial diera la impresión de ser imprescindible. Luego llegó el momento de la realidad y nos quedamos Garzón y yo solos con la lumbrera. Tenía ganas de echar a correr, pero me limité a sonreírle. Beltrán, en vez de preguntar en qué podía servirnos, tomó la iniciativa de modo radical.

—¿Están ustedes dos solos en este caso?

—Hay un operativo ocasional de diez hombres realizando una búsqueda, y tenemos asignadas dos agentes fijas: Yolanda y Sonia.

—¿Están por aquí? Creo que sería interesante que esas dos personas se encontraran presentes en esta reunión.

—Me parece que están ahora en comisaría —dijo Garzón, y salió a buscarlas. Mientras llegaban, el psiquiatra no me dirigió la palabra ni una sola vez, ocupado en ojear los papeles que llevaba consigo. Tan sólo en un momento dado preguntó:

—¿Va bien ese ordenador que hay ahí?

Lo encendí sin contestarle y le hice con la mano un gesto de disponibilidad. Él metió un disco. Entraron mis compañeros: las chicas, tímidas e impresionadas. Garzón, con cara de cabreo. Cuando nos vio a todos juntos cargó un programa en el ordenador y comenzó a hablar en tono ex cátedra. Enseguida me sorprendió comprobar que cuando entraba en materia profesional, a su español se añadía una sutil pronunciación norteamericana. De pronto se interrumpió.

—¿Es que no van a tomar notas?

Hubo que ir a buscar cuadernos y lápices. Yolanda se ofreció, pero Garzón la atajó diciendo que prefería hacerlo él mismo. Supuse que se estaba cargando de razones para poder poner verde a la eminencia cuando estuviéramos en la intimidad.

Siguió una sesión estadística sobre los asesinatos cometidos por psicópatas en Estados Unidos durante los últimos diez años. La pantalla iba secuenciando gráficas coloreadas. Se llegaba a la conclusión de que, de todos aquellos asesinos, un 15 por ciento había dado motivos o explicaciones religiosas para llevar a cabo sus crímenes. En otras palabras, su insania mental se circunscribía al tema religioso. De todos ellos, un 5 por ciento no había actuado solo sino con cómplices.

Yolanda y Sonia hacían anotaciones en sus papeles como dos posesas. Garzón escribía algo de vez en cuando y yo emborronaba alguna línea con las cifras que se suponían cruciales.

La segunda parte de la charla consistió en enumerar las características psicológicas de los psicópatas asesinos de índole religiosa. Se nos brindaron ejemplos, todos norteamericanos, de este tipo de enfermos y las fechorías que habían cometido. Siempre eran individuos muy inteligentes, muy seductores, con antecedentes familiares de enfermedad mental o fuertes traumas infantiles. Tipos por lo general desalmados, incapaces de sentir remordimiento por el dolor infligido a otros, calculadores, amantes del juego y el reto, crueles hasta la médula. Después de oír todo aquello me pareció que cualquier aficionado a las películas americanas podía estar al corriente de ese retrato sin necesidad de ser un experto.

Finalizó haciendo un esbozo del hombre al que quizá podríamos estar buscando. Se trataba de alguien, muy probablemente un varón con un nivel de estudios alto, susceptible de conocer la historia y sus episodios. Debía haber sufrido algún trauma sexual que potenciaba, por contraposición, sus deseos de pureza y de religiosidad. Un ser manipulador y convincente que había conseguido imbuir sus ideas a algún o algunos amigos que habrían actuado como cómplices. Su objetivo era el robo de la momia del beato para llamar la atención, jugar con la policía y demostrar a los de su grupo hasta qué punto llegaba su poder. En principio deberíamos pensar que el asesinato del fraile había sido casual (se lo encontraron en la capilla cuando iban a robar la momia y se convirtió en un estorbo), pero no podíamos descartar que durante las observaciones previas al convento lo hubieran visto entrar y salir y se hubiera convertido en otro posible trofeo, en la víctima de una pulsión morbosa.

De pronto y sin un gesto que nos hubiera puesto sobre aviso, apagó el ordenador y se dirigió a nosotros con actitud profesoral.

—Espero sus preguntas.

Nuestra menguada asamblea, consultada tan de improviso, no hizo sino callar. Nos mirábamos los unos a los otros como alumnos cogidos en falta. Por fin, Sonia levantó una mano con energía. Temí lo peor, pero se limitó a preguntar respetuosamente:

—¿Qué significa «pulsión morbosa»?

Sonrisita autosuficiente de Beltrán indicando que la pregunta le parece pertinente. Respuesta y vuelta a empezar.

—Más preguntas.

El tono inquisitorial empezó a cabrearme. El psiquiatra descargó su peso de una pierna a otra. Hizo un gesto de impaciencia controlada; el hecho de que la curiosidad no se desatara en un torrente de cuestiones no le pareció nada bien. Entonces Sonia, animada por su éxito anterior y deseosa de hacernos quedar bien a los demás, sí confirmó todos mis temores preguntando:

—Y digo yo, doctor, ¿de dónde puede deducirse que el hombre al que buscamos es norteamericano?

Hubo un momento de desconcierto general. Luego, nosotros pasamos del desconcierto al estupor, mientras siguió en el desconcierto.

—¿Cómo dice? —preguntó sinceramente despistado. Yolanda se había puesto roja como la grana, la boca de Garzón había adquirido un rictus sardónico y yo me vi obligada a salir al paso, más por piedad hacia la eminencia que hacia Sonia.

—Mi colaboradora quiere decir si los datos que nos ha dado son igualmente válidos en nuestro país.

Cacareó como una gallina molesta y dijo:

—Sólo en Estados Unidos se realiza este tipo de estudios, pero son datos científicos con validez universal.

Yolanda impidió con codazos furibundos que Sonia contrarreplicara, pensé que debía postularla para un ascenso. Alcé la mano.

—Y dígame, a la vista de toda esta información, ¿qué es lo que nos aconseja hacer?

—Tendrían que visitar todos los frenopáticos u hospitales de día de la ciudad en busca de individuos que hayan sido censados con la patología que les acabo de describir y que hayan abandonado el tratamiento prescrito de modo brusco. También sería interesante indagar en los archivos médicos de las cárceles cercanas. No es improbable que el asesino estuviera ingresado en alguna época por un delito menor. Me gustaría que, ya que colaboro con ustedes, me mantengan minuciosamente informado y me consultaran ante cualquier sospechoso que sea seleccionado.

Tal y como imaginaba, en cuanto nos quedamos solos al subinspector le faltó tiempo para encenderse y llamear.

—¡Que Dios, la ciencia y el presidente de Estados Unidos me perdonen, pero este tío es un soberano soplagaitas! ¿Y ésta es la gran eminencia? ¡Pero si nos ha soltado una charla de manual: «¡Construya usted su propio psicópata»! Y encima pretende que vayamos reclutando pirados y los sometamos a su juicio. ¡Hay que joderse!

—Tranquilícese. ¿Sabe dónde está ahora la eminencia? Pues en una rueda de prensa junto a Villamagna.

—Si les decimos que estamos siguiendo las pautas que él nos marca se reirá de nosotros todo dios.

—Da igual. Villamagna dirá que se trata de una vía abierta en las pesquisas, una más. Cuando llegue el momento declaramos que era una vía muerta y en paz.

—¿Y qué piensa hacer?

—Mandar a Sonia en busca de pirados religiosos a los psiquiátricos y nosotros seguir con lo nuestro.

—En cuanto esa chica escriba el primer informe nos la cargamos. El comisario dirá que no era ésa la solución.

—Sólo me la cargaré yo. Asumo toda la responsabilidad.

—Tampoco soluciona nada que se ponga en plan motín de la *Bounty*.

—¡Váyase al infierno, Fermín!

—Tal y como van las cosas, allí acabaremos los dos.

6

Al llegar a casa me encontré con la sorpresa de que Marina estaba allí, sola con la asistenta.

—Papá y los chicos se han ido a ver un partido de baloncesto. Yo quería quedarme.

—¿Os tocaba hoy en casa? —pregunté, incapaz de aprenderme su calendario de visitas.

—No. Ha sido un extra por lo del partido. Papá tenía entradas.

—¿Has cenado?

—Todavía no.

—Voy a decirle a Jacinta que ya puede marcharse. Así nos preparamos algo apetitoso y cenamos las dos.

—Jacinta ya ha preparado espinacas. —Hizo un gesto elocuente de disponerse a vomitar.

—Veremos qué puedo hacer.

Después de liberar a la chica de sus responsabilidades me serví un whisky, entré en la cocina y me puse un delantal. Mientras pegaba sorbos deleitosos al reconfortante licor freí las espinacas ya hervidas con un poco de jamón, ajo y piñones, saqué dos bases de pizza del congelador y preparé unas espectaculares pizzas de espinacas. Mientras se cocían en el horno y yo le pegaba a la copa, Marina saltaba por la cocina trenzando pasos y saltitos que recordaban vagamente al ballet. De pronto se puso seria y dijo:

—Hay un mensaje en el contestador. Lo oí mientras se grababa.

Observé que sus ojos estaban muy abiertos, fijos en mí.

—¿Algo de trabajo?

—No creo; era la madre de Hugo y Teo.

Me quedé de una pieza. Sin una palabra más, caminé como una autómata hasta el contestador del salón y lo puse en marcha. Un par de mensajes para Marcos y, al fin, una voz femenina tensa hasta la irritación.

«A quien corresponda escuchar esto. Soy la madre de Hugo y Teo Artigas. Quiero advertir que no estoy dispuesta a tolerar que mis hijos sean instruidos en los usos y costumbres de los bajos fondos de la ciudad. Tampoco me entusiasma que ninguno de ellos sea alentado hacia la vocación policial. Por eso si se vuelve a repetir una impensable visita como la del otro día, prevengo al responsable de los niños, es decir a su padre, de que presentaré una denuncia frente al juzgado de familia. Nada más. Espero haber sido lo suficientemente clara.»

Un escalofrío de angustia me recorrió entera. Al darme la vuelta, descubrí a Marina, que seguía mirándome de hito en hito. Esbocé un triste amago de sonrisa.

—Vamos a cenar —dije—. Las pizzas ya deben de estar listas.

Comimos en silencio. Yo, completamente absorta en mis pensamientos. De repente, Marina preguntó:

—¿Estás preocupada por el mensaje?

—No. Se me había ido la cabeza a las cosas del trabajo —mentí. Inútilmente, porque la niña comentó tras una pausa:

—Me parece que ya te dije que la madre de los chicos es una histérica.

—Sí, creo recordar algo.

—Mi amiga Alba, que también va a mi clase, dice que todas las madres son unas histéricas.

—Seguro que exagera.

—Puede que sí, pero lo malo es que...

—¿Qué?

—Pues que mi madre ha dicho que también va a llamarte.

—¿Le contaste la visita con el subinspector?

—No, pero se lo dijo por teléfono la madre de Hugo y Teo; sólo por fastidiar.

Maldije mil veces a Garzón en mi mente: ¡maldito fuera aquel loco inconsciente y malditas sus experiencias pedagógicas! Luego me levanté y fui a servirme otro whisky.

Coronas nos concedió tres días más como prolongación del operativo de búsqueda; aunque hasta yo misma, que había confiado siempre en esa vía, empezaba a dudar seriamente de su utilidad. La única persona capaz de decirnos algo sobre el caso había desaparecido del mapa en los alrededores de la calle Escornalbou. Los hombres estaban investigando casa a casa, preguntando vecino a vecino sin que nadie pudiera dar cuenta de la mendiga. Aparté a Sonia del grupo y la puse a visitar psiquiátricos. Estábamos tan empantanados en la nada que incluso la estrafalaria opción del psicópata religioso empezó a contar como una posibilidad real. El subinspector y yo hicimos una sesión de trabajo en la que todas las iniciativas en marcha ocuparon un lugar en la pizarra. Resultó decepcionante comprobar que sólo dos caminos estaban abiertos y ninguno de los dos iba más allá de lo circunstancial.

—Puestos a quedarnos en lo periférico deberíamos entrar a investigar el contenido de la nota del asesino —sugirió mi compañero.

—Usted sabe que me he negado reiteradamente a meterme en ese juego. En primer lugar, porque no creo en juegos propuestos por asesinos, eso pertenece más bien a la ficción.

—No estoy de acuerdo. ¿Qué me dice del asesino de la baraja, lo recuerda? Era aquel tipo que iba dejando un naipe distinto junto a cada víctima de sus crímenes. Ése es un caso que sucedió hace bien poco en Madrid. Las estadísticas nos dicen que cada vez hay más asesinatos gratuitos, sin un móvil real. Y los asesinos, que no suelen ser superdotados, cada vez consumen más ficción barata; de manera que muy bien pueden dedicarse a copiar los modelos.

—Bien, admitámoslo; pero incluso aceptando eso, el cartelito gótico habla de encontrar a la momia, ¿no?, ya que fue colocado en su lugar.

—Es una interpretación, también puede referirse al asesino o quizá la momia del beato nos llevaría al asesino.

—Me resisto a ir por ese camino.

—Porque es usted excesivamente racional, inspectora. Sin embargo, la gente está cada vez más loca.

—Puede ser, pero hasta donde me enseñaron en la academia hay que buscar el motivo que ha conducido al asesino a matar.

—Ya, y éste suele encontrarse en el amor, el sexo, la venganza, el dinero o el poder. Pero a lo mejor esas teorías ya están obsoletas. Hoy en día también se mata en busca de fama, notoriedad social...

Suspiré con resignación, rebusqué entre las pruebas la fotocopia del cartel gótico. Leí en tono aburrido:

—Buscadme donde ya no puedo estar.

Garzón repitió la frase, pronunciándola con un aire totalmente diferente, lleno de matices prometedores de interés y de enigmas. Un nuevo suspiro por mi parte, esta vez cargado de paciencia.

—¿Y dónde no puede estar la maldita momia?

—Primera posibilidad: en el convento. No puede estar allí porque, teóricamente, de allí se la han llevado.

Me levanté de un salto y me apoderé de un lápiz para estrujarlo y calmar mis nervios.

—¡Basta, basta, Fermín!, ¡ni un acertijo más! Si vamos a entrar en el terreno de las interpretaciones, necesitamos un aval histórico.

—¿Llamo a las corazonianas o al hermano Magí?

—Pregunte a la madre superiora si deja salir a la hermana Domitila. Estoy hasta las narices de visitar ese convento.

Fue a llamar desde su despacho porque tenía el número allí. Regresó al cabo de un instante.

—Dice que vale, pero que la acompañará alguien más.

Dos horas más tarde la hermana Domitila, que había escogido como carabina a la joven hermana Pilar, entraba en comisaría con cara de estar horrorizada. No habíamos contado con el impacto que nuestro lugar de trabajo pudiera causar en aquella mujer, acostumbrada a no salir jamás de entre sus cuatro paredes. Lo más curioso era que la novicia, de quien sabíamos que sí transitaba por el mundo yendo cada día a la universidad, estaba casi más aterrorizada todavía. Sus ojos profundos se fijaban en todos los detalles de mi despacho como si el demonio estuviera presente en cada archivador. Al menos la hermana Domitila hizo algún esfuerzo por disimular.

No sabía cómo minimizar aquella reacción, así que intenté convertirme en una anfitriona perfecta y les ofrecí una taza de café, que rechazaron con gesto escandalizado.

—Hermanas, están ustedes en un lugar seguro, no hay nada que temer —tuve que decir cuando sus reticencias me parecieron exageradas—. Las he hecho venir aquí únicamente para nuestra comodidad, pero si les resulta violento podemos ir al bar que hay enfrente.

—No, aún sería peor —dijo en un arranque sincero la hermana Domitila—. Perdónenos, inspectora, pero no estamos habituadas a abandonar el convento.

—Usted sí lo está, tiene sus clases, ¿no? —le dije a Pilar. Me contestó su mentora:

—Una comisaría es impresionante para cualquiera.

—Está bien. Les prometo que no las haré volver; pero de momento, ya que estamos aquí... En realidad sólo queremos que nos ayuden a descifrar el posible sentido oculto de la nota que se halló en el lugar de donde fue sustraído el beato.

—Y nosotras, ¿qué podemos saber?

—Historia, hermana Domitila, eso es lo que saben. Y desde ese punto de vista quiero que fuerce un poco su imaginación y me diga qué puede significar esa leyenda.

Tomó aire, se apretó los nudillos...

—No crean que no he estado haciendo mis cábalas sobre eso, la verdad, pero es una frase tan corta...

—Lo sé, pero sean cuales sean sus cábalas, compártalas con nosotros, por favor.

—Bueno, he pensado que... quiero decir la única solución que se me ocurre es que el beato se encuentre en otro convento de Barcelona o su provincia.

—¿Por qué?

—Se trata de la práctica de los enterramientos en las iglesias y conventos, aunque si les interesa que les hable del tema en profundidad todos los datos históricos los tengo en la biblioteca, como es natural.

—Está bien, hermana, está bien. Yo misma las llevo en coche hasta allí y me cuenta usted su teoría.

Eximí a Garzón de su presencia en las corazonianas; sería mejor que se quedara en comisaría intentando hacer un informe que no pareciera demasiado surrealista, lo cual le iba a costar. Yo partí en mi coche con las dos monjas y la verdad es que me divertí atisbando las reacciones de Domitila frente al mundo exterior. Lo miraba todo con curiosidad y a veces mostraba su sorpresa y su regocijo ante cosas tan usuales como un perro tirado de la correa por su amo.

—Pero, hermana, ¿usted no sale nunca del convento?

—¡Por supuesto que sí! A veces nos llevan de excursión, y también vamos al médico si hay necesidad.

En el fondo la envidié. Todo constituía para ella una novedad, y se comportaba como una niña en Disneylandia. A mí también me hubiera gustado que la posibilidad de asombro habitara tan cerca de mí. Los monjes y las monjas gozan del privilegio de la inocencia, pensé, aunque lleguen a ella ateniéndose al principio de la prohibición.

Pasamos por todos las eternos ritos que conllevaba entrar en el convento y que yo había intentado infructuosamente evitar: la portera, el permiso, la espera en la salita de recepción... y, por supuesto cuando volvió la hermana Domitila (la ayudante había desaparecido), el recado del que estaba segura.

—La madre superiora me ha dicho que antes de marcharse pase por su despacho para tomar un refrigerio.

—Desde luego, con mucho gusto lo haré.

Luego nos encerramos en la biblioteca que estaba como siempre vacía y la monja empezó a sacar volúmenes que tenían puesta entre sus páginas alguna señal. Antes de que empezara a hablar inquirí:

—¿Tenía ya preparado el tema, hermana?

Bajó la vista al suelo y se ruborizó.

—Pues... usted dirá inspectora que soy una monja tonta que ando metiéndome donde no me llaman, pero como ya le dije antes... me ha movido la curiosidad. Estando sola me pregunté una y cien veces qué podía querer decir el cartel que apareció y sólo al final he encontrado una explicación que quizá pudiera ser correcta.

—Verá, hermana, todo lo contrario. Lo que me gustaría es que todo lo que se le pueda ocurrir relacionado con este crimen me lo comunique usted, todo.

—Pero yo no tengo ni la menor idea de lo que ustedes hacen en la policía.

—Da igual. Es más, si quiere puedo darle alguna información; pero es muy importante que usted nos haga partícipe de sus teorías porque estamos en una sequía total de pruebas. Me entiende, ¿verdad?

—Pues claro, y estoy encantada. Le prometo que todo lo que se me ocurra se lo comunicaré. Y ahora escuche, porque es interesante. Usted ya sabe que en la Edad Media se enterraba en las iglesias y conventos: a la nobleza, al clero destacado y hasta a los miembros de la realeza. Pero después, ya en el siglo XVII, cuando los comerciantes y artesanos ricos pasaron a tener gran relevancia en las ciudades, no sólo querían lucir sus riquezas en vida por medio de carruajes, hermosas casas y costosos ropajes, sino que se hizo imprescindible un uso suntuario de la muerte también. —Cambió de libro, lo abrió por la señal y, entusiasmada por su propio relato, continuó—. Los mercaderes dejaban en su testamento el número de misas que debían decirles a su muerte, que era más elevado cuanto más poder económico tenían. Y no sólo eso, también quedaba escrito cuántas personas debían acompañar su cuerpo en el sepelio. Si el fallecido pertenecía a una cofradía, debían acompañarle los cofrades y también algunos monjes y algunos niños huérfanos y algunos pobres de solemnidad, aparte de los parientes, por supuesto.

—¡Qué barbaridad! ¿Se sabe de cuánta gente estaba formado un cortejo normalito?

—Mire, le leeré algún pasaje: «Pedro de Villanueva solicitó ser acompañado por veinte clérigos de orden sacro y los señores curas, a quienes se pague limosna y se dé a cada uno una vela de cuatro onzas». Pero mercaderes muy ricos son capaces de pedir que vayan a su entierro todos los clérigos de la ciudad. Mire este caso: «Antonio Ferro, de origen portugués, dispuso para el entierro de su esposa la asistencia al velatorio de todos los religiosos de la ciudad, un funeral en el que sonara la música de la catedral y un acompañamiento por la calle de veinticuatro pobres con hachones encendidos». ¿Qué le parece? —preguntó extasiada.

—Brutal. No quiero ni imaginar los embotellamientos que eso causaría ahora.

Sin hacer caso de mi estúpido comentario, prosiguió, apasionada:

—Lo más curioso de todo es que todo este acompañamiento estaba basado en una tradición religiosa muy arraigada: como los cofrades, monjes, pobres y niños eran personas agradables a los ojos de Dios, se suponía que intercederían por el alma del finado frente al Altísimo. Ya ve usted hasta qué punto la religión auténtica estaba traspasada por un sesgo de superchería. Y a veces la Iglesia de la época contribuyó a esta mezcla, debemos reconocerlo. Por ejemplo, se creía que si eras amortajado con el hábito de una orden religiosa, eso te granjeaba el perdón de los pecados. Mire lo que dice aquí: «Los frailes de la orden franciscana lograron así multitud de dádivas y limosnas ya que todo el mundo quería pasar a la otra vida vestido con el hábito de dicha comunidad. Eso era debido a que se consideraba que se iba a la última morada demostrando la humildad del propio San Francisco, aunque también cabe destacar la gran cantidad de indulgencias que los papas habían concedido a ese hábito».

Me miró, excitada y sonriente. Le sonreí:

—No cabe duda de que la historia la apasiona, hermana.

Enrojeció visiblemente hasta la raíz del pelo que asomaba bajo su toca.

—Apasionar no es un verbo que una monja pueda utilizar; pero sí es verdad que he dado a la historia y a Dios mi vida entera. Ahí están las claves de los comportamientos humanos, ahí los ejemplos de los errores que no debemos repetir. Estoy muy orgullosa de nuestra biblioteca y me gustaría que las corazonianas fuera una orden que llegara a destacar en el estudio histórico. Y todo eso lo digo con la mayor humildad y deseo de servicio. La madre superiora lo sabe muy bien.

—La comprendo. Sin embargo, con respecto al caso...

—Espere, aún no he terminado. Déme tiempo, por favor.

Volvió a su actitud de exaltación máxima. Tomó un tercer volumen en sus manos, lo abrió por la marca y leyó una vez más.

—«La sepultura, para la Iglesia católica y para la sociedad en general, confería al difunto dignidad y rango, ratificando el estatus de una vida plena. El sepulcro se convierte así en el indicador del deseo de perpetuidad, de pervivencia de la identidad personal. La predilección por los enterramientos en iglesias y conventos indica la voluntad de sostener una estrecha conexión entre los vivos y los muertos, éstos reposan rodeados de la colectividad a la que pertenecían. Los pobres eran enterrados en cementerios, pero también participaban en la unión entre vivos y muertos ya que los cementerios están ubicados en el interior de la ciudad.»

Me miró triunfante, como si aquello nos acercara al meollo de una importante cuestión. Le devolví la mirada y, como me sentía incómoda con todo aquel tinglado histórico, realicé un nuevo comentario prescindible y vulgar:

—Personalmente, deseo ser incinerada.

No me hizo ni caso, sumergiéndose en las páginas de otro libraco. Parecía obvio que la preparación de la hipótesis criminal realizada por su cuenta le había llenado horas de estudio y dedicación.

—«La cercanía máxima a Dios podía ser comprada por los pudientes mediante un sepulcro en la iglesia, ya que ésta era la más tangible morada de la Divinidad. El lugar del enterramiento dependía una vez más de la situación económica del difunto. Durante el siglo XVIII la mayoría de las sepulturas se hacían en las iglesias, pero no toda la población podía permitirse semejante lujo. Los artesanos sederos pobres no tendrían más remedio que ser sepultados en el cementerio, pero los artesanos y comerciantes acaudalados podían elegir entre el cementerio (nunca lo hacían), la parroquia o algún convento. La inhumación en iglesia o convento era mucho más costosa. Solo en épocas de epidemias como en 1648 y de 1677 a 1678, y también en época de inundaciones catastróficas, como en 1651, el campo actuaría de fosa común realizándose extramuros los entierros colectivos.» Ahora fíjense en el dato final que les voy a brindar y que extraeremos de este otro texto:

»"Sólo en 1787 Carlos III comprendió que los enterramientos en iglesias, conventos y cementerios urbanos era insalubre; de modo que mandó cavar las tumbas en el extrarradio. Por aquella época las ciudades nuevas que se fundaban al sur de la Península incorporaban cementerios extramuros. Sin embargo, estas órdenes no fueron acatadas de modo general, encontraron muchas reticencias y no fue hasta la guerra de la independencia, desde 1808 a 1812 y bajo en influjo de Napoleón, cuando se empezaron a construir camposantos de modo masivo".

Concluyó con aire triunfal. Cerró todos los libros consultados, los apartó a un lado de la mesa. Me observó sonriente, esperando que yo resolviera por mí misma aquel acertijo de muertos ricos y muertos pobres. Abrí los brazos como pidiendo una tregua.

—Lo siento, pero sigo sin ver la relación de todo esto con el crimen del hermano Cristóbal.

—Inspectora, el beato ya no puede estar enterrado en un lugar santo, por lo que el hombre que lo robó debe de haberlo depositado en otra iglesia, pero sin culto.

—Pero hermana, ¿y por qué alguien iba a hacer una cosa así?

—Un loco, un loco lo haría. El psiquiatra que han

contratado parece estar convencido de que el culpable es un loco.

—Veo que sigue las informaciones de los medios de comunicación.

—Todas las monjas lo hacemos, inspectora, es natural. Todas estamos conmocionadas, todas queremos saber. Lo que ocurre es que a mí, encima, me da por pensar.

—¿Y ese loco hipotético sabe tanta historia como usted?

—Sin ninguna duda. He estudiado muy detenidamente la fotocopia del cartel que tiene la madre superiora y le aseguro que quien lo ha dibujado conoce a la perfección la grafía gótica y la imita con la pericia de un experto.

—Sí, eso dice también el informe pericial que tenemos.

Estaba ilusionada como una niña jugando a detectives. Yo, por el contrario, me encontraba en las estribaciones de un cabreo monumental. Todo aquel galimatías de tumbas y muertos históricos seguía pareciéndome un absurdo, pero si encima lo combinaba con la hipótesis del loco culto, entonces me precipitaba directamente en la depresión. Con cara de circunstancias, tampoco se trataba de ser grosera, le pedí a la hermana que me hiciera una fotocopia de todos los párrafos que acababa de leer. Una sonrisa de victoria se pintó en su rostro.

—¿Eso significa que van a seguir esa pista?

—Hermana, eso sólo significa que tengo que hacer un informe contando cómo he empleado todo este tiempo hablando con usted.

Una ligera decepción acompañó a sus palabras.

—¡Ah!, pero presentará la hipótesis de interpretación histórica a sus superiores.

—Puede estar segura de ello. Además, no queda descartada. Nosotros no descartamos nada a menos que tengamos una evidencia clara en otro sentido.

Aquello la reconfortó.

—Muy bien. Voy a hacer las fotocopias mientras usted se entrevista con la madre superiora.

Naturalmente, me acompañó hasta la propia puerta del despacho, no fuera cosa que pudiera perderme. Golpeó la puerta con los nudillos y tras el «¡adelante!» imperioso de la madre Guillermina me invitó a pasar y se fue. El ambiente del despacho estaba tan lleno de humo como en La Jarra de Oro tras la hora del almuerzo.

—¡Pase, inspectora, y siéntese! Tengo té en este termo y estaba esperándola para servirlo. Nos han traído unas pastas para picar, pero no piense en recetas ancestrales de convento ni nada por el estilo, son pastas industriales. Las compramos en la fábrica porque salen más baratas. Muy flojas, ya lo verá; pero es el signo de la vida monacal. ¡Hay que ahorrar, siempre hay que ahorrar!; sobre todo en estos tiempos inseguros y convulsos.

Me hacía gracia aquella mujer; enfundada en su hábito negro y con sus enormes manos blancas, emanaba un halo de fortaleza, una indiscutible energía personal. Sirvió el té con gestos precisos, puso la bandeja de dulces cerca de mí e inmediatamente encendió un cigarrillo, exhaló el humo con placer.

—El diablo tiene escrito que me he de condenar por culpa del tabaco. Hoy he fumado como una auténtica pecadora, pero es el día en que reviso las cuentas del convento y le aseguro que eso me pone de pésimo humor. ¿Qué tal usted, cómo le ha ido con la hermana Domitila?

—Me ha dado una interesante clase de historia.

—¡Ah, esa mujer no tiene nada más en la cabeza! Ha revisado todos los libros que había en la biblioteca, ha adquirido más. Ha impulsado a la hermana Pilar para que oriente sus estudios en ese sentido y va supervisándola día a día... pero ¿sabe qué le digo?, que me parece muy bien, sube el nivel cultural de las corazonianas, que buena falta nos hace.

—¿Le ha contado a usted todas sus hipótesis históricas sobre dónde está ahora el beato?

—Sí, algo me contó. ¿Puede estar en lo cierto?

—No lo sé, madre. Sinceramente le diré que soy remisa a entrar en el juego de un asesino que está loco y encima es un jabato en historia. Hay algo que rechina, que no acabo de creer. Para mí los motivos de las cosas deben obedecer a la razón, a las pasiones humanas, al mundo de lo habitual. Me cuesta imaginar algo que no esté arraigado en la realidad más común.

—Sí, yo soy parecida a usted. No quiero decir una racionalista, por supuesto, pero sí una persona lógica. Aunque a veces pienso que nos equivocamos con ese modo de pensar.

—¿De verdad lo cree?

—Sí, inspectora, la vida es mucho más de lo que vemos. Hay cosas que escapan a la lógica tradicional: la locura, la espiritualidad, el amor humano...

—Está usted muy filosófica hoy.

Soltó una risotada.

—¡Sí, debe ser para contrarrestar el materialismo de las cuentas! Pero, dígame, ¿cómo llevan el caso?

—Francamente mal. Estamos atascados. Hay algunas investigaciones en las que sucede así: de repente se enquistan, no existen nuevas vías, las pruebas se agotan en sí mismas... se trata de un momento muy peligroso, demuestra que el caso tiene el riesgo de concluir ahí, ser cerrado en falso.

—¡Dios mío! No es que yo sea una monja justiciera, pero que la muerte del pobre hermano Cristóbal quedara impune me causaría una gran frustración. Además, no llegar nunca a saber, a comprender los porqués de un acto tan espantoso...

—Pues por desgracia eso sucede en más de una ocasión. Madre, ya sé que no tengo demasiado derecho a pedírselo porque no hay ninguna pista que nos conduzca hacia lo económico, pero ¿a usted le importaría darme una copia de las cuentas del convento? Es que cuanto más se puebla este caso de locuras y enigmas jeroglíficos, más ganas me dan de hincar los dientes en la realidad.

—¡Pues claro, hija! Puedo pedir ahora mismo que se la hagan. O si lo considera más efectivo puede organizar una auditoría aquí. Pero no van a encontrar nada especial: lo llevamos todo claro y prístino... ¡y al día con Hacienda, además!, que no nos perdona por llevar hábito.

—Me lo imagino; pero a lo mejor me sugiere alguna idea, me visita alguna inspiración.

—Le voy a preparar un CD con toda nuestra página Excel, con nuestras fuentes de ingresos y financiación, con todo, en fin.

Se puso a la labor sin la más mínima dilación. Estaba suelta en el manejo informático y tarareaba algo mientras manejaba el ordenador. De repente cedí a la tentación y le pregunté:

—¿Es usted feliz, madre Guillermina?

Naturalmente se sorprendió. Me miró con ironía.

—¡Vaya, ésa no es una pregunta de policía! Pues sí, claro, soy feliz: tengo a Dios, la compañía de las hermanas, la sensación del deber cumplido diariamente... aunque no es algo que esté preguntándome todo el tiempo. La naturaleza de un religioso es perder la identidad personal, empequeñecer el yo hasta que desaparezca en la comunidad. El ideal sería fundirse con Dios.

—¿Y lo consigue?

Entrecerró los ojos hasta que fueron dos ranuras chinescas que clavó en mí.

—Oiga, inspectora, esto no es serio. Usted está aquí por una investigación y yo soy una simple monja que a nadie interesa demasiado.

—Creí que podía considerarme un poco amiga suya.

—Las monjas no tenemos amigas privadas, pero si quiere le paso un folleto de «amigos de las corazonianas» en el que puede inscribir sus datos y fijar una donación mensual.

—Lo que yo pensaba era invitarla a un buen restaurante vasco que conozco cerca de aquí.

Se rió de buena gana, cabeceó.

—No se entera usted de nada, inspectora. Yo no estoy en el mundo, y el mundo incluye los restaurantes vascos. Además, una buena comida me daría muchas ganas de fumar y ¿qué cree que pensarían los otros clientes de una monja que se arrea un besugo y enciende un cigarrito después?

Entonces fui yo quien me reí. Ella continuó, divertida y risueña.

—Venga usted un día al refectorio y coma con nosotras. La especialidad de la hermana Teresa son las acelgas.

—No sé si eso constituye una gran tentación.

—Pues no puedo ofrecerle nada más.

Salí del convento cargada de fotocopias y cedés en cuya utilidad no confiaba demasiado. Al llegar, Garzón circulaba por comisaría perdiendo el tiempo. Lo encontré charlando de fútbol con otro colega. En cuanto me atisbó vino hacia mí.

—¿Qué, inspectora, ha sacado algo en claro?

—Soy un poco más culta en temas de historia, eso es todo.

—¿Qué me dice de la interpretación del texto que ha hecho la monja?

—Es muy floja, pero ya que hemos descorchado esa botella habrá que beberla hasta el final. Me voy a Poblet a ver qué piensa de todo esto el hermano Magí.

—Seguro que no estará de acuerdo con la hermana Domitila; me pareció que se llevaban fatal.

—Todos los intelectuales se llevan mal entre sí. Sus egos suelen ser difíciles de combinar.

—¿Quiere que la acompañe al monasterio?

—Ni hablar. Usted tiene trabajo aquí. Lleve este CD con la contabilidad de las corazonianas al inspector Sangüesa, que le peguen una mirada a ver si está todo correcto. Luego vuelva, enciérrese en su despacho y haga un informe inteligible con todas estas fotocopias. Contienen datos históricos sobre los enterramientos en iglesias y conventos. Ya verá, se sentirá como cuando lo llevaban en el colegio de visita cultural.

—En la escuela de mi pueblo no hacíamos más visita cultural que salir de excursión al campo y triscar como cabras.

—Así ha salido usted de montaraz.

Evité contarle nada sobre las protestas de la madre de Hugo y Teo. ¿Para qué? Ya se me había pasado el enfado lo suficiente como para columbrar que el subinspector no había obrado con mala intención. Casi nadie de los que meten la pata obra con mala intención; eso hace su error mucho más estúpido aún.

Conduciendo en dirección a Tarragona encontré cierta serenidad. Contribuyó a ello la música de Mozart que llevaba puesta a todo volumen. Pero la serenidad me llevó a conclusiones negativas: aquel caso se nos iba de las manos si es que no se nos había ido ya. Si no hubiera existido el robo de la momia estaríamos empezando a pensar que se trataba de uno de esos crímenes casuales que se producen sin motivo, los más difíciles de desentrañar: un mendigo loco que se queda en la iglesia, ve al monje y se lo carga por la espalda... un jovenzuelo que merodeaba pillado *in fraganti* por el hermano Cristóbal.... Pero estaba la momia de los cojones: fray Asercio de Montcada, ¡vaya historia! Naturalmente, ese tipo de cosas sólo ocurre cuando se vive en España, un país de pandereta, de toros embolados, de reliquias exhibidas frente a turistas: el brazo incorrupto de santa Teresa, la oreja santificada de san Miguel, el intestino grueso de santa Policarpa... ¡un asco!, un asco y un atraso, por supuesto. Mis pensamientos me habían alterado tanto que iba a toda velocidad sin darme cuenta. Levanté el pie del acelerador, aunque el destino me hubiera dado como lugar de nacimiento aquel país malhadado, quería continuar viva unos años más.

La visión del monasterio me maravilló con la misma intensidad de siempre. Todo es contradictorio, pensé, la misma Iglesia responsable de erigir monumentos como aquél y de actuar durante siglos como vehículo de la cultura, ha sido capaz al mismo tiempo de permitir que bajo su cúpula crezcan todo tipo de absurdas supercherías.

Como le había llamado con anticipación, el hermano Magí ya me esperaba en conserjería. Me sonrió con su cara inteligente. Me acompañó. Sus pasos eran tenues como los de un gato. Nos sentamos en una sala vacía, ambos en un sobrio canapé. Me preguntó por los progresos del caso y desbaraté su esperanza de una temprana resolución.

—Pues no sabe cómo lo siento, inspectora. Hasta que todo esto acabe el juez no nos permite dar cristiana sepultura a nuestro hermano.

Aprovechando tan estratégico inicio le conté la teoría de la hermana Domitila, sometiéndola a su consideración. Permaneció inmóvil como si se hubiera mimetizado con el sofá. Su mirada estaba fija en el suelo, por lo que no podía interpretar su expresión. Cuando ya empezaba a impacientarme arrancó a hablar.

—Espero que no le comente nada a la hermana porque podría tomarlo a mal, pero a mí su teoría me parece con poco fundamento, demasiado enrevesada y con una conclusión decepcionante.

—Eso mismo pienso yo.

Volvió a incidir en otro de aquellos silencios en los que el tiempo no parecía importar, luego me miró enigmáticamente y en una voz tan baja que apenas si podía oír dijo:

—Yo también he elaborado una teoría.

—¿Habla en serio? ¡No me lo puedo creer!; así que también le gusta jugar a detectives.

—Verá, inspectora; no tiene nada de extraño que tanto la hermana como yo hayamos tenido la misma inclinación. Piense que un historiador es en el fondo un investigador de las cosas que han sucedido mucho tiempo atrás.

—No me interprete mal. Simplemente me hace gracia que hayan elaborado unas hipótesis complejas y las hayan guardado para ustedes mismos.

—La policía trabaja con pruebas y mi teoría no se puede probar. ¿Quiere oírla?

—¡Debo oírla!

—¿Quiere que le traigan algo para beber, un poco de agua, quizá?

Se sentía como un completo anfitrión. Puse cara de escucharlo con interés, aunque si su teoría se revelaba tan alambicada como la de la hermana Domitila, poco a poco iría perdiendo su credibilidad.

El hermano Magí no esperó a saber si aceptaba su ofrecimiento de agua, enseguida se puso serio y me espetó:

—¿Recuerda usted la quema de conventos en nuestro país?

En aquel momento me di cuenta de que aún conservaba una brizna de fe en su explicación, ya que en cuanto hubo formulado semejante pregunta, la perdí. ¡Cielos, volvíamos a la España profunda: la guerra civil, la quema de conventos, las hordas rojas abatiéndose sobre la ciudad! ¿Para eso había viajado hasta Poblet? Me armé de paciencia para responder:

—No personalmente, desde luego.

El hermano Magí ni siquiera sonrió, era presa de un ataque de exaltación histórica similar al de la hermana Domitila.

—Ha habido cuatro épocas históricas en las que se produjo tan execrable práctica en Cataluña: durante la invasión napoleónica, durante la desamortización de Mendizábal en 1835, durante la Semana Trágica y en la guerra civil. Las dos primeras están demasiado lejanas en el tiempo como para tener ninguna repercusión actual. Nos queda la guerra civil, cuyos conventos e iglesias quemados fueron reconstruidos casi en su totalidad, y la Semana Trágica, donde hubo la mayor quema de lugares sagrados llevada a cabo jamás en Cataluña. La mayor parte también se reconstruyeron; pero unos cuantos desaparecieron para siempre o pasaron a ser otro tipo de edificios o a manos de otras órdenes religiosas.

Asentí sin saber adónde quería ir a parar. Él me miró con cierta reconvención, como suponiendo que yo debía ya adivinar de qué me estaba hablando.

—¿Conoce usted las circunstancias de la Semana Trágica?

—Pues sí, claro, una revuelta anticlerical que sucedió en Barcelona a principios del siglo xx.

—Fue en 1909. El gobierno central, fiel a la política colonial, intentaba mantener bajo su dominio el norte de Africa, concretamente la zona del Rif. Se sucedieron las derrotas militares, hasta tal punto que hubo que movilizar a los reservistas, muchos de ellos hombres ya casados y con hijos. El sistema de reclutamiento de la época permitía librarse de ir a la guerra pagando una elevada cantidad. Por lo tanto, quienes debían entrar forzosamente en la batalla eran los hombres de clase trabajadora. Naturalmente, la gente se movilizó en contra de una medida semejante y cuando se produjo el primer embarco de reservistas hacia Marruecos, estalló de modo espontáneo una reacción de rechazo que culminó en una huelga general y una insurrección popular que dejó en manos del movimiento obrero la ciudad de Barcelona. No hubo ningún poder político que quisiera encabezar esta revolución. Ni lerrouxistas, ni republicanos ni nacionalistas. De ese modo, las masas, descontroladas y furiosas, hicieron recaer su ira sobre las iglesias y conventos de la ciudad.

—Muy bien, ¿y?

—Inspectora, en uno de esos conventos desaparecidos durante esa semana o durante la guerra civil, es decir, en las viviendas o edificios que ocupan su lugar, está en estos momentos la momia del beato fray Asercio de Montcada. Desde mi punto de vista eso es lo que el asesino ha querido decirnos con su cartel.

Me acaricié la barbilla, después la frente y al final, presa de una gran consternación, me emborroné todos los rasgos de la cara con ambas manos.

—Hermano, por favor, creo que estoy a punto de volverme loca. Todo eso está muy claro como explicación teórica; es más, si usted estuviera escribiendo un estudio sobre el tema, resultaría una hipótesis brillante. Pero ¿cómo lo cocinamos para tragarlo con nuestro muerto?

—No estamos hablando de épocas tan remotas. Los odios y venganzas de esos dos períodos terribles aún pueden seguir vivas.

—¡Por todos los demonios, hermano!, ¿y quién se venga de quién cargándose al hermano Cristóbal de un modo tan aparatoso, con robo de momia y todo?

—Inspectora, el hermano Cristóbal se disponía a hacer un estudio profundo de la momia, un estudio forense. Alguien quiso impedir que descubriera algo en ese cuerpo incorrupto.

—¿Qué, según su teoría?

—Ahí tendría que ser muy especulativo, y ése no suele ser mi método de trabajo.

—Infrinja sus reglas, por una vez.

—Aunque la hermana Domitila esté despistada, yo estoy seguro de haberle oído comentar al hermano que en los días venideros se disponía a hacer al beato un análisis de ADN.

—De acuerdo, ¿y qué podría eso cambiar?

—Quizá mucho, quizá se podía descubrir que la momia de fray Asercio no era medieval, sino un cuerpo mucho más reciente, un cuerpo de principios de siglo que suplantaba al beato.

—Pero el beato estaba a la vista de todo el mundo, bajo su urna de cristal.

—Inspectora, un muerto se parece mucho a otro y sobre todo si se le hace un tratamiento con cera en la cara.

—¡Dios eterno, todo esto es una locura, hermano Magí!

—Sí lo es, inspectora, el propio caso lo es. ¿No se había dado cuenta?

La mente me funcionaba con toda intensidad y hasta temí que una nube de vapor se desprendiera de mi pelo. Pero el hermano historiador estaba lanzado en sus hipótesis.

—Haya sido quien haya sido quería que su crimen fuera espectacular, reivindicaba algo con él: una pretendida injusticia histórica quizá.

—¿Como cuál?

—Si le contesto ya no seré especulativo, sino que tendré que echar mano directamente de la imaginación, y eso viola todos mis principios intelectuales. Pero un posible motivo podría ser la venganza de algún descendiente de una víctima de la represión que siguió a la quema de conventos, tanto en 1909 como en el 36. Quizá esa persona sabía que en vez del santo habían colocado a un familiar, muerto de manera infamante cuando asaltaba un convento.

—¡Por favor, por favor, hermano; deje en paz su imaginación. Todo esto es demasiado. Demasiado complicado, demasiado absurdo, demasiado... ¡demencial!

—¿Un policía nunca especula?

—No, y le diré por qué: porque el objetivo final de nuestro trabajo no es escribir un libro o hacer un doctorado, sino meter en la trena al culpable de un crimen. ¿Sabe lo que es la trena?

—Sí.

Se había quedado serio ante mi tono desabrido y brusco. Miró al suelo. Las arrugas faciales de sus sesenta años se marcaron con profundidad. Dijo mansamente:

—Le aseguro que todas estas hipótesis las he elaborado sólo con la intención de ser útil para ustedes.

Me arrepentí de mi reacción. No hay como apreciar un poco de humildad ajena para advertir la propia soberbia.

—Discúlpeme, hermano, se lo ruego; pero debe de intentar comprenderme: en nuestro oficio solemos trabajar con presupuestos muy concretos: bandas de delincuentes, traficantes, gente del hampa... y los asesinatos que resolvemos o intentamos resolver siempre están en la esfera de lo básico. Cuando hay una venganza es por drogas o celos y sucede en un lapso corto. Por eso todo esto se me escapa, me obliga a violentar de tal forma mis métodos de trabajo que acabo por ponerme muy nerviosa.

—La comprendo bien. Todo esto es una locura, lleva razón. Ni siquiera va a tomar en consideración oficialmente las cosas que le he dicho, ¿verdad?

—De eso nada; por supuesto que las tomaré. Necesito que me escriba todos esos datos históricos de modo muy sucinto para que yo pueda hacer un informe después. Mándemelos por correo electrónico a esta dirección.

—Pero es que... es que también había hecho una pequeña lista con los conventos que desaparecieron y...

—Adjúntela al envío, por favor.

Una vez en los jardines del convento aspiré el aire del atardecer. El silencio era magnífico, alado, delicioso, una presencia en sí mismo. ¿Por qué no me quedaba allí una temporada? Quizá los frailes me alquilaran una celda aunque fuera una mujer. Ellos vivían en aquel silencio, nada que ver con mi hábitat normal. Dos mundos distintos. Por eso las especulaciones del hermano Magí me pillaban tan trasmano. Por eso el mundo del delito le quedaba tan lejos a él. Y sin embargo, habíamos coincidido en un punto importante: algo había en aquel cuerpo momificado que había desencadenado aquel vendaval.

Conduje de vuelta a Barcelona sin poner la radio. Era un intento de perpetuar el silencio que había degustado en Poblet. Inútil, por supuesto, ya que en el coche rugía el motor, y las marchas arrastraban su propio sonido y el tráfico de la autopista atronaba también. Un concierto estridente donde ni siquiera pensabas en hallar la paz. Y sin embargo, mi mente estaba poblada de fantasmas silenciosos: los monjes, las monjas, las momias, los muertos de antiguas guerras... Para contrarrestar tanta imaginería fúnebre puse un CD con música de *jazz*. Charlie Parker a toda mecha, otro fantasma más.

Garzón estaba aburrido cuando llegué.

—¿Qué ha pasado, inspectora?

—Nada, todo lo que tenía que pasar ya pasó. Eso es la historia, ¿no?

—¿Qué tal la versión del hermano?

—Más elaborada que la de la hermana, pero todo queda en familia al final: historia. Si quiere más detalles busque en mi correo electrónico. La contraseña es castaña.

—¿Castaña? ¡Nunca me lo había dicho!

—Es un fruto muy noble, y de él se extrae el sabroso marrón glacé. Y ahora hasta mañana, me largo a casa porque no puedo más.

—El juez insiste en que las monjas no han firmado sus declaraciones. Y como no hay quien las haga pasar por comisaría...

—Vaya usted solo al convento. De paso le cuenta a la hermana Domitila la versión de su colega historiador, a ver qué le parece.

—¿Yo solo al convento? A lo mejor no me dejan entrar.

—Seguro que sí, y la superiora le invitará a tomar el té. Dele conversación, le encanta charlar.

—Pero inspectora...

—Hasta mañana, Garzón, la historia de España ha podido conmigo. Mañana será otro día.

Le dejé con la palabra en la boca, pero no quería hablar más, otra réplica por mi parte hubiera contenido alguna grosería de gran calado. Llegar a mi casa me supo a gloria. Era como La Meca para el peregrino musulmán, como el estado de Sión para un judío ultraortodoxo, como quemar un convento para un anarquista barcelonés.

Al abrir la puerta de mi refugio oí que el teléfono sonaba en la oscuridad. Corrí al salón sin encender la luz y descolgué:

—¿Es usted Petra Delicado? —preguntó una voz femenina.

—Sí, al habla.

—Mire, señora; que mi hija acabara viviendo con una policía nunca había sido mi ilusión.

La interrumpí inmediatamente.

—¿Quién es usted?

—Soy Silvia, la madre de Marina. Y le aseguro que tolero que viva con usted de vez en cuando porque no me queda más remedio. Pero eso no significa que vaya a soportar sus excentricidades para con la niña. ¿En qué cabeza cabe que un policía de tres al cuarto lleve a mi hija a una comisaría y le muestre escenas de violencia y...

—Un momento, disculpe. Esto es una casa particular y yo no deseo hablar con usted. Si tiene algo que decirme póngase en contacto con mi abogado.

—¡Increíble, valiente desfachatez! No dude de que lo haré. Y, encima, ha aleccionado a mi hija para que no me contara nada y he tenido que enterarme por terceros. La advierto seriamente de que...

—¡Basta, tengo mejores cosas que hacer que hablar con una niña pija como usted!

Colgué el teléfono con la brusquedad del trueno. El corazón me palpitaba con una fuerza inusual. Estaba más fuera de mis casillas que si me hubiera enfrentado a un temible delincuente. Me serví un whisky sin hielo ni agua. Me lo bebí a tragos rápidos y cortos, como una medicina. Entonces oí cerrarse la puerta de la calle. Me di cuenta de que había hecho todos los movimientos sólo iluminada por el alumbrado de la calle que se colaba por las ventanas. Marcos me deslumbró encendiendo la del techo. Exclamó:

—¿Pero qué haces a oscuras?

Salté sobre él como un depredador que hubiera estado aguardando a su presa, conteniendo el hambre y la agresividad durante horas, hasta tenerla delante.

—Lo siento, Marcos, pero no puedo más. Estoy en un momento de mi trabajo que implica un gran estrés. Llevo un caso entre manos del que no entiendo un carajo, soporto la presión de mis jefes, de la prensa, de mis propios colaboradores. Llego a casa deshecha y con la cabeza como un bombo. Pero lo que ya no puedo aguantar es que cuando estoy aquí, que se supone que es mi lugar de descanso y de paz, salten sobre mí todas tus ex mujeres como una jauría enfurecida.

—¿Qué ha pasado?

—Ha llamado la madre de Marina. Te lo dije, te dije que sucedería. Me asegura que... en fin, me pone a parir por haber consentido que la niña fuera a comisaría con Garzón. Estaba cantado, pero ¿qué hiciste tú? Ponerte en plan santón hindú soltando máximas como: «lo hecho, hecho está».

—¿Qué se supone que hubiera debido hacer?

—No sé, anticiparte a su reacción, llamarlas tú ofreciendo explicaciones, calmar los ánimos antes de que estallaran... en definitiva, cualquier cosa que implicara que las intemperancias de tus esposas recayeran sobre ti y no sobre mí.

—Perdona, pero eso hubiera dado lugar a...

—¡No me importa a qué hubiera dado lugar. El caso es que soy yo quien aguanta los cabreos de esas señoras!

—Muy bien, Petra, ya has dicho lo que pensabas y te has quedado tranquila. Pero te recuerdo que no eres la única que trabaja en esta casa, ni eres la única que está sometida a estrés. ¿O piensas que yo me paso el día mirando al cielo? ¡No tienes ningún derecho a hablarme así, ninguno! Puede que lo hagas en comisaría pero yo no soy uno de tus subordinados.

—Todo eso está muy bien, pero no me has contestado: dime qué tengo yo que ver con tus ex mujeres.

Dejó de gritar, bajó la vista. Ni siquiera se había quitado aún el abrigo.

—Lo siento, Petra, siento que te hayan molestado. En algún momento pensé que los problemas del uno serían también los del otro, pero es evidente que me equivoqué. Subo a mi estudio, será mejor que esta noche duerma allí.

—Me parece perfecto.

En el mismo instante en que desapareció de mi vista se me hizo un nudo en la garganta. Di unos pasos apresurados hacia la cocina, intentando que mi enfado continuara. Allí abrí y cerré un par de cajones con estrépito y tiré al suelo un tomate que descansaba en las encimeras. Se despachurró. Me quedé mirándolo en silencio. Ya no estaba iracunda, solo compungida. Decidí ir a acostarme. Me metí en la cama. Intenté leer, pero no podía concentrarme. Intenté dormir, pero tampoco lo conseguía. A la una de la madrugada subí al estudio de Marcos. Estaba tumbado en el sofá, vestido aún, despierto y con la mirada perdida en el techo. Busqué su abrazo sin decir palabra. Por fin la zozobra me dejó articular:

—Lo siento muchísimo, perdóname.

Sus brazos me apretaron, sentí su cariñosa presión.

—Estaba nerviosa.

—Lo entiendo, olvídalo. Además no tiene importancia.

—Sí que la tiene. Para que una relación funcione

bien tiene que haber armonía entre las personas y yo... yo no genero más que excitación. Siempre viene conmigo la tensión, las cosas desagradables en las que me ocupo. ¿Tú crees que nos veremos obligados a separarnos, Marcos?

—Eso jamás. Lo que creo es que llevas razón, mis ex esposas son un incordio. Y los niños también, quizá no debieran venir tanto por aquí.

—¡Pero si no están nunca! Y me divierte verlos, además. No, quiero que todo siga tal y como está. Ha sido un mal momento.

—Pues olvidémoslo.

—Sí, pero lo malo es que...

—¿Qué?

—Lo malo es que he llamado a Silvia «niña pija».

—¿Hablas en serio?

—Sí, y le he colgado el teléfono después.

—¡No puedo creérmelo!

Mi mueca entristecida se vio abortada por una seca carcajada de Marcos. Oí que musitaba como para sí mismo:

—¡Hubiera dado cualquier cosa por ver su cara en ese momento! Estoy seguro de que es la primera vez que alguien le suelta la verdad.

7

Como todos los torpes, Sonia también era inoportuna e imprevisible. Nunca sabré cómo se las apañó, pero en un tiempo récord había preseleccionado a una caterva de sospechosos en su breve periplo por psiquiátricos y hospitales de día. En sus manos, los pirados con delirios religiosos se multiplicaban como setas. El doctor Beltrán se encontraba encantado con ella y yo la hubiera asesinado con infinito placer. Estaba desayunando en casa cuando el comisario me avisó de que debía entrevistarme con el psiquiatra. Naturalmente mi jefe huía de la quema: una cosa es recomendar una medicina y otra tomarla tú mismo.

Marcos me observaba renegar frente al café con leche. Le divertía mi eterna irritación laboral.

—¿Por qué no pides que descarten la investigación psiquiátrica de una vez?

—No es tan fácil; como no tenemos pruebas nada se puede descartar. Además, así la gente está distraída y nosotros demostramos que somos capaces de utilizar métodos modernos, ciencia pura.

—¡Increíble!

—Pues es verdad. Trabajamos de cara a la galería, cada vez más. Supongo que como tú, como todos.

—Pensé que la policía quedaría fuera de esas miserias.

—Te equivocabas, nadie queda fuera de esas miserias. ¿Por qué no nos vamos a vivir a las islas Galápagos, Marcos?

—Porque es una reserva natural; pero si quieres paz podemos montarnos un rancho en Los Monegros.

—Puedes tomártelo a broma, pero me siento agobiada por este mundo de imagen. El capullo de Beltrán busca consolidar su imagen de sabio. Mis jefes quieren la imagen de una policía moderna. Tus ex mujeres no quieren que los niños presencien imágenes incorrectas. Vivimos en un mundo virtual.

—Por eso te digo que, si quieres, nos largamos tú y yo al fin del mundo.

—Yo aún podría, no dejaría gran cosa detrás de mí; pero tú tienes en esta ciudad todo lo tuyo: tus hijos, un trabajo que te apasiona...

—Petra, un hombre enamorado no tiene más patria ni más familia que la mujer a quien ama.

Casi me atraganté con un trozo de madalena. Creo que incluso me ruboricé.

—Si me dices esas cosas no puedo irme a trabajar.

—Podemos volver a la cama si te parece mejor.

Me levanté de un salto.

—¡Atrás, seductor! Me largo a trabajar. Eres demasiado peligroso para mí.

Se quedó sonriendo, feliz de haber oficiado como diablo enamorado y tentador. Yo me puse la gabardina, y cuando ya estaba en la puerta grité:

—¡Marcos: tú también me simpatizas mucho!

—Lo celebro —respondió entre carcajadas.

Mientras iba hacia comisaría me sentía feliz. ¡Joder, qué suerte había tenido con aquel hombre! Aquellas declaraciones de amor que me soltaba sin venir a cuento me levantaban la moral. Sin embargo, si pensaba mejor en sus palabras... que te amen de un modo tan excluyente no dejaba de ser una auténtica responsabilidad. ¿Una mujer es capaz de amar del modo que él había descrito? Quizá no, quizá las mujeres, preparadas por la naturaleza para la maternidad, siempre dejan un espacio libre en su corazón, un espacio a compartir. Y sin embargo, ¿qué ocurriría cuando pasaran los años? ¿Marcos me querría igual o se habría acostumbrado hasta tal punto a mi presencia como para no saber con quién estaba? ¿Me confundiría con alguna de sus anteriores esposas? Paré frente a un semáforo en rojo. ¿Cómo puedes ser tan bestia, Petra Delicado?, me pregunté. Una cosa era evidente, dar y recibir amor no logra cambiar una personalidad. Allí estaba yo, después de haber sido objeto de un entrañable homenaje verbal de mi marido, dándole al caletre con los pros y los contras de una relación. Nunca aprendería a disfrutar de lo que tenía entre las manos. Sólo me consolaba suponer que aquél era un mal compartido por toda mi generación: análisis y más análisis de los sentimientos. Una lacra.

Garzón me esperaba con cara de circunstancias.

—Inspectora, sé que le va a sentar como una patada, pero...

—Sí, ya lo sé; me espera el doctor Beltrán. Me lo han dicho por teléfono.

—Sonia le ha preparado una batería de veinte sospechosos, de los que él ha seleccionado a uno.

—¿Qué ha hecho esa chica, cómo ha conseguido dar con tantos psicópatas en tan poco tiempo, ha puesto un anuncio en el periódico o algo así?

Mi colega se reía como un bendito. Aquello le divertía a más no poder.

—Ya ve, inspectora, tendrá que variar su consideración sobre esa muchacha.

—Sí, antes creía que era un poco distraída, ahora estoy convencida de que es subnormal.

—En realidad nadie le dijo claramente que tenía que hacer una investigación... digamos relativa.

—Olvídela, y así de paso no me la recuerda. ¿Qué tal le fue con las monjas ayer?

—Bien. Todas firmaron su declaración, el juez Manacor estará contento.

—¿Le invitó la superiora a tomar el té?

—Sí, pero tuve que declinar la invitación, era muy tarde.

—La pobre debe de aburrirse como una ostra, siempre encerrada allí.

—No me extraña. Pero ¿sabe lo que me llamó más la atención? Le conté a la hermana Domitila las teorías del hermano Magí. Me escuchaba con una atención prodigiosa, y ponía una cara como si todo le fascinara y le jodiera a la vez. Creo que se ha dado cuenta de que la teoría del monje es mejor que la suya, aunque no lo reconoció. Dijo que era una hipótesis demasiado arriesgada.

—Y no le falta razón. ¿Le ha enseñado el informe a Coronas?

—Sí, me ha comentado que es muy interesante, que lo ha pasado muy bien leyéndolo.

—¡Vaya morro que le echa! Estoy segura de que en estos momentos le importa tres carajos que resolvamos el caso o no. Ya tiene todos los focos de tensión neutralizados: el jefe superior, los periodistas... debe estar incluso encantado. Cuanto más dure el caso más dura nuestro relumbrón mediático.

—Es usted dura como una piedra.

—Mi nombre me predestina, Garzón. ¿Dónde está el loquero?

—Lo han pasado a su despacho. ¿Puedo estar presente en la conversación?

—¡Por supuesto, y sacar fotos también! Vamos allá.

El sospechoso que Beltrán había escogido era un hombre de cuarenta y cinco años, paciente habitual externo de un psiquiátrico municipal. Estaba diagnosticado como esquizofrénico con delirios religiosos. Contaba con antecedentes policiales leves. En un par de ocasiones había agredido a gente desconocida en un bar causándoles contusiones de escasa importancia. Su ficha psiquiátrica había evitado que fuera condenado ni siquiera a una multa.

—He conversado un par de veces con él y las conclusiones que he sacado me indican que puede tratarse de un claro sospechoso.

—¿Podemos conocer esas conclusiones?

—Médicamente no creo que tengan interés para ustedes. Además hay cosas que nos son dictadas por una cierta intuición que proporciona la experiencia.

—Doctor Beltrán, quiero hablarle con toda sinceridad: el curso de la investigación nos está llevando por derroteros que no confirman la hipótesis de un psicópata asesino.

—¿La han descartado entonces?

—Aún no estamos en condiciones de descartar nada de modo absoluto.

—En ese caso no veo qué tiene de malo continuar con la vía de investigación que hemos iniciado.

—Explorar todas las posibilidades es interesante, pero el tiempo con el que contamos no es ilimitado y...

—¡Un momento, inspectora Delicado! A mí me han dicho que realice un estudio diagnóstico de un posible psicópata asesino y eso es lo que he hecho. Si desean que interrumpa mi trabajo no tengo el menor inconveniente; pero en cualquier caso les recuerdo que son ustedes quienes me han llamado. ¿Quiere que le comente las características del hombre encartado sí o no?

Me mordí la lengua. Lo hubiera despedazado allí mismo a mordiscos verbales e incluso físicos, le hubiera hablado de los profesionales oportunistas y amantes de la exhibición mediática, pero en el fondo aquel tipo llevaba razón: alguien lo había llamado, aunque no fuera yo.

—Le escucho con atención, doctor.

—Aquí lo tiene todo escrito. El hombre se llama Isaac Reverter, es soltero y vive solo. Después de su diagnóstico se le internó en una institución mental de la que se fugó. Más tarde fue ingresado de nuevo y tras un tiempo de medicación, pudo salir en régimen ambulatorio. Un taller mecánico le contrató para un trabajo de media jornada.

—Nada parece demasiado sospechoso hasta aquí.

Me lanzó una mirada desafiante. Estaba irritado; quizá era la primera vez que alguien no acataba su autoridad científica, mostrando escaso interés en sus ideas. Continuó, tenso.

—Cierto, pero tuvo que cambiar dos veces de trabajo porque amenazó a algún compañero con matarlo por mandato divino.

—Eso es bastante corriente en esquizofrénicos, ¿no?

—No sabía que tenía usted conocimientos de psiquiatría.

—Los medios de comunicación se han ocupado mucho de esos temas, creo que ahora todos sabemos un poco.

—¿Me concede que yo puedo saber ligeramente más que usted, sólo ligeramente?

—En ningún momento he dudado de sus conocimientos.

—Muchas gracias. En ese caso le diré que he pasado visita médica con ese hombre y me parece que puede tener pulsiones asesinas. Además, en el hospital de día dicen que tiene mucho ascendiente sobre un pequeño grupo de enfermos, que a veces lo han oído impartiéndoles doctrina sobre la Virgen y los Santos.

—¿Qué tipo de doctrina?

—No lo sé, inspectora. El personal sanitario no entró en tantos detalles. El caso es que ese hombre es inteligente y frío. Ha respondido a mis preguntas con agresividad contenida. Además, creo que está ocultando cosas deliberadamente.

—Habrá que averiguar dónde estaba durante los momentos del asesinato.

—Eso ya es cosa suya. Si quiere asesoría psiquiátrica cuando lo interrogue, estaré disponible.

Salió con el aire de un hombre seriamente ofendido. Garzón, que no había abierto la boca durante toda la conversación, lo hizo por fin.

—Irá a quejarse a los jefes, seguro. Les dirá que estamos obstaculizando su cometido, que prestamos oídos sordos a los informes científicos que nos facilita.

—Ya me lo imagino, pero me da igual. Que Coronas cargue con las consecuencias de sus actos.

—Y sin embargo la lógica del médico es intachable: él presenta unos informes que nosotros le hemos pedido.

—Lo que ha hecho ese tipo es mandar dar caza a unos cuantos locos que cuadran en su mierda de diagnóstico.

—¡Quién sabe, a lo mejor siguiendo sus indicaciones llegamos a alguna conclusión que nos sorprende!

—Pura teoría.

—¿Cómo calificaría usted toda la investigación que estamos llevando a cabo?

—Pura fantasía.

—¿Y entonces?

—Entonces, calma. Todo se andará.

—¡Cómo me gustaría tener su sangre fría, inspectora!

—Y a mí su hermoso bigote, Fermín, pero cada cual a lo suyo. Dígale a Yolanda que haga un primer interrogatorio del tal Isaac Reverter.

—No sé si cuenta con la experiencia necesaria.

—Así se va fogueando.

—Por cierto, inspectora; mi mujer dice que los invita a usted y a toda su familia a cenar en nuestra casa este sábado.

—¿Mi familia? —pregunté sinceramente despistada.

—¡Pero, inspectora! Me refiero a Marcos y a los chicos.

—Por mí encantada, pero es un jaleo para ustedes.

—A Beatriz le hace mucha ilusión.

—De acuerdo entonces, cuenten con nosotros.

Me resultaba chocante el acudir a una casa en plan familiar, pero jamás me hubiera permitido contrariar a la encantadora Beatriz. Supuse que mi marido estaría de acuerdo, y en cuanto a los niños... desde que Garzón les había mostrado la dureza del mundo delictivo, se había convertido en un auténtico líder de popularidad. Entré en el despacho y revisé todos los datos que había enviado el hermano Magí, perfectamente recogidos y amalgamados por el subinspector. Observé las listas de conventos que había incluido:

Trienio constitucional (Conventos desamortizados)

1. Capuchinos de Santa Madrona: convento derruido para hacer la plaza Real.
2. Iglesia de Sant Jaume: derruida para el ensanchamiento de la plaza Sant Jaume.
3. Convento de los Trinitarios Calzados: convento derruido para hacer la calle Ferran.
4. Iglesia y convento del Carme: destruidos para el ensanchamiento de la calle dels Àngels.
5. Convento de la Mare de Déu de la Bonanova: destruido para erigir el Gran Teatro del Liceo.

La lista continuaba durante un par de páginas más. Luego venían los conventos e iglesias quemados durante la Semana Trágica, 18 iglesias y 49 conventos. Sin embargo, según el informe del hermano, la mayor parte fueron reconstruidos. Sólo habían desaparecido por completo el convento de las Jerónimas, el de los Claretianos, las Paúlas, las Dominicas, los frailes de Sant Felip Neri, las monjas cistercienses de Valldonzella y el monasterio de Sant Antoni. Junto a estos nombres había escritas unas direcciones. Por último, el informe señalaba que casi todas las quemas acaecidas en la guerra civil habían sucedido en edificios religiosos después reerigidos. Pero incluso en este apartado el fraile había elaborado una tercera lista con los más dañados. Un trabajo impecable, quizá merecedor de una tesis doctoral. Lástima que, aplicado a nuestro caso, siguiera pareciéndome una especie de cuento de hadas. En ese momento entró Garzón.

—Inspectora, lamento mucho tener que molestarla, pero ha dicho Coronas que si no interrogamos al psicópata en el plazo de dos horas nos podemos considerar relevados del caso.

—¡El puto psicópata! Está bien, dígale que lo haré yo. ¿Dónde está?

—En la sala de interrogatorios, custodiado por Domínguez. Lo reconocerá por el gorro de Napoleón.

—Muy gracioso.

Domínguez se ofreció a quedarse conmigo durante el interrogatorio para garantizar mi seguridad. Lo hice salir con gesto firme. Como aquel hombre era nuestro psicópata oficial todo el mundo parecía olvidar que el día anterior se paseaba por la calle tranquilamente.

Miré a la cara del presunto loco, que tenía un aspecto corriente, si bien parecía asustado.

—Hola, Isaac. ¿Sabe usted por qué está aquí? —le pregunté sin disimular mi mal humor.

—Sí, porque creen que he matado a un fraile.

—Eso es. ¿Y lo hizo?

—No, yo nunca mataría a nadie, y menos a un fraile porque creo mucho en Dios.

—¿Dónde estaba la noche del crimen?

—En el casal del Ayuntamiento de Rius y Taulet. Los del taller ocupacional preparábamos el escenario de una función de teatro que se hacía al día siguiente. Estuvimos hasta la madrugada.

—¿Hay alguien que pueda testificarlo?

—Sí, todos mis compañeros del taller, también la profesora.

—Bien, de acuerdo. ¿Sabe cuál fue el arma del crimen?

—Lo he leído en el periódico. ¿Una navaja?

—No, no fue una navaja. ¿Cómo se gana la vida, Isaac?

—Como estoy mal de la cabeza cobro una pensión. También trabajo en un taller educacional y me pagan un poco. Oiga, inspectora, si digo que al monje lo he matado yo, ¿saldré por televisión?

—¿Para qué quiere salir por televisión?

—Para decir a la gente que vayan a misa y recen.

—Oiga, Isaac: tiene una casa, un trabajo, quizá hasta amigos. Voy a darle un consejo: olvídese de la religión, de los ángeles y los santos. Bébase una cervecita de vez en cuando y tome el sol los domingos. Eso es mucho, créame. Y olvide si los demás van a misa o se condenan.

—¿Ya se va?

—Sí, voy a hablar con su médico de cabecera. No creo que pase mucho rato antes de que pueda marcharse a casa.

Salí de la comisaría sin decir nada a nadie. Fui al hospital de día donde estaba adscrito el psicópata. Hablé con su psiquiatra, con las enfermeras, con los cuidadores de las sesiones de grupo. Naturalmente todos coincidieron: Isaac en ningún caso hubiera podido matar a nadie, ni a un fraile ni a un descargador de muelle. Estaban dispuestos a declararlo y firmar. Me dirigí después al taller ocupacional donde Reverter acudía. Todos corroboraron su versión de la noche del crimen. No necesitaba más. Llamé a Garzón.

—Pueden soltar al psicópata, Garzón; ya hemos perdido bastante tiempo.

—¿Está segura, inspectora?

—Bajo mi responsabilidad.

—De acuerdo, inmediatamente.

Al ir a tomar el coche, me quedé un momento pensativa. ¡Qué desastre era todo aquello! Isaac, pobre diablo. Lo habíamos sacado de su rutina habitual que quizá era lo único que lograba estabilizarlo. Y todo a sabiendas de que las posibilidades de que hubiera cometido el crimen y robado la momia eran prácticamente nulas. ¡Vaya mierda! Me sentí invadida por una enorme tristeza, un desánimo total. Miré a mi alrededor. Estaba en el barrio del antiguo hospital militar. Busqué un bar con la mirada. Enseguida lo encontré. Por fortuna España es lugar de bares cutres en cada esquina. Aquél era prototípico: televisión a todo volumen, máquina de juegos a pleno rendimiento, un camarero que apilaba platos limpios con estruendosos impactos auditivos... ¡perfecto! Sólo con una cerveza ya me resultaría imposible pensar. Me tomé dos. Estuve a punto de no contestar la llamada de mi móvil, pero cuando ya había sonado cinco veces me arrepentí. Se trataba de Sonia.

—Inspectora, resulta que he encontrado otro enfermo psiquiátrico que me parece bastante sospechoso. Pero no sé si decírselo al doctor Beltrán, como ya están interrogando a uno, quizá...

—Sonia.

—Sí, inspectora.

—Incorpórate inmediatamente al operativo de búsqueda de la testigo.

—¿Y abandono la misión que me encomendó?

—Sí. ¡Ah, y otra cosa! Procura no ponerte delante de mí en tres días. ¿Me has entendido?

—Yo...

—Y si ves que vamos a cruzarnos por un pasillo, da media vuelta. ¿De acuerdo?

—Sí, inspectora —la oí decir con un hilo de voz.

Luego pagué al espantado camarero, que me había estado escuchando, y salí del bar. No estaba más reconfortada, pero al menos había recuperado la voluntad: me iba a casa.

Al llegar tomé una nueva decisión: aparcaría a un par de calles de distancia para poder caminar aunque fuera sólo un poco. No me parecía adecuado presentarme ante

Marcos en aquel estado de enojo y turbación mental. Mis pasos resonaban en la calle oscura. Poco a poco fui recuperando cierta paz. Al torcer la última esquina vi que se me acercaba de modo muy directo una mujer. Retrocedí un paso y esperé. Como ya llegaba hasta mí eché mano del bolso para sacar la pistola. Ella se dio cuenta del movimiento y dijo en voz alta:

—Petra Delicado.

—¿Quién es usted?

Se acercó hasta que pude verla.

—Soy Silvia, la madre de Marina. Sólo quiero hablar un momento con usted.

—Oiga, Silvia, no quisiera ser grosera, pero...

—Será un minuto. ¿Quiere que tomemos algo en aquel bar?

No tenía más remedio que aceptar. Quizá sería una buena idea pedirle que no volviera a importunarme nunca más. Cruzamos a la acera de enfrente y nos acodamos en la barra del bar. Yo pedí una cerveza y ella un agua mineral que ni siquiera hizo ademán de tocar.

—En primer lugar, decirle que lamento haber sido grosera el otro día por teléfono.

—Sí, yo también fui grosera. En cualquier caso, si lo que tiene intención de decirme es que no quiere que su hija vuelva nunca más a una comisaría, le aseguro que no es necesario. Ya me encargaré yo de que sea así.

—Es algo más que eso. Lo cierto es que Marina la aprecia mucho. Me da la impresión de que usted tiene mucho ascendente sobre ella.

—Si es así, no se trata de algo que yo haya buscado.

—Da igual, el caso es que Marina le dice a todo el mundo que es policía y que su trabajo le parece genial. Supongo que usted le cuenta cosas.

—Se equivoca, nunca hablo del servicio con los niños.

—Me gustaría que hiciera algo más que eso.

—¿Qué sugiere, que abandone mi profesión?

—No. Quiero que procure quitarle de la cabeza lo de que ingresará en la policía cuando sea mayor.

—¿La niña le ha contado eso?

—Sí; y le ruego que haga lo posible por señalarle los puntos negativos de ese trabajo. Si llega a tomarle aversión, tanto mejor.

—Sólo tiene seis años, ¿cómo quiere que...

—Prefiero que desde ahora mismo deje de pensar en esa posibilidad vocacional.

—¿Tan terrible le parece ser policía?

—Que mi hija llegara a serlo algún día representaría una tragedia para mí.

—Muy bien, de acuerdo. No puedo comprometerme a pasarme todo el día inculcándole aversión a lo que hago, pero puedo ir desilusionándola.

—Se lo agradeceré de corazón. No la molesto más. Permítame que la invite.

Sacó dinero del bolso y, cuando iba a darse la vuelta y salir, la llamé.

—¡Silvia! No sé qué piensa usted que es un policía, pero le deseo que en ningún momento tenga que necesitarnos. Estamos a favor de los ciudadanos, ¿me entiende?

Su cara atractiva y bien maquillada esbozó una sonrisita de superioridad. Luego se fue. Era sin duda una mujer elegante, una triunfadora también: fría, resuelta, segura de sí misma, una auténtica mujer del mundo actual. Y yo, como una imbécil, soltándole ridiculeces sobre los ciudadanos. Por fortuna, no se me había ocurrido hablarle de la ley y el orden, porque hubiera sido el colmo de la estupidez. Me bebí la cerveza de un solo trago, la necesitaba.

Aunque no hacía tanto que vivíamos juntos, Marcos se percató enseguida de que algo desagradable acababa de sucederme. Era un hombre sensible, o quizá es que mi cara parecía la de Nosferatu tras sufrir un corte de digestión.

—¿Te pasa algo, Petra?

—Me pasa todo.

—¿Dificultades en el caso?

—Sí.

—¿Y en la vida privada?

—También.

—¡Eh, te lo he preguntado como una broma!

—Acabo de tener una conversación con Silvia.

Su cara se ensombreció. Lamenté enseguida habérselo contado, pero ya era demasiado tarde; ahora debía continuar.

—Me esperaba en la calle, aquí cerca. Hemos tomado una cerveza. Bueno, ella ni siquiera tocó su agua para que no pareciera que había ninguna complicidad entre las dos. Me ha pedido que no influencie a Marina para que sea policía, que intente hacer justo lo contrario, que la desilusione.

—¡Eso es intolerable, demasiado!

—¿Qué vas a hacer?

—Llamarla por teléfono.

—Ni hablar; déjalo como está. Se ha comportado educadamente.

—Petra, lo siento, lo siento de verdad.

—Olvídalo, y sobre todo no emplees conmigo fórmulas de cortesía.

—¿Mejor ser grosero?

—Sin ninguna duda.

—Entonces vamos a cenar de una puta vez. Tengo hambre.

Sonreí ante su certera ironía.

—Pero Marcos, ¿tú sabías que Marina anda diciendo que quiere ser policía?

—Bueno, algo me ha comentado alguna que otra vez.

—¿Y por qué no me lo ha dicho a mí?

—Se imagina que intentarás disuadirla.

Sonó mi móvil. Era Garzón.

—Inspectora. Han encontrado a la testigo.

Me dio un vuelco el corazón. Pero Garzón siguió hablando en tono muy grave.

—Lleva varios días muerta.

Se me instaló en el pecho una agobiante pesadez. Tomé nota de la dirección que el subinspector me dictaba. Miré a Marcos.

—Han encontrado muerta a la mendiga. Tengo que irme.

Me abrazó. Le sonreí con tristeza.

—Es evidente que hoy aún no había llegado a mi colmo, me faltaba un detalle más.

—En cuanto acabes con este caso nos iremos de vacaciones al Caribe, ¿te parece?

—Sólo si lo resolvemos; si queda sin culpable tengo otros planes para mi futuro.

—¿Puedo saberlos?

—Me suicidaré al estilo bonzo delante de tus dos ex mujeres; seguro que lo valorarán.

Eulalia Hermosilla fue hallada en un taller mecánico abandonado de la calle Escornalbou, en avanzado estado de descomposición. Antes de que hubiera sonado la campana del ultimátum final del comisario, los agentes que quedaban en el operativo dieron con su cadáver. El taller tenía cerrada la entrada principal, pero contaba con un acceso por la portería de una casa de vecinos. Aquella puerta había sido forzada y le dieron la apariencia de estar cerrada después por el procedimiento rupestre de un simple alambre oxidado. Sin embargo, ningún vecino había protestado aún por el fuerte olor que el cuerpo desprendía. Había sido necesario peinar bloque a bloque todos los edificios de la calle para llegar hasta el terrible descubrimiento.

Hipnotizada, observaba cómo mis compañeros ejecutaban los ritos del levantamiento en el lugar del crimen. El juez Manacor fue muy rápido en su inspección, dadas las condiciones de insalubridad que presentaba la muerta, aunque ni siquiera así pudo evitar poner cara de asco. Después, el pequeño taller en ruinas fue escudriñado centímetro a centímetro en busca de alguna prueba. Los alrededores se llenaron de curiosos que querían cotillear. Habíamos localizado al dueño del inmueble y quedado con él para interrogarlo. Cuando la primera frenética actividad se tranquilizó, Garzón se dio cuenta de que me había pasado las últimas dos horas sin abrir la boca.

—¿Se encuentra mal, inspectora?

—No, estoy bien. No es el mejor día de mi vida, pero... puedo aguantar.

—Le sugiero que nos tomemos una copa en aquel bar de la esquina.

—Después, cuando haya llegado el propietario.

Llegó el propietario, hablamos con él. Tenía el local vacío desde que se jubiló y no quería alquilarlo. No iba por allí jamás. Por supuesto no tenía ni la más leve relación con nuestro caso ni con la mujer asesinada. Estuvo observando las manchas de sangre que había en el suelo, oliendo el hedor que aún flotaba en el aire y se mareó. Le pedí a Yolanda que lo acompañara en un taxi a su casa. Me volví hacia el subinspector.

—Ahora sí le acepto la copa, Fermín, que nos avisen cuando haya acabado todo este circo. Dígales dónde estaremos.

El ambiente soñoliento de otro bar cutre nos envolvió, protector. Escogimos una mesa cerca de la ventana. Me dejé caer como un viejo fardo, porque así era como me sentía. Los parroquianos de la barra hablaban sobre el asesinato, la presencia policial en el barrio. Todos parecían conocer los detalles. Llegó el camarero.

—Coñac —pedí. El coñac es aromático y fuerte, quizá pudiera disipar el tufo a muerte que contenía mi nariz.

—Se encuentra deprimida, ¿verdad?

—No es para menos. Asesinan a la única testigo que

tenemos, una pobre mujer. Le han callado la boca para siempre. ¿Y con qué contamos nosotros a estas alturas de la película? Con nada, dos teorías históricas que parecen salidas de una revista de entretenimiento y un psicópata de pega que hemos dejado marchar a casa. No se trata de un panorama muy alentador, ¿no le parece?

—Yo estoy hasta los cojones de este caso.

—Y yo también.

—¿Quiere que intentemos dimitir?

—No.

—¿Y qué vamos a hacer?

—Elaborar otra teoría histórica de nuestra invención. Pensemos.

Me tragué todo el coñac de un solo trago. Garzón me miró con cara de sorpresa. Luego asintió y se bebió el suyo del mismo modo.

—¿Nos atizamos otra?

—Bien.

Cayeron dos copas más, en silencio, siempre de golpe, siempre de coñac. A la tercera el camarero nos había mirado de modo poco amistoso. Daba igual.

—¿Sabe qué le digo, inspectora? Que ya tengo mi propia teoría histórica para exponérsela.

—Adelante, le escucho.

—Yo creo que el fray Acisclo, o como coño se llame, era en vida un soberbio follador. Seguramente contrajo alguna sífilis o una venérea por el estilo, y las monjas no quieren que le hagan ningún análisis de ADN para que no se descubra el pastel. Por lo tanto, al hermano Cristóbal se lo ha cargado la priora ¿Qué le parece?

—¡Bien, buena teoría! Aunque yo tengo la mía, no vaya a pensar. Yo creo que los culpables han sido nuestros eternos enemigos los moros. A lo mejor en su época el tal Asercio era un terrible batallador en la Reconquista y...

—¿Y no habrán sido los vikingos, o sea el bárbaro invasor?

Cansados, derrotados, achispados, sin malditas ganas en el fondo de bromear, estallamos en risas. Entonces nos avisaron para que regresáramos al taller.

—Inspectora —dijo el agente que había llevado a cabo la búsqueda de pruebas—. Hemos tenido mucha suerte.

—¿Qué han encontrado?

—El asesino ha utilizado unos guantes de látex y los ha dejado tirados en un rincón. Así que tendremos huellas dactilares en cuanto los sometamos a los nuevos procedimientos.

—No hay ningún sospechoso aún, pero es un buen hallazgo. ¿Nada más?

—Aparentemente, no. Veremos qué dice la autopsia, pero nosotros creemos que a esta mujer la trajeron ya muerta aquí. Hay sangre seca y descomposición en el lugar donde estaba tumbada, pero no en la cantidad que deja una agresión *in situ*.

—¿Cómo la mataron?

—A hostias, con perdón. Tenía la cabeza hecha cisco, pero como llevaba días muerta al principio no se distinguía nada y...

—Está bien. Déjenlo todo listo y precintado y traslade las pruebas a la comisaría.

Nos dirigimos lentamente hacia el coche.

—¿Se ha fijado? —le dije a Garzón—. Hemos pasado el rato soltando ocurrentes disparates, pero ni una sola hipótesis seria sobre el crimen.

—No hay más hipótesis que una: se la han cargado para que no hable sobre lo que vio.

—Ya había contado lo que vio. ¿Qué temían entonces?

—Que dijera algo más, es decir que facilitara algún detalle.

—¿Significa eso que conocía a los hombres que acarreaban el cuerpo?

—Me parece improbable, tratándose la testigo de una mujer tan marginal.

—Pues el detalle estaría en otro lado, en la furgoneta quizá... no lo sé. Dudo mucho de que pudiera recordar la matrícula.

—Lo que está muy claro es que los ladrones de la momia no se fijaron en que alguien los había visto, y cuando lo descubrieron por el periódico salieron a la caza antes que nosotros.

—¿Cómo podían saber quién era si no se dio a nadie ninguna identificación de la testigo?

Me abracé el torso con ambos brazos. Me palmeé las costillas:

—No lo sé, Garzón, no sé nada. Lo más probable es que se haya cometido este crimen por culpa de nuestra inoperancia. Esa mujer no hubiera debido marcharse tras declarar.

—Nosotros no lo hicimos, llegamos al caso después de que eso hubiera ocurrido.

—¿Y eso le deja más tranquilo?

—Me hace sentir menos culpable.

—Feliz usted. Hasta mañana, Garzón; nos vemos en comisaría.

—¿Qué se propone?

—¡Dormir!

—Le conviene.

—Me lo proponga o no, me convenga o no, dudo de que pudiera hacer cualquier otra actividad.

Abrí la puerta de casa. Subí la escalera y me acosté vestida. A mi lado Marcos dormía profundamente. Puse mucho cuidado en no despertarlo. Me pregunto qué cara debió poner cuando al día siguiente descubriera a una mujer con gabardina ocupando mi lugar en la cama.

El mal estado en el que se encontraba el cadáver de Eulalia obraba a favor de la rapidez. Si no queríamos que la descomposición acabara de borrar del cuerpo cosas interesantes, era imprescindible efectuar la autopsia lo antes posible. Y así sucedió, el Anatómico Forense no se demoró ni nos hizo «guardar cola». Sin embargo, consultar el informe final no supuso ninguna conmoción para nosotros: Eulalia Hermosilla, de sesenta y ocho años, había muerto como consecuencia de un golpe descomunal en la parte trasera del cráneo. El arma homicida había sido un objeto romo, duro y grande. Es decir, la mendiga y el monje habían tenido casi con toda seguridad idéntico matador y éste era una auténtica bestia.

La teoría del forense coincidía con la impresión que habían recibido los investigadores *in situ*: la mujer no había muerto en el interior del taller, sino que había sido trasladada allí ya cadáver. No se notaban en su cuerpo excoriaciones de ningún tipo, por lo que se aventuró la posibilidad de que el traslado se hubiera realizado entre dos personas.

Coronas estaba estupefacto. No había pensado en la eventualidad de aquel nuevo asesinato. Para él la existencia de la mendiga era un factor aleatorio. Por esa razón, en su fuero interno nunca había aprobado el operativo que yo le había pedido organizar. Y sin embargo, allí estaba la mujer, muerta desde hacía al menos una semana.

—Parece evidente que el asesino la localizó y la mató antes de que pudiéramos interrogarla a fondo —sentenció, profundizando en lo obvio.

—Eso significa que quienes se llevaron la momia no se percataron en absoluto de que esa desgraciada estaba allí.

—Pero ¿cómo le siguieron la pista?

—No lo sé, Petra, a esa mujer la vieron en las inmediaciones de la calle Escornalbou y nosotros nos enteramos; el asesino también se enteró, eso es todo.

—El asesino no tenía ningún operativo especial a su servicio.

—¿Es posible que estuviera siguiendo a alguno de los policías?

—Me resulta difícil de creer.

—Este caso es odioso, odioso. Un monje, una pobre mujer... ¿quién tiene interés en hacer daño a gente tan inocente?

—Es la ausencia de móviles lo que lo complica todo, comisario.

—Usted sabe que cuando no hay móviles lógicos siempre nos inclinamos por la figura de un loco.

—Pero yo me niego a creer...

—Usted no puede negarse a nada, Petra, y ¿sabe por qué? Porque no me ofrece ninguna alternativa. Suelo admirar su lógica racionalista, pero dígame, ¿cómo se justifica con la razón en la mano que nadie mate a un monje inofensivo en plena noche y que robe una momia y se la lleve a su casa? Contésteme.

—Aún no puedo contestarle.

—¡Esto es obra de un loco, inspectora, un loco con un cómplice más loco que él! No veo otra manera de cuadrar tanto despropósito. ¿En qué andan ahora?

—Están analizando todos los residuos que encontramos en el taller abandonado, por si hubiera suerte y... También están compulsando las huellas que pudieron sacarse de los guantes de látex.

—¿Tenía familia esa mujer?

—Nadie ha reclamado su cadáver por el momento.

—Quizá cuando aparezca la noticia en los periódicos...

Me encogí de hombros, bajé la vista con abatimiento.

—¿Y todas esas teorías históricas que he leído en los informes?

—No les he dado demasiado crédito, señor.

—Pues si todo sigue como está y nos centramos en la posibilidad de alguien que esté como una chota, a lo mejor tiene que revisar su postura. Algo está intentando decirnos el asesino con ese cartel en letra gótica.

Asentí, cansada, aburrida, impotente.

—Puede irse. Vaya a poner todo esto por escrito.

Di media vuelta lentamente, caminé demorándome

en cada paso. Entonces oí la voz de Coronas que decía:

—No se deje abatir, Petra, están haciéndolo bien.

Sí, muy bien, pensé, tan bien que habíamos conseguido un nuevo crimen. Difícilmente se podía actuar con más tino. Pero claro, la víctima no contaba demasiado para nadie y su muerte parecía un mal menor. La ciudad está poblada por un montón de gentes prescindibles cuya desaparición no altera el paisaje.

Sobre la mesa de mi despacho me esperaba un informe que ya no recordaba haber pedido. Era el estado de cuentas y las fuentes de financiación del convento de las corazonianas. Estaba firmado por el inspector Sangüesa, e incluía una nota de su puño y letra:

«Ahí tienes el trabajo finalizado, Petra. Tus monjas no parecen unas defraudadoras ni nada por el estilo. Muy ricas tampoco son. Yo diría que todo está en orden. Fíjate en que hay un donante o benefactor fijo. Te lo he subrayado en rojo por si es un dato de interés».

Sangüesa era un *crack*, el tío que mejor funcionaba en la Policía. Busqué su subrayado y leí: «Heribert Piñol i Riudepera. Su familia es benefactora del convento desde 1912. Él ingresa 12.000 euros anuales por medio de su fundación». Sí, quizá sí era un dato interesante; en cualquier caso debía ser investigado. Me preparé mentalmente para una nueva visita a las corazonianas. O resolvíamos aquel caso o quizá mi vida me deparara la sorpresa de una vocación religiosa en toda regla.

Como de costumbre, a la madre Guillermina le encantó verme de nuevo.

—¿Por qué no me ha dicho que iba a venir a visitarme?, hubiera mandado a comprar un té mejor. Yo creo que el que nos han suministrado en la última partida está bastante pasado. Pero claro, como siempre tenemos que andar mirando el céntimo...

—Justamente he venido para hablarle de dinero.

—Eso sí es una novedad.

—Se trata de las donaciones, más concretamente de la que efectúa el señor Piñol i Riudepera.

—¡Ah, don Heribert! Sí, es nuestro principal benefactor. Su familia ha ido efectuando donaciones a nuestra orden desde tiempo inmemorial. Afortunadamente los herederos siempre recogen el guante de la caridad y van aumentando las cantidades según los tiempos. Aunque dos millones de pesetas para una comunidad como la nuestra y con los gastos que hay no representa nada extraordinario. Pero claro, nos ayuda, y por supuesto le pido a Dios que no nos falle jamás.

—¿La donación fija es anterior al actual heredero de la familia?

—Por supuesto que sí. Los Piñol vienen siendo benefactores de las corazonianas desde... no me acuerdo muy bien, pero creo que desde antes de la revolución industrial.

—¿Qué tipo de actividad profesional desarrollan?

—Son grandes capitalistas, y sus negocios varían según la época: latifundistas, empresarios textiles, importadores... Ahora creo que tienen una empresa de repuestos, y más cosas desde luego, porque los hijos ya trabajan también. Es una de esas familias patricias catalanas que han sabido acoplarse a los cambios económicos. Me pregunto si la próxima generación seguirá practicando la caridad.

—Tienen una fundación.

—Sí, no somos las únicas que reciben un beneficio, pero creo que el resto de actividades están más ligadas a temas sociales. Es el signo de los tiempos, también.

—¿Qué ideología tienen los Piñol?

—No lo sé, inspectora, la familia la componen muchos miembros, ni siquiera sé cuántos.

—Sí, pero ¿en general?

—Pues serían de derechas, supongo, aunque tampoco tanto, porque siempre han tenido cierta pátina nacionalista, una defensa de la identidad catalana.

—Madre Guillermina, hablemos de revoluciones y guerras.

Dio un respingo que implicó a todo su cuerpo. Se quitó las gafas, volvió a ponérselas. Pulsó el timbre que tenía sobre la mesa.

—¡Jesús, inspectora, no me haga hablar de algo tan terrible! Yo nací en el 51 y no me acuerdo de nada. Dios me preservó de la terrible guerra fratricida, por lo que le doy las gracias aún.

—Sólo quiero saber qué sucedió con el convento durante la guerra civil, también si fue quemado durante la Semana Trágica. Eso sí debe saberlo.

Entró una monja con la bandeja del té. La dejó sobre la mesa. La superiora le preguntó:

—¿Dónde está la hermana Domitila?

—En la biblioteca, estudiando con la hermana Pilar, que tiene un examen en la universidad dentro de dos días.

Se volvió hacia mí.

—No le importa que sea ella quien conteste, ¿verdad? Yo sé las cosas a grandes rasgos.

Asentí y la mandó llamar. Mientras llegaba sirvió el té, tiró el cigarrillo que estaba fumando.

—No es que me esconda de las hermanas mientras fumo, pero es más respetuoso no hacerlo a la descarada.

La hermana Domitila pidió permiso para entrar. Por su mirada comprendí que se sentía feliz de haber sido requerida. Me sonrió con su cara inteligente.

—¿Hay alguna novedad? —se atrevió a preguntarme sin reparos.

—La testigo que vio a los hombres sacar el cuerpo del beato ha sido encontrada muerta, asesinada.

Las dos monjas reaccionaron igual, ahogando una exclamación imprecisa y doliente. La hermana Domitila se santiguó, su superiora la siguió en el gesto de piedad. Luego la madre Guillemina bajó la vista, mientras la hermana la clavaba en mí de modo inquisitivo.

—¿Saben quién ha sido, inspectora?

—No, aún no.

—¡Dios eterno! —dijo la priora—. ¿Qué ha pasado para que nos rodee tanta muerte?, ¿por qué a nosotras, por qué aquí?

Dejé un tiempo para que se recuperaran de la impresión. La madre estaba seriamente afectada. La hermana, haciendo gala de su condición de intelectual, parecía luchar contra su devoradora curiosidad. Pero no le permití que me friera a preguntas y fui yo quien volvió a plantearle las cuestiones que acababa de exponer hacía un rato. Pareció contenta de que confiáramos en ella como historiadora y demostró su innegable erudición.

—Durante la Semana Trágica nuestro convento no llegó a arder, pero fue profanado. Se robaron objetos preciosos de culto y alguna de las imágenes de santos apareció mutilada. Hay constancia de todo ello en la memoria interior del convento, que llevaba al día la monja que en la época se ocupaba de la biblioteca. Incluso existe una relación de las reparaciones que debieron hacerse y de cuánto costaron. Si le interesa el dato puedo consultar los documentos originales, que todavía no están informatizados.

—¿Qué ocurrió con el beato?

—Nada que haya quedado registrado. Seguramente se le respetó. Por lo que puede leerse en otras crónicas, los grupos de incontrolados sentían cierto temor de los cuerpos incorruptos, sin duda por superstición. Eso motivó que no se les tocara.

—Comprendo. ¿Y durante la guerra civil?

—Durante el conflicto el convento no fue atacado, si bien sirvió como albergue de una guarnición de soldados republicanos y como consecuencia de ello hubo algunos destrozos, pero no existió expolio ni profanación.

Apunté lo que me decía con todo detalle. De repente la hermana habló titubeando:

—Inspectora, yo... bueno, su ayudante el subinspector me contó la teoría del hermano Magí sobre la frase escrita en el cartel del asesino y... bueno, por sus preguntas deduzco que le han dado más crédito que a la mía. Pero es que debo reconocer con toda humildad que es mucho más plausible, mucho mejor. Sin duda me equivoqué con mi hipótesis sobre los enterramientos.

—Es un poco pronto para saber si esas teorías nos serán útiles en la investigación; pero en cualquier caso esperamos contar siempre con sus valiosos conocimientos, hermana.

La cara se le iluminó. Siguiendo el patrón jerárquico, le dije a la madre que podía darle permiso para retirarse. Cuando nos quedamos solas la superiora encendió un cigarrillo *ipso facto*.

—Esta hermana vale su peso en oro, se lo aseguro. Es sabia, pero al mismo tiempo voluntariosa y humilde. No teniendo bastante con el trabajo regular que le he asignado y con tutelar a la hermana Pilar en sus estudios, a veces se ofrece para tareas de limpieza o para ayudar a la hermana portera con la intendencia. Para mí todas las monjas son iguales, pero sé reconocer los valores que puso Nuestro Señor en algunas de nosotras, y esta hermana Domitila es un orgullo para el convento, créame.

Sin hacer mucho caso de los halagos que profería con cierta dignidad maternal, le pregunté de pronto algo que ya sabía, pero que quería oírle decir una vez más.

—Oiga madre, ¿y toda esta historia del adecentamiento del beato de quién partió en realidad? ¿Cómo se le ocurrió un buen día organizar los trabajos?

—Fue una orden que vino de la superiora general. Esa orden, que incluía el inventario de tesoros y documentos, no afecta sólo a nuestro convento, sino a todos los de la orden.

—¿Y dónde está la priora general?

—En nuestra casa madre. Sólo viene una vez cada año, y algunos años ni eso; pero todas las superioras tenemos que reportarle cada trimestre.

—¿Sabía su benefactor que se estaban realizando esos trabajos?

—¿El señor Piñol? Pues sí, se le informó porque a todos los que colaboran con nosotras les pedimos una derrama para pagar las investigaciones; lo que buenamente nos pudieran dar. Pero de verdad le aseguro que no entiendo por qué me pregunta por el señor Piñol. Y tampoco entiendo las preguntas sobre la Semana Trágica o la guerra civil. ¿Por qué no me lo cuenta todo, inspectora?

—No podría en este momento porque, sinceramente, no sé nada aún. Cuando tenga las ideas más claras le prometo que le contaré.

Me levanté y al tiempo que lo hacía, ella pulsó el timbre y dijo:

—Pero, inspectora, aún no puede irse. No se ha tomado el té. ¿Tan horrible lo encuentra?

Me excusé y tragué de un golpe un té ya frío y que, efectivamente, dejaba bastante que desear. Para entonces ya tenía a la hermana portera esperándome para custodiarme hasta la salida adonde sin perder ni un minuto más, me encaminé.

Había silencio absoluto cuando llegué a casa. Mientras vivía sola, después de una jornada de trabajo tan estresante como aquélla, solía servirme un whisky e intentar poner orden en todo cuanto había sucedido. Sin embargo, ahora sólo tenía ganas de acostarme para notar el cuerpo caliente de Marcos cerca de mí. Claro que si me metía en la cama con la cabeza llena de interrogantes en estado puro, probablemente mis ojos no se cerraran en una hora o dos. Decidí ir a la cocina, servirme un vaso de leche y acudir al ordenador para conectarme a Internet. Así lo hice y frente a la pantalla, siempre servicial, tecleé las palabras «quema de conventos en España». Me sorprendió la cantidad de «sitios» en los que se daba cuenta de esos acontecimientos. Navegué por ellos, sin un objetivo claro. Había páginas de libros de historia, trabajos universitarios, fragmentos de revistas... y extrañamente, un montón de foros de debate. ¿Foros de debate sobre un tema tan antiguo? Entré en varios de ellos y mi sorpresa no hizo sino crecer. Posturas radicales a favor y en contra de tales hechos históricos, daban lugar a réplicas y contrarréplicas cada vez más subidas de tono ideológico. Se leían cosas como:

«Las hordas de trabajadores y descamisados cometieron tropelías sin cuento entre los monjes de las comunidades religiosas durante la Semana Trágica. Excitados por los cabecillas anarquistas y comunistas, no se limitaron a prender fuego a los sagrados edificios, aniquilando las riquezas históricas, saqueando los objetos de oro y plata y profanando las reliquias. No, se cuenta que en algunos conventos los frailes fueron sometidos a todo tipo de sevicias, torturas y humillaciones antes de ser asesinados.

»Por ejemplo, en el convento de Sant Felip Neri, un fraile fue azotado con un crucifijo hasta la muerte. En el de las clarisas, una monja fue violada y después sodomizada con un enorme cirio en público. Por ejemplo, en los Jesuitas de Sarrià, a un joven e inocente novicio le cortaron los genitales, que le fueron introducidos en la boca junto a todas las hostias consagradas que se guardaban en el sagrario».

¡Qué barbaridad!, pensé, ni al marqués de Sade le funcionaba la imaginación perversa de un modo tan tempestuoso. El otro extremo resultaba igualmente pintoresco. Leí:

«La Semana Trágica fue una auténtica y comprensible revolución y las represalias contra la Iglesia actos de pura justicia popular. Aparte de estar de acuerdo y tener connivencia con todos los capitalistas y fuerzas políticas de involución, en los conventos sucedían habitualmente cosas terribles. En ellos había talleres manuales donde los trabajadores eran obligados a completar jornadas extenuantes sin cobrar nada. Lo único que solían percibir era un menguado sustento consistente en pan y un trozo de tocino. En los conventos de monjas se recogía a niñas huérfanas y también se las explotaba sin piedad, incluso sexualmente. No es extraño pues que la gente reaccionara en contra de tanta ignominia. Además, las cifras de conventos incendiados tanto durante la Semana Trágica como durante la guerra civil se ha exagerado para culpabilizar al pueblo».

¡Dios!, aquello era como Radio Tirana en sus buenos tiempos. Todos aquellos *chats* contenían insultos y descalificaciones del contrario: «¡Facha!», «¡Malditos comunistas!», etc., etc., eran términos normales en aquellas conversaciones virtuales. Tuve que restregarme la cara varias veces. ¿Era aquello Internet, la vía más moderna de comunicación? ¿Estábamos en el siglo XXI, en plena era digital? ¿De dónde salían pues aquellas pandas de dinosaurios, enzarzados en discutir la historia como si se tratara de una cuestión palpitante y actual? ¿Aún estábamos así, enfrentados como siempre? ¿Qué pasaba con la Transición, con la democracia, con España el país moderno y multicultural? Sentí una corriente de desánimo física, orgánica. Quizá no era ninguna tontería seguir la pista histórica en nuestro caso de doble asesinato. En España la historia seguía sangrantemente viva. Todavía éramos capaces de darnos de palos discutiendo si el Cid Campeador era un héroe o un villano, si existió de verdad el glorioso apóstol Santiago.

Oí la voz de Marcos detrás de mí.

—¿Aún estás trabajando? ¡No te lo voy a permitir! Vamos a la cama, alguna vez tendrás que descansar.

Estaba en pijama, con cara de sueño, pero yo me encontraba en plena conmoción y le conté lo que me conturbaba. Me escuchó en silencio, frotándose los ojos cada dos por tres.

—¡Ostras, Petra, lamentos por la patria a estas horas de la noche! No sé si estoy en el mejor momento para meterme en el tema.

—Es que estoy preocupada, de verdad. Me da terror que las cosas hayan cambiado mucho menos de lo que creemos.

—Las guerras civiles dejan secuelas durante años, muchos años. Sin embargo, yo de ti no me preocuparía demasiado. Los que continúan con ese tipo de dialéctica son cuatro marginales a quienes nadie da crédito.

—¡Pues hay un montón de entradas en Internet!

—En Internet está lo bueno y lo malo, pero sobre todo hay pirados que se suman a los *chats* para decir sandeces.

—¿Tú crees que nuestro asesino puede ser uno de esos marginales obsesionados con la historia?

—Puede ser.

Nos quedamos mirándonos en silencio. Sonreí con cansancio. Entonces Marcos me tomó de la mano y me arrastró.

—Basta. ¡A la cama!

—No conseguiré dormir.

—¡Por supuesto que dormirás! Te hace falta descanso y dejar de pensar en el caso durante al menos unas horas. Afortunadamente mañana es fiesta.

—Es verdad, no me acordaba.

—Y cenamos en casa de Garzón, con los niños.

—¿Cómo?

—De eso tampoco te acordabas, por lo que veo. Me ha llamado Beatriz, nos esperan a las nueve.

—¡Ahora sí que no dormiré!

—Mejor, pasaremos toda la noche haciendo el amor.

Pero me dormí enseguida, abrazada a su pecho. Es difícil pensar en guerras fratricidas cuando el calor de otro cuerpo te envuelve.

8

Marina me dio un buen susto cuando la encontré deambulando por el pasillo.

—¡Eh, no sabía que estabas aquí!

—Me trajo anoche papá. Pero como tú llegaste tan tarde no pudiste verme.

—Claro.

Me desplacé cansinamente hacia la cocina con la intención de prepararme un café y ella me siguió como un perro faldero.

—¿Tienes sueño?

—Estoy cansada. Ayer fue un día muy duro.

—¿Ya vais a coger al asesino?

—Sí, está al caer.

—Ha matado a una señora, ¿verdad?

—¿No crees que ves demasiada televisión?

—Yo no lo vi, lo vio Hugo y me llamó por teléfono para contármelo.

—¡Ah, vaya, qué detalle! ¿Tú has desayunado ya?

—No.

—Te prepararé un vaso de leche.

Se sentó a la mesa de la cocina y puso dibujos animados en la televisión. Coloqué nuestros desayunos sobre el mantel y me senté a su lado.

—He sacado muy buenas notas en el colegio —exclamó por las buenas.

—¡Ah, qué bien!

—Como ayer no nos vimos no había podido decírtelo aún.

Estaba segura de que su tono aparentemente neutro contenía cierto reproche y sentí un súbito cabreo. Ninguna mocosa iba a pedirme cuentas en mi propia casa sobre mis horarios de llegada. Me disponía a contestarle algo impertinente, pero decidí callar. Ella era lista como una gata salvaje y notó perfectamente mi cambio de humor. Añadió cautamente:

—Claro que, como tienes tanto trabajo, no me extraña que llegaras tarde.

Cambié de conversación.

—¿Dónde está tu padre?

—Ha subido a su estudio. A pesar de estar cansada, ¿te encuentras bien, Petra?

No sabía adónde quería ir a parar, pero decidí bloquearle todos los caminos.

—Me encuentro a la perfección. Es más, se trata de una de las mañanas de mi vida en las que me he encontrado mejor, ¿de acuerdo?

Sonrió imperceptiblemente y siguió desayunando, mientras yo me concentraba en mi café intentando no oír las voces atipladas y estridentes de los personajes televisivos. ¡Cielos!, si alguien me hubiera dicho sólo un año atrás que pasaría una mañana de sábado sentada junto a una niñita rubia viendo un programa infantil le hubiera dicho que estaba en fase de *delirium tremens*. La vida es extraña y acaba llevándonos por sendas que habíamos jurado no transitar.

—¿Y el subinspector, se encuentra bien el subinspector?

—¡Marina! ¿Se puede saber a qué viene todo este interrogatorio sobre los estados de salud?

—Es que pensé que si los dos habíais tenido mucho trabajo esta semana y estabais flojos, a lo mejor no iríamos a cenar a casa de él y Beatriz esta noche.

—¡Ah!, ¿es eso? Sí, sí que iremos.

—¡Bien! ¿Les vais a llevar algún regalo?

—Flores, supongo, y quizá una botella de champagne o cava.

—Yo he hecho un dibujo para él. ¿Quieres que te lo enseñe?

Salió a toda prisa hacia su habitación y yo aproveché para tomarme una aspirina porque había empezado a dolerme la cabeza. Al cabo de un instante regresó con una hoja de papel en la mano que me mostró, muy orgullosa. Había dibujado para el subinspector un hermoso cuadro alusivo, pintado con profusión de colores. En él se representaba a un hombre regordete y de poblado bigote, pertrechado con un pistolón como aquellos con los que se batían en duelo los antiguos. El hombre en cuestión lanzaba desde su arma una ráfaga de llameante fuego contra el que parecía ser un ladrón con gorra, antifaz y que iba cargado con un saco. El pobre caco recibía el impacto en plena cabeza y, para que no quedaran dudas sobre el resultado que provocaban las balas, un surtidor de materia inconcreta coloreada de gris subía hacia las nubes esparciéndose en diversas direcciones. Debían de ser los sesos. Todo el conjunto había sido orlado con gotas de sangre muy roja, de la que también podía verse un charquito en el suelo. Observé el dibujo, impasible.

—Es el subinspector —aclaró Marina ante mi falta de reacciones.

—Ya. ¿En acto de servicio?

—Sí —contestó muy ufana.

Hubiera debido disuadirla de que se presentara en casa de nuestros anfitriones con semejante obsequio. Seguramente era mi deber recalcarle por enésima vez que la labor de un policía no es matar, y mucho menos a un ladrón desarmado e incapaz de defenderse debido al tremendo lastre de un saco lleno de mercancía. Sin embargo, no lo hice. Decidí que Garzón probara los cruentos frutos de su peculiar «instrucción pedagógica». Le resultaría muy útil comprender lo peligroso que es jugar con niños en temas de trabajo. Además, yo lo pasaría en grande asistiendo a la entrega del obsequio. Así que, maquiavélica, me limité a preguntar:

—¿No le has puesto ningún título?

—¿Tiene que tener título?

—Los cuadros suelen llevarlo.

—No se me ocurre ninguno.

—¿Qué te parece *El subinspector Garzón y el imperio de la ley*?

Se quedó un buen rato pensativa. Luego dijo:

—Me gusta más lo que habías dicho antes: *El subinspector Garzón en acto de servicio*.

—También servirá —sentencié satisfecha.

—Para hacerse policía hace falta ser muy valiente, ¿verdad, Petra?

—Ser policía es muy duro, un oficio de locos, créeme.

—Pues a mí me gustaría.

Recordé los ruegos de su madre.

—¡Ah, no, Marina, eso sí que no! Puedes llegar a ser cualquier cosa: ingeniera aeronáutica, gondolera, fotógrafa especializada en avestruces... lo que quieras, pero policía, no. Es mi consejo, hazme caso.

Se quedó un rato callada y luego replicó con toda tranquilidad:

—Entonces a lo mejor puedo estudiar para bombera de las que apagan fuegos peligrosos, o para agente secreta, o también para médica de las que hacen autopsias, o para detective privada, ¿no, Petra?

Di un sorbo resignado a mi café. ¡Dios mío, ya no tenía ánimos para impartir más doctrina didáctica!, así que, mirando sus ojos inquisitivos y a la vez serenos, respondí:

—Mejor, mucho mejor.

Corrió a su habitación para rematar el cuadro con el título y yo subí al estudio de su padre a fin de saber qué planes teníamos para aquel día libre.

Exhausta y tan harta del caso como estaba, los planes me parecieron deliciosos y consiguieron que las horas transcurrieran a toda velocidad. Fuimos al mercado de la Boquería, vimos una exposición de fotografía en el Palau de la Virreina y comimos en un restaurante alemán. Luego, mientras Marina pasaba la tarde en casa de una amiga, hicimos tranquilamente el amor. Después de tan placenteras actividades me sentía como una nueva mujer. Incluso me apliqué una mascarilla hidratante y tardé un montón de tiempo en decidir qué vestido me pondría para la cena en casa de Beatriz y Fermín.

A las siete llegaron los gemelos y media hora más tarde Marina regresó de casa de su amiga. Los tres críos estaban entusiasmados con la invitación. Hugo y Teo habían comprado una caja de lenguas de gato; al parecer Garzón les había comentado que eran sus bombones preferidos. Fui a vestirme y maquillarme mientras los niños se quedaban en el salón, charlando. La situación era nueva y divertida para mí. Acudíamos a casa de unos amigos en plan familiar. Oía desde mi habitación el parloteo de los chicos y me parecía agradable saber que el espacio en el que vivía era compartido por gente tan extremadamente joven. Claro que no cabía la idealización, si los niños hubieran sido propios y no postizos, en aquel momento no hubiera estado tan tranquila, sino preocupada por el montón de cosas que conlleva la responsabilidad: saber si los niños iban adecuadamente vestidos, si les gustaría la cena que nos ofrecieran, si se portarían bien. El ser humano es extraño, pensé, el único animal que compone cuadros idílicos con la realidad que no le ha tocado vivir. Yo misma había visitado a veces paisajes y lugares en los que me había dicho a mí misma: «Aquí sería feliz». Sólo el tiempo me había enseñado que no acudes a un sitio nuevo, siendo tú nuevo también. Al contrario, allá donde vas arrastras contigo tus preocupaciones y neurastenias, tus complejos y traumas, tu tozudo mundo interior, que resulta tan difícil de reinventar aun deseándolo. Así concluí que no debía dejarme llevar por las sensaciones demasiado agradables. Yo no era una madre feliz, sino sólo una madrastra. Era inútil intentar impostar una familia modélica, de modo que continué embadurnando rímel en mis pestañas con total dedicación.

Elegí un vestido de punto verde musgo que realzaba los contornos de las caderas y producía en el pecho un efecto «balconet». Había que dejar bien sentado que era al menos una madrastra sensual y abierta, no amargada y llena de huesos como la de Blancanieves. Entonces me di cuenta de lo tarde que era y le pegué un grito a Marcos para que abandonara su estudio y bajara a arreglarse. Él era sin duda un hombre encantador, pero su ritmo lento y, sobre todo, su calma paciente ante la vida podían llegar a exasperarme en ciertos momentos; como por ejemplo aquél. Cuando se presentó en el dormitorio vestido aún con sus viejos pantalón y jersey le hubiera tirado algo contundente a la cabeza.

—¡Qué guapísima estás! —me dijo.

—¡Pero, Marcos! ¿Sabes la hora que es?

—¿Tarde?

—¿Por qué no te vistes de una maldita vez? No se te habrá pasado por la imaginación ir a casa de Beatriz y Fermín con esa pinta.

—¡Tampoco vamos a una *soirée* con los marqueses de Colmenar!

—Cualquiera que se moleste en ofrecerte una cena debe ser tratado como los marqueses de Colmenar; que por cierto, no tengo ni idea de quién demonio puedan ser.

—Era una metáfora. Pero no te preocupes, hay tiempo, todo el tiempo del mundo.

Bajé al salón con los nervios levemente alterados. Los gemelos me contemplaron con cierta sorna. Teo preguntó con retintín:

—¿Aún no está listo mi padre?

—¡Hay tiempo, todo el tiempo del mundo! —imitó Hugo con acierto. Conocían la fórmula perfectamente, porque los tres se echaron a reír.

—Vuestro padre es como un monje budista.

Aquello les hizo reír aún mucho más. Me pregunté si había sido oportuno animarlos con mi broma, porque empezaron a hacer tonterías.

—Petra —decía Teo con ganas de tomarle el pelo a su hermana—. Marina no quiere enseñarnos el regalo que le lleva al subinspector.

Marina apretaba una carpetilla en torno a la cual había colocado un lazo primoroso.

—Hace muy bien —repliqué. Entonces Hugo empezó a burlarse de Teo por haber recibido aquella contestación, y éste intentó darle un cachete y se reían y forcejeaban al mismo tiempo mientras Marina gritaba: «¡Parad, brutos!». La situación estaba completamente fuera de control cuando bajó Marcos, muy bien arreglado, y se dirigió a la puerta con paso atlético.

—¿Aún estáis así? ¡Vamos, os estoy esperando!

Con la boca abierta a causa de su desfachatez apresuré a los niños hacia el garaje. Una vez allí, hubo nuevos amagos de pelea para determinar quién ocuparía la plaza central del asiento trasero del coche. Marina porfiaba, testaruda y cargada de razón.

—¿Por qué he de ser yo siempre la que vaya en medio?

—Eres la que abulta menos.

—¿Y quién dice que quien abulta menos tiene que ir en medio?

—Lo digo yo, que soy tu hermano mayor —dijo Hugo. Entonces Teo se apresuró a soltar.

—¡Un momento! Yo soy su hermano mayor tanto como tú y la verdad es que la última vez fue ella la que se sentó en el centro.

—Pues entonces ponte tú porque...

Marcos ya estaba al volante y yo observaba la disputa bastante estupefacta, sin que se me ocurriera ninguna solución. Entonces oí la voz de mi marido clamar:

—Os doy cinco segundos para sentaros.

Se produjo una breve revolución trasera que no nos volvimos para contemplar y al cabo de cinco segundos exactos, la expedición estaba lista para partir. Atisbé de reojo con el fin de comprobar en qué había acabado la contienda. Hugo estaba en el centro, con cara de fastidio, mientras que Marina y Teo, ambos en las ventanillas, exhibían en sus bocas una sonrisita triunfal. Aquella escaramuza me sirvió para aprender dos cosas: una, si hubiera tenido hijos mi vida hubiera sido sutilmente más complicada. Y dos, la paciencia de Marcos parecía infinita pero tenía limitaciones. Esto último ya debían de saberlo los chicos, porque su obediencia a la primera voz de aviso se había revelado como ejemplar; si bien, por lo bajo, oí a Hugo decir: «No es justo», protesta que quedó perdida en el vacío.

Nos abrió la puerta el propio subinspector y me quedé patidifusa ante su aspecto. Lucía una camisa a pequeños cuadros, informal pero elegante, y un cárdigan de cachemir gris que le sentaba genial. ¡Qué lejanos quedaban los tiempos en los que, para tener una pinta desenfadada se limitaba a quitarse la corbata! Era obvio que Beatriz había obrado maravillas en su apariencia y, seguramente también en su carácter. Una amplia sonrisa se dibujó en las caras de los hijos de Marcos, el ídolo se materializaba en toda su grandeza. Él les dio la mano como si se tratara de adultos y todos pasamos al salón sin más preámbulos. Había olvidado lo elegante que era la nueva casa del subinspector: enorme, decorada con un gusto un tanto estándar, pero llena de calma y placidez ambiental. Apareció Beatriz, vestida con un sencillo traje azul marino, y tan encantadora como siempre solía ser. Cubrió a los niños de besos, atenciones y arrumacos, y después de despojarlos de sus abrigos, se los llevó para enseñarles unas miniaturas de trenes que su familia conservaba desde tiempo inmemorial. Garzón, convertido en un anfitrión perfecto, nos sirvió un aperitivo sin titubear en las formas. Para compensar su *savoir faire* recientemente adquirido se vio obligado a comentar:

—Le he dicho a nuestra asistenta que se tome la noche libre. Es ucraniana y habla poco español. Me pone de los nervios verla siempre deambulando por aquí mirándome con ojos de búho. Pero Beatriz está muy contenta con ella.

—Ha tenido usted una gran suerte con Beatriz; es una mujer excepcional.

—Sí que lo es, no me la merezco ni de lejos.

—¿Qué tal se adapta a tu vida de policía? —Naturalmente, Marcos y Garzón se tuteaban.

—Prefiere no saber demasiado: lo cual es perfecto para mí. No me gustaría que se preocupara por los casos que investigo ni por mi seguridad.

Oyéndolo hablar con tanta delicadeza, en aquel ambiente sofisticado y con aquella ropa tan adecuada a la ocasión, me parecía que no era mi compañero Fermín, sino alguien vagamente relacionado con él. Lo cual me turbaba, haciéndome añorar a aquel policía brusco con quien solía compartir horas de trabajo. Bebimos y charlamos hasta que regresaron Beatriz y los chicos. Los gemelos venían muy entusiasmados por las miniaturas, pero Marina estaba inquieta. Se acercó a mi oído para preguntar:

—¿Podemos darles ya los regalos?

Asentí, notando un vago desasosiego en el estómago. Entonces la niña fue a comunicarles mi permiso a sus hermanos y Teo, en nombre de ambos gemelos, le dio la caja de chocolates a Beatriz. Ésta lanzó una exclamación de placer.

—¡Lenguas de gato! Son unos bombones buenísimos, y muy tradicionales en España. Habéis tenido una gran idea.

—Ahora, tú —animé a Marina; pero ella se aferró a su carpeta.

—No, yo la última.

Entonces Marcos le dio a Garzón la botella de whisky añejo que le traía y yo le alargué a su esposa la más que evidente orquídea que había colocado junto a mis pies. Como es lógico, todo fueron parabienes y agradecimientos. Asegurándose de que la ofrenda general había concluido, Marina se aproximó al subinspector y le entregó su presente con aire angelical. Él, encantado y echándole teatro, iba descubriendo los diferentes envoltorios de papel con que la niña había velado su tesoro. Al final, apareció el dibujo. Garzón se quedó mirándolo como quien ha visto un fantasma y soltó: «¡Coño!», sin pararse a pensar.

—¡Fermín! —le reconvino su mujer por la expresión, y se inclinó sobre él para comprobar qué la había motivado. Entonces su cara también se trasmutó y sólo acertó a exclamar:

—¡Dios Santo!

Yo había empezado a divertirme de verdad mientras Hugo y Teo, conscientes de que algo extraño pasaba, se lanzaron sobre el dibujo de su hermana con verdadero ardor. Fue Teo quien lanzó una cáustica carcajada e informó:

—Es el subinspector en plan matanza de Texas.

Hugo se reía de buena gana. Marina hizo un puchero y, para que nadie la viera llorar, salió corriendo en dirección desconocida. Marcos no conseguía entender nada y, para sacarlo de su estado de estupor, Garzón le pasó el dibujo de la niña. Tampoco él se comportó con moderación a la hora de las exclamaciones, puesto que todo cuanto dijo fue:

—¡Joder!

Beatriz, siempre dulce, intervino.

—Quizá alguien debería decirle a la pequeña que Fermín nunca dispara sobre la gente, que la policía está para...

—¡Se lo hemos dicho mil veces! —respondió Marcos—. No sé qué mosca puede haberle picado para dibujar una cosa así.

—Puede que el subinspector haya alimentado en exceso alguna que otra fantasía infantil —apunté con malicia. Garzón recogió el guante enseguida.

—Sí, puede que todo haya sido culpa mía porque yo...

Marcos le interrumpió.

—No, la culpa es nuestra y os debemos una disculpa...

De repente un resuello mal reprimido de Teo le hizo volverse y descubrió a sus hijos disimulando malamente las carcajadas, medio derrumbados sobre la alfombra. En ese momento montó en cólera.

—¡Y vosotros dos! ¿Se puede saber qué os hace tanta gracia? ¡Para empezar sois vosotros quienes debéis una disculpa a vuestra hermana por reíros como unos estúpidos! Luego le tocará a ella disculparse con el subinspector y Beatriz. ¡Id a buscarla!

—No, por favor, no saquemos las cosas de quicio —repuso Beatriz—. La cría ha obrado de buena intención y ahora está dolida por cómo hemos reaccionado. Voy a buscarla yo y empezaremos a cenar como si nada hubiera pasado.

Al levantarse provocó que el papel con el dichoso dibujo volara hasta el suelo y quedara expuesto a la vista de todos. En cuanto los gemelos tuvieron ocasión de contemplarlo de nuevo, estallaron en risotadas que apenas si podían sofocar. Yo, contagiada por el jolgorio y, muy a mi pesar, empecé a reírme también. En medio de aquel pandemónium en el que nadie sabía muy bien qué papel representar, sonó mi teléfono móvil. Era Yolanda. Me aparté para contestar.

—¿Qué pasa, Yolanda?

—Inspectora, se trata de Sonia, bueno, no se trata de Sonia, pero el caso es que...

—Yolanda, si se trata de algo... ¿cómo decirlo?... característico de Sonia, te ruego que lo pienses antes de decírmelo. Estoy en una cena familiar en casa del subinspector Garzón.

—Pues mire, inspectora, ya que están ahí, lo mejor sería que vinieran los dos a comisaría.

De mis labios desapareció cualquier vestigio de risa. Confiaba en la prudencia de Yolanda.

—Inmediatamente vamos para allá.

Como velada familiar había sido bastante agitada, pensé mientras íbamos en el coche, aunque por lo menos el aburrimiento no había hecho su aparición.

El misterio de Sonia enseguida se desveló, le había dado un pequeño ataque de ansiedad del que se recuperaba en la enfermería, nada de cuidado. ¿El motivo? La fuerte impresión que le había causado la llamada que recibió y las consecuencias que ésta tuvo. Yolanda nos lo explicó muy gráficamente.

—Una señora encontró un paquete misterioso en la plaza de Sant Felip Neri, en un rincón. Como no se fiaba ni un pelo llamó a la Guardia Urbana, que lo recogió. No presentaba signos de ser explosivo, así que lo abrieron. Se quedaron acojonados con el contenido, pero uno de los agentes lo relacionó con nuestro caso y lo trajo aquí. Como de nuestro equipo sólo estaba Sonia lo dejaron encima de su mesa y ella se lo encontró y, claro, por poco no le da un telele cuando lo vio.

—¿Se puede saber de qué estamos hablando? ¿Dónde está el paquete en cuestión?

—Se lo han llevado al despacho del comisario.

—¡Joder, Yolanda!, pero ¿qué era?

—Parece ser que la pata de la momia.

—¡¿Qué?!

—Bueno, el pie, el pie cortado. Pero hablo por hablar porque yo no he podido verlo aún. Se lo ha apalancado el comisario Coronas como si fuera un tesoro.

Salí disparada y Garzón me siguió. Sin embargo, el comisario Coronas ya no tenía el pie de fray Asercio en su poder.

—Lo he mandado al laboratorio de análisis para que hagan una autentificación, aunque les aseguro que me sorprendería saber que es falso. Lo mismo pensaba Villamagna cuando lo ha visto.

—¿Va a pasarle ese dato a la prensa?

—Yo mismo lo he autorizado.

—¿Había algo en el paquete que contenía el pie, alguna nota, algún tipo de señal?

—Nada, Petra, venía a pelo, con su sandalia y todo, pero sin mensaje. ¿Qué les parece a ustedes?

—Probablemente el mensaje viene implícito en el lugar que lo dejó.

—Sí —dijo Garzón—. Lo recuerdo muy bien. La plaza de Sant Felip Neri es uno de los lugares que incluyó el hermano Magí en su informe.

—Exacto —respondí—. Allí ardió un convento durante la Semana Trágica.

—¿Y eso a qué conclusión les hace llegar? —inquirió el comisario.

—A ninguna, de momento. Pero con su permiso vamos a convocar una reunión de sabios eclesiásticos.

—Me parece muy bien. Manténganme informado.

En el pasillo, Garzón concluyó:

—Como la vio a usted remisa a darle carnaza a Villamagna, lo hace él directamente.

—Bueno, pues que se apañen. Si quieren convertir este caso en un festival, allá ellos. Yo haré todo lo posible por no cooperar.

—Me lo veo venir... la pata del san Asclepio este de los cojones en primera plana mañana mismo. Claro que a lo mejor gracias a eso conseguimos echarle un vistazo a la pezuña.

—De eso nada. Ahora mismo vamos a la científica a verle el pie al santo. Dígale a Yolanda y a Sonia que den una batida por la plaza de Sant Felip, por si hubo algún testigo.

—Demasiado tarde ya.

—Nunca se sabe.

—¿Y si Sonia se encuentra aún bajo los efectos del ataque de ansiedad?

—Me la manda a mí. Cuatro gritos y se pone en forma.

En los locales de la policía científica se estaban ocupando del pie. Una médica novata se oponía a dejarnos entrar porque no llevábamos orden expresa de ningún juez. Afortunadamente cuento con un amigo al mando de la sección de balística, y él intercedió. Entramos y al fin pudimos ver la reliquia mutilada. Estaba sobre una camilla. Garzón y yo nos acercamos con cierta prevención, como si aquella cosa tuviera la facultad de saltarnos encima. Nos plantamos delante y pasamos al menos dos minutos observando el rebanado pie incorrupto. Era horrible, si bien parecía obvio que ejercía sobre nosotros un gran poder de fascinación. Se trataba de un pie huesudo, con todos los dedos pegados unos a otros, sin uñas y de color pergamino tirando hacia el marrón. Se veía aprisionado por una sandalia o lo que de ella quedaba, formada por tiras de piel deteriorada y mordida por el tiempo. Estaba cortado, en apariencia limpiamente, a la altura del tobillo y en el lugar del corte sólo se adivinaba un triste hueso de color marfil como único elemento orgánico.

—¡Qué asco! —exclamó de pronto Garzón, sobresaltándome—. Yo creo, inspectora, que no nos enfrentamos a un loco, sino a un simple capullo que busca notoriedad. ¿A quién si no a un capullo se le puede ocurrir guardar la momia en su casa para ir cortándola a pedazos?

—Desde luego, no a un tío normal. Y créame que, por primera vez, pienso semejante cosa. Hasta ahora me hubiera decantado por una autoría más racional, pero esto ya supera lo imaginable.

Garzón se puso las gafas y acercó los ojos a la reliquia.

—¡Puaf, como para echarlo en el cocido!

Adelantó un dedo curioso, pero una voz que llegaba desde atrás hizo que lo apartara de un salto.

—No pensará tocarlo, ¿verdad?

Era la médica novata, que nos miraba con franca censura.

—Aún estamos practicándole pruebas —dijo, y con un pincelito se puso a cepillarle los dedos al beato como si intentara hacerle cosquillas.

—¿Hay algo que pueda decirnos ya?

—Bueno, podemos afirmar que la amputación se produjo con un arma blanca muy grande, muy afilada, algo así como un cuchillo de carnicero, para que me entiendan, o incluso, por el tajo de limpieza absoluta, podríamos decir un machete. Los tejidos están rasguñados en algún punto. Pero yo diría que es por la manipulación a la que ha sido sometida el cuerpo, no por el hecho en sí de la amputación, que fue muy certera.

—¿Puede determinarse ya de qué época es el cuerpo?

—Aún no tenemos seguridad absoluta, pero pueden estar seguros de que antiguo sí es.

—Nuestro comisario ha pedido que se le practiquen pruebas de ADN.

—Ya lo sé, pero tardarán unos días. Tendrán que esperar.

A la salida convinimos con el subinspector en que aquella chica sería probablemente una gran profesional, pero era antipática a morir.

—¿Qué le costaba dejar que tocara un poco el peúco del fraile?

—No creo que le hubiera servido de mucho, Fermín.

—Ya, pero me hacía ilusión.

Nunca perdía el humor, mi inefable compañero, ni siquiera cuando nos enfrentábamos al absurdo. Yo no sentía lo mismo que él: cuando estábamos en un caso difícil, incluso si topábamos con innumerables contrariedades, solía sacar fuerzas de flaqueza, pero cuando los hechos violentaban mi sentido de la lógica, el suelo se tambaleaba bajo mis pies.

—¿Y ahora? —preguntó Garzón como si un horizonte de posibilidades se extendiera frente a nosotros.

—Ahora nos vamos de entierro.

—¡No joda! ¿De quién?

—Aunque tenemos donde escoger, en esta ocasión honraremos al fraile.

—¿Ya ha dado permiso el juez para inhumarlo?

—Así es. El hermano Magí nos ha concedido el privilegio de asistir a las exequias en el monasterio de Poblet. Tengo la sensación de que deberíamos ir. Además, voy a convocar al monje a una nueva reunión de expertos.

—¿Con la hermana Domitila?

—En efecto.

—Se picarán otra vez.

—Quizá de su pique saquemos algo en claro.

Al día siguiente, mientras conducíamos por la atestada autopista rumbo al sur, ambos telefoneamos a nuestros cónyuges para avisar de que llegaríamos tarde aquella noche, una vez más. Eran las cinco de la tarde y el día empezaba a declinar. La puesta de sol invernal era bellísima. Garzón puso la radio y una suave música de Saint-Saëns inundó el cubículo del coche. Mi compañero iba al volante. Normalmente renegaba continuamente sobre las incidencias del tráfico: camiones que se empeñaban en adelantarse unos a otros, impidiendo el paso a los turismos, conductores demasiado rápidos o demasiado lentos... Como para muchos hombres, la carretera era una pista de competición y su vehículo el mismísimo carro de Ben-Hur, que debía llegar victorioso. Pero en aquella ocasión, la armonía de la sonata, unida a la hermosa luz del atardecer, hizo que se quedara pacífico y callado, disfrutando del momento mágico que se creó. Yo, de modo imprevisto, sentía ganas de llorar, y como no discernía de dónde manaba el flujo de mi emoción, lo atribuí a los desastres del país. ¡Dios mío!, pensaba, esta España tan triste e imposible. Lugar de santos supliciados, cuerpos incorruptos, iglesias erigidas, quemadas y vueltas a erigir y vueltas a quemar. ¡Vaya sitio para nacer! Siempre pendiendo sobre tu cabeza las afrentas de españoles contra españoles, la lucha del progreso y la reacción... ángeles violentos, reliquias escarnecidas, hostias consagradas, la catedral de Burgos y el sagrado copón. ¡Cómo me hubiera gustado ser francesa!, concluí, y oler el pan y los cruasanes recién hechos de mi pueblo, teniendo como pasado aquella épica revolución. Pero no, acabábamos de ver un pie de momia sacra sobre una camilla. ¿Tenía eso algún sentido? ¿De verdad íbamos a investigar en el silencio de un convento con dos eclesiásticos, hombre y mujer, que nos hablarían sobre semanas trágicas, turbamultas guiadas por el odio al clero y capillas profanadas? Miré de reojo a Garzón, él era de carne y hueso, y todo aquello le parecía más o menos normal. Había crecido con los últimos ecos de la guerra civil sonando en sus oídos. Yo sólo tenía noticia de aquello a través de los libros, y si acaso lo había oído contar. En cualquier caso, a ninguno de los dos nos parecía inverosímil que una venganza llegada desde tiempo inmemorial siguiera viva aún. España era el país más triste del mundo, me pareció.

—Inspectora, ¿está dormida? Ya hemos llegado.

Abrí los ojos, sobresaltada. Las sombras habían ganado a la luz, y los contornos del monasterio de Poblet se veían difusos. Garzón paró el motor, y enseguida llegó hasta nuestros oídos el sonido de una campana tañendo.

—Vamos, la ceremonia debe haber empezado ya.

Nos dejaron pasar a la iglesia, donde sólo hacía unos momentos se había iniciado el funeral. Todo estaba en penumbra, excepto el altar mayor, que refulgía con una iluminación intensa. Tres sacerdotes oficiaban la ceremonia y las primeras filas de bancos estaban ocupados por la comunidad cisterciense, con sus vistosos hábitos en blanco y negro. Distinguí detrás a la familia del hermano Cristóbal. Lloraban. Aunque llevara ya varios días muerto, sólo ahora su cuerpo se alejaría del mundo de los vivos, por siempre jamás. A crear una atmósfera solemne contribuía también el armonio, y cuando empezó a sonar, el canto gregoriano del potente coro masculino.

—¡Qué maravilla! —le susurré a Garzón.

—Dan ganas de morirse —contestó él, en voz demasiado alta para mi gusto.

Durante la homilía las cosas se estropearon. La música enardece las ideas propias, mientras que la palabra expresa las ajenas. Toda aquella retórica sobre el Cielo, el alma, el servicio a Dios y la resurrección, momento en que todos amaneceremos felices y contentos, me daba la impresión de un viejo tema que pedía a gritos una renovación. Aun así, oír decir que el hermano Cristóbal era un hombre sencillo y humilde que había vivido alejado de vanidades, me conmovió. Realmente, reflexioné, había que ser bestia para habérselo cargado de un zambombazo en el occipucio. Entonces la furia de la investigación renació en mí, y el resto de exequias se me hizo interminable. ¡Ya estaba bien de espiritualidad! Nuestro reino sí era de este mundo y debíamos encontrar pronto al asesino. Un asesino sin duda repugnante cuando se había atrevido a quitarle la vida a dos seres inocentes: un fraile y una mendiga, personas sin dinero ni poder. Probablemente aquélla era la característica más llamativa del caso, los móviles tradicionales parecían estar lejos de las víctimas.

Cuando todo concluyó hubo que esperar a que los frailes desfilaran. Vimos cómo los padres y hermanos del difunto se retiraban, compungidos y en soledad. Me pareció muy triste su papel. A pesar de ser los más cercanos al muerto, ocupaban un segundo lugar, siempre por detrás de toda la familia eclesiástica. Bajé la vista para no tener que saludarlos, no hubiera sabido qué decir. Al final nos quedamos en la iglesia Garzón y yo, completamente solos.

—¿Qué hacemos ahora? —preguntó él.

—Hay que regresar a la portería y avisar de que queremos hablar con el hermano Magí.

—Nunca me acostumbraré a esta movida de los permisos para cualquier cosa. ¡Eso de que aquí dentro no tengas libertad para entrar o salir a tu antojo o para hablar con quien sea me pone frenético!

—Está claro que usted nunca va a profesar, Fermín.

—¡Pues no!, la vida es demasiado bonita para perderla de esta manera.

—Nunca está claro cómo se pierde la vida.

—Déjese de místicas y llame al monje. Como se pongan a rezar los maitines esos de los cojones no les podremos interrumpir y nos darán las tantas.

Fermín Garzón era la realidad en estado puro, sin tintes ni fisuras, sin matiz. Si alguna vez me sentía flotar en la duermevela de lo imposible, del absurdo o la sinrazón, no tenía más que recurrir a él.

El hermano Magí llegó tras media hora de espera. Se disculpó.

—Perdonen, pero he hecho un rato de meditación.

—Claro, claro —afirmó Garzón como si estuviera por completo al tanto de las prácticas meditativas.

—Hermano, ¿le han informado de los últimos acontecimientos?

—Vemos los telediarios a la hora de cenar.

—En ese caso ya sabe lo de la mutilación del beato.

—Lo sé. Hicieron un tratamiento de la noticia que de ningún modo puedo aprobar. Parecía que estuvieran hablando de un pasatiempo detectivesco.

—Siempre es así. La gente ya no pide información, sino espectáculo.

—Puede estar seguro de que todo el mundo está esperando que aparezca cortada la otra pata —soltó el subinspector de modo gratuito. Temí que le hubiera ofendido el comentario. Sin embargo, me pareció entrever que el monje sonreía levemente.

—Se habrá percatado de que el miembro ha sido hallado en uno de los lugares que figuran en su lista de la Semana Trágica.

—Sí, no pude por menos de pensarlo; justamente donde estaba el convento de frailes de Sant Felip. El convento conserva la estructura exterior, pero ahora está vacío. Perteneció a los clérigos seculares del oratorio, que se dedicaban a la caridad.

—Comprenderá que nos resulta imprescindible hablar con usted para que nos ayude, también con la hermana Domitila. Quizá entre los dos sean capaces de elaborar alguna hipótesis, proyectar cierta luz sobre este hecho.

—Inspectora, lo intentaré. ¿Dónde y cuándo debo acudir?

—Mañana mismo. Lo ideal sería que pudieran presentarse ambos en comisaría, pero dudo de que se lo permitan a la hermana.

—Podemos sugerirle que venga acompañada de aquella novicia a quien enseña —terció el subinspector.

—La hermana Pilar, no es mala idea. Hablaré con la superiora.

—Yo procuraré recabar más datos sobre aquel convento quemado.

—¿A las once de la mañana es buena hora para usted?

—Pediré permiso al prior; no creo que haya ningún inconveniente.

A la vuelta conducía yo y mi compañero, libre ya de éxtasis espirituales, tenía puesta en la radio una emisora deportiva a toda castaña. Varios comentaristas que charlaban entre ellos aludían a la Liga de fútbol llenándola de intrigas y pasiones hasta el punto de hacerla parecer la historia de Inglaterra en manos de Shakespeare. Yo había llegado a un notable grado de autoconcentración, de modo que no me molestaba en absoluto. Ni siquiera protesté por que el volumen estuviera demasiado alto. Había llegado a comprender que a todos los hombres, sin ninguna excepción, las noticias sobre deporte les resultaban imprescindibles. Me parecía bien, se trataba de una antigua tradición, inocua por otra parte. Además, tras aquella ceremonia funeraria tan alejada de la vida real, un baño de mundo cotidiano me sentaba bien. Pensé en mi marido y tuve la impresión de que hacía siglos que no lo veía. Si era cierto que el roce hace el cariño cualquier día de aquellos nuestro matrimonio se iría al carajo.

Primero dejé a Garzón que, medio zombi por el cansancio acumulado, se limitó a decir: «La veo en el convento». Después llegué a mi casa y encontré a Marcos cenando en la cocina.

—No te he preparado nada —confesó, y añadió luego con un leve deje de reproche—: Como no sabía nada de ti...

—He ido al entierro de la víctima. De la primera, porque como bien sabes, ya acumulamos dos.

—Yo tampoco he tenido un buen día.

—¿Pasa algo con los niños?

—No, es el proyecto. Un socio del cliente ha impugnado una parte de los planos y hay que replantearla.

—¿Y eso no es algo usual?

—Más o menos, pero me fastidia porque los motivos en los que se basa la impugnación son absurdos.

—¡El absurdo está por todos lados! ¿Qué estás comiendo?

—Un poco de rosbif que había en la nevera. Por cierto, Jacinta ha dejado una nota diciendo que, como no hagamos pronto la compra por Internet, tendrá que cocinar tortas de harina.

Me dejé caer en una silla. No conseguía ordenar en mi mente todos los planos interpuestos que la realidad ofrece: en la misma época y casi el mismo lugar hay monjes que entierran a sus muertos entre cánticos, asesinos extraños que recurren a la historia para matar, policías que investigan, arquitectos que diseñan, asistentas que dejan notas y, por encima de todo, hay que comer, siempre hay que comer.

—Quiero meterme monja —bisbiseé.

—¿Qué has dicho?

—Nada, una gilipollez. Ya lo haré yo.

—¿Qué?

—Comprar por Internet. Mañana iré un rato más tarde a comisaría. Total...

Me miró y sonrió.

—Lo siento, te he hecho un recibimiento bastante malo, pero es que la vida a veces se pone turbia, ¿verdad?

—Más que un charco con ranas. Hoy en ese entierro he pensado que los sacrificios que impone ser fraile no tienen mérito en el fondo.

—¿Lo piensas de verdad?

—Sí, en la capilla de Poblet había muchos monjes cantando. ¿Qué significa eso? Que tienes un montón de tíos que te hacen las veces de familia. ¿Un día te encuentras pocho y protestón? ¡Bueno, pues entre cuarenta hermanos siempre habrá alguno dispuesto a sacarte del mal trance! Mientras que en el matrimonio...

De pronto, Marcos se echó a reír.

—Para ti, todos los males de la creación están sintetizados en el matrimonio. Y sin embargo, ¡te has casado tres veces!

—Tres malos días los tiene cualquiera. Además...

—¿Además...?

—Además si vuelves a meterte conmigo harás la compra tú en Internet.

—Te toca a ti.

—Me da igual.

Nos miramos, irónicos y cansados.

—Vámonos a dormir —propuso él. Y acepté. Dormir en soledad era uno de los pocos inconvenientes que le encontraba a la vida monástica.

9

La puñetera madre superiora no quería conceder su permiso para que la hermana Domitila acudiera de nuevo a comisaría. Le propuse que la acompañara la hermana Pilar como carabina, pero tampoco se avino.

—Incluso la hermana Domitila, con muy buen criterio, considera que debido a su juventud, no es conveniente que la novicia visite un lugar así.

Perdí la paciencia y elevé la voz.

—Madre Guillermina, ¿se da cuenta de que tengo la facultad de llamarla a declarar de modo oficial y no podría negar su consentimiento?

—Lo siento mucho, inspectora; pero da la casualidad de que usted no la llama para declarar en calidad de testigo ni nada por el estilo, sino para que, con sus conocimientos de historia, la ayude a desentrañar ciertos aspectos del caso.

¡Joder con la monja! Con toda seguridad había llegado a ser superiora por algo. De modo inopinado vislumbré la solución ideal.

—¿Y si la acompaña usted? Naturalmente no tendría que esperar en un pasillo, sino que podría estar presente en las deliberaciones.

Al otro lado del teléfono hubo un silencio prolongado. Oí una especie de pequeño bufido. Estaba exhalando el humo de un cigarrillo. Por fin dijo:

—¿A qué hora?

—Dentro de un par de horas.

—Está bien —dejó caer desmayadamente como si se tratara de una auténtica concesión.

—Un taxi pasará a recogerlas, ¿le parece?

—Ya le he dicho que sí —exclamó fingiendo mal humor, y luego añadió con una resignación que sonó a pura falsedad—. Todo sea por colaborar con la policía. No quiero que nadie pueda afirmar que las corazonianas no hicimos todo lo posible en este trance.

Dos horas más tarde, me alegré de ver a las dos monjas contrastando vivamente con sus hábitos en el entorno policial. La madre Guillermina no podía evitar de ningún modo que su enorme curiosidad por el lugar no aflorara a sus ojos vivos e inteligentes. Mientras Garzón disponía la sala y recibía al monje, me ofrecí a llevarlas de visita por las instalaciones. La superiora ni siquiera se molestó en negarse y ambas me siguieron por despachos y archivos, mientras yo les daba explicaciones que intentaba dotar de cierto interés. Les dije:

—Si quieren, cuando acabemos, nos damos una vuelta por la policía científica. Incluso podríamos hacer algo mejor: usted, hermana Domitila, empieza a trabajar con el hermano y el subinspector, mientras la madre Guillermina y yo hacemos esa visita.

En los ojos de la superiora observé que no había nada en el mundo que hubiera podido hacerle más ilusión. Se le iluminó la cara, pero enseguida volvió a ensombrecerse.

—No sé si es correcto, inspectora.

—¡Por supuesto que lo es!, puede que en el convento se encuentre todo reglamentado, pero ahora no está usted allí.

—Se supone que el convento está donde haya una sola monja corazoniana.

—De acuerdo, ¿y por qué no llevar un poco de la paz del convento a la policía científica?

Se echó a reír. Entonces intercedió la hermana Domitila:

—Vaya usted, madre, es una buena información que después puede trasmitir a la comunidad.

Aceptó por fin, y se la veía feliz y contenta mientras caminábamos por la calle. Hacía un sol radiante, y sacó una pequeña funda de gafas de donde extrajo un anticuado par que se colocó.

—Con esas gafas de sol parece usted una actriz del Hollywood clásico —le dije. Se rió.

—Tiene usted ideas de casquero, como se decía en mi pueblo. Estas gafas llevan un montón de años en mis bolsillos, y deben durar hasta que me muera, que pido a Dios que no sea pronto.

—¿No tiene usted derecho a comprarse nada?

—Solo lo que sea necesario, y estar a la moda no es necesario.

—La verdad es que, si empiezas a entrar en detalles, es obvio que llevan ustedes una vida llena de sacrificios.

Se quedó callada. Aquella mujer me caía bien. Hubiera podido en aquel momento soltarme una soflama sobre las personas más necesitadas o el amor de Dios, pero se limitó a callar, mientras seguía mirándolo todo con interés y una media sonrisa en los labios. De repente hubo algo que le llamó la atención: un joven ejecutivo que, aparentemente, hablaba solo mientras andaba a toda prisa. Me miró como buscando una explicación.

—Habla por el teléfono móvil, y lleva un artilugio insertado en su oído —le aclaré. Se volvió un poco para seguir observando.

—Eso no lo había visto aún. Produce una sensación de locura, ¿verdad?

—Hay veces en que a mí todo me produce una sensación de locura.

De pronto se quedó mirando el escaparate de una

tienda de deportes. Me sorprendió. Se vio en la necesidad de explicarse:

—Esas mancuernas parecen de un material nuevo. Las que yo uso son metálicas.

Me sorprendió de nuevo y de nuevo me puso en antecedentes.

—Muchas monjas hacemos gimnasia; es una buena manera de cuidar nuestra salud. Nos ponemos bombachos y una camiseta, un pañuelo en la cabeza.

Sonreí, intentando que no se notara lo mucho que me chocaba aquella noticia, pero era muy lista y se percató.

—Le parece ridículo, ¿a que sí?

—No, en absoluto.

—Sí que se lo parece. Estoy segura de que enseguida ha pensado en una monja con bombachos hasta la rodilla como aquellos levantadores de pesos antiguos.

No pude evitar una carcajada.

—¿Lo ve?

—No, sólo me hace gracia una cosa: a la gente le intriga saber cómo viven tanto los monjes como los policías, y nosotras no somos ninguna excepción. A usted le pica la curiosidad lo policial y a mí lo eclesiástico.

—Eso significa que ambos colectivos vivimos un poco al margen de la sociedad.

—Pues me alegro.

—¿De vivir al margen?

—De que usted y yo tengamos un punto en común. Quizá nuestras vidas no son tan diferentes como parecen.

—Quizá no —respondió, y nos sonreímos.

La excursión a la policía científica resultó un éxito total. Dejé a la monja en manos de mis compañeros y más tarde la recogí. Se mostraba impresionada.

—Inspectora, nunca le agradeceré suficientemente esta asistencia. Todo me ha resultado novedoso; más que novedoso: apasionante. ¡Tantos medios técnicos, tanta sabiduría al servicio del orden!

Parecía excitada como una chiquilla.

—¿Le apetece que tomemos algo en un bar antes de regresar a comisaría?

Como si le hubiera propuesto una actividad al borde de la decencia dudó un instante.

—No sé si resulta muy adecuado que una monja entre en un bar.

—Sólo se trata de un café.

Aceptó, y entramos en una ruidosa cafetería de la Vía Augusta llena de gente y animación. La madre Guillermina lo observaba todo con la ilusión y el asombro de un crío en una juguetería. Nos instalamos en la barra y pedí dos cafés. Muchos de los clientes nos miraban, ya no es tan corriente ver monjas por la calle como lo era en España años atrás. Pensé que las monjas de hábitos llamativos acabarían siendo una rareza antropológica. Afortunadamente mi compañera de farra no parecía enterarse de la atracción que despertaba. Se divertía como una loca, paladeando cada sorbito de café. En el convento se la veía segura de sí misma, dominando el medio y llena de un viejo saber que la convertía en un personaje digno y experimentado. Aquí, sin embargo, perdido cualquier resabio de la clausura, se aniñaba de un modo casi encantador.

—Fíjese en esos canapés —dijo señalando unos complicados montaditos que se exhibían en la barra—. Voy a pedirle a la hermana cocinera que nos prepare algo así los domingos.

Se rió, regocijada por su propia broma, quizá divertida al comparar aquellas *delicatessen* con la comida cuartelaria que a buen seguro servían en el convento. Me reí yo también. La madre me caía cada vez mejor. En vez de lanzar críticas sobre las novedades ciudadanas que pudieran escandalizarla, se dedicaba a fijarse en las cosas placenteras y agradables.

El regreso a comisaría fue traumático para ambas.

Me di cuenta de que yo también había disfrutado sirviéndole de guía en algo tan presuntamente fácil como la vida cotidiana. Pero ahora nos esperaban las deducciones históricas de nuestros expertos, que sin duda nos apartarían del aquí y el ahora irremediablemente.

En la sala de juntas, Garzón y los dos eclesiásticos habían trabajado al parecer de manera incansable. Por la mirada de mi subalterno pude comprender que el tiempo dedicado a las pesquisas históricas había resultado interesante. Nos sentamos a la mesa y el propio Garzón hizo de director de la reunión en su inefable estilo verbal.

—Aquí estos dos... colaboradores han estado sacando conclusiones y creen que la pata, perdón, el miembro del beato, ha aparecido en la plaza de Sant Felip Neri porque allí se encontraba el convento de los monjes de la orden de Sant Felip, que fue quemado por la masa durante la Semana Trágica. Después de ese hecho hubo una gran represión sobre los culpables e incluso un par de trabajadores fueron condenados a muerte. Consecuentemente, lo que los hermanos apuntan es que puede tratarse de una venganza de algún descendiente de los ajusticiados o represaliados. También descartan que el beato, bueno, la momia fuera de otra persona como habíamos llegado a sospechar, porque ahora a partir del pie pueden practicarse estudios de ADN, lo cual el asesino evitaría si quisiera mantener la personalidad del falso beato oculta. No sé si me he explicado bien; porque la verdad es que todo esto me parece un lío de mil demonios.

La madre superiora fue la primera en reaccionar.

—Pero vamos a ver, no lo entiendo, ¿por qué en caso de que fuera una venganza, iban a vengarse en la persona del hermano Cristóbal? ¿Y por qué roban la momia del convento de las corazonianas? ¿Nosotras qué tenemos que ver con la quema de un convento que no fue el nuestro?

—Pues ése es el punto —respondió vivamente el subinspector—. Nos faltan nexos de unión entre las piezas de la hipótesis. Hemos pensado que a lo mejor el asesino ha buscado una caja de resonancia para su acción sabiendo que los periódicos se lanzarían sobre este tema. Entonces, cuando le parezca que el nivel de expectación es máximo, dará a conocer el motivo de su acción en uno de esos carteles de letra gótica.

—No diga «uno de esos carteles»; de momento sólo ha escrito el primero.

—Es verdad —dijo tímidamente el hermano Magí—. Resulta extraño que en el lugar del asesinato de la testigo no haya dejado ninguno, tampoco junto al pie de la reliquia mancillada. Si quiere jugar a enigmas debía continuar con su sistema, ¿no?

—Sí, a mí también me parece raro —dijo Garzón.

—A lo mejor no es la misma persona —exclamó la madre Guillermina. La miré con gravedad.

—A usted que le gusta conocer métodos policiales debe saber que no se puede hacer el más mínimo comentario que no tenga su justificación detrás. ¿Por qué los asesinos no serían la misma persona?

Se quedó desconcertada y me miró con mal humor.

—Esperaba que fuesen ustedes quienes completaran una posible explicación.

—Quien mató al hermano Cristóbal mató también a la mendiga, madre. Y quienquiera que fuera, tiene en su poder la momia del beato. Eso es un axioma inamovible por el momento —sentencié.

—Un dogma de fe —bromeó el hermano Magí.

Toda aquella seguridad que exhibía yo frente a extraños no dejaba de ser una pátina de pintura que enmascaraba la realidad: no estaba segura de nada.

—Entonces, ¿qué sugieren ustedes que hagamos? —preguntó Garzón intentando poner las cosas en claro.

—Humildemente pienso que entre la hermana Domitila y yo deberíamos llevar a cabo dos labores de investigación histórica: por una parte, revisar todos los documentos que puedan hallarse en el convento de las corazonianas en los que existan alusiones a la quema de conventos de la Semana Trágica. Por otra, acudir a los archivos de la diócesis y buscar todo lo que haya sobre el convento de Sant Felip Neri y su trágico final. Y si la hermana Domitila no puede abandonar sus obligaciones en el convento, yo mismo haré solo el trabajo si me lo autoriza mi prior, de lo cual estoy convencido.

La mencionada hermana dio un salto en su asiento como si una avispa le hubiera clavado el aguijón.

—¡De ninguna manera! Hay legajos en el convento que sólo yo sé dónde están. Además, no sería justo apartarme de la investigación ahora que parece centrada en un asunto concreto. —De pronto, se dio cuenta de que todos observábamos su reacción con cierta sorpresa y, rectificando sobre la marcha, miró a su superiora y después añadió en un tono mucho más dócil y comprensivo—: Naturalmente todo depende de que la madre Guillermina me conceda permiso, y de que ustedes consideren que mi colaboración puede ser valiosa.

—Por mi parte, creo que es muy necesario que usted nos eche una mano —dije con sinceridad. Entonces la madre superiora resolvió *in situ*.

—Claro que tiene mi permiso. Cualquier cosa que sirva para esta investigación contará siempre con el apoyo de las corazonianas.

Me quedé con las ganas de saber si entre toda aquella gente de iglesia las cosas eran tan desinteresadas como parecían, o si a cada uno de ellos los movían razones mucho más ancladas en los vicios humanos. Por ejemplo, podía ser que el hermano Magí hubiera intentado quitarse de en medio a la hermana Domitila con aquel ofrecimiento de trabajar en solitario. También era plausible que la propia hermana no quisiera de ningún modo que los méritos de la investigación quedaran ahora fuera de su persona. E incluso en el caso de la madre superiora, era posible que diera su aquiescencia por no verse privada de toda la suculenta información que las pesquisas históricas pudieran brindarle. Pero no deseaba ser malpensada y además me daban igual los motivos, lo cierto era que tendría a dos expertos de primera magnitud ejecutando una labor para la que la policía no se encontraba preparada.

Un taxi se llevó a toda la corte celestial de nuestras dependencias y nos quedamos solos Garzón y yo.

—¿Qué le parece? —me preguntó. No pude sino encogerme de hombros.

—¿Y qué quiere que le diga, Fermín? Es verdad que una venganza con tantos años de por medio me da la sensación de inverosímil, pero cuando echo una mirada a alguna gente extraña que puebla este país...

—Vamos a ver qué sale de todo este jaleo. ¿Qué hacemos usted y yo? No querrá que nos sumemos a las sesiones de historia.

—No, usted y yo tenemos que vérnoslas con Coronas y el portavoz mientras todo esto se aclara un poco.

—¿Vérnoslas de qué manera?

—Hay que pedirle al psiquiatra que vuelva a actuar. Nunca habíamos tenido a la opinión pública tan calladita como los días en que él les daba el parte.

—Igual dice que con el poco caso que le hacemos no quiere ayudarnos de nuevo.

—Nos ayudará. Les dará pan y circo psiquiátrico a los ciudadanos. Dígale al comisario Coronas que necesitamos asesoría médica otra vez. A él también le parecerá estupendo. Voy a hablar con Sonia y Yolanda.

—A Sonia le dará otro ataque de nervios cuando le diga que tiene que seguir buscando locos.

—No importa, teniendo un psiquiatra a mano siempre podrá hacer algo por ella.

—Bien, de ese modo tenemos en marcha dos líneas de investigación, pero no me ha contestado: ¿qué hacemos usted y yo?

—Iniciar la tercera, por supuesto. Pero antes nos vamos a tomar la tarde libre.

—¡No me diga!

—Lo que oye. Le he prometido a Marcos que me haré cargo de los niños.

—¿Quiere que vaya con usted?

—No, gracias, Fermín. Declino su ofrecimiento en esta ocasión. No quiero que me robe todo el protagonismo frente a mis hijastros.

—Es usted peor que la monja Domitila. ¿Ha visto con qué apasionamiento se negaba a verse apeada del carro?

—Monjes o seglares, todos nos parecemos, créame.

Servirles de canguro a mis hijastros era una actividad que me convenía. Sin duda encontraría la manera de poner mi mente en blanco y descansar de las incidencias de un caso tan correoso. Estaba un poco harta de correr tras los acontecimientos sin que éstos generaran hipótesis aceptables sobre las que ponerse a trabajar en serio. Yo misma me había ofrecido a Marcos para quedarme con los chicos. La cita era a las cinco y llegaron los tres con máxima puntualidad.

—Hemos ido a buscar a Marina a su casa en un taxi —me informó Hugo.

—Luego hemos venido los tres solos —añadió la niña, contenta con la hazaña.

—Eso indica lo mayores que sois ya —respondí intentando halagarlos.

—Yo ya había ido solo en taxi otras veces —terció Teo, siempre superior.

Se quitaron los abrigos y empezaron a moverse por el

salón en plan tranquilo, pero enseguida les hice saber que era su anfitriona de modo especial.

—Vuestro padre no llegará hasta las ocho y yo no iré a trabajar esta tarde, de modo que podéis disponer de mí. Si os parece bien, nos vamos al cine.

Este planteamiento les sorprendió. Se miraron entre ellos sin saber qué contestar. Por fin Teo tomó la palabra.

—¿Y qué película iríamos a ver? Porque para ponernos de acuerdo entre nosotros siempre hay follón.

—¿Qué tipo de follón?

—Marina quiere ver películas de dibujos o cursiladas de princesas.

—¡No es verdad! —soltó la niña sin añadir ninguna explicación.

—Y a Hugo le gustan las americanas de béisbol o de pandillas de jóvenes que dicen horteradas.

—¡Vaya, ya salió el listo! —protestó el encartado.

—¿Y a ti, qué te gusta a ti?

—Las de miedo con fantasmas que revientan a la gente y le sacan las tripas —se apresuró a puntualizar Marina, vengativa.

—Las que más me gustan son las de crímenes, en realidad —respondió Teo.

—Todas son iguales, y al final siempre atrapan al asesino y no te lo crees ni de coña —finalizó Hugo.

—¡Pues sí que estamos buenos! —resumí—. Ya que es tan difícil ponerse de acuerdo, voy a mirar la cartelera y la escogeré yo.

Por sus caras de pasmo colegí que no esperaban una conclusión tan tajante, pero nadie protestó. Busqué en el periódico y me incliné por una solución ecléctica.

—En el Capitol hacen un documental sobre los animales del Ártico. Como a mí me chiflan los animales iremos a verlo.

Seguramente pensaban que mi estilo despótico era consecuencia directa de mi profesión, y yo no me entretuve en desmentirlo. Sólo el díscolo Teo aventuró un comentario cínico que se parecía ligeramente a una protesta.

—Seguro que esos animales estarán todos en vías de extinción por el cambio climático y la culpa la tendremos nosotros que gastamos demasiada agua caliente en la ducha. Siempre es así.

Hice como si no lo hubiera oído y me preparé para salir de casa encabezando la expedición. Me sentía rarísima caminando por la calle con tres niños. Era una sensación nueva. A ratos pensaba que sería divertido encontrarme con algún conocido, y otros esa misma posibilidad me producía auténtico horror. Pero no encontré a nadie, como era de prever.

Entramos en la sala y en cuanto se hizo la oscuridad, fuimos trasportados por un universo de hielo donde el juego de la vida y la muerte, tan presente siempre en todo, se materializó ante nosotros en forma de animales que luchaban por la supervivencia. En algunos momentos duros de la vida natural, por ejemplo cuando un oso atacaba a un montón de pacíficas morsas, temí que la película no fuera adecuada para los niños. Luego recapacité sobre la ñoñería de ese pensamiento y me di cuenta de hasta qué punto es fácil volverse hiperprotector y retrógrado cuando se tienen hijos pequeños. Debía dar mil veces gracias al cielo por haberme librado de semejante responsabilidad. En cualquier caso, cuando salimos del cine, los niños se encontraban tan pimpantes, mientras yo tenía un mal cuerpo horroroso después de haber contemplado los excesos propios de la vida salvaje: lucha entre especies, hielos deshaciéndose y padres oso que agredían a sus propias crías para no tener competencia entre machos. Más valía no establecer comparaciones con el reino de los humanos, por lo que pudiera pasar.

—Vamos a tomar algo —les propuse a los chicos, y paramos en una cafetería de la Diagonal donde sirven bollos deliciosos y chocolate caliente. La iniciativa les complació y se libraron a la degustación de dulces con auténticas ganas. Yo me limité a sorber un bourbon como saludable medicina para mi ánimo, conturbado por las bestias polares.

—¿Qué os ha parecido la película? —pregunté en tono casual.

—Bien —limitaron los tres el cinefórum a la mínima expresión.

—A mí no me ha gustado que los osos fueran tan malos con sus hijos —dijo Marina por fin.

—A mí tampoco, cariño —abundé sintiendo una gran solidaridad femenina.

—Ya se sabe que los animales son así —sentenció Hugo, muy suficiente.

—Yo ya me imaginaba lo que iba a pasar en cada momento —fue la aportación de Teo.

—A ti te gusta que te sorprendan, ¿verdad? —le pregunté de modo un tanto envenenado.

—Pero casi nunca me sorprenden.

—Pues eso es muy grave.

—¿Por qué, es que a ti te sorprenden siempre?

—No, pero yo tengo cuarenta y pico años, mientras tú tienes doce. Y si a los doce años ya nada consigue sorprenderte, te espera una vida francamente aburrida.

—Pero eso pasa porque a los niños siempre nos cuentan lo mismo, y lo demás siempre nos lo ocultan.

—¿Lo demás? ¿Y qué es lo demás?

—Lo demás de la vida.

Le pegué un trago reflexivo a mi whisky. ¡Joder!, encima probablemente lo que decía aquel avispado chaval era cierto. ¡Toma con las tiernas criaturas!, pensé, algunos de ellos poseen una mente tan sagaz que resulta ridículo intentar engañarlos, o conformarlos con una pequeña parte del pastel. Pero me faltaba escuchar lo más comprometido, porque Teo, lejos de callarse tras aquella profunda declaración, la remachó afirmando:

—Tú misma no nos quieres contar nada de tus investigaciones porque piensas que no son buenas para los niños... total, que nunca nos enteramos de nada y lo único que pillamos es siempre igual: que si animales, que si dibujos animados, que si Indiana Jones... hasta que nos lo sabemos de memoria.

Agité los cubitos en el vaso, carraspeé. Llevaba tanta razón que me entraron ganas de reír, pero no era el momento. Al contrario, la conversación nos había llevado a un punto en el que si yo me decidía a agarrar el toro por los cuernos, podían surgir soluciones para malos entendidos que no hacíamos sino arrastrar desde el principio. Le eché valor.

—A lo mejor estás equivocado. Quizá si no os cuento nada no es porque crea que en el caso que investigo hay cosas que no podéis saber. Puede que sólo tema que os vayáis de la lengua y corráis a repetirles mis confidencias a vuestras madres, como ya ha sucedido alguna que otra vez.

—¡Yo nunca me he chivado! —saltó Marina como un guepardo, demostrando que seguía perfectamente los giros del diálogo. La expresión de Teo acusó con claridad el golpe, la de Hugo también. El último remoloneó, dando vueltas innecesarias con la cucharilla a su taza de chocolate. Teo enrojeció, tragó la amarga bilis de la verdad y, por primera vez desde que lo conocía, se mostró sumiso y compungido.

—No sabíamos que era tan importante guardar el secreto.

—En todo lo que tiene que ver con la policía es crucial. Porque si yo veo que repetís lo que os digo a vuestras madres, siempre puedo pensar que haréis lo mismo con vuestras profesoras, con vuestros compañeros en el colegio, con cualquiera que os pregunte.

—¡Eso, no! —exclamó Hugo.

—¿Por qué no? Si se pierde el crédito se pierde para todo.

Siguió un silencio meditativo y abochornado. La mente de Teo trabajaba rápido y al fin declaró:

—¿Y si nosotros te aseguráramos y te juráramos...?

—Está bien —lo interrumpí—. Trato hecho. ¿Qué queréis saber?

Teo no se inhibió lo más mínimo e inmediatamente preguntó:

—¿Es verdad eso del fanático religioso?

—Lo estamos investigando, pero yo creo sinceramente que no existe tal fanático. Sin embargo, hemos vuelto a solicitar la ayuda de un psiquiatra, lo veréis de nuevo en televisión, pero es más una maniobra para que los medios de comunicación se queden tranquilos y nos dejen en paz.

Un ramalazo de satisfacción recorrió a mis tres interlocutores de modo visible.

—También hay dos monjes expertos en historia que están estudiando si es posible que se trate de una venganza por algo que sucedió hace muchísimos años. Alguien que sufrió represalias legales por los sucesos de la Semana Trágica. Uno de sus descendientes hubiera podido decidir ahora ajustar cuentas de manera que todo el mundo llegara a enterarse.

—¿La Semana Trágica es de la guerra civil? —preguntó Hugo.

—Anterior.

—Ya lo buscaremos en Internet —terció Teo, temiendo que mi arranque de sinceridad se viera frustrado por precisiones eruditas.

—Es algo de Franco, ¿verdad? —preguntó Marina, que había empezado a perderse.

—Algo así. Quemaron muchos conventos.

—¡Pues vaya! Un chico de mi clase dice que los de Franco no eran tan malos —soltó Hugo. Pero Marina estaba allí para reivindicar.

—El chico de tu clase no tiene ni idea. A mí, papá me

dijo que Franco era lo peor, peor que los osos que hemos visto hoy.

No salía de mi asombro al comprobar cómo el eterno conflicto de la historia española había llegado de oídas, y con opinión incluida, hasta aquellos ciudadanos en plena niñez. Pero Teo no estaba dispuesto a soltar la presa largamente acechada.

—¿Y qué más? —inquirió mirándome a los ojos.

—¿Y qué más qué?

—¿Qué piensas tú, tú crees que es verdad lo de la venganza?

—Todas las pruebas parecen llevarnos hacia eso; pero si he de deciros la verdad, a mi instinto de policía le cuesta creerlo. En este caso debe existir un motivo más concreto, más cercano, más material. Siempre es así en todo asesinato.

Mis palabras se balancearon en el aire y de allí las absorbieron los oídos hambrientos de los chicos. Continué antes de que reemprendieran sus preguntas.

—Y ahora os diré lo que he decidido hacer; pero me gustaría que fuerais conscientes de que nadie lo sabe aún. Ni siquiera se lo he comentado al subinspector Garzón.

—¿Ni siquiera a él? —dijo Hugo, francamente impresionado.

—No, se lo diré mañana por la mañana. Creo que debemos investigar más a fondo el entorno de la testigo que han asesinado.

—¿La mendiga?

—Sí. Al tratarse de una vagabunda, hemos pasado demasiado deprisa por ella y temo que no hayan sido atados todos los cabos que su personalidad sugiere.

—Pero ya hace unos días que la mataron. ¿Por qué no lo hicisteis enseguida?

—Eso ocurre mucho en los casos complejos como éste, se va detrás de las nuevas pistas y se aparca la profundización de las anteriores. Pero luego hay que rectificar y volver atrás. Resulta una práctica bastante común.

Por supuesto, había gran cantidad de cosas en cuanto les había relatado que no podían entender. Poco importaba, sin embargo; prevalecía en ellos la sensación de haber sido objeto de confianza, de lo cual me alegré, porque si me hubiera visto obligada a explayarme en las explicaciones, probablemente no hubiera sabido por dónde salir.

—Si habéis acabado con el chocolate podemos marcharnos ya. Seguro que vuestro padre debe de estar en casa.

En silencio solemne empezaron a ponerse los abrigos. Entonces, Teo dijo, como al desgaire:

—Gracias, Petra.

—¿Cómo? —reclamé sutilmente una confirmación.

—Que gracias por habernos contado todo esto.

—Pero vosotros...

Marina me cortó para afirmar con fuerza:

—Si alguno de vosotros le dice algo a vuestra madre os prometo que no seré vuestra hermana nunca más.

—No seas boba, no vamos a decir nada. Pero si descubrís algo ¿nos lo contarás, Petra?

—Si es interesante, sí.

Regresé a casa con la impresión de haber firmado la paz en una guerra no declarada, o al menos un armisticio. Al meternos en la cama se lo comuniqué a Marcos.

—Tanto mejor —dijo escuetamente, y un segundo más tarde añadió—: Le preguntaré a Teo cómo han conseguido sacarte tantas informaciones. Ahora ellos ya saben más que yo.

—Te lo contaré todo por la mañana, hoy estoy cansada de actuar como portavoz familiar de la poli. ¿Sabes qué me da por pensar algunas veces? Que te has casado con una policía para entrever un poco el rostro del mal. Eras demasiado perfecto sin mí y lo que represento.

—Eso me suena tan complicado que necesitaría pensarlo un rato para saber si es verdad. Y yo también estoy cansado. Mañana será otro día.

—Sí —musité, y nos abrazamos en silencio.

Al día siguiente todas nuestras vías de investigación estaban en marcha. El doctor Beltrán había aceptado regresar a la asesoría del caso, no sin antes declarar altaneramente que siempre había estado convencido de que volveríamos a llamarlo. Empezó a pergeñar nuevos retratos de locos religiosos como lo hubiera hecho un pintor de corte paranoica. Yolanda y Sonia le fueron adjudicadas como vínculos policiales, y yo me encontraba perfectamente dispuesta a pasarle a Villamagna todos sus informes después de haberlos filtrado, y tirarlos más tarde a la basura.

En cuanto a los monjes, sabía que el hermano Magí pasaba casi todo el día en el convento de las corazonianas, trabajando junto a la hermana Domitila. Sería suficiente con reunirse con ellos una vez cada dos días para controlar sus avances, a no ser que nos convocaran puntualmente por haber descubierto algo espectacular, cosa de la que dudaba.

Ya estábamos solos Garzón y yo, como siempre, como quizá hubiéramos debido estar desde el principio en aquel caso con demasiada participación foránea. Me puse frente a él y le sonreí.

—¿Vamos al albergue donde dormía Eulalia Hermosilla, Fermín?

—¡Cielos, ni siquiera recordaba el nombre de esa mujer, han pasado tantas cosas...!

—Me apena que diga eso, al final esa mujer ha resultado lo menos importante de todo este embrollo. Da la impresión de que hasta la pata del santo, como usted le llama, haya sido más crucial.

—Ya sabe cómo funciona la frivolidad del ser humano, el mero análisis cuantitativo: hay más mendigas que patas de santo.

—En eso lleva muchísima razón —dije, y me eché a reír.

La directora del albergue no parecía contenta teniendo que recibir a la policía por enésima vez. Me puse en su lugar, había hablado con los Mossos d'Esquadra al principio del caso, con nosotros después, y varias veces con componentes del operativo que buscó a la testigo. Sin enfadarse, pero apelando a nuestra prudencia, se abrió de brazos para afirmar:

—Señores, de verdad, ya no sé qué esperan encontrar aquí. En el albergue no se ha presentado nada nuevo con respecto a la pobre Eulalia. Nadie ha reclamado el cadáver, y si tiene algún familiar que se haya enterado de su muerte, se ha hecho el sueco para no tener que cargar con los gastos e incomodidades del entierro.

—¿Van a enterrarla ya?

—El juez dio ayer la autorización.

—Este juez va por libre —soplé en la oreja de Garzón. Luego pregunté—: ¿Se celebrará alguna ceremonia?

—Como Eulalia no figuraba como practicante de ninguna religión, la incinerarán en Collserola, leyendo un texto laico que tenemos escrito para esas ocasiones. Suelo ir yo, o alguien de Servicios Sociales, y hacemos un pequeño acto de despedida. Puede asistir la gente del albergue que lo desee, aunque no son muchos generalmente. En el caso de Eulalia no sé, vendrá su amiga Lolita, quizá los que cenaban en su misma mesa...

—Asistiremos nosotros también —prometí en un arranque solidario.

—Pues de verdad que se lo agradezco. En algunos momentos, viendo las reacciones de las personas en general, parece que piensen que nuestro trabajo de ayudar a los sin techo es más bien un crimen que un bien social.

—¿A Lolita ya la han interrogado?

—Varias veces, y la pobre no ha sabido decir nada coherente.

—Sí, recuerdo haberlo leído en los informes. ¿Qué tipo de mujer es?

Su boca dibujó una sonrisa amarga. Cabeceó y dijo con voz desencantada:

—¿Y usted qué cree, inspectora? Pues como todos los que vienen aquí, una ruina. Ha sido alcohólica durante casi toda la vida, ahora hemos controlado que no beba con un tratamiento médico, pero tiene el cerebro y el hígado deshechos, y casi sesenta años. Es decir: ningún futuro.

Me chocó su dureza, pero era simplemente una profesional que se expresaba con rigor.

—¿Está hoy aquí?

—No, un día a la semana pasea unos perros de la protectora. Ya ve, aún puede ayudar a los que son más desgraciados que ella. Pero mañana puede verla después de la incineración, estoy segura de que vendrá; aunque no espere mucho de la conversación, su capacidad de comunicación está muy dañada.

—¿Podríamos llevarnos una copia del expediente de Eulalia Hermosilla?

—Sí, esperen un momento.

Garzón y yo nos miramos al quedarnos solos.

—¿De verdad vamos a ir al entierro de esta señora?

—No venga si no quiere, Fermín. Yo sí asistiré.

—Yo voy donde usted vaya; pero le advierto de que será triste, sobre todo en contraste con el funeral del hermano Cristóbal. Ya ve, ambos víctimas del mismo hijoputa, pero sus exequias serán tan diferentes como fueron sus vidas.

—No estoy tan segura. Los dos llegaron por vías distintas a la máxima simplicidad existencial, que es donde se supone que está Dios.

—Me veo incapaz de captar lo que quiere decir.

—Olvídese, son cosas mías.

Regresamos con el expediente a comisaría y pasamos la tarde revisándolo al igual que los informes sobre los interrogatorios sucesivos practicados en el entorno de Eulalia Hermosilla. Al día siguiente acudimos al crematorio de Collserola.

El subinspector estaba en lo cierto, el ambiente de aquel acto fúnebre nada tenía que ver con las cohortes angélicas de cantantes que habían actuado en loor del fraile de Poblet. Sin embargo, la directora del albergue hizo lo que pudo. Leyó un texto, el mismo que siempre leía en caso de defunción de alguien solitario, y lo hizo de modo sobrio y digno. En él hablaba de la dureza de la vida, del merecido descanso final en el que todos acabaremos, y glosaba las virtudes de la finada, que eran todas de índole muy general: resignación, solidaridad y valentía. Luego sonó una música enlatada, probablemente de Bach, y se guardó un minuto de silencio. Casi no asistió nadie: la directora, uno de sus ayudantes, un par de vejetes con pinta de despiste y la que debía de ser Lolita, que lloraba con gran sentimiento.

A la salida, Garzón me dijo en voz baja:

—Mire, yo no soy creyente y los curas me caen fatal; pero hay que reconocer que la Iglesia católica esto del estiramiento de pata lo tiene muy ensayado: música, promesas de otra vida mejor, rituales con vestimenta y copón... estoy por poner en el testamento que quiero convertirme después de muerto para que me dediquen todo ese boato. No se puede comparar con esta cosa tan desustanciada.

—Dese prisa, Lolita se nos está escapando.

Saludamos brevemente a la directora y salimos pitando tras la mujer, que caminaba a toda velocidad, ya en la calle. Era alta y enjuta, con el pelo muy corto y teñido de un imposible color limón. Tenía la cara devastada por unas arrugas profundas que no correspondían a sus apenas sesenta años y, con toda seguridad, en algún momento del pasado había sido hermosa. Al llamarla por su nombre se volvió y nos dejó ver sus ojos abotargados por el llanto.

—Lolita, espere un momento. Somos de la policía y queremos hablar un rato con usted.

—La policía, la policía, pero Eulalia se murió.

La dicción de sus palabras era confusa y la mirada se le perdía levemente en el vacío. Intenté que me prestara atención.

—No se murió, la mataron; y nosotros queremos saber quién fue.

—Déjenme en paz, quiero ir a dar un paseo.

Nos volvió la espalda y empezó a caminar. La seguimos. Entonces le dije:

—¿Es verdad que usted cuida de unos perros, Lolita?

Se paró en seco. Algo parecido a una sonrisa se instaló en su boca mustia.

—Me quieren y esperan a que llegue y, cuando me ven, mueven el rabo como unos locos.

—¿Por qué no viene con nosotros y tomamos un café?, así nos cuenta cómo se llaman los perros, por qué sitios los lleva a caminar...

Aceptó tras una mínima hesitación. Garzón me miró, felizmente sorprendido, habíamos encontrado una pequeña puerta por donde entrar. Subió a nuestro coche y conduje hasta la primera cafetería, grande e impersonal, sin hacer ningún comentario. Una vez allí, me di cuenta de que, incluso en la discretísima Barcelona, la gente miraba a nuestra invitada con curiosidad. Tenía un aire lo suficientemente ausente como para resultar llamativo. Sentados a la mesa, pude observar con más detenimiento hasta qué punto Lolita era una mujer zurrada por la vida. Pedimos café y ella preguntó si podía beber un capuchino. Sentí piedad al verla abrir los ojos con felicidad ante la taza espumeante y olorosa. Como no quería correr el riesgo de que se sintiera utilizada y huyera con la misma facilidad con la que había aceptado venir hasta allí, la previne.

—Le haremos preguntas sobre Eulalia, no se vaya a creer; pero antes me gustaría de verdad que nos contara todo eso de los perros. A veces yo también he pensado que debería prestar mi ayuda a una protectora.

—Puedes ir a la misma que yo. Tratan a los perros muy bien, están sueltos y tienen mucho espacio para jugar. Yo voy dos veces a la semana y me llevo un grupito a pasear.

—¡Es una idea magnífica! ¿Y no se pelean entre ellos?

—No, son amigos. Los perros son mejores que las personas.

—Sin duda. No hacen daño sin motivo y nunca se les ocurriría asesinar a nadie.

—Eulalia era mi única amiga y la asesinaron dos hombres; ahora ya sólo tengo a los perros.

La señal de alarma repercutió en el ritmo de mi respiración. Miré a Garzón, como pidiéndole que fuera cauteloso y me dejara hacer.

—¿Fueron dos hombres, tú los viste?

—No. Un día ella me dijo que se iba a largar porque dos hombres la buscaban.

—¿Te contó quiénes eran?

—No.

—¿Y por qué la perseguían?

—No. Estaba muy asustada, la pobrecita.

—¿Por qué no le dijiste eso a la policía?

—Ella me advirtió: cállate la boca o también irán a por ti. Pero ahora ya me da igual, porque han quemado su cuerpo y no queda nada de ella.

—¿Te contó algo más?

—Tenía mucho miedo. Y al final, la pobre está en el Paraíso, dijo que la llevarían al Paraíso. Y en el Paraíso sólo entran los perros y la gente como ella y como yo, o sea que allí estará, esperándome hasta que me muera.

Me encontraba emocionada por el dramatismo de sus sencillas palabras. Tragué saliva para preguntarle:

—¿Y cómo es la gente como vosotras, Lolita?

—Gente que no nos quiere nadie y que nosotros tampoco queremos a nadie.

—Pero tú tienes a los perros.

—A los perros, sí. Y tenía a Eulalia, pero ahora ya no.

—¿Te dijo cómo eran esos dos hombres: jóvenes, viejos, fuertes, con aspecto de trabajadores o de gente de mal vivir?

—No me dijo nada de eso, sólo dos hombres.

—¿Te dijo si eran los mismos que había visto cargando con el cuerpo del santo del convento?

—No, no me dijo nada de eso, sólo dos hombres.

No tenía tantas dificultades de comunicación como nos habían advertido. Yo la había entendido perfectamente. Mientras me miraba como una niña desvalida, con el labio superior manchado por la espuma del capuchino, me pregunté si sería necesario brindarle protección policial. Alguien podía habernos seguido, estar viéndola con nosotros en aquellos mismos momentos. Miré alrededor en un reflejo poco meditado. Ninguno de los clientes me pareció sospechoso. Era difícil tomar aquella decisión: ponerle un agente de custodia significaba señalarla con el dedo. Si estaban vigilándola pensarían que podría habernos facilitado algún dato comprometedor. Mantenerla encerrada en el albergue se me antojaba casi imposible. Suspiré con preocupación.

—¿Sabes qué deberías hacer, Lolita? No salir demasiado del albergue estos días. O a lo mejor nosotros podríamos ponerte en un hotel hasta que encontremos a esos dos hombres. Incluso te diré que, hasta que los pesquemos, sería mejor que no fueras a pasear a los perros.

Su sonrisa tétrica volvió a aflorar.

—Yo siempre voy adonde quiero y hago lo que quiero porque nunca tengo miedo. Y ahora tampoco tengo miedo. Voy a hacer las cosas como cada día, y a los perros no pienso dejarlos tirados.

Aquella mujer no tenía el cerebro dañado, de eso podía dar fe. Probablemente la determinación con la que hablaba demostraba hasta qué punto le funcionaba bien, quizá mejor que a muchos de sus conciudadanos, integrados y aparentemente felices. Saqué cincuenta euros de mi cartera.

—Toma, Lolita, ¿puedes hacerme un favor?, cómprales algo a los perros de la protectora. Pienso, o galletas... ¡yo qué sé!, cualquier cosa que tú sepas que les puede gustar. Así empiezo ya a hacer algo por ellos.

—Les compraré unas barritas de chuchería que les gustan mucho. Con este dinero tengo para un montón de días.

Se metió el billete en el bolsillo, con una mano que agitaba siempre un ligero temblor. La vi marchar, encorvada y huesuda, con su pelo amarillo como última señal consciente de identidad. Noté una opresión dolorosa en el pecho. A mi lado, Garzón preguntó:

—¿Cree que de verdad les comprará algo a los perros?

—Seguro que sí; y si no, me da igual.

—¡Usted y su dichosa piedad por los débiles!

—El que no sienta piedad es un monstruo, Garzón, o tan imbécil que no merece vivir.

—¡Toma!, mucha piedad, pero los gilipollas al paredón.

—Como debe ser. Y ahora invíteme a una copa, que me ha quedado mal cuerpo.

Regresamos al interior de la cafetería y pedí un dedito de whisky. Lo apuré de un solo trago. El calor artificial hizo su efecto benefactor. Garzón pensó en voz alta.

—Dos hombres, dos hombres que la perseguían.

—¿Qué le parece?

—No sé el crédito que se le puede dar a una mujer que dice al mismo tiempo que se irá directa al paraíso. Sobre todo considerando que no era religiosa.

—Los dos tipos que se llevaron al beato fueron a por ella y la mataron. Era la única que los vio.

—Dos tipos.

—Sí, dos asesinos en serie, según la versión que le gustaría a la oficialidad.

—Quizá dos gemelos: «Los gemelos paranoicos».

—Es como el nombre de un grupo musical.

—Sí, podemos ofrecerle la idea a Villamagna, seguro que a los periodistas les encantará.

Me eché a reír. Para el humor no hay nada sagrado, y por eso resulta la medicina ideal contra todos los males.

—¡Andando, Fermín! Quiero que volvamos a interrogar a todos los vecinos que vieron a Eulalia cerca de la calle Escornalbou.

—¿Por qué iría esa pobre mujer a la calle Escornalbou y no se movió de allí?

—Es una buena pregunta. Y me apuesto una cena a que le encontramos contestación.

—Apueste cincuenta euros, que los ha perdido ya.

—¡Parece mentira lo gurrumino que es usted!

—¿Gurrumino, gurrumino yo? No soy malgastador, que es bien distinto. Porque darle cincuenta euros a una sin techo para que les compre golosinas a unos perros de perrera es como tirarlos por la ventana.

—¿Sabe lo que le digo, Fermín? Cuando después de muertos lleguemos al Paraíso del que hablaba Eulalia, ¿sabe lo que encontraremos allí?

—Ni puta idea.

—Pues nos encontraremos con que Dios, sentado en su trono, es un *homeless* total: túnica raída, pelos enmarañados, sandalias que necesitan una reparación... y a su alrededor ¿sabe qué tendrá?

—No se me representa.

—Perros, un montón de perros: mestizos, de raza, grandes, pequeños, feos, guapos, peludos, atigrados... perros a mansalva. Y justamente ese Dios será quien nos juzgue y decida quién entra en su reino.

—Entonces seguro que a usted le adjudicará la *suite* nupcial.

—Y a usted lo mandará al cuarto de los trastos.

—¡Vaya, ya me tocó! Eso me pasa por hablar.

—Por hablar demasiado, querrá decir.

Marcos me invitó al mejor restaurante de la ciudad, eso dijo, para celebrar que los planos del hotel habían sido aceptados por fin. Estaba contento, y yo también. Comimos una deliciosa *crêpe* con tres tipos de setas y un pescado al horno elaborado con toda sabiduría. Yo me había arreglado primorosamente y me sentía casi guapa, y a él le relucían los ojos bordeados de pestañas espesas y largas como un telón teatral. Tuve conciencia por un momento de que formábamos una pareja madura bastante atractiva, y al mismo tiempo reflexioné sobre lo lejos que estábamos de ser un matrimonio tradicional. Estaba segura de que era yo quien no coincidía con las estructuras más usuales, probablemente debido a mi trabajo. A la manera de ser y *modus vivendi* de mi marido le hubiera correspondido otro tipo de mujer, una mujer con una actividad más enclavada en el eje social. Pensaba en una abogada de prestigio, una profesora de universidad o una pintora. Aunque en realidad, cualquier profesión le hubiera ido bien a Marcos. El problema se planteaba cuando el enunciado era al revés: ¿qué profesión es la ideal para el cónyuge de un hombre o mujer policía? A mi entender, ninguna, absolutamente ninguna quedaba bien. Entre mis compañeros varones abundaban las esposas que eran parvulistas, trabajaban en bancos o regentaban un comercio. Sin embargo, los maridos de las inspectoras pertenecían casi siempre al entorno policial: forenses, jueces de instrucción, funcionarios de prisiones... si no eran directamente del Cuerpo. A mí, la posibilidad de casarme con un colega me había puesto siempre los pelos de punta. No podía concebir una sobremesa con un tipo que te habla de las neuras de su comisario o, mucho peor, te comenta las incidencias del caso que tiene encomendado. Por eso y por otras muchas cosas allí estábamos Marcos y yo, unidos por la ley, pero separados por los tan diferentes universos de nuestros trabajos. Él parecía llevarlo bien, pero yo no podía quitarme de la mente la sensación de ser una rareza en su vida. Quizá por eso nunca le contaba nada de las investigaciones, aun arriesgándome a que tomara mi hermetismo como una falta de confianza en su discreción.

—¿En qué estás pensando? —me preguntó de pronto.

—No sé, se me había ido el santo al cielo.

—¿El caso del monje?

—¡No! —exclamé riendo—. Estoy tan harta de ese caso que me fuerzo a no pensar en él. Pensaba en Garzón —mentí.

—Si no le conociera a fondo estaría celoso. Pasas más tiempo con él que conmigo.

—Le ha cambiado un poco el carácter.

—¿Para bien o para mal?

—Para bien, supongo. Desde que está enamorado no le afectan tanto los reveses del servicio. No creo que eso incida negativamente en la calidad de lo que hace; pero produce el efecto de que le apasiona menos trabajar.

—Siempre he pensado que el amor es menos versátil en el hombre que en la mujer. Las mujeres podéis amar muchas cosas, y cada una de un modo diferente. Sois capaces de amar el trabajo, a los niños, a los animales, a la pareja... Los hombres es como si tuviéramos una cantidad limitada de amor, y todo del mismo tipo. Por eso lo que pones aquí lo quitas irremediablemente de allá.

—Pues no me hace maldita gracia oír eso.

—¿Por qué?

—Porque tú amas muchísimo tu trabajo, de lo cual se infiere que a mí...

—¡Alto ahí! Tú eres lo primero, lo único, lo más importante. El trabajo era antes básico para mí, y ahora lo contemplo como un medio de subsistencia, muy grato, sí, pero prescindible si tuviera que hacer una elección. Es más, a veces he llegado a pensar que trabajo para no entorpecerte mientras lo haces tú, como una especie de entretenimiento mientras no estás en casa.

—¡Basta, basta!, porque de verdad no sé si me estás tomando el pelo.

—Debes ser la única mujer del mundo que rechaza las declaraciones amorosas.

—Soy pudorosa, ya me conoces.

Me llenó la copa de un excelente cava y me propuso brindar.

—Por el pudor, el amor y el trabajo.

—Y por la Policía Nacional —añadí en tono de broma.

—Oye, Petra, poniéndonos menos teóricos. Se me ha olvidado decirte que el próximo fin de semana viene de Londres mi hijo mayor.

—¿Viene Federico?

—Tiene una semana de vacaciones y quiere pasar un par de días con nosotros.

—Bien, así lo conoceré mejor. Nunca nos hemos visto de modo tranquilo.

—Ya sabes que tiene un humor un tanto especial.

—Me gustan los irónicos, no te preocupes. ¿Se lleva bien con sus hermanos?

—Se quieren mucho. A los gemelos les toma el pelo sin compasión, pero ellos se defienden. Y en cuanto a

Marina... bueno, la diferencia de edad ha propiciado que se adoren mutuamente.

—¿Hay que hacer algo extraordinario?

—No, nada, el sábado saldremos a cenar.

En realidad, no me pareció una noticia baladí. Ahora que había logrado un equilibrio convivencial con los tres pequeños, llegaba el enigmático mayor. En fin, la vida de mujer casada con un padre reincidente se veía jalonada de dificultades que era necesario sortear. Veríamos cómo se me daba un chaval de diecinueve.

Aquella comida de celebración había sido maravillosa, pero en cuanto empezó la tarde de trabajo la maldije mil veces. Y no porque algo me hubiera sentado mal, sino por el contraste tan hiriente que supuso volver a la realidad del caso. Garzón, que había comido un menú en La Jarra de Oro, no se veía obligado a adecuar su mente a lo cutre, como me pasaba a mí. No le había informado de que mi mediodía sería especial; de modo que me miró con cara de aburrimiento latente y dijo:

—Inspectora, ya tengo la lista de los tíos con los que hablaron los compañeros en la calle Escornalbou. Cuando quiera nos largamos para allá.

Aquel somero informe fue un trallazo inmisericorde para mi sensibilidad, adormecida por los placeres de la mesa y la conversación amorosa. Como una artista interrumpida en pleno acto creativo, dejé caer las palabras con indolencia trágica.

—Bien, Fermín. Vaya a buscar usted el coche, por favor.

Ahora sabía qué sentía Beethoven cuando, liado con la *Heroica*, su asistenta le preguntaba qué quería para cenar.

10

En la calle Escornalbou empezamos a visitar las casas que figuraban en nuestra relación. Como ya habían sido interrogados con anterioridad, la reacción de los vecinos era normalmente de cierta impaciencia, bordeando en algunos casos la exasperación. Lejos quedaban los tiempos en los que a la gente le gustaba cooperar con la policía o ser entrevistado en la calle por un encuestador profesional. Desconfianza o desinterés, eso era lo que encontrábamos la mayor parte de las veces. Intentábamos llegar a una mayor profundidad de la que había alcanzado el operativo, pero por más que nos demorábamos, las conclusiones eran parcas. Sí, muchos vieron a la mujer merodeando por el barrio, pero eso era todo, ¿qué más podían añadir?

Acabamos con el cometido que nos habíamos fijado para la jornada, aproximadamente la mitad de las referencias testimoniales con las que contábamos, sin obtener el más mínimo resultado. La fe del subinspector se tambaleó.

—Oiga, Petra, ¿de verdad cree que esta revisión nos conducirá a alguna parte?

—Debemos completarla. Ya que no tenemos ideas, debemos confiar en la tenacidad. Así es como triunfa la gente que carece de talentos especiales.

—Pero aun reconociendo que somos torpones, estos testigos tan circunstanciales no nos están aportando nada.

—Basta de saltos en el vacío, Garzón, seamos protocolarios por una vez. A lo mejor así Dios nos lo premia. Dios es amante del orden.

—Hablando de Dios, ¿a qué hora tenemos la reunión con los eclesiásticos?

—Ya mismo, ponga rumbo al convento.

—Pero, inspectora, yo he comido poquísimo. Llevo el día entero con una birria de menú.

—Ya comeremos después de la reunión.

—¿Es que Dios también premia pasar hambre?

—¡No lo sabe usted bien! De hecho es la segunda cosa que más premia. Adivine cuál es la primera.

—Me lo imagino; y con esas premisas, estoy casi deseando que Dios me castigue, la verdad.

Domitila y Magí habían estado trabajando duramente. Los encontramos en la biblioteca, enfrascados en sus deliberaciones y sus documentos. Formaban una imagen casi pictórica. Lamentablemente él iba vestido de calle, habiendo dejado su hábito en la abadía. De no ser así, hubiéramos podido estar perfectamente ante una imagen medieval. Una monja y un fraile, rodeados de legajos y libros, con los ojos fijos en su labor intelectual.

Nos recibieron con noticias en principio alentadoras. Al parecer, habían llegado a una especie de conclusión provisional. El hermano Magí se erigió en portavoz con enorme entusiasmo.

—Nuestro trabajo ha partido de una base teórica. Cuando ustedes nos encomendaron esta tarea, la hermana y yo barajamos la hipótesis de una venganza tal y como se nos sugirió. Y bien, hemos buscado en todos los documentos que sobre la Semana Trágica existen en el convento, hasta concluir que las corazonianas, si bien sufrieron sacrilegio en la capilla, no pidieron que se tomara ninguna represalia sobre los asaltantes. No hubo testimonios acusadores de la superiora de la época, y tampoco denuncias a escala institucional. Entonces nos planteamos la siguiente pregunta como escenario de investigación. Una venganza histórica tiene que haberse llevado a cabo, de modo simbólico, sobre algo institucional. El motivo de este primer punto es obvio: ningún individuo de carne y hueso puede haber permanecido vivo desde las fechas de la Semana Trágica. Bien, si en principio descartamos la orden de las corazonianas como objetivo del vengador, ¿qué otra institución puede quedar en pie desde aquellos tiempos?

La hermana Domitila lo interrumpió en ese momento, y con voz ligeramente angustiada, rogó:

—Hermano Magí, le ruego que sea muy cauto con lo que dice. Sería necesario subrayar con claridad que hablamos de hipótesis, de posibilidades quizá remotas.

El monje puso cara de contrariedad y pareció contar hasta tres para templar su paciencia y responder.

—Continúe informando usted a los inspectores, hermana.

—No, no; es mejor que siga usted. Al fin y al cabo, de usted han partido las ideas definitivas.

—En absoluto, hermana; sus consideraciones han sido básicas para comprender que...

Alarmada porque volviera a plantearse una guerra intestina entre intelectuales, dictaminé:

—Prosiga, hermano Magí. Estamos seguros de que los dos han contribuido a llegar al meollo de la cuestión. Pero ya que estaba usted en ello...

Con visible satisfacción el fraile dijo:

—Pues bien, como decía, sólo hay algo cuya nominalidad haya pervivido durante los años: la familia Piñol i Riudepera en su calidad institucional de donante y protectora del convento.

Garzón y yo formamos un mismo cuerpo en la sorpresa.

—¿Cómo dice? —fue la pregunta que salió sin freno de mi alma.

—Sólo los Piñol i Riudepera han ido sucediéndose en las generaciones, y nunca, en ninguna época, han abandonado sus donaciones anuales a la comunidad corazoniana. Por lo tanto, como base, nos parecía lícito investigar en los anales del convento para ver si algo había sucedido en la Semana Trágica con la mencionada familia.

—¿Y qué han encontrado? —soltó a bocajarro Garzón sin poder contenerse ni un segundo más.

—Hemos encontrado algo sorprendente. Don Luis Piñol i Riudepera sí se distinguió en los días posteriores al conflicto por una actitud de beligerancia contra los profanadores de la iglesia del convento. Es más, parece ser que ordenó incluso persecuciones privadas para que fueran prendidos los culpables.

—¡Carajo! —exclamó el subinspector como si aquello le escandalizara hasta lo más profundo del tuétano.

Mi pregunta se centró en el dato central.

—¿Han encontrado ustedes el nombre de las personas que fueron represaliadas?

—No en los legajos consultados hasta el momento; pero queremos abordar el tema desde diferente documentación, para lo cual necesitamos más tiempo.

—Hay algo que no entiendo, hermano Magí —objeté—. Si descartamos a una persona individual porque no puede estar viva y tenemos que pensar en instituciones o descendientes como objetivo de una venganza, ¿quién sería el vengador?

—Estaríamos en lo mismo, inspectora, los descendientes de los represaliados o alguna institución.

—Es muy fácil ascender o descender en los árboles genealógicos de las familias influyentes, pero ¿usted cree que el pueblo llano tiene tan claro lo que les pasa a sus bis o tatarabuelos? ¿Y una institución, qué tipo de institución se erige como vengadora utilizando algo tan extremo como un asesinato.

La hermana Domitila, que se veía profundamente turbada por el cariz que estaban tomando las cosas, intervino por fin.

—El hermano Magí piensa que quizá en la actualidad, con la recuperación de la memoria histórica y todos los grupos que se han creado para desenterrar muertos de la guerra y... en fin, que puede haberse creado alguna sociedad clandestina dispuesta a actuar y hacer publicidad de las injusticias del pasado.

—Pero como para llegar al asesinato...

—Como ustedes mismos apuntaron, el asesinato pudo ser casual. Ellos sólo pensaban en robar la momia e ir haciendo un juego con la policía a partir de su posterior desmembramiento. Lo que ocurre es que el hermano Cristóbal apareció en mal momento y... le golpearon con demasiada fuerza.

Di un suspiro que contenía cierta decepción y no poca desconfianza.

—¡Sociedades clandestinas...! No sé qué pensar, hermana.

—Llámelo como quiera. Puede tratarse de un puñado de exaltados, de algunos miembros escindidos de algunos de los grupos de recuperación de la memoria histórica que existen ya. Y tampoco podemos descartar a un descendiente directo de un obrero represaliado. Ese tipo de cosas tan terribles suelen transmitirse por vía oral de generación en generación. Y, de repente, algún individuo puede reaccionar de manera insólita e irracional con las informaciones que ha recibido.

—¿Un loco?

—Un loco con motivaciones, o que se basa en esos falsos motivos para vehicular su locura.

Garzón permanecía en silencio, quieto como un gato al acecho. En vano lo miré varias veces para que emitiera alguna opinión, parecía hechizado por las palabras de los monjes. Al comprobar que nuestra reacción no era entusiasta, el hermano Magí dijo con humildad:

—Ustedes nos pidieron que elaboráramos una posibilidad de explicación partiendo de las fuentes históricas y eso es lo que hemos intentado hacer. De ahí a que realmente las cosas hayan ocurrido como nosotros aventuramos puede haber una distancia infinita.

En ese momento la hermana Domitila dio rienda suelta a su malestar.

—Además, sería preferible que no encontraran ustedes ninguna vinculación real con lo que decimos porque, ¿se imaginan el escándalo? Uno de nuestros mayores protectores, una familia con tanto abolengo, y ahora salta a la luz pública lo que pudieron hacer mal sus antepasados. Sería algo terrible, demoledor.

—Sí, supongo que la madre Guillermina no estaría muy contenta.

—Está desolada, y ha dicho que quiere hablar sin falta con ustedes antes de que abandonen el convento.

—¿Pero usted ya le ha contado...?

—Inspectora, mi primer voto de obediencia es hacia la superiora de mi orden.

—Eso sería muy discutible. Su prioridad absoluta debe ser hacia las leyes de este país.

La monja me miraba con cierto fuego incendiario en los ojos. El ecuánime hermano Magí intervino para limar aquella imprevista aspereza.

—Inspectora, en cualquier caso la madre priora no hará nada antes de haber cambiado impresiones con usted.

—Eso espero.

La reunión acabó de aquel modo abrupto y tenso. Mientras nos conducían hacia el despacho de la superiora, yo estaba cada vez más enfadada. Realmente, el interior de un convento era un territorio donde la autoridad de la policía estaba claramente menguada. No podíamos circular a nuestro antojo, ni conservar un secreto ni improvisar un interrogatorio o cualquier otro movimiento de la investigación. Era como si entre aquellas paredes no existieran las mismas leyes que afectan al resto de los ciudadanos.

Para colmo, la superiora estaba de tan mal talante como cuando la conocí. Apareció en su despacho cuando Garzón y yo ya llevábamos un rato esperándola. Saludó someramente y se me encaró.

—Inspectora, sepa que no voy a tolerar en ningún caso, en ninguno, que se lance barro públicamente sobre el nombre de los Piñol i Riudepera. No sé cómo se le ha ocurrido ir desenterrando trapos sucios de hace más de cien años para averiguar quién mató al hermano Cristóbal; pero quiero que sepa que a mí me parece una soberana insensatez. Si son ésas todas las ideas que la policía española puede aportar, estamos bien apañados los habitantes de este país.

Ante semejante andanada me levanté del asiento como si hubiera recibido una descarga eléctrica. Elevé la voz.

—Me alegra mucho que mencione a los habitantes de este país; y me alegra porque así puedo recordarle que también ustedes las monjas pertenecen a esa categoría. Esto es una investigación criminal y, por lo tanto, se seguirán todas las vías de indagación que se consideren necesarias, sean o no convenientes para la economía de las corazonianas.

—¿Cómo se atreve a insinuar que sólo me importa perder la aportación de la familia Piñol i Riudepera? Ha de saber que lo único que me mueve es que se preserve su buen nombre y su honor. De modo que si usted se atreve a importunarlos o a dar su nombre a los periodistas yo...

La interrumpí, loca de rabia.

—Usted no hará nada, reverenda madre, y no lo hará

porque fuera de este convento carece de la más mínima autoridad.

Garzón, que siempre se había mostrado pasivo en presencia de la priora, se puso de repente en pie.

—¡Señoras, por favor, un poco de calma!

—¡Yo no soy una señora, soy una monja!

—¡Yo tampoco soy una señora, soy una policía!

—Les suplico que se tranquilicen. Esto no nos lleva a ninguna parte. Madre priora, ¿por qué no ordena que nos traigan un té?

Aquella propuesta tuvo la virtud de desconcertarnos a ambas contendientes. La superiora, incapaz de negar su hospitalidad, se sentó de nuevo y pulsó un timbre interior. Yo me senté también. Luego la oímos decir al interfono:

—Hermana, traiga un té para tres personas, por favor.

Ante mi sorpresa, Garzón precisó:

—Y quizá unas pastitas para picar.

Quedamos en un silencio incómodo, preñado de reproches, incluso ante nosotras mismas por la impulsividad demostrada. Luego entró la espantosa hermana portera y dejó el servicio de té sobre la mesa. En cuanto dio la espalda, Garzón se abalanzó sobre las pastas. Perdoné su gula porque sabía que estaba muerto de hambre y porque su mediación había sido lo más razonable ante aquel mutuo encrespamiento. El primer sorbo de té caliente acabó de templar mis nervios.

—Madre Guillermina, todo esto no se está haciendo de modo frívolo ni por capricho. De todas maneras, le doy mi palabra de que no pasaremos ningún dato a la prensa hasta que las cosas estén suficientemente contrastadas. El asunto se llevará con la máxima discreción. Sin embargo, no tenemos más remedio que visitar al señor Piñol; si usted quiere llamarlo y ponerlo en antecedentes, me parecerá bien.

—De acuerdo, inspectora, se hará como usted dice.

Enterrada el hacha de guerra sin que hubiera habido daños irreversibles, el subinspector comentó lo deliciosas que estaban las pastas, agasajo que le vino al pelo para comer unas cuantas más.

Había quedado con Marcos para tomar una cerveza cuando saliera de trabajar. Lo encontré fascinado tras haber visto a Villamagna y Beltrán por la televisión. Me dejó anonadada comprobarlo, pero era así. Las explicaciones que había dado el psiquiatra sobre los seres solitarios que buscan en la religión un acomodo mental y que dicen haber sido llamados a delinquir por imperativo divino, le parecieron interesantes y divulgativas en grado sumo.

—¿Y Villamagna qué decía?

—Acompañaba al experto en la rueda de prensa, lo presentaba, daba entrada a los periodistas que querían preguntar... tiene mucha soltura.

—¿Una rueda de prensa?

—Sí, yo lo he visto un momento en televisión mientras comía, pero doy por supuesto que irá apareciendo en otros medios de comunicación.

—¡Todo esto es demencial! ¿Por qué no cobran entrada en beneficio de los huérfanos de la poli?

—Pues te aseguro que lo que decían era interesante.

—Me lo imagino; de todos modos, te recuerdo que, teóricamente, esa información trata sobre el devenir de una investigación, no es un programa de divulgación psicológica.

Ver a mi propio marido comportándose como un ciudadano normal y corriente en cuanto a la labor policial me puso de mal humor. Aunque quizá no era mala cosa que sucediera así, con él tendría una pista fiable de cómo reaccionaba la gente. Me di un masaje en las sienes. Él se quedó callado.

—Perdona, soy muy torpe —dijo por fin—. Tú acabas hasta las narices de un caso que te mantiene todo el día trabajando como una negra y a mí no se me ocurre nada más que comentarte lo que he visto de él en televisión.

—No, al contrario. Me ha venido bien saberlo.

Nos miramos a los ojos. Marcos elevó su copa.

—Salud. ¿Hablamos de otra cosa?

—Sí. ¿Has visto a Marina hoy?

—La he recogido del colegio y hemos merendado en una cafetería, luego la llevé a casa de su madre. Por cierto, está determinada a convertirse en policía contra viento y marea. Me ha pedido que no te lo cuente a ti. Ella no piensa confesárselo a su madre ni a sus hermanos.

—No te preocupes, ya se le pasará.

—Y si no se le pasa da lo mismo. Tendré a dos mujeres que velarán por mi seguridad.

Sonreí con cansancio. Marcos me tomó una mano, se inclinó hacia mí.

—Petra, ¿tú estás bien? Quiero decir, aparte de todas las complicaciones del caso, ¿eres feliz, estás tranquila, crees que ha sido un buen negocio casarte conmigo?

Me reí en tono bajo.

—No lo dudes. Pero si hasta este caso me parece providencial.

—¡¿Por qué?!

—Porque está siendo tan duro que me ha servido para comprobar hasta qué punto puedo confiar en tu apoyo.

Se mostró muy turbado, no tenía el hábito de oírme decir palabras de aprecio. En esos momentos, aunque me sentía desanimada y llena de una inmovilizante lasitud, deseé llegar a saber cómo animarlo a él cuando se presentara la ocasión. Aunque quizá no se presentara nunca, había encontrado un puerto firme en el que amarrar mi barca cada vez que hubiera mala mar.

Al día siguiente, yendo hacia Escornalbou con el subinspector, le comenté la rueda de prensa de Beltrán.

—Sí, me contó Beatriz que la había oído por la radio. Dice que fue muy instructiva.

—Lo mismo opinó mi marido. ¡Qué desastre!, ¿no?

—Eso es justo lo que usted quería. La opinión pública está distraída y no crece la presión social. Jugada perfecta.

—Ya veremos hasta cuándo dura. ¿Cuántas casas nos quedan por visitar?

—Tres. Tres vecinos más que vieron merodeando a Eulalia.

—Son injustos los verbos: los soldados marchan, los niños corretean, los viejos renquean y los mendigos... merodean. Podríamos brindarle la nota lingüística a Villamagna por si quiere añadirle un capítulo cultural al culebrón mediático.

—Inspectora. No se desanime, por favor.

Era un hecho que todo el mundo pretendía apuntalar mi ánimo en aquellos momentos de fracaso profesional. Eso me pareció maravilloso, si bien mi frustración continuaba brillando con toda luminosidad.

En la segunda casa que visitamos, el testimonio fue tan pobre como en las demás. Nadie añadía un dato ni un pequeño matiz a lo que había recordado la primera vez. Se trataba de una pareja de hermanas que vivían solas, estaban ya en sus setenta, y se limitaron a contar lo que ya sabíamos. Sin embargo, cuando nos disponíamos a salir con el rabo entre piernas, una de ellas lanzó al aire el típico lamento políticamente correcto que la gente sencilla suele proferir.

—¡Es increíble, haber matado a una pobre mujer indefensa, a una infeliz!

—Y los que pudieron haberlo evitado se quedan tan frescos —dijo la otra sin más explicación.

Di media vuelta sobre mí misma y me encaré con las dos señoras.

—¿Puede decirme qué significa eso? —pregunté, convencida de que la frase encerraba una reprobación contra la labor policial.

—Bueno, pues ya lo saben ustedes —añadió en tono tranquilo y casual.

—No entiendo lo que insinúa.

—Pues lo que murmura todo el mundo en el barrio: que si el hermano de esa mujer le hubiera dado cobijo cuando se lo pidió, a lo mejor ahora estaba viva aún. Claro que nunca se sabe, pero...

Garzón se puso frente a ellas y haciendo gestos pausados con las manos las conminó a hablar.

—A ver, señoras, nosotros no tenemos noticia de ese hermano. ¿Quieren contárnoslo todo desde el principio, por favor? Que sea despacio y con la mayor información posible.

Regresamos al minúsculo salón cuyo exiguo espacio estaba casi por completo ocupado por una gran mesa de comedor. Nos sentamos a ella. Por cómo las hermanas se miraban entre sí y por el modo casi ilusionado con el que empezaron su relato, colegí que eran perfectamente conscientes de que nosotros nos encontrábamos en blanco.

—Eulalia tenía un hermano en el número 18. Todo el mundo lo sabe, inspectora.

—Bueno, lo saben al revés —rectificó la hermana.

—¿Cómo?

—Lo que sabía la gente es que Rogelio Hermosilla tenía una hermana que era *homeless* y vivía de la caridad del Estado.

—Pero siempre que ella había venido por aquí para pedirle ayuda, él la había enviado a hacer gárgaras, como decíamos en nuestros tiempos.

Ambas querían hablar, pero pronto comprobé que configuraban un armónico dúo acostumbrado a compartir conversación y cederse el uso de palabra.

—La verdad es que Rogelio no es mal hombre, pero está casado con una que es una víbora y no tiene sentimientos.

—Unos días antes de que la encontraran muerta,

Eulalia fue a pedirle al hermano que le diera cobijo y él la largó de malos modos.

—¿Y usted cómo lo sabe?

—Lo sabe todo el mundo porque pasó en el bar Bigotes, en plena terraza y al mediodía.

—Pero la gente no quiere decirle cosas a la policía para evitarse complicaciones.

—Nosotras, no. Nosotras pensamos que hay que colaborar como buenas ciudadanas.

—¿Y por qué no se lo dijeron a nuestros compañeros que vinieron por aquí?

—Sus compañeros sólo nos preguntaron si la habíamos visto. Además, entonces esa desgraciada aún no había aparecido muerta.

Mejor no profundizar en lo de la buena ciudadanía, pensé. En cualquier caso, teníamos un dato nuevo, y mi mirada triunfante a Garzón constituyó la única celebración de que mi estrategia de revisar aquellos testigos hubiera dado frutos. A toda velocidad y sin dirigirnos apenas la palabra, buscamos el número 18 con el corazón repleto de esperanza.

Primero dimos con el bar que las buenas ciudadanas habían mencionado. Por supuesto, el Bigotes contaba con todos los requisitos del auténtico establecimiento cutre de barriada: olor a aceite refrito en el ambiente y tonillo musical de máquina recreativa pugnando por hacerse oír frente a un horrísono televisor. Todo ello enaltecido por unos cuantos jamones amarillentos colgando sobre la barra.

El dueño escuchó nuestras preguntas en silencio religioso. Cuando hubo digerido toda la información que contenían, suspiró con tristeza.

—Sí, aquí pasó algo como lo que dicen ustedes y más o menos en esas fechas, pero... eran cosas de familia en las que yo no puedo entrar. La familia es sagrada.

—La familia es sagrada, pero nosotros estamos investigando un asesinato.

—Yo, si hubiera visto cualquier follón que no fuera de familia... pero asuntos privados...

Garzón, consciente de que no le sacaríamos de ahí, dijo por fin:

—Podemos averiguar ese dato en cuanto queramos, pero si usted nos confirma que esas personas viven en el número 18, nos ahorrará tiempo y mal humor.

—Eso sí que puedo hacerlo.

Subimos hasta el piso de los Hermosilla en animada conversación.

—¿Usted se da cuenta de cómo es este país, Fermín? Aquí todo es sagrado y pasa por delante de la ley: el buen nombre y el honor, el orden interno de un convento, la familia... ¿Qué concepto tenemos los españoles sobre la policía? ¿Qué es lo que cree la gente, que nuestras investigaciones se llevan a cabo sólo por joder al personal? Tal parece que fuéramos un adorno, un lujo superfluo.

—Ya se sabe, inspectora, que aquí nadie piensa que sirvamos realmente para nada. Hace ya unos cuantos años me dijo un vecino: «Y los objetos robados o drogas incautados en alguna acción que enseñan ustedes por la tele, ¿son de verdad o es más bien para demostrar que se ha hecho algo?». ¡Claro, imagínese el cabreo que me pesqué!

Absorbidos por el fragor dialéctico, casi nos sorprendió ver que una chica joven nos abría la puerta. Tanto ella como nosotros quedamos observándonos mutuamente y luego, sin habernos dirigido la palabra, ella prorrumpió en un estentóreo: «Mamaaaaaa» y desapareció. Al cabo de un instante una mujeruca de pelo crespo y bata sucia nos miraba con inquina.

—¿Qué quieren? —nos espetó de manera brutal.

—Hablar con el hermano de Eulalia Hermosilla. Somos policías —contesté intentando ser desagradable yo también.

—¡Vaya por Dios, la que me faltaba! Pues mi marido no está.

—¿Dónde podemos encontrarle?

—Está trabajando.

—¿Puede darnos la dirección de su lugar de trabajo?

—No, eso no puedo. En el trabajo no se les puede molestar, el trabajo es sagrado.

—En ese caso le esperaremos en el bar de abajo. Cuando llegue que venga a vernos o tendrá verdaderos problemas. ¿Puede darle ese recado?

—Oiga, mi marido no ha hecho nada. Nosotros somos trabajadores y...

—Dele ese recado o también tendrá problemas usted.

Sin tiempo para que reaccionara, enfilamos las escaleras en un descenso veloz. En el portal el subinspector dudó de mi sistema.

—¿De verdad le parece prudente esperarlo?

—Antes de una hora estará aquí. De acuerdo en que cualquier cosa es más importante que la policía, pero aún podemos meter un poco de miedo cuando la conciencia no está tranquila.

—¿Y usted cree que esta gente tan bruta tiene sentido de culpa?

—No haga tantas preguntas. Le invito a un whisky, ¿qué más puede pedir?

—Un bocadillito, si es que no le parece mal.

El bar Bigotes había invadido la acera con unas cuantas mesas de plástico rojo a modo de terraza. Nos sentamos allí. Al pedir nuestro whisky el dueño tuvo la desfachatez de preguntar:

—¿No lo han encontrado en casa?

—La policía no hace comentarios sobre asuntos de servicio. Los asuntos del servicio son sagrados —me di el gustazo de responder.

Garzón pidió un bocadillo de tortilla y nos dispusimos a ver el tiempo transcurrir; pero no habían pasado ni cinco minutos cuando la chica que nos había abierto la puerta de los Hermosilla se sentó a nuestra mesa sin saludar.

—Yo vi lo que pasó —nos soltó a bocajarro.

—De acuerdo, pues cuéntalo. ¿Sabe tu madre que has venido?

—Mi madre es una borde. Por mí se puede morir. Mi padre no es tan mal tío; pero da igual, los dos son unos cabrones.

Al menos estábamos frente a alguien para quien la familia no era sagrada, y estaba dispuesta a hablar.

—Vino mi tía Eulalia, que estaba loca pero era muy buena mujer. Le pidió a mi padre en este mismo bar donde estamos ahora que la dejara pasar unos días en casa, y mi padre le dijo que ni hablar, como siempre. No querían saber nada de ella porque vivía tirada en la calle. Entonces ella insistió: que dos hombres la perseguían, que la querían matar porque vio algo que no tenía que ver... Mi padre llegó un punto en que empezó a creerse lo que decía porque parecía que estaba en sus cabales ese día, más que otras veces. Pero la puta de mi madre dijo que antes metería ratas de cloaca en su casa que alojar a mi tía; ya ven cómo es.

—¿Qué más sucedió?

—Nada, se quedó por el barrio dos o tres días. Yo iba viendo dónde se metía. Un día en un cajero automático, otro en un portal... Le llevaba comida para que no se muriera como un perro. Se ve que esperaba que mis padres cambiaran de opinión, pero no. Un día ya dejé de verla.

—¿Te contó algo más?

—Nada, seguía con la historia de que la querían matar. ¡Me daba una lástima!, porque estaba muerta de miedo de verdad. Todo el rato repetía que no quería ir al Paraíso, que al Paraíso, no. Y ahora ya ve. Cuando nos enteramos por la tele de que había aparecido asesinada mi padre lloró mucho. Pero para lo que eso le sirve a mi tía...

—No reclamaron su cadáver.

—No. Mi madre decía que les harían pagar el entierro, la muy zorra. Y tampoco querían que les complicaran la vida los de la policía. No hicieron nada por ella.

Bajó la vista fiera que había mantenido durante todo su relato fija en nosotros. Añadió en un tono más bajo:

—Yo tampoco hice nada por ella. Ni vosotros.

—No supimos salvarla, es verdad —dije compungida y sinceramente.

—Nadie hace nada por nadie, ¿sabes?, siempre es así. Todo te lo tienes que currar tú y por eso si te piras de la cabeza y te da por beber estás jodido. Y mi pobre tía Eulalia se jodió. ¿Vais a encontrar a los que se la han cargado?

Garzón, que quizá por respeto al trágico testimonio había dejado de comer su bocadillo, tomó la voz cantante.

—Puedes dar por seguro que sí, chica. Encontraremos a esos hombres.

—Ahora va a venir mi padre. Ella lo ha llamado por teléfono en cuanto habéis salido de casa.

Me puse en pie, le hice una señal con la cabeza a mi compañero.

—Pues ya no estaremos aquí. Lo llamará el juez para que declare.

—Se preocupará.

—¿A ti te importa?

Se encogió de hombros, como poniéndose en sintonía con la indiferencia del mundo. Advertí que seguía mirándonos mientras nos alejábamos. ¿Qué pensaría de nosotros? Nada, probablemente, dos piedras más en su existencia de dureza. El subinspector iba protestando porque no le había dado tiempo a acabar su tentempié. No le respondí, un cansancio que englobaba todos los tejidos, todas las células se había extendido por mi cuerpo. Necesitaba dormir, o por lo menos desconectar un rato de aquel universo de asperezas.

Al poco de entrar en el recibidor de mi casa oí con nitidez a Marina hablando animadamente con alguien. Me pareció que había aterrizado en un mundo idílico y feliz, lejano en años luz a aquel que acababa de abandonar. ¿Dónde se asentaba en realidad mi vida, en el acento vulgar y el tono resentido de aquella joven que llamaba a su madre «puta», o en la voz nueva y limpia de una niña equilibrada y encantadora? No lo sabía, en aquel momento ambas posibilidades me parecieron distantes como islas de la Polinesia, lejanas a mí, imposibles de conciliar con mi «yo». ¿Cuál era mi lugar: mi trabajo, mi casa? ¿Era una policía que investigaba la muerte de dos seres humanos o una especie de embaucadora que mantenía a un psiquiatra haciendo comunicados falsos a la prensa mientras corría tras la pata incorrupta de una momia? ¿Era una esposa según las reglas comunes o me había casado por capricho con un hombre al que no veía jamás? No era una madre, pero ¿era al menos una madrastra aceptable a quien sus hijastros apreciaban, o me toleraban nada más? Una crisis de identidad mayor que la del Doctor Jekyll cinco minutos después de haber ingerido su primera pócima se instaló en mi conciencia como un trozo de plomo. Me quedé en la oscuridad del *hall*, simplemente oyendo la cantinela alegre de Marina, que me resultaba relajante como un riachuelo montañés. ¿Con quién hablaría, con su padre? Era pronto para que hubiera llegado. Abrí la puerta del salón y me quedé de piedra contemplando una escena singular. Marina le hablaba a un hombre tumbado sobre la alfombra, despatarrado, con los brazos en cruz y aparentemente inerte. Ni siquiera solté una exclamación, limitándome a intentar comprender algo. Entonces el hombre se levantó: era muy alto, de miembros largos y desgarbados, nariz aguileña y negro pelo lacio. Sonrió y ante mi total incredulidad dijo:

—Estábamos jugando a momias.

Marina, al ver que mi cara no evolucionaba hacia ninguna expresión de mínima inteligencia, me informó escandalizada.

—¡Pero Petra, es Federico! ¿No te dijo papá que iba a venir?

Sólo había visto a Federico el día de nuestra boda y ya hacía un año de eso. Hice un gesto de desolación.

—¡Pues claro que me lo ha dicho! Lo siento, Federico, pero ahí tirado en el suelo...

—No te preocupes, Petra. Es normal que te haya pasado, yo iba para actor y, claro, como estaba representando a una momia...

Me dio dos sonoros besos en las mejillas con un estilo desenfadado y jovial. Entonces reconocí sus ojos vivos, el pelo brillante, la media sonrisa que no abandonaba jamás. Era larguirucho y desgalichado, pero sin duda resultaría muy *sexy* a las chicas de su edad. Recordé sobre todo su tono divertido, sus continuas ganas de bromear. Miró a su hermana y la conminó.

—Pero bueno, ¿y tú qué haces aquí? Llega nuestra madrastra después de haber estado trabajando en un complicado caso policial y ni siquiera le traes las zapatillas ni le sirves un whisky. Esperaba más de ti, Marina; como hijastra dejas mucho que desear.

—Me bastará con un whisky, no te preocupes. Y además puedo servírmelo yo. ¿Quieres tomar tú algo?

—No, la asistenta nos ha dado de merendar a Marina y a mí.

—A Federico le ha hecho una tortilla de jamón —dijo la niña.

—Y yo me la he zampado llorando de felicidad. Tú sabes cómo se come en Londres, ¿verdad, Petra? Da igual que te cocinen cualquier especialidad: *pudding*, empanada de carne, *porridge*... todo sabe a rayos.

—Jacinta también le ha puesto pan con tomate.

—¡Ah, el pan con tomate es un gran invento catalán; incluso mejor que la pólvora de los chinos!

Marina se reía como una loca con las ocurrencias de su hermano mayor. Nunca la había visto regocijarse de un modo tan abierto, parecía adorarlo. Cuando los tres nos acomodamos, yo provista con mi whisky, se sentó entre sus piernas y puso la barbilla sobre una de sus huesudas rodillas.

—Tienes que contárnoslo todo, Federico —lo incité a hablar para ver si lograba ponerme en forma mientras tanto—. ¿Has estado con tu padre hoy?

—Hemos comido juntos. Como ves, parece que haya venido a Barcelona sólo para comer y en cierto modo...

—¿Qué tal en Londres, cómo van tus estudios?

—No me puedo quejar. Aprendo cosas y voy aprobando. No soy el orgullo de la familia, pero tampoco la vergüenza.

Debía parecerse físicamente a su madre, porque desde luego no me recordaba en absoluto a Marcos. Sentí una enorme curiosidad hacia él, al tiempo que me daba cuenta de hasta qué punto resultaba difícil encontrar un punto común desde el que entenderse. Ya no era un niño.

—¿Qué tal el caso de la momia?

—¡Bueno, eso es ir directo al grano! Veo que ya te han informado de mis cometidos profesionales.

—¡Pero qué dices, Petra!, no ha hecho falta venir para enterarme. Los periódicos ingleses van publicando novedades sobre el caso.

—¡No lo dices en serio!

—¡Sí!; le llaman así, el caso de la momia. ¿Cómo no quieres que estén encantados? Por lo que cuentan es de lo más *typical Spanish*: fanáticos religiosos, santos incorruptos, tumbas profanadas... un filón.

Debía de haberlo pensado. A las ruedas de prensa acuden agencias de noticias que cuentan con clientes internacionales. Era evidente que aquello se nos había escapado de las manos. Pero lo que más me fastidiaba no era el alimento que el caso proporcionaba a la leyenda negra de nuestro país, sino que la fama le llegara a la policía española justo en un caso que éramos incapaces de resolver.

—No te creas que me hace mucha gracia que todo el mundo esté pendiente de nosotros.

—Me lo imagino; debe de ser mucha responsabilidad. ¿Y cómo lo lleváis?

—Mal, los pasos que damos son inseguros y lentos.

—Pero tú lo descubrirás todo, Petra, ya verás —intervino Marina, llena de fe.

—Yo no trabajo sola, hay un equipo grande conmigo. Y está el subinspector, no te olvides.

—Pues claro, ya me acordaba de él.

Federico me miró con ojos irónicos.

—Ésa es la versión políticamente correcta, ahora dime lo que piensas de verdad.

—¿En serio quieres saberlo? De acuerdo, te lo diré. Éste es el caso más odioso, enrevesado y ridículo en el que he trabajado jamás. Cada vez que pienso en esa momia y en su absurda pata cortada me dan ganas de encontrarla sólo para poder hacer picadillo con el resto del cuerpo.

Se echaron los dos a reír. Ni siquiera me atrevía a preguntarle a Federico qué comentarios incluían los periodistas ingleses en sus crónicas, mejor no saber demasiado. Sólo pedía al cielo que mis superiores no se enteraran de la difusión que habían alcanzado nuestras andanzas; los juzgaba capaces de organizar una rueda de prensa diaria con Beltrán y Villamagna. Además, era fácil colegir que si en Gran Bretaña se habían hecho eco de la momia, lo mismo sucedería con los diarios de cualquier otro país. Lejos de sentirme una *star*, noté en los hombros una losa de piedra que pesaba demasiado para mí. Quizá era el momento indicado para renunciar. Claro que si lo hacía, no sólo obraría en contra de mi proverbial testarudez profesional sino que traicionaría la confianza que Marina tenía depositada en mí. Curiosamente, aquel último condicionante era el que más me importaba. ¿Por qué: por cuestiones amorosas o tiernas consideraciones hacia la infancia? No, si lo analizaba en profundidad me daba cuenta de que un niño no admira en proporción a las virtudes de la persona admirada, sino que crea un mito de infinita magnitud, erige una estatua de oro puro, consagra a un dios. ¿Y hasta dónde cae ese ser fabuloso si algo lo derrumba? Probablemente hasta el subsuelo, hasta la más completa decepción, hasta fundirse con la nada. En cualquier caso, me costaba renunciar a ser una diosa sin fisuras ni debilidades para mi hijastra. Federico me miró con simpatía.

—Yo de ti, no me preocuparía demasiado por los periodistas. Lo que vosotros no les digáis, ellos se lo inventarán.

Le sonreí, y agradecí oír la puerta de la calle abrirse. Marcos había llegado en el momento oportuno, porque yo no sabía qué contestar. Venía con los gemelos, de modo que el ambiente de la casa se animó de improviso y no volvimos a hablar de momias ni de asesinos. Hubo bromas, gritos, saltos, y comprobé cómo Federico se convirtió en un niño más como por arte de magia. Tomaba el pelo a sus hermanos, hacía con ellos amagos de lucha libre... aquél era su rol en la familia, imaginé, mientras que conmigo se comportaba como el adulto que ya era en realidad.

Salimos a cenar a un restaurante, donde continuó el ambiente de fiesta. Me divirtió observar cómo todos adecuábamos nuestra personalidad al grupo, todos menos Marcos, que continuaba fiel a sí mismo con su calma habitual. No era mi caso. Yo, abrumada por los sinsabores de la investigación, demasiado acostumbrada a la soledad, sentí unos deseos locos de evadirme de mi propia piel, de convertirme en un miembro más de aquella familiastra, pero no como madre, sino como una especie de hermana mayor. Bebí cerveza, reí, dije tonterías y participé en las algo enloquecidas conversaciones de los chicos con la mayor naturalidad. Federico era un eslabón que propiciaba un acercamiento a los más pequeños dándome la oportunidad de huir de un papel demasiado formal. Marcos me miraba, divertido, quizá comprendiendo en aquel momento lo difícil que me resultaba normalmente oficiar de madre cuando no lo había sido jamás.

En la cama, aquella misma noche, me preguntó:

—¿Qué tal con Federico?

—Es genial. ¿Crees que le he caído bien?

—Estoy convencido.

—Resulta más fácil tratar con él que con los niños. Supongo que siempre sucede eso: te relajas con quien no espera nada de ti. ¿Piensas que soy una inmadura por pensar de esa manera?

—Quizá, no me he parado a pensarlo. Aunque a lo mejor la inmadurez consiste en esperar algo de los demás.

Me quedé pensativa.

—¿Yo espero algo de los demás?

—No lo sé. ¿Esperas tú algo de mí?

—¡Eso es trampa, no estábamos hablando de nosotros dos!

—Cuando los pensamientos tienen que ser diferentes al hablar de la pareja... mala señal.

—Marcos, ¿puedo pedirte un favor?

—Adelante.

—Olvídate de filosofías y durmamos de una vez.

Se echó a reír y me abrazó, como si todo fuera una broma; pero yo estaba un poco enfadada. No quería pensar en nada con seriedad aquella noche y lo que menos necesitaba era una voz exterior que me obligara a escarbar en mi mente. Por un rato había conseguido comportarme como una inconsciente, y no pensaba estropearlo ahora dando rienda suelta a una retahíla de preguntas y respuestas analíticas. Me dormí. En mis sueños tenía quince años y todo me divertía, sin más.

11

La visita a los Piñol i Riudepera no podía posponerse más. Si de verdad nuestros detectives eclesiásticos estaban avanzando en alguna dirección que valiera la pena, nosotros debíamos o descartar sus hipótesis o apuntalarlas. Naturalmente no me hacía maldita la gracia tener que acercarme a un notable catalán como aquél. Sobre todo porque imaginaba que a su alrededor habrían tejido una coraza del más resistente material. Por desgracia, no sólo no me equivoqué sino que mi intuición se vio superada por la realidad.

Garzón y yo nos personamos en las oficinas de los Piñol a media mañana. Estaban situadas cerca de Barcelona, en un polígono industrial de Montcada i Reixach. Nuestra calidad de policías nos abrió las puertas justo hasta llegar al propio nieto de don Heribert, que se llamaba Joan. Por descontado, estaba al tanto de las «dificultades», como él las denominó, de las corazonianas. Sin embargo, que pretendiéramos interrogar a su padre le parecía algo así como ciencia ficción.

—Eso es imposible —dijo como primera línea de diálogo.

—¿Podemos saber por qué?

—Porque mi padre está retirado, aquejado de algunos brotes de demencia senil. Tampoco creo que les sirviera de mucho hablar con él. No recuerda la mayor parte de las cosas y otras, las confunde.

—Dicen que los mayores con problemas de ese tipo suelen recordar bien el pasado remoto, aunque olviden lo que han cenado el día anterior. Si a usted le parece bien, insisto en charlar con su padre.

Tenía pinta de relamido ejecutivo licenciado en Económicas por una universidad privada y se notaba la profunda repulsión que le provocaba el hecho de que la pasma tuviera la más mínima relación con su familia.

—Todo eso está muy bien, inspectora; pero tendré que conocer al menos los motivos por los que es tan importante que hablen con él, ya que de momento le aseguro que no entiendo nada.

Soltarle a Piñol júnior las hipótesis completas de nuestros detectives aficionados me parecía en aquel momento como una especie de broma universal; así que las sinteticé, pero ni siquiera aquel procedimiento abreviado evitó que él soltara una carcajada taladradora, casi cruel. Procuré no inmutarme y proseguí con toda la calma de la que fui capaz.

—Quizá él guarda en la memoria algo que le haya contado su abuelo y que puede ser interesante para la investigación que llevamos entre manos.

Una mueca que quería ser irónica y era deforme se instaló en su boca de labios finos y pálidos.

—¿Y si le repito que no pueden verlo?

—Pediré una citación por vía judicial.

—Dudo mucho que le permitan entrevistarse con mi padre si la familia se opone por motivos de salud.

—En ese caso convocaré a los periodistas y les diré que Heribert Piñol i Riudepera se niega a declarar en el caso de la momia, sin más explicaciones. Puede estar bien seguro de que lo publicarán, andan faltos de novedades.

La cara del heredero de los Piñol se contrajo en un gesto de odio que no parecía adecuado para alguien que vestía tan bien como él. Atragantándose con sus propias palabras arremetió contra mí.

—Es usted una maldita....

Garzón lo interrumpió con voz de trueno.

—¡Tenga cuidado con lo que dice, está hablando con una inspectora de la Policía Nacional!; y le aseguro que dormir una noche en la trena es más fácil de lo que cree.

Congestionado, con los ojos lagrimeándole de rabia, se puso en pie, señalándonos la puerta.

—Lo consultaré con mi familia y esta tarde les diré algo. Y ahora, si no les importa, yo soy un hombre muy ocupado.

Dejé sobre su mesa una tarjeta con nuestro número telefónico y salimos sin despedirnos, pero antes de traspasar el umbral, Garzón le soltó de improviso:

—Le recomiendo que luche contra el estrés jugando al golf. Funciona muy bien.

El portazo que dio Joan Piñol a nuestras espaldas se oyó en todas las dependencias e hizo que la secretaria que nos acompañó hasta la salida lanzara sobre nosotros miradas de inquietud. En la calle, la reacción del subinspector no se hizo esperar.

—¡Valiente pedazo de capullo! Sólo tener que hablar con nosotros ya le parecía un deshonor. Como si eso de la poli no fuera con él.

—Si ya se lo digo yo, Fermín, éste es un país de privilegios. Aquí nadie se siente concernido por la ley, es como si sólo existiera para el populacho, para los siervos de la gleba.

—¡Bah, olvídelo!; será mejor que nos arreemos una cerveza para alejar las malas imágenes. Además, hay que ponerse en el lugar del otro, y reconozca que si a usted le vienen con la milonga de que en el año catapún sus antepasados tomaron represalias contra uno que había cometido sacrilegios con una momia... ¿Cómo reaccionaría usted?

—Fatal, me ciscaría mil veces en las peculiaridades historicorreligiosas de este puto país, pero no la tomaría con el mensajero.

—Vamos, que en lo único que ha fallado este tío es en ser un gilipollas y eso no puede remediarlo.

—¿Puede explicarme a qué viene tanta comprensión universal?

—Beatriz siempre me dice que antes de criticar a los demás hay que hacer autocrítica.

—Pues no había hecho usted demasiada cuando le soltó a Piñol lo del golf.

—No me toque las pelotas, inspectora.

—¿Y eso, tiene su frase el más mínimo toque autocrítico?

—Con usted lo mejor es no decir ni pío, pero siempre se me olvida, ¡qué le vamos a hacer!

Tomamos nuestra cerveza con parsimonia, quizá derivada de nuestra sensación de fracaso continuado.

—Y a las chicas, ¿dónde las tenemos? —pregunté de pronto.

—A las órdenes de Beltrán, ¿no se acuerda?

—Fingiendo que buscan locos. Dicho de otra manera: derrochando el dinero del contribuyente.

—Parece usted una carta de los lectores, Petra.

—Es que estoy muy cansada, Fermín. El otro día usted me planteaba: ¿renunciamos al caso? Quizá no era mala idea: lo dejamos y en paz, que otros breguen con la España profunda.

—¡Ah, no, ni hablar! Ahora que lo tenemos encaminado...

—Encaminado hacia el precipicio. Del entorno de la mendiga, que parecía una salida lógica, no hemos sacado nada importante y todo esto de la investigación histórica me da un repelús... Imagínese que encontramos al culpable por esa vía y resulta ser un descendiente del tío al que jodieron por haber mancillado a una puta momia. ¿No sería su acción una reivindicación histórica justa después de todo?

—Le recuerdo que hay dos muertos en este asunto:

un monje que nada malo había hecho y una pobre mujer cuyo único delito fue ver algo inconveniente.

—Lleva usted razón, ya no sé ni lo que digo.

—¿Por qué no se toma la tarde libre y se va con su marido al cine o de compras?

—Me apetecería más que cualquier cosa en el mundo, créame.

—A veces creo que tenemos de repente ganas de abandonar el trabajo porque en casa nos espera un mundo feliz. Entonces nos preguntamos: «¿Y qué hago yo aquí aguantando criminales y mala vida cuando tengo una alternativa estupenda al alcance de la mano? Porque ambos podíamos pedir un servicio en oficinas y santas pascuas.

—Aceptar eso que dice es como afirmar que por tener una vida personal satisfactoria se pierden capacidades profesionales, cosa con la cual no puedo estar de acuerdo en tanto que mujer. Ése ha sido siempre un viejo argumento en contra de las mujeres con pareja. Además, no deja de ser una estupidez. ¿Quiénes serían entonces los buenos policías, exclusivamente los tíos solitarios, puteados, cabroncetes y con conflicto interior?

—¡Claro, Petra, como los detectives de las novelas americanas! ¿Lo ve, se da cuenta de hasta qué punto no podemos permitirnos el desfallecer? ¿Quién dijo que este caso nos supera? ¡Pero si además contamos con una ayuda casi celestial!

—En eso lleva razón, con tanto eclesiástico...

—No, si yo me refería al doctor Beltrán, un ser tocado por la gracia, pariente cercano de Dios.

Había logrado hacerme reír. Por eso le invité a otra cerveza, por eso y porque a pesar de la risa, no remontaba mi ánimo de una manera natural, de modo que confié en el alcohol.

No hubo que esperar mucho para recibir contestación de la familia Piñol i Riudepera. Veinticuatro horas después de haber visitado al *hereu*, su abogado y abogado también de sus empresas se puso en contacto con nosotros. Las condiciones para interrogar al patriarca no eran complacientes. En primer lugar, debíamos desplazarnos nosotros a su finca de Cardedeu, donde vivía retirado. También era imprescindible que presentáramos previamente un cuestionario con nuestras preguntas. Además, estarían presentes en nuestra conversación un miembro de la familia Piñol, el propio abogado y el médico personal de don Heribert, que tendría la facultad de interrumpir la visita si las condiciones físicas del interpelado lo aconsejaban.

—Me dan ganas de contestar que se vayan al carajo y pasar directamente a la orden del juez —comentó Garzón.

—No ganamos nada. Además, el juez no ordenaría algo muy diferente tratándose de un hombre de edad y precario estado de salud. Llame usted al abogado y dígale que lo único inaceptable es la lista con las preguntas. Pasaremos por todo lo demás.

Después de un ligero rifirrafe a cuenta del cuestionario, que se saldó a nuestro favor, concretamos la visita para las cuatro de la tarde, hora en la que el viejo habría acabado de hacer la siesta. Garzón estaba bastante nervioso cuando íbamos en el coche.

—Desde luego, cuando la gente dice que la ley no es la misma para todos tiene santa razón. A ver a qué chorizo se le tienen tantas contemplaciones.

—Le recuerdo que Piñol no habla con nosotros en calidad de sospechoso.

—¡Da igual! ¡Ni el papa pone tantas trabas para recibir a la gente!

Al pobre Garzón le faltaba por vivir una última afrenta, también una sorpresa morrocotuda que compartí con él, y es que cuando la nutrida comitiva medicolegal estaba presta para acompañarnos frente al anciano rey, éste cogió un cabreo del demonio que sonó así:

—¿Qué *collons* es esto, una comisión oficial, una fiesta de cumpleaños? ¡Aún me falta bastante para llegar a los cien! ¡Fuera, fuera de aquí!

Estaba sentado en un cómodo sillón de mimbre que ocupaba buena parte de una gran glorieta en el jardín. Tenía el pelo blanco, la cara huesuda, pero no había en su tono ni en la severidad de sus gestos ningún atisbo de demencia senil. Su hijo mayor trató de calmarlo con buenas palabras, pero él repitió sus invectivas y especificó sus órdenes.

—¡Todos fuera, que sólo se quede la mujer!

La mujer era yo. Me asombró ver cómo todos aquellos acólitos que, teóricamente, debían suplir la falta de criterio del anciano, le obedecieron sin rechistar. Garzón me miraba remiso a sumarse al grupo de los expulsados. Le indiqué con una mínima seña que saliera también. Cuando nos quedamos solos, Heribert Piñol i Riudepera me invitó a sentarme con el semblante serio y cansado.

—Soy Petra Delicado, inspectora de la Policía Nacional.

—Sé perfectamente quién es usted. Puede que le hayan dicho que estoy gagá, pero le aseguro que mi cabeza funciona mejor que la de todos esos tarugos juntos.

—No lo dudo.

—¿Y sabe por qué he dicho que sólo quería hablar con una mujer? ¡Porque los hombres no respetan la edad! Como lo único que les interesa es la fuerza y el poder, cuando uno se hace viejo piensan que es un cero a la izquierda. ¿Me comprende?

—Le comprendo a la perfección. ¿También sabe por qué estoy aquí?

—¡Por supuesto que lo sé! Veo la televisión y si no tengo la vista muy cansada, también leo los periódicos. Por cierto, nunca había oído más tonterías juntas que las que están diciendo sobre este caso.

—Comparto esa impresión con usted.

—¡Un fanático religioso, un asesino paranoico... como si estuviéramos en Estados Unidos! Aquí todos los fanáticos religiosos están en la Conferencia Episcopal, y de momento aún no se han cargado a nadie, aunque tampoco me extrañaría!

Me eché a reír con ganas. Él, sorprendido, me observó.

—Tiene usted una risa bonita, inspectora, en eso también les gana a los que se han quedado fuera.

¿Estaba coqueteando conmigo? Sin duda, los hombres coquetean siempre, eternamente, siempre se lanzan a la conquista femenina, hasta después de muertos, como el Cid.

—¿Tiene usted una teoría propia sobre lo que ha podido suceder, señor Piñol?

—Para hablarle de eso necesito hacerme una idea de hasta dónde sabe usted, sin ocultarme nada.

—La Semana Trágica. La profanación del convento de la corazonianas. La posible reclamación de uno de sus antepasados que ocasionó una represalia policial contra el profanador. Eso es todo.

Su mente, lúcida pero quizá lenta, tardó un momento en procesar mi síntesis. Luego, su cabeza asintió con gravedad.

—Exactamente. ¿No saben nada de Caldaña?

Saqué mi pequeño bloc de notas y al hacerlo, sobresalió un poco mi pistola. A Piñol le llamó enseguida la atención.

—¿Puede enseñarme la pistola?

La observó en mi mano, como si fuera un niño, e hizo un gesto de desagrado.

—No me gustan las armas, ni tampoco las guerras. En España ha habido demasiadas guerras.

Temerosa de que se descentrara, lo conminé a continuar:

—¿Quién es Caldaña?

—El hombre a quien mi familia denunció tras la profanación de las corazonianas se llamaba Diego Caldaña. Pasó años en la cárcel por aquella denuncia. Fue una sentencia desproporcionada que siempre se recordó con dolor entre nosotros los Piñol. Se trataba de un obrero textil sin la menor cualificación que tenía la friolera de siete hijos. Supongo que aquel encarcelamiento hizo que la economía familiar se resintiera extraordinariamente, ya conoce usted la dureza de aquellos tiempos. Sabemos que la esposa de mi abuelo, una buena samaritana, intentó compensar a aquellos desgraciados en plan caritativo, pero su ofrecimiento nunca fue aceptado, los Caldaña eran pobres, pero orgullosos. Esta historia ignominiosa no se ocultó en el núcleo familiar, y mi padre se encargó de contármela tal como hicieron con él y tal como yo hice con mis hijos. Supongo que, en el fondo, se trata de una manera de hacer penitencia por los errores del pasado.

No sabía qué preguntarle ni por dónde abordar las aclaraciones, pero antes de que pudiera tomar la palabra, él prosiguió:

—Durante la guerra civil yo era joven aún. Como catalanista mis simpatías estaban en el bando republicano, aunque mi actividad en la guerra se limitó a estar destinado en unas oficinas militares. Uno de mis cometidos consistía en conducir un coche oficial para hacer los recados que me mandaban mis superiores. Un día, en verano del año 38, el coche en el que viajaba sufrió un atentado en cuanto lo cogí. Iba solo y me salvé de milagro de la carga explosiva que reventó casi debajo de mis pies. Todo se saldó con un par de días en el hospital, pero al salir, alguien me había dirigido una carta sin firmar. En ella podía leerse: «Las canalladas nunca se olvidan». Siempre pensé que algún descendiente de los Caldaña había tenido algo que ver en aquel intento de quitarme de en medio.

Se calló de improviso.

—¿Y qué hizo usted?

—Nada, destruir la carta y callar.

—¿Por qué?

—Pensará que fue por miedo a una nueva venganza, o por no dar a la luz pública el episodio pasado de la familia, pero le aseguro, se lo aseguro, que si no dije nada fue por un extraño sentido de la justicia. Me sentía liberado, como si aquella deuda afrentosa de los Piñol con los Caldaña (fueran quienes fuesen) se hubiera saldado en mi persona. Ya no les debía nada, estábamos en paz.

—¿Y después?

—Después... nada.

—¿No tuvo noticias del autor de la carta, no investigó...?

—No hice nada. Tampoco hubo ninguna autoridad que quisiera investigar. Los tiempos eran lo suficientemente revueltos como para que un atentado se considerara una rutina habitual. Siempre he pensado que aquello era un asunto cerrado y no he querido pensar más en él.

—Comprendo.

—De modo que si ahora quiere pasar este dato a los medios de comunicación, me da exactamente igual. ¿A quién le importan las historias pasadas?

—Señor Piñol, ¿usted piensa que nuestro caso puede tratarse de una venganza tardía contra su reputación?

—¡Que me aspen si lo sé! A lo mejor cada tiempo lleva aparejado un tipo de venganza. En la guerra civil, atentados con bomba. Hoy en día... revuelo de periodistas tras la momia perdida hasta que vuelva a salir el tema del pasado y todo el mundo sepa que los Piñol i Riudepera fueron delatores. ¡Qué sé yo, cada vez entiendo menos lo que pasa, inspectora! Es por eso por lo que me doy cuenta de que me he hecho viejo.

Le sonreí.

—Usted no tiene nada de viejo, se lo aseguro. Si no fuera por lo que es, me lo llevaría de ayudante en esta investigación.

Rió con pequeños impulsos que hicieron moverse todo su cuerpo enjuto.

—Dígaselo a mi hijo mayor, verá cómo no está de acuerdo con usted.

—Señor Piñol, si se siente usted un poco... perdone la expresión y tómela con todo tipo de salvedades, pero si se siente usted un poco secuestrado por su familia y cree que yo puedo hacer algo de tipo legal le aseguro que...

Sonrió tristemente, elevó una mano sarmentosa y llena de venas prominentes.

—Todo está bien como está. Puede parecerle otra cosa, pero si yo hubiera seguido al mando de las empresas familiares, hace tiempo que estaríamos en la ruina. El tiempo no pasa en balde, ya lo verá. De todas maneras, me encanta que una mujer venga a liberarme en un caballo blanco. Antes era al revés. Es usted encantadora, Petra. En otros tiempos le hubiera tirado los tejos. ¿Le parece ridículo?

—No.

—Me basta con eso. ¿Puedo pedirle un favor antes de que se vaya? Me gustaría que nos hicieran una foto a los dos, usted llevando en la mano la pistola.

—Eso está hecho.

Llamó a sus adláteres y le trajeron la cámara digital que pidió. La cara de todos ellos, incluido Garzón, cuando nos vieron posar adoptando diferentes posturas siempre cercanas a la parafernalia del agente 007 resultó un verdadero poema. Luego nos despedimos como auténticos amigos, lanzándonos mutuos requiebros que nadie acababa de comprender.

A la salida, Piñol júnior parecía mucho más cabreado que cuando entré. Me amenazó sin sutilezas.

—Tenga mucho cuidado con lo que comunica a los periodistas sobre este asunto o le juro que removeré cielo y tierra para que se quede sin trabajo.

Lo miré como suelo hacer con las moscas estivales

que zumban a mi alrededor y, a falta de insecticida, le solté:

—Yo en su lugar sería más amable, cualquier día de éstos igual me convierto en su madrastra.

El subinspector reía de buena gana cuando ganamos la calle.

—¡Hay que joderse, inspectora! ¿El viejo se ha prendado de usted?

—No más que cualquier hombre que me conoce.

—Me chivaré a su marido.

—Y yo también. Le contaré a Beatriz que anda comiendo entre horas.

—La odio.

—Del amor al odio sólo hay un paso, Fermín.

—Puede, pero del odio al amor...

La pasajera euforia que me produjo aquel episodio nacía más bien de la íntima satisfacción de haber echado una mano al viejo David en contra del joven Goliat, que de las novedades positivas que aportara a nuestro caso. Toda aquella historia de los Caldaña y sus sucesivos fantasmas, vivos generación tras generación, me dejaba un tanto indiferente. ¿Por dónde hincarle el diente a semejante pastel? Por el contrario, noté que, tras informarlo, el subinspector ponía grandes esperanzas en el nuevo marco que se presentaba ante nosotros.

—¡Era lo que nos faltaba para completar el rompecabezas!

—Permítame que le corrija. Era lo que nos faltaba para completar ¡un rompecabezas!, pero ¿es el rompecabezas que corresponde a la realidad?

—Inspectora, buscaremos al tal Caldaña. Estoy seguro de que aparecerá y cantará.

—Mire, Garzón, aceptemos que un descendiente de Diego Caldaña, especialmente reivindicativo y peleón, reinicia una venganza historicofamiliar, se busca un cómplice y decide robar la momia de fray Asercio para que las afrentas seculares salgan a la luz y el nombre de los Piñol i Riudepera se cubra de cieno. De acuerdo, incluso por ponernos a fantasear digamos que es un tipo joven y con pocas responsabilidades a quien una gamberrada semejante le divierte y se busca un amiguete para que lo acompañe. Aún más, según la teoría que estamos imponiendo a fuerza de repetirla, se encuentran los dos compinches con el hermano Cristóbal y, con un golpe que no pretendía matar, acaban sin embargo con él. Vale, de acuerdo, todo correcto hasta ahí. Pero el culpable va y nos pone un cartelito a la poli para que se levante jaleo mediático. Es aquí donde yo ya empiezo a dudar porque, después del trauma de haberse cargado imprevistamente a un ser humano, ¿aún les quedaban ganas de jugar? Pero luego, no contento con eso, sigue en la misma línea y le corta una pata al beato. Y yo me pregunto: ¿para qué el troceado del beato que no hace sino darnos pistas? ¿Qué quiere ese tipo, que lleguemos hasta él y lo trinquemos por asesinato? Una cosa es que le hubiéramos acusado del robo de un momio, pero ¿nos desafía teniendo no uno, sino dos muertos a sus espaldas? Perdone que le diga que no me lo puedo creer.

Garzón se rascó varias veces el pelo fuerte y canoso en un gesto que siempre repetía cuando su pensamiento alcanzaba un alto nivel de intensidad. Luego, me respondió de un modo en que era evidente el placer discursivo que sentía.

—Ha dejado llevar su imaginación demasiado lejos, inspectora, dotando al presunto sospechoso de una personalidad determinada que acaba de inventarse. ¿Por qué tendría que ser Caldaña un chico joven, gamberrete y garboso al que le divierte ir robando reliquias por ahí? Para nada, yo más bien diría que se trata de un tipo perturbado que ha centrado su desequilibrio en la obsesión de aquella injusticia sufrida por su familia, la cual desde pequeño ha oído comentar. Y como tal perturbado, no mide la consecuencia final de sus acciones y sigue jugando.

—¿Y el cómplice?

—Digamos que el cómplice le ayudó a robar la momia, nada más.

—¿Y el asesinato de la mendiga? Los testigos dicen que ella mencionaba a dos hombres persiguiéndola.

—A eso también le ayudó por la cuenta que le traía, o quizá bajo amenaza, pero del despedazamiento de la momia y de los jueguecitos dejando pistas no sabía nada y ahora anda horrorizado poniendo parches a lo que ayudó a hacer. ¿Sabe lo que pienso? Pienso que debemos poner estos datos en conocimiento del doctor Beltrán y que en vez de seguir haciendo chorradas para disfrute de periodistas, tiene que ponerse en serio a elaborar el perfil de un tipo obsesivo y loco como Caldaña.

—Me jode admitirlo, pero lleva usted razón. Llame al psiquiatra y póngalo en conocimiento de todas estas novedades. Y a Yolanda y Sonia dígales que quedan liberadas de buscar locos ficticios. Que se personen las dos en mi despacho esta misma tarde y les daremos órdenes para que se pongan a buscar a todos los tipos apellidados Caldaña que haya en Barcelona.

Todo aquello no me llevaba a hacerme demasiadas ilusiones, que los indicios nos señalaran un posible sujeto no significaba que le hubiéramos echado el guante. Porque si el loco Caldaña existía y era culpable, dudaba mucho de que estuviera esperándonos en su lugar de residencia habitual.

Les comuniqué a nuestros detectives con hábito la línea a la que nos abocaba la conversación con don Heribert. La hermana Domitila se alegró:

—¡Bien! —exclamó—. ¡Estábamos en la dirección correcta! —Tanto fue su entusiasmo cuasi profesional, que la autocensura le hizo agregar una inmediata aclaración.

—Comprendan que me sienta como una científica a quien le sale bien el experimento. En ningún caso pienso en las implicaciones negativas que todo esto puede tener para la familia Piñol.

—Entiendo muy bien su reacción, hermana, no se preocupe. Un policía puede sentirse igual cuando algo confirma una intuición anterior.

—Le recuerdo que la idea inicial de acudir a los conflictos de la Semana Trágica fue del hermano Magí, no mía —añadió con humildad. Pero al hermano Magí no se le veía feliz en absoluto.

—¿Algo anda mal? —le pregunté. Respondió con reticencia.

—¡Dios mío, llevo tanto tiempo viniendo diariamente a Barcelona que... ¿piensa que debemos continuar en la investigación?

—Les rogaría que lo hicieran un poco más. Sería necesario que buscasen algún expediente judicial o noticia de periódico de la época que nos brindara nuevos datos sobre el proceso a Caldaña.

—¡Pero nada de eso podemos encontrarlo en los archivos de las corazonianas!

—¿Dónde tendrían que ir?

—Pues... —miró a su compañera de pesquisas historicocriminales—. Quizá a los archivos judiciales o a las hemerotecas de los principales diarios.

—¡Al archivo diocesano! —exclamó ella cercana al júbilo—. Es posible que esos procesos figuren en los anales eclesiásticos. En aquellos años la distancia entre la Iglesia y el Estado no era tan grande como la que existe hoy. Creo, además, que se guardaba copia de los expedientes que tenían relación con lo eclesiástico.

—Es buena idea —admitió el fraile—. Sólo que yo...

—Hemos desorganizado su vida monástica, hermano, me doy cuenta. Pero únicamente le pido que continúe unos días más colaborando con la policía, es una labor importante. ¿Sabe qué vamos a hacer? Llamaré al abad y le pediré permiso para que se quede aquí al menos durante una semana. La policía le buscará un hotel y correrá con todos los gastos de su estancia.

Dudó un momento, apurado. La monja le animó.

—¡Oh, vamos, hermano, deje que la inspectora haga lo que dice! Estoy segura de que esto no podré llevarlo a cabo yo sola.

Se encogió de hombros, a modo de aceptación. Tuve la certeza de que, quizá debido a su mayor edad, estaba empezando a sentirse profundamente cansado. Intenté darle otro enfoque a mis requerimientos.

—Pienso que tiene usted todo el derecho a abandonar ahora mismo esta colaboración. En realidad ya hemos abusado demasiado de ustedes dos. Sólo le ruego que recapacite sobre el origen de todo esto y que medite un poco si el hermano Cristóbal, desde un plano superior desde el que pueda estar viéndonos ahora, no se sentirá deseoso de que la justicia triunfe al final.

Asintió varias veces con gesto grave y dijo en voz suave, pero con plena convicción:

—Le agradeceré que haga esa llamada a mi superior. Creo que es más respetuoso que usted lo informe.

—En ese caso... —intervino la hermana—. ¿Podrá hacer lo mismo con mi priora? Yo también me veré obligada a salir del convento.

—No se preocupen ninguno de los dos; todo queda en mis manos.

Ni siquiera había puesto el coche en marcha cuando oí la voz zumbona de Garzón, parodiándome.

—¡«Desde un plano superior en el que pueda estar viéndonos»! ¡Vaya cojones que le ha echado, inspectora, con franqueza! ¿Por qué no le ha dicho al monje: «El hermano Cristóbal, que nos ve desde el Cielo con los angelitos»? ¡Era lo que le faltaba, aunque por lo menos hubiera quedado más claro!

—Es usted un zoquete y no tiene ni puta idea de teología.

—Pues eso del «plano superior» ha quedado de un raro... ¡Por no mencionar lo de que «puede estar viéndonos»; porque como no sea con catalejo sideral, el pobre...!

—¡Deje de comportarse como una maldita acémila!

—Sí, sí, yo seré una acémila, pero usted dice cursiladas.

Se reía como un bendito, y yo tenía que hacer verdaderos esfuerzos por no estallar también en carcajadas y fingirme ofendida.

—¿Sabe lo que van a costarle esos comentarios cínicos, Fermín?

—Me lo imagino, ¿un avemaría y tres padrenuestros?

—No, va a tener que ser usted quien llame a los priores de las dos órdenes informando de la situación y allanando caminos.

—Inspectora, no me joda; que yo no me aclaro hablando con la jerarquía eclesiástica.

—Ya se las apañará. Cuénteles un chiste de ésos anticlericales que usted se sabe.

—¡Jo, es usted vengativa hasta la muerte!

Se quedó enfurruñado como un niño y así entró en comisaría. Mientras se dirigía a su despacho lo oía rezongar. Perfecto, eso demostraba que su salud laboral estaba en plena forma. Llamé desde mi teléfono a Sonia y Yolanda y les ordené venir a verme. Era obvio que no estaban haciendo nada porque al cabo de veinte minutos habían llegado. Me alegré de tenerlas delante, hacía tantos días que no había tratado con ellas, que enseguida me di cuenta de que de algún modo nos hacía falta su juventud. No parecían felices, sobre todo Yolanda.

—¿Qué, cuántos locos furiosos habéis detectado?

La cara de Sonia revelaba desconcierto, pero la de Yolanda enseguida se crispó.

—Inspectora, ¿me da usted su permiso para hablar sinceramente?

—Si vas a decirme alguna impertinencia, mejor no.

—Lo diré con todo respeto, pero la verdad, que nos haya tenido apartadas de la investigación y del servicio sin hacer nada y muertas de asco no me parece bien.

—Estabais en una misión.

—Sí, visitando psiquiátricos para nada, todo el día metidas en los bares dándole al café.

—Eran órdenes superiores.

—Pero yo la conozco a usted y sé que cuando las órdenes no le acomodan se las ingenia para saltárselas.

—Bueno, Yolanda, ya está bien. De todos modos ese trabajo quedó atrás, ahora os necesito para otra cosa.

No la reprendí con brusquedad porque su tono era el de una niña un poco díscola, en ningún caso el de una insubordinada que hubiera perdido los nervios. De repente, Sonia intervino con su vocecita meliflua.

—Yo le dije a Yolanda, inspectora, que no se preocupara porque tarde o temprano usted nos llamaría para una faena más útil y mejor. Porque aprovechando que estamos en confianza le diré que lo de los bares no ha sido nada comparado con los rollos de psiquiatría que nos arreaba el doctor Beltrán.

Como siempre que aquella pobre chica abría la boca me invadió una oleada de indignación.

—¿Cómo has dicho, que estamos en confianza? ¡Nadie te ha dado la confianza como para hacer esos comentarios irrespetuosos sobre un colaborador de la policía! ¿Te has enterado?

—Sí, inspectora —dijo aterrorizada en lo que sonaba más como un lamento que como una afirmación.

—Y ahora pasemos al caso.

Les expliqué la búsqueda del Caldaña que nos interesaba y cómo debían organizarse para dar con él. Mientras les aclaraba todos los puntos, con franco mal humor, iba arrepintiéndome de mi reacción hacia Sonia. Pero me resultaba imposible rectificarla; la veía allí, en innecesaria posición de «firmes» y con el mismo gesto de desconsuelo que debe poner una lubina recién pescada, y se me llevaban los demonios. Me daba cuenta de que detestaba a los torpes, a los imprudentes, a los miedosos, a los... o simplemente me detestaba a mí misma por dejarme llevar de tal modo por la subjetividad. Yolanda se ponía rebelde en mis narices y le daba palmaditas en la espalda. Sonia se permitía una simple frase y le lanzaba la caballería. Intenté serenarme e hice la última recomendación en un tono demasiado sosegado para ser cierto.

—Tenéis que ser especialmente perspicaces y fijaros en los detalles, también en las reacciones de la gente que interroguéis. Es preciso que no creéis alarma, pero que registréis cualquier cosa sospechosa que podáis observar. Prudencia y discreción son los conceptos que debéis aplicar. Si algo os parece inquietante, el protocolo a seguir es despedirse de la persona sin levantar la liebre, vigilar la casa y llamarnos a mí o al subinspector Garzón inmediatamente. ¿Hay alguna duda?

—No —respondió Yolanda.

—¿Y tú, Sonia? —pregunté con cuidado exquisito.

—¡No! —se precipitó a contestar casi chillando.

—Muy bien, pues empezad por el principio. Yendo siempre las dos juntas, por supuesto.

El principio era simple. No existía ningún Caldaña fichado por nosotros, por los Mossos d'Esquadra ni por la Guardia Civil; de modo que el camino fácil quedaba rápidamente truncado. Sólo quedaba el sistema pedestre de buscar en la guía telefónica y en el registro. Pronto me informaron las chicas de que sólo había trece personas inscritas en Barcelona con ese nombre; número que, por moderado, me pareció tranquilizador. Menos tranquilizador era pensar en la posibilidad, para nada extemporánea, de que el Caldaña que nos interesaba viviera en cualquier otra población catalana. Cerré los ojos a esa opción, buscando ser positiva, y di la orden de comenzar.

Había entrado en una de esas fases de la investigación en la que la atención requerida hacía que se me olvidara incluso comer. De pronto, sola en el despacho, me di cuenta de que estaba exhausta. Encendí un cigarrillo que me supo amargo en la boca, y pensé en la posibilidad de pedir al bar que me trajeran algo. Sólo la imagen de un bocadillo grasiento me hizo sentir asco. Cerré el ordenador y llamé a Garzón. Al verlo comprendí que también le hacía falta un descanso: estaba demacrado y sus ojos, habitualmente mansos como los de un buen perro, se veían enrojecidos y pitañosos.

—¿Qué le parece si nos vamos, Fermín?

—¿Adónde?

—Usted a su casa y yo a la mía, adónde va a ser.

—No puedo. La madre Guillermina ya ha dado su permiso para que la hermana salga cuando quiera del convento, pero llevo dos horas llamando al abad de Poblet y me dicen que no puede ponerse porque está rezando.

—Deje un recado y que le llame él.

—Prefiero insistir, no vaya a ser que se olvide con tantas oraciones. Y digo yo, inspectora, ¿para qué rezar tanto?

—Hablan con Dios.

—Pues Dios debe de estar harto de oírlos. A lo mejor por eso no contesta.

—¡Y usted qué sabe si contesta o no!

—Saldría en los periódicos.

Solté una risotada que evidenciaba mi cansancio.

—Me voy. Llevo sin rezarle a mi marido un montón de tiempo.

—Yo tampoco le rezo mucho a mi santa, ¡y eso que me concede todo lo que le pido!

Volví a reír y le miré detenidamente.

—¿Usted nunca pierde el humor?

—El humor es lo último que queda cuando se ha perdido todo lo demás. Por eso el que no lo tiene anda jodido.

Me mostró su espalda ancha y carnosa cuando salió, y yo me quedé pensando que aquel hombre firmó al nacer un pacto con la vida cuyo impreso a mí nadie me había presentado. Se volvió de improviso para añadir como colofón:

—Ahora, eso sí, cuando esto se acabe, el primer cura que me cruce por la calle, si es que va vestido como tal, se va a ganar una bronca del copón. Así, por mis cojones, sin más explicación. Porque estoy del tema sacro hasta las bolas, se lo juro.

Arrastró tras de sí cualquier viso de tragedia que hubiera podido flotar en la habitación y el viento que generó su impulso limpió el aire de miasmas criminales. Lo bendije mentalmente.

Al meter la llave en la cerradura de mi casa me pregunté a quién encontraría en su interior. Era algo a lo que no me acostumbraba, antes nunca había nadie, pero ahora... aunque no me importaba; al contrario, aquella incertidumbre ponía en mis entradas un punto de suspense y aventura. En efecto, esta vez fue Federico quien me sorprendió. Leía un libro sentado en el sofá del salón y llevaba un iPod insertado en la oreja.

—¡Petra, amada madrastra!

—Vengo medio muerta, hijastro de mi corazón. ¿Estás solo?

—Más solo que la una. He hablado con mi padre y dice que no llegará hasta la hora de la cena.

—¡Vaya desastre de familia!, ¿verdad?

—¡Qué va, al contrario! Soy yo quien no debería estar aquí sino en casa de mi madre, pero se puso en plan de adulta concienciada que da consejos por mi bien y huí diciendo que había quedado con vosotros. Me abrió

Jacinta y me he refugiado en vuestro sofá. ¿Nos arreamos un whisky? Tú lo estás necesitando y yo no voy a dejar que bebas sola, porque soy un caballero.

Me derrumbé en un sillón frente a él, me quité los zapatos, suspiré.

—Venga ese whisky. Me encanta ser una mala influencia para la juventud.

Observé su figura filiforme y nerviosa preparando las bebidas con escasa ortodoxia. Me pasó la mía, volvió a sentarse.

—¡No voy a preguntarte por la momia, lo juro! Yo soy más civilizado que mis hermanos.

—Tus hermanos son muy buena gente. Lo que ocurre es que se les hace difícil pensar que tienen una madrastra policía. Y no me extraña, todos los cambios de pareja de tu padre deben de haberles creado cierta inestabilidad.

—No lo creas. Los adultos subestimáis las capacidades de los niños. Yo, que lo tengo fresco aún, recuerdo perfectamente cómo sabía que mis padres se iban a separar. Te vas dando cuenta de las cosas, sabes cómo son los dos, lo bueno y lo malo de cada uno, sus manías, sus defectos, lo que intentan ocultarte sin conseguirlo. Pero los mayores pensáis que sólo somos enanos que vivimos en un mundo mejor.

—Eres muy inteligente.

—Sí, no estoy mal. Me acuerdo de que un día caí en que ser hijo de padres separados me daba un montón de posibilidades que no había tenido jamás.

—¿Cómo por ejemplo?

—Te sientes más libre, menos cautivo dentro de la familia, más responsable de tu propia vida, con más facilidad para pensar, para elegir...

—Lo malo es que te percatas de eso cuando ya tienes cierta edad, pero al principio debe ser diferente.

—Al principio es un poco duro, lo reconozco, empiezas a pensar si tú has tenido la culpa de algo, si te has portado siempre bien, si hubieras podido aportar más a la paz familiar. Pero una vez que todo se ha reorganizado y vuelves a tener una rutina y ves que todo sigue más o menos colocado en su lugar, entonces lo que te preocupa es pasarlo lo mejor posible y no sufrir incomodidades. Porque tus padres son tus padres, algo muy importante, pero tú eres tú.

Lo miré con simpatía. Quizá producía en los demás la sensación de tomar poco en serio la vida, pero Federico distaba mucho de ser un joven frívolo e inconsciente. Después de pegarle un buen trago a su whisky, continuó.

—Me alegro de que estés casada con mi padre. Me parece que, de todas sus mujeres, tú eres la mejor para él.

Solté una breve risotada que intentaba ocultar mi embarazo.

—¿Puedo preguntar por qué? Me interesa mucho tu opinión. A tu padre no le gusta hablar del pasado.

—Es un tipo muy reservado, ya lo sé. Y yo tampoco sabría hacer una lista de las razones exactas que explican lo que acabo de decirte; pero tengo la impresión de que tanto mi madre como su segunda mujer esperaban demasiado del matrimonio. Y claro, mi padre se sentía agobiado. Eso de que el amor es básico está muy bien, pero hay otras cosas, ¿no? Entonces tú, con ese rollo de que eres policía y de que te has divorciado también varias veces...

—Sólo dos.

—Las que sean; pero el caso es que tienes tu vida, tus problemas, tus historias, y no te pasas el día dándole la vara con que lo amas y todas esas cuestiones tan cursis. Él es muy independiente, y tú también.

Me eché a reír.

—No sé cómo tomarme eso, la verdad.

—Tómalo bien. Tampoco es que yo sea un psicólogo magnífico ni un consejero sentimental, pero me gusta fijarme en lo que pasa y sacar conclusiones.

—¿Tú sales con alguna chica?

—A veces sí, pero aún no me apetece meterme en líos. De todas maneras, no pienso casarme. Vuestra generación siempre está casándose y descasándose, yo no tengo ganas de tanto embrollo sentimental.

—Me parece una sabia postura.

—Igual algún día cambio por completo y me enamoro; pero no me casaré, te lo aseguro. Y nunca tendré hijos.

—Bien hecho, es una responsabilidad excesiva.

—Y un coñazo.

—Eso, también.

—Cuando estoy unos días con mis hermanos acabo hasta las narices.

—A mí me hacen gracia.

—Ya lo sé. Tú a ellos les caes bien. Flipan con eso de que seas policía y lleves casos de asesinos locos y todo lo demás.

—Me alegro. Ha habido algunos momentos en los que pensé que nunca me aceptarían como soy.

—Tonterías, ganas de jorobar y hacerse los importantes.

Ambos oímos claramente la puerta de la calle abrirse y cerrarse después. Marcos se acercaba. Precipitadamente le pregunté:

—¿Cuándo vuelves a Londres?

—Mañana.

—Por si no volvemos a estar solos quiero que sepas que estoy muy contenta de tener un hijastro como tú.

No le dio tiempo a contestar; tanto mejor, me horroriza la exhibición de los sentimientos. Marcos se sorprendió al vernos sentados allí, en actitud de descanso total.

—¡Eh!, ¿qué hacéis aquí casi sin luz? —Encendió una lámpara—. ¡Y bebiendo como cosacos! ¿Celebráis algo?

—Quería ligarme a Petra, pero me ha dicho que no.

Marcos tomó un cojín del sofá y lo lanzó encima de su hijo.

—¡Calla, monstruo!

Se dejó caer pesadamente en un sillón.

—¿Te preparamos una copa?

Negó con la cabeza, se restregó los ojos y suspiró.

—¿Sabéis qué ocurrirá si ahora me tomo una copa? Pues que me quedaré dormido como una marmota. Os propongo algo mejor: vamos a cenar al italiano de la esquina. No será una gran celebración, pero podremos comer y charlar tranquilos.

—¿Y qué celebramos? —preguntó Federico.

—¡Que te vas de una vez! No hay motivo mejor.

Cuando nos arreglábamos para salir me dio la impresión de que Marcos estaba tan mortalmente cansado como yo. Al tiempo se le veía feliz, porque había comprendido que su hijo mayor y su mujer habían congeniado sin ningún género de dudas. Por supuesto, no me hizo ningún comentario al respecto, ni tampoco yo a él. Hay cosas que resulta casi obsceno subrayar.

12

El doctor Beltrán hizo para nosotros, y probablemente por primera vez, un espléndido trabajo psiquiátrico policial. Era obvio que tampoco podía culpársele de que sus dictámenes hubieran resultado baldíos hasta entonces, ya que lo habíamos puesto a trabajar en algo en lo que no confiábamos ni un pelo. Podía ser un maldito pedante y creerse más valioso que Sigmund Freud, pero leyendo su escrito y hablando con él, comprendí que sabía muy bien lo que llevaba entre manos.

—Vayamos a su Caldaña. He llegado a la conclusión de que puede tratarse perfectamente de un joven inadaptado. Habiendo oído muchas veces la historia familiar de aquella condena excesiva a su bisabuelo el profanador, su reacción hubiera sido posible en dos direcciones. Una, volviéndose en contra de la familia y sintiéndose humillado por esa especie de «secreto heredado», llegando a negarlo o intentando olvidarlo. O dos, y ésa es la que nos interesa: traumatizado por la vergüenza, vive como un fracasado a pesar de que estoy seguro de que es muy joven; y decide un buen día tomar el destino en sus manos e intentar una venganza llamativa que le rehabilite como hombre. Sin ninguna duda el sujeto sufre una patología mental y ha llegado a obsesionarse con el tema. Pertenece a la clase trabajadora y no tiene suerte. Pero mientras para un individuo normal lo que le sucede viene inserto en las diversas circunstancias de la vida, para él su falta de fortuna está anclada en la injusticia que sufrió su antepasado, que de pronto se le antoja el origen de todos sus males y gravita sobre él impidiéndole salir de la adversidad.

Supongo que nos encontramos ante un individuo de no más de treinta años, con dificultades en estudios y trabajo, que incluso recurre a las drogas, y con un carácter solitario y violento. Podría apostar a que se encuentra en paro, no frecuenta la compañía de chicas, aunque sí la de algún amigo, inadaptado como él, que ha reclutado para que le ayude en sus locos propósitos. La teoría policial que ustedes han manejado hasta ahora contempla siempre que la muerte del hermano Cristóbal se debió a los excesos de una paliza; ya que los intrusos del convento no habían planeado asesinarlo, sino sólo hacerse con la momia. Pues bien, quiero introducir una duda razonable, ya que según el retrato psicológico que nos ocupa, no sería nada extraño que también hubieran planeado matar. El robo de la momia y el juego que proponen a la policía con carteles, mutilación del cuerpo, etc., demuestra un deseo exhibicionista y un modo de que la venganza y el gozo de haberla llevado a término se prolongue.

—¿Cree que con esas características ese chico podría entregarse sin necesidad de ser detenido? Quiero decir, si le lanzáramos algún tipo de mensaje por los medios de comunicación, o si se sintiera especialmente acosado.

—Lo dudo mucho. Cuanto más tiempo pasa, más disfruta de su fechoría puesto que más se ve a sí mismo como un enemigo público de la sociedad, que él considera origen de sus desgracias.

—¿Por qué concluye que se trata de un hombre joven?

—Ese modo de obrar tan airado, pero sobre todo tan exhibicionista, es típico de gente joven. Además, a una edad temprana es más fácil reclutar algún amigo que te ayude.

Las deducciones eran buenas, pero ¿qué tipo de chico inexperto es capaz de llevar a cabo un asesinato y el robo de un cuerpo momificado sin dejar huella? ¿Y la nota con letra gótica? ¿Y el amigo cómplice? Es imaginable encontrar a alguien capaz de arriesgarse contigo hasta el punto de matar a un hombre, pero ¿no se habría asustado antes de tener que liquidar también a la mendiga? No lo veía claro, por eso insistí.

—Admitamos que el desvarío de ese muchacho hacía que sus motivaciones obsesivas fueran muy fuertes, pero ¿qué llevó al amigo a implicarse hasta ese punto, es un perturbado también?

—Para contestar a su pregunta debo remitirla a los informes que he elaborado en estas fechas sobre la mentalidad psicopática. No sé qué tipo de perturbación mental debe tener el muchacho del que hablamos, pero a menudo encontramos que las patologías graves vienen acompañadas de una inteligencia nada desdeñable y, sobre todo, de una extraordinaria capacidad de persuasión. A veces estos individuos tienen personalidad de líderes y con ellos arrastran a otros que carecen de una voluntad fuerte.

Asentí varias veces como una alumna disciplinada y le di las gracias con toda humildad.

—Si sus deducciones son ciertas y conseguimos dar con ese joven, es probable que solicitemos de nuevo su asesoría para interrogarlo y analizar su personalidad.

—Usted sabe que vengo brindando mi cooperación con mucho interés a la policía; incluso en ocasiones he pensado que con más interés del que la propia policía demostraba frente a mis dictámenes —dijo con picardía.

—Le aseguro que somos conscientes de sus méritos y de la importancia de su trabajo, doctor Beltrán —respondí saliendo del paso lo mejor que pude—. A partir de este momento le ruego plena confidencialidad. No hable más con nuestro portavoz ni conceda declaraciones por su cuenta.

Puede que fuera un maldito pavo presuntuoso, pero por supuesto no era tonto. Sabía perfectamente que su erudición había chocado frontalmente con nuestro escepticismo y estaba encantado de que al final nos viéramos obligados a comer de su mano. A decir verdad, el retrato psicológico que había elaborado para nosotros me parecía interesante. Si en realidad un descendiente de los Caldaña había perpetrado aquella absurda y teatral venganza histórica, tenía que ser un individuo como lo había pintado él: joven, amante de montar el número, lleno de rabia y loco de remate. Garzón estaba aún más entusiasmado que yo con las características del candidato a culpable; e incluso despejaba mis dudas sin titubeos cuando yo las planteaba.

—Y si se trata de un joven pobre, automarginado y fracasado en los estudios, ¿quién le enseñó a escribir perfectamente con letra gótica?

—¡Inspectora, subestima usted las posibilidades de Internet!

—Está bien; admitido, pero...

—Deje de poner reparos a todo. Por una vez durante todo este jodido caso demuestre un poco de fe en las pistas que estamos siguiendo. Desde que esto empezó no la he visto ni un solo día pisar con pie firme por ningún camino.

—Lleva razón, y es que todos los caminos por los que hemos transitado me parecían endebles como puentes de cuerda.

—Esta vez puede caminar por ellos dando taconazos. Me juego el cuello a que sí.

—Espero que sea sólo el cuello de la camisa. Aunque, de acuerdo, ya que estamos en un asunto religioso le echaré fe.

Vimos que Villamagna se dirigía hacia nosotros luciendo una de sus camisetas andrajosas correspondientes a su personalidad B.

—No le dé cancha, Fermín; ahora menos que nunca —le susurré a mi compañero; pero fue imposible zafarnos de él y se acercó abriendo los brazos con plena extensión como si se propusiera hacernos un placaje.

—¡Quietos todos. Quedaos donde estáis!

—Lo siento, Villamagna, pero la cosa está al rojo y llevamos el tiempo muy justo.

—Sólo contestadme a una pregunta: ¿qué coño es eso que me dice el loquero de que no puede abrir la boca más?

—¿Pero aún se interesan los periodistas por el tema?

—No me puedo creer que no leas los periódicos con lo culta que eres.

—Tengo otras cosas más importantes que hacer, como por ejemplo pedirle al juez que decrete el secreto del sumario de una maldita vez.

—¿A qué viene todo esto, habéis dado con algo bueno? ¿Por qué no me lo dices, aunque sea al margen completamente de mi cargo de portavoz?

—Antes de hacer eso colgaría en Internet las fotos de mi abuela desnuda.

—Venga, Petra, no jodas, es que tengo curiosidad.

—Ni hablar; ya lo sabrás en su momento.

—¡Eres implacable! Después de que te tengo a los plumillas entretenidos con las chorradas del loquero, ahora me tratas así.

Agité los dedos a modo de despedida delante de sus narices y él me hizo un corte de mangas monumental que escandalizó a Garzón. Me dijo cuando entrábamos en mi despacho:

—Nunca me acostumbraré a las maneras zafias del inspector Villamagna.

—No es zafio, es moderno, o por lo menos tiene una zafiedad muy contemporánea. Pero no nos desviemos del tema. ¿Ha oído lo que he dicho? Vaya inmediatamente a pedir audiencia a ese juez novato que nos ha tocado en suerte y dígale que...

—No es necesario, ya lo ha hecho el comisario Coronas. Me lo comunicó hace un rato para que la informara a usted.

—No entiendo nada.

—Pues se lo puede imaginar solita: el cachorro de los Piñol ha llamado hecho una furia, Coronas ha tomado cartas directas en el asunto saltándonos a nosotros alegremente y... ¡el sumario ya es secreto!

—¡Toma con el novato! ¿No era tan oficialista el tal Manacor?

—No ha resistido los bufidos de nuestro amado jefe.

—Sí, esto está tomando el cariz que más le jode a Coronas: implicación policial de una familia importante. ¿Será cabrón, por qué se ha saltado nuestra autoridad?

—Él es el patrón y nosotros los marineros. Claro que me lo ha contado todo a mí porque a usted le tiene miedo.

—¡A mí, por culpa de esa puta momia ya no me tiene nadie ni respeto!

—Se está poniendo usted a la altura de Villamagna.

—Y espere a ver la camiseta que voy a comprarme. Tendrá una leyenda que diga: «Yo también quemo conventos».

—¿Ve? ¡Eso me ha gustado! Compre otra para mí.

—No creo que lo apruebe el estilismo de su mujer. Llame a las chicas, reunión en mi despacho dentro de una hora.

Sobre mi mesa tenía una lista de llamadas y mensajes. Me sorprendió ver en uno de ellos el nombre de la hermana Domitila. ¿No sabía mi número de móvil? Marqué el del convento a toda velocidad, pero cualquier aceleración se estrellaba siempre contra las paredes conventuales. Diez minutos después y, probablemente rescatada de algún rezo comunitario, la voz de la hermana Domitila sonó imperiosa en mi oído a través del auricular.

—Dígame, inspectora.

—Perdone que sea inoportuna, pero he visto su mensaje en comisaría y no comprendía por qué no me había llamado a mi móvil.

—Nunca he tenido su número.

—¡Cómo puede ser! Usted que es como una detective más en plantilla.

La oí reír complacida y luego su voz animada y enérgica me informó llena de entusiasmo.

—Inspectora, no es que el hermano Magí y yo hayamos encontrado nada especial en el caso; pero por lo menos en el archivo diocesano nos han orientado hacia el lugar al que debemos ir.

—No la entiendo.

—Hemos sabido que existe una biblioteca eclesial, llamada la Balmesiana, especialista en todos los acontecimientos de la Semana Trágica. No le diré más que una cosa para que se haga cargo de la importancia del dato: ¡el director tiene acceso al Archivo Secreto Vaticano!

—¡Vaya! —exclamé aparentando una sorpresa valorativa de las grandes.

—¡Y es también archivero mayor del archivo general de los capuchinos!

—¡No me diga más! —reincidí en la exclamación empezando a ponerme nerviosa—. ¿Y eso qué quiere decir?

—Inspectora, eso significa que podremos consultar un montón de documentos especialmente seleccionados sobre la época que nos interesa. Quizá de ahí sí podremos extraer detalles sobre la personalidad de Caldaña, dónde vivía, de dónde era originaria su familia, qué sucedió exactamente durante el proceso...

—¿Y qué han hecho al respecto?

—Tenemos concertada una visita para mañana, ¡y nos recibirá el propio director!

—Magnífico. En cuanto averigüen algo, hágamelo saber.

—¡Por supuesto, inspectora. A la orden! —dijo en tono festivo, y se echó a reír.

Quizá los policías estábamos pasando por un mal trago, pero era evidente que éramos los únicos. Nuestros colaboradores se divertían como chavales. El doctor Beltrán se lo pasaba bomba haciendo especulaciones cercanas a lo literario y aquel par de monjes veían el cielo abrirse con tanto aporte intelectual y salida de la rutina. Me imaginaba perfectamente a la alta y fuerte Domitila abandonado el hábito y vestida de Sherlock Holmes. Al final, las características místico folclóricas de la maldita momia medieval estaban haciendo olvidar a todo el mundo que nos enfrentábamos a un hecho trágico: dos muertos reales y recientes. Todo aquello se estaba convirtiendo en una entretenida pantomima.

Garzón puso cara de póker cuando le conté la al parecer magnífica noticia del archivo balmesiano. Para que comprendiera que era algo muy estimulante lo conminé a que reaccionara de algún modo.

—¿No me dice nada, no hace preguntas?

—¡Y yo qué voy a decir! Ellos son sabios, ellos sabrán; pero para mí que por un fraile y una mendiga no van a abrir los archivos secretos del Vaticano ni de coña.

—Nadie ha mencionado que tengan que hacerlo. Lo que buscamos es...

De repente me acometió un verdadero éxtasis de cansancio, de absurdo, de impotencia y desesperación. Me interrumpí, busqué un cigarrillo y, tras encenderlo, exhalé una nube de humo que era como una señal de socorro.

—¿Le ocurre algo? —se dio cuenta enseguida de algo raro el subinspector.

—Estoy hasta el moño de todo esto, Fermín. Lo cambiaría por cualquier crimen pasional, por una reyerta callejera con resultado de muerte por navajazo, por un atropello accidental con huida posterior del conductor, por...

—¿Quiere que vayamos a tomarnos una copa?

—Dudo de que sea una buena solución, sobre todo porque Yolanda y Sonia están esperando fuera.

—Vale, pero cuando acabemos con ellas nos emborrachamos, ¿qué le parece? A la salud de la Iglesia, del papa y de los capuchinos calzados con alpargatas.

Le sonreí. Siempre valoraba sus gestos de amistad, sobre todo los que consistían en proponer una ingesta etílica que nos dejara fuera de juego.

—No le digo que no —murmuré, e hice pasar a nuestras jóvenes agentes.

Estaba segura de que habían llegado a un acuerdo entre las dos conforme siempre hablaría Yolanda. Debía de ser el último sistema que les quedaba por ensayar para que no me subiera por las paredes con sólo oír una palabra de Sonia.

—Vamos con los Caldañas que habéis visitado ya —intenté sintetizar desde el principio.

—Son cuatro y todos familias normales que no parecen tener nada que ocultar. —Sacó un bloc de notas y leyó—: Gerardo Caldaña Ortiz, cuarenta años, tiene una parada de pescado en el mercado de la Concepción. El día de autos...

—Un momento —la detuve—. ¿Tiene hijos jóvenes?

—¿Cómo? —preguntó desorientada.

—Es preciso que reiniciéis la investigación teniendo en cuenta este informe —alargué hacia ellas los papeles del psiquiatra.

—¿Otra vez el psiquiatra? —casi exhaló la pregunta Yolanda.

—Averiguad si esas familias tienen hijos jóvenes, si pueden estar en un contexto marginal, dónde viven éstos, en qué se ocupan... y si hay algo que os llama especialmente la atención nos lo comunicáis a nosotros, pero también al doctor Beltrán.

Sonia emitió un sonido, antesala de una frase, que

Yolanda se apresuró a interceptar con una mirada fulminante. Como no aprobaba ese tipo de censura previa, le dije a la primera de modo circunspecto:

—Ibas a decir algo, ¿se puede saber qué?

—Pues, yo me preguntaba, bueno, le quería preguntar a usted si ahora cuando el doctor Beltrán nos diga algo, ¿hemos de tomarlo en serio?

Yolanda apretó los puños como señalando una fatalidad y sólo relajó la musculatura cuando, no percibiendo ningún grito estruendoso, me oyó bien al contrario bisbisear contenidamente:

—Sí, hija mía, sí.

Cuando salieron del despacho me volví hacia Garzón y afirmé, categórica:

—¡Esa copa, Fermín!, me hace falta.

La Jarra de Oro estaba a rebosar. Los clientes, eufóricos Dios sabe por qué, brindaban y pegaban berridos inhumanos, que en España significan felicidad. El subinspector enseguida se hizo cargo de la situación sólo con dos miradas: una a los parroquianos y otra al televisor.

—Es que acaba de ganar un partido el Barcelona —sentenció.

—Ya, pues más parece que haya estallado la revolución. ¿Por qué no nos vamos a otra parte?

—Espere, que van a repetir las jugadas principales y así les echo una miradita.

Se acercó provisto de su cerveza al receptor y yo me quedé quieta en la barra soplando la espuma de la mía. ¿A todos aquellos ciudadanos afanosos de victorias deportivas y jolgorio, también les interesaría nuestra momia? ¿Qué mundo era el real, el nuestro o el suyo? Porque mucho me temía que ambos juntos formaban una imposible contradicción. En medio de aquella coyuntura filosófica sonó mi móvil. Como no conseguía oír a mi reclamante, salí un momento a la calle y allí, un aire frío y una voz gélida me dejaron helada. Era la madre Guillermina.

—Inspectora, he de hablarle muy seriamente. ¿Puede pasar por el convento?

—No —respondí con una calma asombrosa incluso para mí misma.

—¿Y puedo saber por qué no puede o no quiere venir?

—Verá, madre; porque el Barça ha ganado un partido importantísimo y porque mi plan es emborracharme.

—¿Cómo dice?

—Quizá usted no lo comprenda, pero es así. La gente se interesa por cosas vivas, reales, por cosas que pasan, como por ejemplo el fútbol. Lo que nos ocupa a usted y a mí, momias, asesinos y oscuridades varias, no le importa a nadie más, créame.

Quedó un momento callada y luego dijo con genuina preocupación:

—¿Se encuentra bien, inspectora?

—Iré mañana a primera hora, madre, se lo prometo.

Cumplí mi palabra, entre otras cosas porque Garzón y yo no fuimos a emborracharnos tal y como habíamos proyectado. No, no en aquella ocasión; teníamos demasiadas cosas pendientes como para lanzarnos a la vorágine y primó el sentido común en el último momento. Así, al día siguiente, llena de salud y de claridad mental, entré en las corazonianas a tiempo para visitar a la directora antes de que se embarcara en una de sus pautadas sesiones de rezos. Sabía lo que iba a decirme: protestas y ruegos, ruegos y protestas. Sin embargo, no tenía más remedio que jugar con ella el juego de la diplomacia cortés. Finalmente una de sus no muy numerosas monjas estaba trabajando para nosotros; y por si fuera poco, poníamos en tela de juicio público a su principal fuente de financiación: los

Piñol i Riudepera. Pero sobre todo fui porque la madre Guillermina me caía simpática.

No me equivoqué en absoluto. Empezó con los ruegos, todos asimilables en uno: discreción; y siguió después con las protestas; no consiguiendo tampoco sorprenderme con ellas.

—Me tienen el convento desmadejado con esta investigación. No sólo hablo del nerviosismo que se vive en los claustros desde la muerte del hermano Cristóbal, sino de la hermana Domitila, tan en su papel de detective que se pasa la vida fuera de estos muros.

—¿Y qué quiere que haga yo? ¿Sabe lo que soporto sobre mis hombros en estos momentos? —decidí sorprenderla yo—. Presión, madre Guillermina, auténtica presión. Mis superiores tensan la cuerda, los periodistas también, y por supuesto el hijo del señor Piñol y los familiares de las víctimas y... ¡todos me exigen unos resultados que no dependen de mí! Y puedo asegurarle que hace un montón de tiempo que no convivo normalmente con mi familia, que no tengo tiempo para nada personal. Me paso la vida pensando en el asesino del hermano Cristóbal y de esa mujer, en el ladrón de su maldita momia, en la historia de España, en... —me interrumpí, bajé la voz—. Lo siento, no pretendía ser tan desagradable.

Mi repentina andanada la sumió en un silencio culpable. Me miró con apuro. Chasqueó la lengua.

—¡Caramba!, le aseguro que no tenía ni idea de que estuviera usted tan presionada.

—Pues ya ve.

—No quiero ser injusta en ningún caso. Lo que ocurre es que... bueno, la hermana Domitila parece haber olvidado sus obligaciones en este convento. ¡Hasta a la pobre hermana Pilar la tiene abandonada! Antes estaba siempre pendiente de sus estudios y progresos. En cambio, ahora no vive sino para el tema del asesinato, no para de pensar en él; eso cuando no anda de archivo en archivo acompañando al hermano Magí.

—Todo es culpa mía; ella no ha elegido ese papel.

—Ya, claro, y en cuanto al nieto del señor Piñol...

—Se está llevando el asunto con extraordinario tacto. El juez ha decretado por fin el secreto del sumario. Me temo que al final trascenderá a la prensa, no podremos evitarlo, pero todo se hará de la mejor manera. Estamos controlando cualquier filtración. Por cierto, ya sabe que estuve hablando con don Heribert.

—¡Por supuesto que lo sé!

—Me pareció todo un caballero, un hombre inteligente y con sentido de la moral.

—Así es exactamente.

—¡Qué diferencia!, ¿no?

—¿Diferencia?

—Con su nieto. Su nieto es un tipo prepotente, grosero y presuntuoso.

Se le iluminaron los ojos y no rechistó. Supuse que debía de haber tenido una escena con él al teléfono. Para no quedar en evidencia se limitó a decir:

—En fin, cada uno es como es. ¿Nos tomamos un cafelito?

Superado el proceso de hostilidades, le sonreí. Saqué un paquete de cigarrillos y le ofrecí uno. Dudó.

—Tan pronto por la mañana...

—Anímese, madre; y quédese con el paquete también.

—¡No, no, ni pensarlo!, aunque... ¿sabe qué tengo que hacer a veces? Pedirle a mi familia que me mande algún cartón de tapadillo. Me da vergüenza que las monjas sepan de mi debilidad y como tengo que incluir el tabaco en los pedidos de intendencia pues...

—Lleva usted razón, quien tiene el poder no debe consentir que los demás conozcan sus puntos flacos.

—¡No lo hago por eso! A mí el poder no me importa demasiado, más tranquila estaría sin él. Lo que ocurre es que siendo débil doy muy mal ejemplo. Las hermanas pensarán: si ésta, siendo la superiora, es incapaz de renunciar al humo, cualquiera de nosotras también puede permitirse licencias.

—¿Y eso le preocupa?

—En realidad, no. Esas pequeñas licencias son las que nos permiten seguir, uno debe pensar que maneja la vida a su antojo, aunque sólo sea un poquito. De lo contrario, nos convertiríamos en seres perfectos y la perfección es sinónimo de monstruosidad.

Me quedé mirándola con simpatía. Bajo aquella cofia, toca o como coño se llamara, tenía un cerebro bien amueblado.

—El próximo día le regalaré un cartón de tabaco.

—¡Ah, no, ni hablar! En todo caso... bien, en todo caso puede traérmelo y yo se lo pagaré.

—Le advierto que se lo cobraré a precio de mercado negro...

Se rió de buena gana.

—¡Cómo es usted, inspectora! Si algún día resuelve este caso...

—¿Se atreve a ponerlo en duda. Es que no tiene fe en mí?

—Tengo más fe en Dios.

—Pues dígale que nos ayude, madre, porque la investigación está empezando a alargarse demasiado.

Salí de buen humor, aun cuando la hermana portera me lanzó una de sus aviesas miradas. A lo mejor debía meterme monja en aquel convento: vivir sin sobresaltos, sin estrés, sin deseos ni metas terrenales. Una charla filosófica con la madre Guillermina de vez en cuando, un cigarrito... pero de repente pensé en Marcos y mi vocación se esfumó. Aún había cosas en el mundo que me interesaban.

Miré el reloj y quedé perpleja al comprobar que había perdido mucho rato en el convento. ¿Y Garzón? ¡Qué raro que no me llamara! ¡Dios, había olvidado conectar el teléfono aquella mañana! De ahí tanta paz. Le llamé yo.

—¿Dónde está, subinspector?

—Inspectora, no contestaba, la he llamado muchas veces y...

—Sí, lo sé, ¿qué sucede, Fermín?

—La otra pata.

—¿Pero qué carajo dice?

—El otro pie de san Assumpto, inspectora, bueno, el beato o lo que leches fuera, ha aparecido cortado en el portal del convento de los escolapios.

—¡No me joda, éstos no estaban en la lista! Dígame la dirección.

—Ronda de Sant Pau, número 72.

—Voy para allá.

Era igual de flaco, deforme y repugnante que el que habíamos encontrado en primer lugar. También incluía la sandalia y, dentro de las circunstancias, no parecía haber sufrido deterioro. En esta oportunidad tampoco había cartel anunciador ni nada que significara un intento de firma por parte del extraño carnicero.

—¿Y esto cómo se come? —le pregunté al subinspector en un arranque de mal genio.

—Con patatas, inspectora, ¿qué quiere que le diga? —Estaba casi de tan mal humor como yo.

Los encargados de la limpieza, un matrimonio, rodeados de nuestros compañeros y de algunos monjes, se afanaban por contar una y otra vez la misma historia. Al ir a empezar su trabajo aquella mañana habían encontrado una bolsa de papel colocada junto al portalón. En el interior había un saquito y, dentro, estaba aquella cosa.

—Al principio —enfatizaba la esposa—, iba a tirarlo a la basura porque la verdad es que me dio asco. Pero luego, mirándolo bien, me di cuenta de que tenía como dedos y... bueno, no me pareció que fuera humano. ¿Sabe en qué pensé, inspectora? Pensé en aquellos exvotos de cera que había antes en las sacristías de las iglesias y que la gente ponía como promesa. En la de mi pueblo había un montón, hasta que un cura más moderno que vino dijo que todo aquello era una porquería y lo hizo retirar. Pues eso es lo que me pareció, pero aun así enseguida supe que tenía que llamarles a ustedes por si era una amenaza, un vudú que nos hacía algún enemigo o algo así.

Atajé aquella verborrea que estaba empezando a parecerme intolerable.

—¿Vieron a alguien o alguien les ha comentado si fue testigo de algún movimiento especial?

—Nadie, inspectora. Nadie vio nada, fue lo primero que hicimos, preguntar a los del taller de motos que está ahí; aunque yo ya me imaginaba que no sabrían nada porque nosotros solemos ser los más madrugadores del barrio.

—¿Han visto a alguien o algo sospechoso en los últimos días? —les pregunté a ellos y a los religiosos.

—¿Sospechoso? Pues nada, aquí más o menos siempre viene la misma gente. No digo yo que no pase algún desconocido de vez en cuando, pero en general...

—Gracias, señores. Tendrán que ir a declarar.

Antes de que la señora me contara lo que opinaba sobre el cambio climático, me dirigí a los tres escolapios que estaban presentes.

—¿Saben si su convento fue quemado en 1909, durante la Semana Trágica?

Pusieron cara de haberse topado con una loca y ninguno supo contestar.

—¿Puedo hablar con su superior?

—No está, se encuentra de viaje en el Vaticano.

Era obvio que los eclesiásticos viajaban mucho por asuntos de trabajo. Preferí encontrar otras fuentes de información.

Pedí a los hombres que buscaran testigos en los portales de la calle y las calles adyacentes. Garzón estaba observando la bolsa que contenía el pie cercenado con cara de prevención.

—¡Joder, al pobre beato lo van a dejar hecho un cristo!

—Mande inmediatamente esa bolsa a los compañeros de la Científica, aunque me apuesto algo a que no hay ni una huella. Adivine qué otra apuesta quiero hacer.

—No es difícil.

—Pues vamos a comprobarla.

Nos dirigimos al ayuntamiento del barrio y reclamamos la presencia del concejal de urbanismo. Era bastante complicado justificar por qué motivo queríamos saber qué edificio se erigía en 1909 en el lugar donde ahora estaban los escolapios; de modo que nos limitamos a decir que éramos policías y necesitábamos el dato para una investigación. Naturalmente el pobre concejal se quedó patidifuso, pero por fortuna se trataba de un chico joven que no parecía encontrarle ninguna gracia especial a poner dificultades. Se tragó la curiosidad, si es que la sentía, y respondió con toda amabilidad:

—Podemos mirar en el archivo informático; pero si confían en mí, conozco un sistema mucho más rápido y fiable.

—Adelante —dijo Garzón.

Entonces aquel chico consciente de sus deberes se levantó de la mesa de despacho y dijo con aire de misterio:

—Acompáñenme.

Creí que iba a echarnos sin contemplaciones, porque emprendimos el camino de la salida; pero antes de enfilar la puerta, nos metió en un pequeño garito de vigilancia en el que un conserje tenía la oreja pegada a un transistor.

—¿Cómo vamos, Demetrio? —le saludó.

—Pues ya ve —respondió serenamente aquel hombre que frisaba los setenta.

—Mire, es que estos señores querían saber qué había

antiguamente donde ahora están los escolapios de la Ronda de Sant Pau.

—¿El edificio de los escolapios?

Garzón y yo asentimos, fascinados por toda aquella maniobra. Sin dudarlo un instante, el hombre consideró que era una ocasión lo suficientemente importante como para apagar la radio y, tras hacerlo, sentenció con la seguridad de un catedrático emérito:

—¡Ah, sí, hombre, ahí estaba el antiguo convento de Sant Antoni, que se quemó o mejor dicho lo quemaron durante la Semana Trágica! Estuvo un tiempo deshabitado y luego lo compraron los escolapios para su congregación. Creo que la iglesia sigue bastante igual a como era, pero el coro se perdió.

Salimos de allí convencidos de que los ordenadores no eran sino un recurso paliativo de haber perdido la sabiduría tradicional, que se conserva en la gente. Garzón parecía muy contento, como un cocinero al que le estuviera saliendo bien una receta complicada.

—Bueno, esto va que chuta. ¿Qué más pruebas necesitamos para saber que estamos en la honda correcta? Yo creo, humildemente, inspectora, ya conoce usted mi proverbial humildad, que deberíamos acudir en refuerzo de nuestras dos jóvenes agentes, y ponernos a buscar Caldañas como quien busca caracoles tras una tormenta estival. La teoría de la Semana Trágica funciona.

—Habrá que esperar a que la Científica analice la segunda pata, ¿no le parece?

—Yo no esperaría demasiado. Usted sabe que esa pata estará más limpia que la de un minero el sábado por la noche. El tipo que cortó la primera ya tiene experiencia y *savoir faire*. ¿O cree que va a cometer un fallo a estas alturas cuando no lo ha cometido antes?

Una especie de extraña desesperación interior me obligaba a hacer sonar los huesos de mis nudillos, cosa que no suelo hacer jamás.

—O sea, que el asesino se está autoinculpando de un modo cada vez más flagrante. Prácticamente nos está llamando imbéciles por no haberlo localizado ya.

Garzón se quedó un tanto perplejo.

—En fin, inspectora; con los datos que nos ha dado el psiquiatra es fácil deducir que ese tío está esperando que lo cacemos para ver culminada y publicitada su hazaña. No nos enfrentamos a una persona normal. Le aseguro que la gente normal no anda robando beatos por ahí, y mucho menos cortándoles las peanas después.

—Vámonos a un bar.

—¿A cuál?

—A cualquier puto sitio. Necesito tomar una copa.

—¿Está impresionada por la pata del santo?

—Sólo necesito pensar.

Vino conmigo, pero no me costó darme cuenta de que no aprobaba en absoluto mi frialdad ante los descubrimientos. Peor para él, yo no me veía con ánimos de ir completando las adivinanzas del asesino juguetón sin oponer al menos un poco de resistencia mental. Siempre he detestado que me señalen el camino, mucho más si es un oponente declarado quien lo hace. Pero no era sólo esa rebeldía la que me llevaba a recelar de la opción en la que estábamos profundizando más y más. Había en mí una incomodidad manifiesta, una desazón que no conseguía quitarme de encima. ¿Tenía todo aquello algún sentido? Las complicadas deducciones que, gracias a nuestra asesoría histórica, habíamos podido realizar, ¿nos llevaban a un puerto lógico, inteligible, cabal? El caso había tenido una característica clave: perseguíamos una sombra que iba dejando tras de sí un rastro de absurdo. Y eso me llevaba a preguntarme una y otra vez: ¿quién en nuestro mundo práctico, materialista, lleno de intereses y prisas, es capaz de elaborar un absurdo enorme, barroco, fantasmal? Aquel zapato no me calzaba bien, por más que intentaba forzar el pie en su interior. De repente advertí que el subinspector, sentado en un taburete enfrente de mí y con un vaso de cerveza en la mano, me miraba con mala cara.

—No me perdonaría interrumpir sus fascinantes pensamientos, pero sólo quería recordarle que brindar de vez en cuando es un signo de civilización.

—¡Perdóneme, Fermín, no tengo remedio! Me había distraído.

—Me lo pareció.

—Tengo una curiosidad —se me ocurrió decir para no comunicarle mis dudas, que generarían un debate estéril sobre el caso—. ¿Usted le cuenta a Beatriz algunos pormenores del caso?

—¡Hombre, Petra, pormenores lo que se dice pormenores... pues la verdad es que sí. Iba a decirle una mentira, pero no creo que sea necesario. Al principio le pasaba muy escasos datos a mi costilla; pero desde que nos metimos en este asunto de la momia, ella me ha ido preguntando con tanta sutileza y tanto disimulo que, al final... he de reconocer que le he contado lo más gordo. Pero confío por completo en su discreción.

—Debería pegarle una bronca, pero la verdad es que no me encuentro con ánimos.

—Y usted, ¿le cuenta algo al arquitecto?

—¡Pero si casi no nos vemos!

—Es lo que tiene el trabajo; ya se sabe.

—Sí, de acuerdo, se sabe, pero yo tenía la ilusión de que el matrimonio me ayudaría a cambiar ciertas cosas, como por ejemplo el orden de las prioridades vitales, aunque no ha sido así.

—¿Y usted por qué siempre quiere cambiarlo todo?

—La vida es cambio continuo, Fermín, y ese cambio, si lo hiciéramos bien, debería consistir siempre en un perfeccionamiento.

Me miró con curiosidad y un punto de ironía.

—De acuerdo en que no trabajar sería un cambio cojonudo, pero ya me dirá cómo se hace eso.

—No me refiero a dejar de trabajar por completo, sino a implantar en los días cotidianos cierta armonía entre todas las cosas que uno debe hacer.

—Quizá Marcos y Beatriz pudieran permitirse ese lujo, pero lo que es usted y yo... nosotros somos policías, inspectora, y un policía metido en un caso se convierte en una especie de perro entrenado que sólo tiene en la mente la orden que le han dado.

—¡Joder!, supongo que utiliza esa imagen para reconfortarme, ¿no?

—No, es para que no se me agilipolle usted, que últimamente está un poco fuera de tono. Déjese de chorradas, Petra, usted es policía hasta la médula de los huesos, igualito que yo. No la veo regresando pronto a casa porque su marido la espera, ni cogiendo florecillas del jardín para poner un bonito ramo sobre la mesa.

—¿Por qué razón no me ve en ese papel?

—Hay muchas razones. Primera: aunque le fastidie reconocerlo, usted posee un gran sentido del deber. Segunda: le gusta investigar. Cuando nos ocupamos de un caso complicado como éste, su mente se pone al rojo vivo y no deja ni un segundo de darle vueltas al tema. Y tercera: a su marido le gusta que sea así: reconcentrada y metida hasta los ojos en la búsqueda. Si tuviera una vida más armoniosa y dejara más espacio para la rutina familiar, el arquitecto se aburriría como una ostra con usted.

—Creo que es mejor que nos marchemos, si sigue dándome ese tipo de argumentos para que me anime, no descarto suicidarme a lo bonzo en cuanto encuentre la ocasión.

Se reía como un sátiro que hubiera logrado escandalizar a todo un colegio de niñas. Quizá ponía sus propias experiencias en la piel de mi marido y quien se hubiera aburrido con una Petra más equilibrada hubiera sido él. De cualquier modo, a pesar del poco consuelo real que encontraba hablando de aquel tema con mi compañero, nadie podía negar que su ejemplo me aportaba cosas positivas. La más importante: su capacidad de englobar todos los acontecimientos de la existencia en el plano de la normalidad. Puede que careciera de explicaciones para los hechos igual que me sucedía a mí, pero rápidamente les daba cabida en el mundo real, y si el mundo es como es, ¿por qué entrar en un conflicto interior que te lleve a cuestionártelo todo? ¡Ah, Fermín Garzón!, en hombres como él mora la esencia de la felicidad.

Marcos tampoco era manco en cuestión de filosofías posibilistas. Aquella noche estaba en casa zampándose un yogurt y, en cuanto me vio, me saludó como si fuera una vieja amiga a quien le encantara volver a saludar.

—¡Qué alegría, Petra, creí que llegarías más tarde!

—Sí, y si pensamos en que hubiera podido no regresar, mucha más alegría aún.

Me dio un beso en la boca apretándome las mejillas con su mano. Intenté liberarme, le di un pequeño sopapo.

—¡Déjame! ¿Estás loco?

—¡Estoy feliz! ¡Por fin se han firmado todas las modificaciones en el proyecto del hotel!

—¡Fantástico, qué bien!

—Bueno, eso sólo significa que ya podemos pasar a la fase de construcción; pero después de tantos problemas ya es mucho. ¿Qué te parece si salimos a cenar para celebrarlo?

Me encontraba tan cansada como si hubiera subido el Everest llevando a Garzón en brazos, pero imaginé que aquellos eran los momentos en los que una enamorada debe olvidarse de sí misma en beneficio del ser amado. Como tampoco estaba proponiéndome que me pusiera junto a él frente a un pelotón de fusilamiento, salimos a cenar a un restaurante francés.

13

Tenía aún la sensación de que los efluvios del magnífico borgoña que habíamos tomado en la cena rondaban por mi cabeza, cuando el teléfono sonó. Miré de reojo el despertador. Eran las siete de la mañana y Marcos ya no estaba en la cama junto a mí. Para colmo de desgracias concatenadas, quien llamaba era Garzón. Respondí con escaso entusiasmo.

—¿Qué demonio pasa, Fermín?

—Cagada mayúscula, inspectora.

—Dígame de quién antes de cuál.

—Del juez Manacor.

—¡Adelante, no me haga preguntar cada vez!

—El muy lechuguino ha prohibido a un periodista que publique una información relativa al caso de la momia. Claro que el cretino del plumífero se lo buscó, porque no se le ocurrió nada más que pedirle permiso para la publicación, como ya hay secreto de sumario...

—¿Qué tipo de información era?

—Nada, una gilipollez, una entrevista con el puto hermano de la pobre Eulalia, que habrá cobrado un pastón por no decir nada. Pero al inexperto del juez nadie le ha advertido de que se le va a echar toda la prensa encima.

—¿Piensa que eso nos concierne?

—Estaremos sometidos a más presión mediática que nunca cuando pensábamos estar tranquilos.

Hubo una pausa por su parte, un silencio por la mía. Un tiempo muerto para los dos.

—Inspectora, si no me pregunta nada, ya no sé qué más decirle. Dígame algo usted.

—Que los follen.

—¿A quiénes?

—A todos.

—Eso es una declaración de principios, pero ¿desde el punto de vista práctico?

—Nosotros seguiremos haciendo nuestro trabajo exactamente igual que siempre.

—¿Y si aparecemos en la primera página?

—Iré a la peluquería para estar presentable.

—Bien —se limitó a comentar—. ¿A qué hora llegará a comisaría?

—En cuanto consiga levantarme.

—Bien —repitió con toda seriedad. Y colgó.

Conseguí a duras penas ponerme en pie. Me puse una bata y busqué a Marcos. Lo encontré en la cocina, perfectamente arreglado, listo para desayunar.

—¿Por qué madrugas tanto hoy?

—Es casi la misma hora de siempre, lo que ocurre es que tú estás muy perezosa.

Llevaba razón, me sentía como se sentiría una zombi en caso de existir. Me restregué los ojos y me senté. Marcos puso delante de mí una taza de café que le agradecí en silencio.

—Hoy me espera un día muy movido —dijo—. Parece absurdo, cuando el gran trabajo de preparación de las obras está por fin culminado, entonces llega el momento de ponerse a trabajar de verdad.

—Por lo menos tú sabes lo que te espera. Eso es mucho más de lo que yo puedo decir. En este momento, si me preguntaran en qué punto de la investigación estamos, no sabría qué contestar. Además, todo me suena rarísimo de pronto, como si los acontecimientos se produjeran a kilómetros de aquí.

Marcos me cogió una mano y me miró intensamente con sus bonitos ojos.

—Petra, nunca me atrevo a decirte esto porque temo que lo tomes a mal; pero quiero que sepas que si en algún momento te cansas de tu trabajo, que si por alguna razón decidieras dejarlo... bueno, yo te apoyo sin ninguna duda. En realidad no necesitamos tanto dinero para vivir, y yo siempre estaré a tu lado en cualquier decisión que tomes.

Bebí un sorbo de café, le di unas palmaditas en el hombro.

—Te lo agradezco de verdad. Es bueno saber que en cualquier momento puedes permitirte el lujo de enviarlo todo al cuerno, momias medievales incluidas.

Me dio un beso en los labios y se marchó a toda velocidad. Me quedé sola en la cocina cómoda, tibia, agradable. El olorcillo del café empezó a reconfortarme. ¿Sería positivo para mí dejar la policía? Todo aquel discurso de Garzón sobre la pertenencia absoluta de nuestras almas al Cuerpo Nacional no dejaba de ser una mixtificación. Nadie ha nacido para desarrollar una función de modo exclusivo y absoluto. Las circunstancias de la vida y, sobre todo tu propia personalidad, son lo que te lleva a enfrascarte en algo con vehemencia mayor o menor. En realidad, aquel que hace de su ocupación profesional algo tan trascendente como para copar buena parte de su vida, es porque tiene carencias en otros campos de ésta. ¿O no? Teorías, teorías, como diría Garzón. ¿De qué sirven las teorías si después de elaboradas, uno es incapaz de obrar según las mismas? ¿Quería dejar de ser policía? ¿Qué haría durante el resto de mi existencia? Se me ocurrían muchas cosas apreciables: leer más horas diarias, visitar a los amigos, estar en compañía de Marcos, tomar el sol, comprarme varios perros a los que sacaría a pasear, disfrutar de mis hijastros cuando vinieran a vernos... claro que había que contar con que los demás tienen sus propias vidas, sus quehaceres, su orden de prioridades... Por ejemplo, en una mañana como aquella... en una mañana como aquella podía salir, ir de compras, comer con una amiga y esperar, esperar a que Marcos llegara, a que alguien me llamara... esperar. Me levanté y me preparé una tostada, la unté con mantequilla. Esperar no era una de las actividades que se me daba bien. Incluso podía decir que era algo que detestaba. De hecho, me molestaba incluso esperar mi turno en una tienda o la llegada de un autobús. No, no me apetecía nada ocupar el hueco que las personas amadas hicieran para mí. Quería ser protagonista de mi propia vida, y eso pasaba por hacer lo único que sabía: investigar. Me levanté y volví al dormitorio. Me miré en el espejo y vi a una mujer de mediana edad que, vestida con una bata de rayitas azules, se preguntaba qué hacer durante el resto de la jornada. Entré en la ducha con gesto decidido y a medida que iba poniendo jabón sobre mi cuerpo desnudo y frotándolo después, notaba cómo una energía casi demoníaca me invadía por completo. ¡Podía prepararse aquel maldito asesino destripador de momias! Lo atraparíamos, así se llamara Caldaña o Luis Candelas. Ahora sí que iba a ir a por él aunque me costara la salud mental, el matrimonio, la hacienda, la paz.

Apenas me hube vestido, sonó el teléfono de nuevo, y de nuevo era Garzón.

—Inspectora, ¿dónde está?

—A punto de llegar a comisaría. ¿Ha pasado algo?

—Sí. Pero la verdad es que me da hasta corte decírselo.

—No le entiendo.

—Inspectora, ahora fray Ambrosio es manco también. Ha aparecido una mano en el club de tenis de Horta. Y no hace falta ni que lo piense, es uno de los lugares donde había una iglesia convento románicos quemados durante la Semana Trágica. Ya he consultado con los expertos. Se trata de la iglesia de San Juan, erigida en el primer cuarto del siglo XX y perteneciente a la Noble Casa de Cortada. Ya ve que hasta me lo he aprendido de memoria. La quemaron durante la semanita de marras y en 1912 pasó a manos de dicho club.

—¿Dónde está usted?

—Iba a dirigirme al lugar del hallazgo, en la calle Campoamor, pero...

—Pero ¿qué?

—¡Dios mío, inspectora, la comisaría está en estos momentos como una olla de grillos! Coronas se ha puesto histérico, el psiquiatra ha sido informado y dice que nuestro asesino está dando señales de alarma antes de a lo mejor volver a matar. Villamagna está intentando contener a los periodistas que andan prácticamente amotinados. Yo casi le aconsejaría que se diera media vuelta y nos viéramos en Horta.

—Deme la dirección exacta. Y avise a los de la Científica, un poco más de animación no nos vendrá mal.

La mano del beato estaba metida en una bolsa de papel de estraza y la había encontrado el primer vecino que salía por la mañana a trabajar, cruzando frente a la puerta del club de tenis, cerrado aún. Ni siquiera la miré. Los compañeros de la Científica habían llegado antes que yo y se encontraban buscando algún indicio que pudiera reseñarse, si bien con escasas esperanzas. Todo parecía haber seguido el mismo sistema que en las ocasiones anteriores, y en éstas la asepsia absoluta había sido la característica principal. Los habitantes de las cercanías aseguraban que aquella calle no estaba transitada por las noches. Eso significaba que probablemente la mano siniestra debía llevar tiempo allí, o quizá algunos vecinos habían entrado y salido de sus casas sin haberla advertido.

Me acerqué al inspector científico y lo interrogué con la mirada. Se encogió de hombros con aire de impotencia.

—Estamos recogiendo pelos y un par de colillas, pero en un lugar donde pasa tanta gente... no tiene mucho sentido, la verdad. Cuando llevemos la mano al laboratorio te diré algo, pero ni siquiera han terminado los análisis del último pie. De momento, por lo que he visto, el proceso es el mismo: tajo limpio con un instrumento muy afilado y muy grande. Así que ya ves el panorama.

—Ya lo veo, ya.

—Quizá cuando le corte la cabeza al santo tengamos más superficie para explorar.

Aprecié su tétrico sentido del humor, tan del país. Pero a aquellas alturas mi teléfono móvil se había convertido en una atracción de feria que no dejaba de emitir pitidos y mensajes posteriores.

—¿No piensa contestar? —me preguntó el subinspector.

—No, que sigan grabando aullidos y denuestos, que es lo que deben de estar haciendo. Déjeme su teléfono, voy a llamar desde él. Así les dejo margen a mis acosadores para que continúen con su labor.

Marqué el número del hermano Magí, que me contestó enseguida con su voz tranquila de intelectual conectado con la divinidad.

—Hermano, ¿cómo lo llevan?

—Hemos avanzado, inspectora, no crea que no, pero la cosa requiere cierta morosidad. Ya tenemos varios documentos en los que figura el tal Caldaña, pero claro, lo que necesitamos es una pista que nos lleve a la familia en sí: domicilio, procedencia, cuál era su profesión... y para eso hace falta revisar todavía muchos archivos; suponiendo que esos datos estén consignados en alguna parte, naturalmente.

—Sigan, y si es necesario dediquen más tiempo, por favor. Acaban de encontrar una mano cortada del beato.

Quería ver cómo reacciona alguien que no puede soltar tacos ni renegar cuando recibe una noticia muy impactante. Me decepcioné un tanto, porque el monje hizo lo que hacemos todos en muchas ocasiones: recurrió a Dios.

—¡Dios mío, Dios mío! —dijo y se preguntó—: ¿Cuándo acabará esta pesadilla?

Pero yo estaba convencida de que la auténtica pesadilla ya había acabado. No creía en absoluto que el asesino se propusiera matar de nuevo. No, todo aquello era un juego que, teóricamente, debía llevarnos hasta él. Además, según la línea de investigación que sustentaba nuestros movimientos, el móvil de toda la historia no había sido otro que robar la momia y llamar la atención. No iba a dejarme presionar en ese sentido, si teníamos prisa era por la dimensión pública que el caso había adquirido, no porque existiera riesgo de nuevas muertes.

Así se lo dije al comisario Coronas; pero la firmeza con que lo hice no me libró en absoluto de su desabrida reprimenda.

—Petra, esto no puede seguir así, aunque no haya otros crímenes, con dos ya tenemos más que suficiente para que se haya organizado un circo en toda regla. Y encima usted sabe que pasamos sobre arenas movedizas: la Iglesia, un apellido conocido en la sociedad barcelonesa...

—Señor, estamos haciendo lo humanamente posible.

—Pues no es ésa la sensación que se tiene. ¿Ha leído los periódicos? Por culpa del juez ahora estamos en el punto de mira con mucha más virulencia. Tanto es así, que he pedido al juzgado que levante el secreto del sumario y la prohibición de informar a ese periodista en beneficio de la investigación. Pero a mí todo esto me importa un cuerno, ¿comprende?, un cuerno; lo que de verdad está haciendo daño es la imagen policial que estamos dando. Esto dura demasiado ya. ¡Por lo menos al principio me pedía operativos especiales! ¿Qué pasa ahora, a qué viene semejante parón?

—Señor, usted ha seguido los informes día a día y sabe en qué punto exacto estamos.

—Sí, lo sé, y me parece un punto muerto.

—Pero no lo es. ¿Cómo decirlo? Estamos en un caso con contexto histórico y hemos recurrido a procedimientos de investigación histórica para resolverlo; pero eso lleva tiempo, claro está. La historia es cuestión de siglos; lógico es pues deducir que nuestra metodología se desarrolle con cierta lentitud. En realidad hemos escogido un sistema idóneo para el caso.

—¿Eso significa que si estuviéramos investigando el asesinato de un corredor de fórmula 1 iríamos a toda leche?

—No, señor, hablo en serio; piense en las largas misiones de los arqueólogos, en todos los años que se invirtieron en descifrar la piedra Rosetta.

—¡Cielos, Petra!, ¿quiere que esto se convierta en «el eterno caso del 2008» y que sea dentro de tres generaciones cuando encuentren al culpable? No me imagino a quién podrá entonces inculpar el juez.

Que hiciera chistes sobre la situación me tranquilizó bastante. Y no me equivoqué, después de masajearse varias veces los ojos en un gesto muy suyo, dijo por fin:

—¿Sabe qué le digo? Quizá no sería mala idea que le contara todo eso a Villamagna y que él se lo soltara a los periodistas. Por lo menos tiene cierto argumento de novela; seguro que les gusta y nos dejan un rato tranquilos.

—¿Y el juez?

—¡Me la sopla el puto juez! Ya nos ha creado bastantes problemas. Voy a ir a verlo ahora mismo. Usted haga lo que le digo.

Había salido con bien del encontronazo; lo cual demuestra que el viejo adagio «Se saca más lamiendo que mordiendo», encerraba sabiduría y razón.

A Villamagna aquella historia de los métodos arqueológicos le pareció una especie de copla pasada de moda.

—¡Joder, Petra. Le estáis echando un morro a la cosa...! Te aseguro que yo soy un plumilla y se me planta delante el portavoz de la poli con ese cuento de la piedra Rosetta y lo mando a...

—¡No me digas dónde lo mandas, ahórramelo! Al fin y al cabo son órdenes del jefe; de modo que tú verás.

—¡Hostias! Primero el rollo psiquiátrico, ahora el histórico. Me veo diciendo a los colegas de la prensa que informen sobre oceanografía o sobre setas venenosas.

—Bueno, tío, pues así van haciendo cultura las masas, ¿o el que lee la crónica de sucesos siempre tiene que estar instalado en lo cutre?

Se fue muy poco convencido, pero asegurando que por él no iba a quedar. Yo suspiré profundamente. Bien, sorteados los escollos internos durante un tiempo, llamé a Garzón.

—Vaya usted a la Biblioteca Balmesiana y supervise un poco lo que están haciendo los dos eclesiásticos. No me gustaría nada que estuvieran perdiendo tiempo en cosas no demasiado fundamentales.

—¿Y usted?

—Yo iré a echar una mano a Sonia y Yolanda. Quiero ver cómo llevan el asunto de los Caldañas.

—¿Y no podríamos hacerlo al revés? Usted se maneja mejor en asuntos culturales y yo la supero en el pateo callejero.

—Es posible; pero con lo nerviosa que me ha puesto el comisario, no sería capaz de encerrarme ahora en una biblioteca.

—Usted manda.

Las chicas estaban en el barrio del Carmelo. Según me contaron, había allí una familia Caldaña cuyo patriarca era albañil. Quedé con ellas en la Teixonera y las invité a entrar en un bar.

—¿Cómo vais?

—¿No ha leído los informes?

—Muy por encima.

—Llevamos un montón de Caldañas sin que haya nada que reseñar.

Yolanda cargaba con un ordenador extraplano en el bolso y lo colocó sobre la mesa, junto a su vaso de cocacola. A su vez, Sonia sacó una libreta bastante usada y le espetó:

—No hace falta que enchufes eso, mujer; que yo ya lo llevo todo apuntado. Son ganas de gastar batería.

Por primera vez estuve de acuerdo con su criterio. Empezó a pasar páginas llenas de anotaciones. Miré con detenimiento a las dos jóvenes policías. Debían haberse levantado muy temprano, porque tenían aspecto descuidado y no se habían pintado los ojos como era su costumbre. En el fondo me hicieron gracia, tan jóvenes, tan lindas, las dos con los problemas personales propios de su edad, su vida privada y sin embargo, preocupándose por una maldita momia, por inquinas y venganzas provenientes de una época de la que no debían ni tener noticia. Yolanda sacó conclusiones frente a mí.

—Si no hace falta ni mirar nada, inspectora, que yo ya me acuerdo. Sospechoso lo que se dice sospechoso, nada nos lo ha parecido. Eso sí, hay tres familias de Caldañas que tienen hijos jóvenes. Están aquí consignadas las direcciones por si usted quiere volver e interrogarlos. Y de todos los Caldaña de la lista nos faltan cuatro por visitar. Así que usted nos dice cómo quiere que lo organicemos.

—Perfecto. Sonia y yo nos vamos a ver qué pasa con esos jóvenes. Tú sigues visitando a los que faltan de la lista.

—A sus órdenes, inspectora —exclamó Yolanda muy imbuida de su papel.

De repente se me ocurrió preguntarles:

—Estáis un poco cansadas, ¿verdad?

Me miraron con curiosidad y se miraron luego entre ellas. Les parecía sorprendente que el monstruo que habitaba en mí se hubiera retirado cuatro pasos dejando entrever un rostro humano. Aun así tomaron sus precauciones. Pude distinguir el gesto que Yolanda le hacía a su compañera como diciendo: «Tú mejor quédate callada».

—Es que todo esto, inspectora, resulta un poco duro de pelar. Estamos trabajando sin saber muy bien hacia dónde vamos. Otras veces, aunque hagas la parte pelmaza de la investigación, tienes unos datos en la cabeza que te ayudan a comprender para qué sirve lo que estás persiguiendo, pero aquí... no sé, todo este rollo de la momia, que si la parten en dos trozos, que si la parten en tres, que si el asesino en serie, que si la venganza familiar... No sé, inspectora, lo cierto es que no entendemos un carajo. Ya sé que nosotras no tenemos por qué controlar todas las partes del caso, pero de verdad le digo que no hay dios que se aclare con esta historia.

—A lo mejor te consuela saber que yo tengo exactamente la misma impresión que vosotras.

—Sí, pero tiene más información. Por ejemplo, algo ha pasado para que de repente empiece a aparecer la momia descuartizada por todos lados, ¿no?

Me quedé un tanto pensativa. Sí, el ritmo de descuartizamiento de la momia de fray Asercio se había acelerado notablemente; pero la sencilla pregunta que se estaba haciendo aquella policía, inexperta aún, ni siquiera nos la habíamos planteado nosotros. Cierto: ¿qué era lo que había motivado aquella proliferación de miembros cercenados? Algo que había sucedido; sin embargo, la dispersión de nuestros esfuerzos había llegado a tal nivel que me resultaba imposible encontrar un armazón consistente en el que cada acontecimiento ocupara su lugar.

—Mi información no es mucho mayor de la que vosotras manejáis. Pero comprendo que resulta frustrante enfrascarse en un compartimento de la investigación sin tener a la vista todo el proceso. Mañana os hago una copia de los informes diarios y les echáis una ojeada, ¿qué os parece?

—Gracias, inspectora Delicado, se enrolla usted un montón —dijo Yolanda utilizando su joven estilo desenfadado. Por su parte, Sonia no hacía sino asentir con una gran vivacidad, lo cual me corroboró mi intuición de que su compañera le había pedido que guardara silencio absoluto ante mí. Bueno, era una medida que no estaba mal. Un plus de prudencia que ni yo misma hubiera sido capaz de romper con otro gesto simpático como preguntar: «¿A ti también te parece bien, Sonia?». No, una sonrisa era suficiente, cualquier otra incursión en el diálogo bordeaba un sinfín de peligros.

Y allá fuimos mi silente compañera y yo, lista de direcciones en mano, en busca de los hijos rebeldes y justicieros de las dinastías de todos los Caldaña de Barcelona. Sonia había tomado tan en serio las recomendaciones de sigilo para conmigo, que no me dirigió la palabra ni una sola vez. Y cuando yo le preguntaba las indicaciones para llegar a alguna de aquellas casas, se limitaba a darlas en una voz alta y sin matices, como si fuera un contestador automático. ¡Dios!, pensé, inútilmente huimos de nuestro destino, aquella chica era capaz de alterar mi sistema nervioso hablando o callada, viva o muerta. Sin embargo, las circunstancias me aconsejaban respirar hondo y comportarme como una persona madura y dueña de su propio control. En aquel silencio tenso como el moño de una bailaora, llegamos a la primera vivienda. Intenté ser lo más telegráfica posible en mis interrogaciones:

—¿Es aquí?

Sonia afirmó con la cabeza. No estábamos lejos del convento corazoniano.

—¿Cuántos hijos jóvenes tienen estos Caldaña?

Elevó el dedo índice como ejemplo de unicidad.

—¿Sabes si tiene trabajo o estudia actualmente?

Se encogió de hombros. Ante su sistema de señales, más que respirar con profundidad tuve que almacenar aire como para hacer una inmersión pelágica. Funcionó.

Con un conato de sonrisa por el que me creí merecedora de un premio Nobel de la Paz, le dije:

—Vamos a subir.

Juraría que haber llegado hasta allí sin que mi furia la cubriera de oprobio reconfortó a Sonia y aumentó su autoestima. Paramos en el semáforo, cerrado para los peatones. Una furgoneta nos impedía la visión de la entrada del edificio al que nos dirigíamos, sencillo y bastante viejo. La furgoneta de una frutería. Un hombre alto y fuerte abrió la puerta trasera, lanzó al interior unas cajas de plástico vacías. Había salido de un restaurante. Me quedé un momento pensativa, tanto me abstraje que la fuerza de la costumbre me hizo pensar que tenía al lado a Garzón.

—Oiga, Fermín, ¿le suena de algo esa furgoneta?

El lateral del vehículo estaba profusamente decorado con imágenes de plátanos, fresas y melones. En medio de todas ellas podía leerse: «Frutas y Verduras El Paraíso». El hombre puso el motor en marcha mientras yo seguía embobada. Y en ese momento un relámpago de luz me cegó. Tomé con brusquedad el brazo de Sonia y le dije:

—¡Corre, corre, Sonia, ve tras él, que no se nos escape!

Como en sueños oí la voz espantada de la chica que decía:

—¿Pero detrás de quién, inspectora, de quién?

—La furgoneta, la furgoneta —acerté a pronunciar mientras yo misma empezaba una carrera. El hombre, que me pareció joven, se dio cuenta de nuestra presencia y metió la primera acelerando con un chirrido. Puse toda mi fuerza en la zancada, pero era inútil, no podía llegar ni a tocar el vehículo. Paré, resollante y con una furia tremenda dentro de mí. Sin embargo, comprobé cómo Sonia, más joven y más en forma que yo, perseguía a la furgoneta situándose casi a la altura de la ventanilla del conductor.

—¡Policía, pare, policía!

En un alarde de resistencia y velocidad, echó mano del tirador de la puerta y se aupó a la estribera. El conductor no sólo no disminuyó la marcha, sino que pisó el acelerador a tope. La gente se había parado y mirada extasiada la llamativa maniobra. Yo corría como una loca tras la furgoneta y apenas podía distinguir cómo Sonia peleaba por mantenerse erguida. Entonces aquel bárbaro que iba a al volante empezó a dar violentos frenazos para lograr que la chica se desprendiera y cayera al suelo. Algunos viandantes lanzaron gritos aterrorizados. Cuando casi les había dado alcance, vi con toda claridad cómo por la ventanilla salía un robusto puño que sostenía algún objeto con el que descargó un golpe brutal en la cara de Sonia. Ésta, tras un instante, se desplomó y quedó tendida en la calzada. Saqué mi pistola y gritando «¡Policía, deténgase!» empecé a disparar al aire, ya que hacerlo a las ruedas era peligroso estando en un lugar transitado. Fue inútil, aquel maldito, con un ruido ensordecedor, salió a toda máquina y huyó entre las calles. Desesperada, miré en todas direcciones y vi cómo un mosso d'esquadra se aproximaba a la carrera.

—¿Quién es usted, qué pasa aquí?

—Inspectora Petra Delicado, de la Policía Nacional. ¿Tiene alguna dotación cerca? —respondí atropelladamente.

—No, inspectora, estoy yo solo, estoy solo.

—Entonces llame a una ambulancia, por el amor de Dios.

Me incliné sobre Sonia. Su rostro estaba tan cubierto de sangre que ni se le adivinaban los rasgos.

—Sonia, ¿estás bien?, contéstame, ¿estás bien?

—Se me ha escapado —dijo con voz débil.

—No te preocupes por eso. Ahora llega la ambulancia, tranquilízate.

—¿Ha tomado la matrícula? —preguntó.

—No creo que sea necesario; con las frutas del paraíso tenemos bastante.

Al levantar la vista me sorprendí rodeada de curiosos que se arracimaban a nuestro alrededor. Me puse en pie de un salto y troné:

—¿Se puede saber qué carajo miran? ¡Lárguense, lárguense de aquí!

El mosso d'esquadra se percató de mi nerviosismo y enseguida tomó las riendas de la situación. De modo cortés empezó a movilizar a la gente. Al minuto habían llegado tres dotaciones: policía autonómica, Policía Nacional y Guardia Urbana. Un segundo más tarde estaba allí la ambulancia.

—¿Adónde la llevan? —pregunté a los enfermeros.

—Al Clínico.

Llamé por teléfono a Yolanda y le ordené que acompañara a Sonia mientras le practicaban las primeras curas. Sólo después debía avisar a su familia. No hizo ni una sola pregunta ni se extendió en comentarios estúpidos. Llamé a Garzón, que se arrancó a hablar inmediatamente sin dejar que lo hiciera yo.

—Inspectora, aquí los eclesiásticos están muy contentos porque parece que han encontrado el expediente del proceso de un tal Caldaña y pone que vivía en L'Hospitalet, así que quizá...

—¿Quiere escucharme, Garzón? Vaya inmediatamente a comisaría y espéreme allí. ¡Ah, y avise a las unidades móviles que anden cerca del distrito central de que intercepten una furgoneta blanca donde está escrito «Frutas y Verduras El Paraíso». Quiero que retengan al conductor. Y que manden una dotación policial a dondequiera que esa frutería esté.

—¿Qué ha pasado?

Colgué. Todos mis colegas policías estaban mirándome. El mosso que me había ayudado me interpeló.

—Inspectora, los de la Guardia Urbana dicen que tienen que redactar un atestado porque estamos en su zona, y yo también tendré que informar.

—Ahora no tengo tiempo, señores. Hago un par de interrogatorios y enseguida vuelvo. Espérenme aquí.

Salí con paso atlético hacia el restaurante de donde había visto salir al conductor de la furgoneta. En la puerta estaban dos camareros con mandil observando la escena. Al verme llegar entraron en el local. Los seguí y rápidamente se les unió otro hombre, algo mayor que ellos. Les enseñé mi placa.

—¿Están aquí todos los que trabajan en este restaurante?

—Falta el cocinero.

Lo hice llamar. Era chino. Todos formaban una fila como si fueran colegiales y me miraban sin atreverse a hablar.

—¿Quién de ustedes es el propietario? —pregunté. El hombre mayor levantó la mano. Su expresión era de asombro.

—¿Conoce usted a ese chico de la furgoneta?

Asintió con los ojos muy abiertos.

—Dígame su nombre.

—Es Juanito, el repartidor de la frutería.

—De modo que lo conoce.

—Sí, claro. Viene tres veces por semana a traer el pedido.

—¿Qué sabe de él?

Su perplejidad aumentaba a cada instante. No era capaz de comprender qué podía haber ocurrido.

—Pues... nada. Creo que es hijo del dueño. Viene, deja el pedido, yo le firmo el albarán, le pago y ya está.

Me volví a la atónita asamblea.

—¿Alguno de ustedes sabe algo más?

—Es buen chaval —dijo uno de los jóvenes camareros, y añadió enseguida algo espantado por mi interés—: Bueno, yo tampoco lo conozco, pero a veces nos gastamos bromas, ya sabe, lo normal, que si el Barça ha perdido, que si de tanto repartir verdura se te ha puesto cara de tomate, lo normal.

—¿Le ha contado algo de su vida?

—¿A mí? —dijo el joven como si fuera demasiado insignificante como para que nadie le confiara algo sustancial. —No, nada, ya le digo, las chorradas, el cachondeo, como con todo el mundo.

—¿Cuánto tiempo hace que les sirve las verduras?

—Por lo menos cuatro años —respondió el dueño—. Son formales y tienen calidad, buen precio también.

—¿Y siempre ha venido la misma persona?

—No, a veces viene el hermano, que es de menos edad; pero normalmente viene él.

Observé que el cocinero chino nos miraba sonriendo. Probablemente, metido en la cocina, no se había enterado de la escaramuza exterior, siendo también posible que no hablara ni una palabra de español. Le di una tarjeta al propietario.

—Si hay alguna cosa que hayan olvidado, llámeme.

—¿Qué ha hecho ese muchacho, nos lo puede decir?

—No lo sé aún —respondí sinceramente, y dando media vuelta, salí.

Justo al lado estaba la casa de los Caldaña que nos disponíamos a visitar. Subí los tres pisos a pie, no había ascensor. Abrió la puerta una mujer de unos sesenta años.

—Soy Petra Delicado, inspectora de policía —la informé.

—¿Otra vez? —exclamó con genuina preocupación. —Ya vinieron unas policías y le juro que aún no sé por qué. Pero de todas maneras mi marido no está.

—¿Puedo hablar con usted? ¿Me permite pasar?

Se hizo a un lado. Llevaba un viejo vestido de flores, iba despeinada.

—Déjeme que apague el fuego, estaba guisando. —pidió.

Desde el oscuro pasillo atisbé lo que hacía en la cocina. Se limitó a accionar los mandos de una cocina de gas. Regresó enseguida, me hizo pasar al salón. Era una habitación pequeña, con todas las características de un lugar de clase baja: una estantería sin libros, un televisor en lugar central, una mesa de comedor con tapete. Todo estaba limpio y ordenado.

—Siéntese. ¿Quiere tomar algo? —ofreció con un punto de resignación. Tenía la piel muy estropeada, llena de surcos profundos que le aportaban un aire dramático. Negué con la cabeza.

—Señora Caldaña, ¿usted tiene hijos?

—Eso ya me lo preguntaron las otras policías.

—Contésteme aunque le pregunte las mismas cosas, por favor.

—Tengo dos hijas, que ya están casadas las dos. De la mayor tengo un nieto. La otra sólo hace un año que se casó.

—¿Algún varón?

Su cara se contrajo en una pequeña mueca de dolor, casi imperceptible.

—Sí, mi Julio.

—¿Qué edad tiene?

—Dieciocho años. Lo tuve ya bastante mayor, cosas de la vida, inspectora.

Asentí con frialdad.

—¿Dónde está ahora?

—En el taller.

—Tendrá que acompañarme hasta allí, señora Caldaña, tengo que hablar ahora mismo con él.

Inopinadamente se echó a llorar. La observé en silencio, era una reacción de lo más significativa, me puse tensa.

—Es un chaval muy bueno, no sé qué puede querer de él. A veces ha hecho alguna tontería: robar una naranja, gritarle a alguien con quien se cruzaba por la calle; pero eso no es nada grave, señora. Le aseguro que es el hijo que, después de todo, nos da más satisfacciones.

—Lo comprendo —dije buscando al azar unas palabras que no fueran descarnadas—. Dígame la dirección del taller donde su hijo trabaja. Quedaremos allí con mi compañero subinspector.

—Está en la calle Numancia —dijo secándose las lágrimas—. El número no lo sé; es uno de esos talleres ocupacionales de la Generalitat.

Me quedé confusa.

—¿Por qué está su hijo en uno de esos talleres, pesa sobre él alguna condena del tribunal de menores?

Se quedó mirándome con ojos saltones y enrojecidos.

—Pero, señora, mi hijo tiene síndrome de Down. ¿Es que no lo sabía?

Estuve al menos diez segundos procesando aquella información, y de repente miré a mi alrededor como si hubiera caído en un paisaje lunar. ¿Qué hacía allí?, ¿en busca de qué había llegado? Basta, Petra, basta, me dije, basta de errores, basta de estupidez.

—Señora Caldaña, perdóneme; creo que ha debido de haber una equivocación. No es preciso que vayamos a ninguna parte. Le pido disculpas de nuevo.

Lejos de enfadarse conmigo, aquella mujer sonrió y dijo con alivio infinito:

—Lo sabía, estaba segura, ya se lo advertí, ¿qué puede hacer ese chico si pasa directamente del taller a mi casa cada puñetero día del año. Además, ¡es tan bueno!

Escapé como pude, pero nada me permitió librarme de la sensación de ridículo y culpabilidad que me embargaba por completo. ¿A qué demonio estábamos jugando? Al salir a la calle observé en la distancia al grupo de colegas policías de los diversos cuerpos hablando entre ellos. Estaban esperándome. Con la espalda pegada a la pared y, confundida entre la gente, logré escapar sin que me advirtieran. No hubiera podido soportar dedicarles una sesión de kilométricas y absurdas explicaciones.

En comisaría aguardaban Garzón y el comisario Coronas, que ya habían sido informados de la escaramuza por los Mossos d'Esquadra.

—Al parecer se ha largado usted sin despedirse de sus compañeros. ¡Menudo plantón les ha dado!

—¡No me lo puedo creer, comisario! La intercomunicación entre todos los cuerpos de seguridad suele funcionar fatal, pero a mí me da por omitir una simple formalidad y las noticias vuelan como pájaros.

—No le diré lo que pienso sobre ese comentario porque no tenemos tiempo. Supongo que quiere visitar inmediatamente la frutería El Paraíso.

—¿La tienen localizada?

—Está en Sant Pere més Baix.

—He venido aquí para conocer antes sus órdenes.

—Como le digo, no hay tiempo para ninguna reunión. Empiecen interrogando a los dueños del negocio y mientras tanto veremos si los hombres que he mandado en su busca dan con el sospechoso. Sólo dígame por qué creyó que ese hombre está implicado.

—El paraíso que lleva escrito esa furgoneta en los laterales, es el paraíso del que hablaba Eulalia Hermosilla cuando la perseguían. Estoy segura, señor. Era raro que una mujer nada religiosa se refiriera tantas veces al paraíso. De esa furgoneta bajaron los dos hombres que la mataron. Fue quizá esa furgoneta, convenientemente tapado el letrero publicitario, la que cargó el cuerpo del beato la noche del asesinato del hermano Cristóbal. La fuga de su conductor y la agresión a Sonia indican que estamos en la pista correcta.

El comisario bajó los ojos en señal de levísimo pero

firme asentimiento. Nosotros nos movilizamos como una pareja de baile bien entrenada. Cuando teníamos un pie en el quicio de la puerta, añadió:

—Señores, mi confianza sigue depositada en ustedes. Vayan, no pierdan tiempo.

Sonreí de modo desvaído, y lo mismo hizo Garzón. Ocupamos nuestros lugares en el coche sin dirigirnos la palabra. Conducía yo, y no apartaba la vista del tráfico. El subinspector parecía sonámbulo. De pronto oí su voz como emanando de un cuerpo celeste.

—¿Sólo leyendo el letrero ya ató usted los cabos?

—No podía ser de otro modo, Fermín, el miedo que la mendiga tenía del paraíso no puede venir sino de ahí. Además, ¿cómo se explica si no la reacción del tipo?

—¿Qué aspecto físico tenía?

—No pude fijarme bien, pero era lo suficientemente corpulento como para ser el asesino.

—El asesino... —musitó como en trance.

—A no ser que con la mala pata que tenemos el tipo huyera porque es drogadicto, tiene cuentas pendientes con la justicia o algo así. Aunque no, seguro que nos conocía, sabía que Sonia y yo éramos policías; es posible que incluso nos haya estado espiando todo este tiempo.

—¿Es significativo que lo encontraran cerca del domicilio del Caldaña que andaban investigando?

—He descartado eso.

—¿Por qué?

—El hijo de los Caldaña en cuestión tiene síndrome de Down. Trabaja en uno de esos talleres de terapias educacionales.

—¿Y entonces?

—No es la primera vez que yo veía esa furgoneta, Fermín. Usted también la ha visto.

Atisbé de soslayo que Garzón me observaba como una lechuza.

—No caigo —acertó a pronunciar.

—Era la que llevaba vegetales a la cocina del convento. Estaba en una ocasión aparcada junto a la puerta, y llegamos a cruzarnos con su conductor, ¿recuerda?

Aquel día lucía una elegante corbata gris que se desanudó como si fuera un obstáculo que le impidiera comprender.

—No sé si recuerdo o no; lo malo es que no entiendo nada, inspectora.

—Tampoco lo entiendo yo; pero de repente alguien ha puesto una flecha que señala al convento.

—¿Al convento?

—El hombre que llevaba las frutas allí, que ha golpeado a Sonia y huido después, es quien asesinó a Eulalia Hermosilla.

—¿Y eso...?

—No pregunte más, Fermín, porque le diré una y mil veces lo mismo: no lo sé.

Él siguió en sus meditaciones y yo evité meditar más. Anticipar cualquier hipótesis no es que fuera arriesgado, era imposible; pero por primera vez tenía el estómago revuelto y sentía algo parecido a lo que deben sentir los perros de caza cuando han olfateado de cerca la presa.

El Paraíso era un almacén de mayorista grande y nuevo. Todo presentaba un aspecto tan aséptico, tan organizado que tenías la impresión de encontrarte en las salas de una clínica. Había un par de hombres acarreando cajas llenas de hermosas verduras de un lado al otro. Paseando por la nave central, mientras hablaba enloquecidamente por el móvil, vimos a un hombre mayor con una bata blanca que parecía ser el dueño. Se dirigió hacia nosotros con extrañeza.

—Lo siento, señores, pero no vendemos a particulares.

—¿Es usted el propietario de este negocio? —preguntó Garzón en el tono inequívoco de un policía.

—Sí —respondió el hombre, dubitativo.

—Mi nombre es Fermín Garzón, subinspector de policía, y aquí la inspectora...

Abrió los ojos desmesuradamente y se llevó una mano al pecho como si sintiera dificultades al respirar.

—Mis hijos, ¿qué ha pasado?, ¿son ustedes de tráfico?

Noté que le flaqueaban las piernas. Uno de los trabajadores vino en su ayuda. Le echamos una mano para sostenerlo y yo le dije enseguida, recalcando las palabras:

—No se preocupe, señor, no se preocupe. No somos de tráfico; sus hijos están bien.

Pasamos a un pequeño despacho que había al fondo y allí el hombre se sentó, fue recuperando el control de sí mismo, se serenó. Debía de tener más de setenta años y parecía débil; debíamos interrogarle haciendo gala de exquisita diplomacia.

—Perdonen, pero me han dado un susto de muerte. Llevo más de una hora intentando contactar con mis hijos por teléfono y no ha habido manera. Y al llegar ustedes y decirme que son policías lo primero que he pensado es que...

—Un hijo suyo se ha dado a la fuga al darle el alto la policía y ha atacado a una de nuestras jóvenes agentes, que está ahora en el hospital —soltó el subinspector echando por tierra todos mis planes de sutileza.

—¿Cómo ha dicho? Eso no puede ser. ¿Qué hijo era?

—Juanito —contesté.

Se quedó quieto, pensando, como si alguien le hubiera golpeado en la cara e intentara recomponerse.

—Pero... ¿de qué me está hablando?

Haciendo gala de un dominio del eufemismo que a mí misma me sorprendió, intenté contarle todo cuanto había sucedido. Claro que al llegar al golpe que el tal Juanito le había propinado a Sonia en la cara, las dulcificaciones se hacían difíciles. Me di cuenta de que si su hijo tenía una vertiente canallesca, aquel hombre la desconocía por completo. Pensar que estaba fingiendo era improcedente, ni el propio Sir John Gielgud teatralizaba con tanta perfección. De cualquier modo, ahora que habíamos evitado que sufriera un infarto en nuestra presencia, teníamos que componérnoslas para que nos procurara una mínima información, como por ejemplo su nombre.

—Agustín Lledó.

—Verá, señor Lledó, el caso es que su hijo podría estar involucrado en un asunto sucio.

La pregunta no se hizo esperar.

—¿Qué asunto?

—No lo sabemos con certeza, pero...

Recuperado de su reacción emocional, su cerebro parecía funcionar a las mil maravillas.

—¿No saben con certeza si está metido en un asunto y quieren detenerlo? ¡Ah, no!, primero seré yo quien les haga preguntas, luego pregunten ustedes.

—Le recuerdo que su hijo será acusado de haber agredido a una agente policial.

—Quiero llamar a mi abogado.

—De acuerdo, llámelo.

Sacó su móvil, buscó un número y lo marcó. Luego nos dio la espalda y habló en catalán durante un breve espacio de tiempo.

—Viene hacia aquí.

—De acuerdo; pero mientras tanto, por qué no nos dice dónde vive su hijo. Es un dato que podemos averiguar por nosotros mismos con un poco más de tiempo; pero no querrá que lo acusen a usted de obstaculizar la labor de la policía, ¿verdad?

—Sólo hablaré en presencia de mi abogado —exclamó, y noté en él incluso una cierta satisfacción por haber podido pronunciar una vez en la vida una frase de película. Hubo que esperar más de media hora a que llegara el maldito abogado, el cual resultó ser un cuarentón con pinta de hortera a quien tuvimos que relatar todo desde el principio, esta vez sin pararnos a mirar si heríamos o no la sensibilidad del auditorio. Por fortuna, el hortera aconsejó a su cliente que contestara a todas nuestras preguntas y por fin pudimos saber en primer lugar la dirección de Juanito.

—Vive conmigo, muy cerca de aquí.

—¿Tiene inconveniente en que enviemos alguien a su casa a buscarlo?

—En absoluto, pero no está, no contesta al teléfono.

—Lo investigaremos.

—Pero no pueden entrar si yo no estoy presente.

—Claro que no, sólo pretendemos vigilar las inmediaciones.

Garzón dio, vía móvil, las órdenes pertinentes, y continuó nuestro interrogatorio, al que Lledó respondía con toda normalidad; tener a su abogado junto a él parecía haberlo librado de cualquier desconfianza. Gracias a su colaboración pudimos hacernos una idea bastante clara de las circunstancias de la familia. Lledó era viudo y sus dos hijos, Juanito y Miguel, tenían veintisiete y veinte años respectivamente. Sólo el primero continuaba en la casa paterna; el benjamín era también soltero, si bien se había independizado. Ambos trabajaban en el negocio familiar.

—Miguel lleva todo el tema de números. Juanito es más tímido. No quiso estudiar y bueno, prefiere repartir los pedidos y tratar con los clientes a meterse en temas de más complicación. Al principio me sentí un poco decepcionado de que fuera tan poco ambicioso, pero cada uno es como es.

—¿Tienen a su nombre usted o sus hijos algún otro almacén, algún inmueble o local industrial?

—No, no lo tenemos.

—Necesitamos saber qué tipo de amistades frecuentan sus hijos, qué aficiones se les conocen.

—Van con amigos, a veces con novias... ¡yo qué sé, inspectora! Si mi esposa continuara con vida ella le diría, pero yo bastante tengo con organizar la casa y el trabajo para que funcionen un poco decentemente. Me casé y tuve hijos siendo ya bastante mayor. Luego fue mi mujer, mucho más joven que yo, la primera que faltó por culpa de un cáncer y me dejó con dos chavales adolescentes. Así que ya me dirá, he hecho lo que he podido. Aunque una cosa le puedo asegurar: los dos son buenas personas, tanto el uno como el otro: trabajan y no dan que hablar. El pequeño sale más con chicas, eso sí lo sé; pero a Juanito la única afición que le conozco es ir de excursión los domingos con un grupo de jóvenes que se ha formado en la parroquia. Hable con el cura de Santa Madrona, él le informará mejor que yo.

El abogado tomó la palabra.

—Inspectora, comprenda que debo pedirle que le concrete a mi cliente de qué se acusa a su hijo.

—De momento, sólo de haber atacado a una policía; pero tenemos la sospecha fundamentada de que puede estar implicado en algo más grave.

Le lancé una mirada de entendimiento pidiéndole que no me hiciera hablar más. Él la captó. A la salida vino corriendo tras nosotros. No hizo falta que me preguntara nada, enseguida lo informé.

—El hijo de su cliente puede estar metido en un caso de asesinato.

—¡Imposible! Deme más detalles.

—Se los daré cuando lo hayan encontrado y pese algún cargo concreto sobre él.

Apostamos un hombre cerca del almacén, otro frente al domicilio de los Lledó y otro en casa del hermano más joven. Estaba convencida de que ninguno de los dos vástagos aparecería, pero podían cometer un fallo e ir a recoger algo a sus domicilios. Cuando acabamos de hablar con el padre se le veía muy afectado. Sin duda empezó a tomar en serio la posibilidad de que sus chicos estuvieran en problemas. En cualquier caso, aquel hombre no era su cómplice ni su encubridor.

—¿Hay alguna noticia de la furgoneta? —le pregunté a Garzón. Él negó con la cabeza. Estaba muy callado, como ausente.

—¡Pobre señor Lledó! Me daba pena, inspectora: tan mayor, viudo y ahora este palo con su hijo...

—Aprecio mucho su gran sensibilidad, pero en vez de estar compadeciendo al padre de un sospechoso haría bien en buscar por dónde cae la parroquia de Santa Madrona.

—La buscaré mañana; no sé si se ha fijado en la hora que es.

—Esto no tiene espera, Fermín.

—Al contrario, inspectora. Detesto contradecirla, usted lo sabe muy bien, pero lo que debemos hacer es justamente esperar. Necesitamos que localicen esa furgoneta, necesitamos que Juanito lleve un tiempo perdido para poder pedir una orden de captura en su contra y, por último, necesitamos dormir. Yo, además, que como ha comprobado tengo reblandecidas las neuronas debido a mi sensibilidad enfermiza, ardo en deseos de ver a mi mujer. Así que si usted da su permiso...

—Estoy segura de que si no se lo diera se largaría igual; de modo que...

Se alejó a paso ligero. Entonces le grité:

—¡Garzón, a primera hora de la mañana quiero saber dónde está esa maldita parroquia! ¡Y lo quiero a usted allí para hablar con el cura!

Asintió pesadamente con la cabeza, sin siquiera volverse. Lo oí rezongar cada vez más lejos.

—Parroquias, frailes, curas, monjas, beatos... ¡La de Dios, este caso es la de Dios!

14

Regresé a casa con la sensación de que estaba faltando al deber de policía. Marina me saltó al cuello tras haber cruzado la puerta, abrazándome con fuerza.

—¡Marina, cariño! ¿Cómo estás? ¡Cuánto tiempo sin verte!

—Sí, nunca nos veíamos. Papá dice que estos días tenéis mucho trabajo.

—Es verdad. Últimamente ni siquiera nos vemos él y yo. ¡Qué desastre!

—Bueno, él tiene que hacer casas y tú tienes que coger a un asesino.

Me hizo gracia aquella síntesis imposible. Le sonreí.

—¡No estarás sola!

—No, Jacinta está planchando ropa hasta que alguien viniera.

—¿Y tus hermanos?

—Llegarán con papá a las diez.

Fui a decirle a Jacinta que podía marcharse. Por el pasillo me puse a pensar y se me ocurrió un ingenioso plan para poder compatibilizar el trabajo y la familia. Eran las nueve menos cuarto; teníamos tiempo aún.

—Marina, ¿quieres acompañarme a una misión oficial?

—¿De tu trabajo?

—¡Claro! Iremos a visitar al hospital a una policía que ha sido agredida por un malhechor.

Se le pusieron los ojos como lunas llenas. Asintió para preguntar enseguida:

—¿Agredida con una pistola?

—Le dio un fuerte golpe en la cara, quizá con una pistola. No lo sabemos aún.

—¿Iremos antes de que lleguen Hugo y Teo?

—Sí, y estaremos de vuelta al mismo tiempo que ellos.

Desapareció, y al cabo de un segundo la tenía delante de nuevo, abrigada con su grueso anorak de color rosa.

La llevaba de la mano cuando entré en la habitación 22 del hospital Clínico. La pobre Sonia tenía un aspecto llamativamente malo: los pómulos hinchados, dos grandes marcas negras alrededor de los ojos y una férula blanca que le cubría la nariz. Miré de reojo cómo Marina la devoraba con la mirada.

—¡Inspectora!, ¿cómo está?

—Bien, Sonia, bien. ¿Y tú?

—Yo estoy bien; cuando usted diga puedo reincorporarme.

—Tendrás que esperar un poco para eso.

—¿Y esta niña?

—Es Marina, mi hijastra.

—¡Qué mona!

Marina, de reacciones mucho más adultas que las de Sonia, le alargó la mano y dijo bajito:

—Mucho gusto.

—Lástima, inspectora, mi madre acaba de bajar a la cafetería para tomar algo de cena, si hubiera sabido que venía se la hubiera presentado. ¿Quiere que la llame?

—No, no la molestes, es igual. Además, debe estar enfadada conmigo.

—¿Porque me hayan pegado? ¡Qué va, hasta están casi contentos! Piense que yo se lo he puesto todo un poco bonito a la familia. Para que estén orgullosos de mí les he contado que estuve a punto de atrapar a un asesino.

—Lo cual es una absoluta verdad.

—¿Usted cree? De todas maneras, inspectora, le aseguro que ese tío se libró de mí por el golpe tan fuerte que me arreó en la cara, que si no... allí sigo amarrada a la furgoneta aunque se hubiera puesto a mil por hora.

Marina, que se había mantenido callada con su prudencia habitual, no pudo resistir por más tiempo la curiosidad y le preguntó directamente:

—¿Ibas cogida a una furgoneta en marcha?

—Sí, a la ventanilla del conductor; pero el tipo me pegó con toda su fuerza y caí hacia atrás.

—¡Qué guay! —exclamó la niña lejos de cualquier conveniencia social.

—¿Te fijaste qué utilizó para pegarte? —intervine.

—Yo diría que era la empuñadura de un cuchillo, pero no estoy segura.

—¿Te dolió mucho? —se interesó Marina haciéndome quedar mal por no habérseme ocurrido esa pregunta a mí.

—No mucho, bonita, me dolió más el que se me escapara. Claro que ahora me viene el dolor a rachas, pero me dan calmantes —respondió sonriendo como pudo.

—¿Observaste algo durante la persecución que deba figurar en el informe?

—En fin, inspectora, como para figurar en el informe oficial... pero ya le dije a Yolanda que tuve tiempo de fijarme en que era un tipo raro.

—¿Qué tipo de rareza?

—No sé, tenía la mirada como la de un perro apaleado. Hasta cuando me estaba dando hostias... —se interrumpió, miró a Marina, arrepentida de haber soltado un taco en su presencia. Sentí el primer indicio de impaciencia, me contuve.

—Adelante, prosigue, está bien.

—Pues hasta cuando estaba en plena agresión me miraba con unos ojos que no tenían odio dentro, parecía como si me pidiera disculpas. A lo mejor me hice esa idea sólo porque los tenía bonitos, así como azules tirando para grises.

—¿Lo reconocerás si vuelves a verlo?

—Claro, claro que sí.

—Está bien, Sonia, tómate tu tiempo y recupérate. ¿Yolanda ha estado contigo?

—Toda la tarde, hace sólo un ratito que se marchó y también ha venido su marido, el agente Domínguez. ¡Son más amables, me trajeron una caja de dulces! ¿Y tú, peque, te portas bien en el colegio? —le preguntó de pronto a Marina en un ridículo tono infantiloide. Ella se limitó a asentir y dijo muy formal, empleando la fórmula protocolaria:

—Adiós, y que se mejore.

—¡Qué educada es! —exclamó Sonia—. Eso es lo que nos haría falta a Yolanda y a mí, inspectora, tres o cuatro crías como ésta y dejar el trabajo. Aunque ya sabe que hablo de broma, yo ni siquiera estoy casada. Además, a mí lo que me gusta más en la vida es ser policía, ya lo sabe usted.

Antes de que nos despeñáramos por la peligrosa vertiente de lo personal solté dos carcajadas a destiempo y le di unos golpecitos en la cabeza. Luego hice correr a Marina por los pasillos del hospital.

—¿Por qué vamos tan deprisa? —quiso saber.

—No quiero que nos enganche la madre de Sonia; debe de ser pesadísima.

—Ya —dijo lacónicamente mi hijastra, y añadió con cierta censura—. Pues ella es muy valiente.

—Sí que lo es —afirmé—, y pensaba de verdad lo que decía.

Nos recibieron los gemelos y Marcos, ya preocupados.

—No te he llamado porque no quería molestar, pero me preguntaba dónde podíais estar metidas.

—Estábamos en el hospital, viendo a una policía que tiene la cara machacada por un asesino muy peligroso —contestó Marina de corrido, dirigiéndose a la galería boquiabierta de sus hermanos.

Le conté a mi marido las incidencias que nos habían llevado hasta el Clínico, mientras Marina hacía lo propio, sin duda en una versión más florida, con los chicos, camino de sus dormitorios.

—¿Has cenado? —preguntó Marcos.

—No he comido nada en todo el día.

Me abrazó de pronto, me besó.

—¡Tengo tantas ganas de estar contigo!, pero ahora... en compañía de los niños...

—No pasa nada. Cuando todo esto acabe, nos fugaremos a una isla desierta.

—Será un placer.

Hugo carraspeó en la puerta antes de hacerse visible.

—Hay una nota de Jacinta en la cocina. Dice que en el horno tenemos una lasaña, y en la nevera una ensalada sin aliñar.

—¡Adelante, pues! Id poniendo la mesa.

En ese momento entró Teo, ayudó a su hermano a sacar los cubiertos del cajón. Tras unos instantes de silencio dijo:

—Petra, ¿a nosotros también nos llevarás a ver a la agente machacada? —Noté un claro reproche en su voz.

—¡Por supuesto! —respondí con toda naturalidad. Y añadí—: No se me había ocurrido que ver a personas machacadas os hacía ilusión.

Nos sentamos a la mesa. Marcos empezó a servir los platos y, de modo absolutamente fatal, mi teléfono sonó. Marina saltó como un resorte y corrió a traérmelo, como una ayudante consumada. Descolgué. La blasfemia que oí correspondía sin duda a un muy enfadado Garzón.

—¡Han encontrado la furgoneta, inspectora!

—¿Dónde?

—En un aparcamiento de Montjuïc.

—Voy para allá.

—¡Tiene cojones, la cosa; estamos en mitad de la cena!

—Dichoso usted, Fermín; yo no he probado bocado aún.

Me levanté y Marcos lo hizo conmigo.

—No puedes marcharte sin tomar nada, Petra.

—Comeré un tentempié por ahí. De todas maneras no creo que tarde. Han encontrado la furgoneta y habrá que llevarla a analizar. Hago cuatro formalidades y regreso. Guardadme un trocito de lasaña.

—¿Puedo acompañarte? —inquirió Marina, dispuesta a cualquier cosa.

—No querida, ahora no —le sonreí.

Mientras cogía mi gabardina oí cómo Teo y Hugo se metían con ella.

—Claro, ya va a ir la inspectora jefe Marina a detener al asesino. ¡Y todo sin pistola, a pelo!

No pude distinguir en la réplica iracunda de la niña más que la palabra «gilipollas», pero sí entendí a la perfección la llamada a la calma de Marcos y su colofón imperativo, que tan bien conocía.

—¡Y ahora todos callados de una vez!

Tuve la sensación de estar abandonando un lugar cálido y amistoso, a pesar del jaleo.

La furgoneta de Frutas y Verduras El Paraíso había sido abandonada en una zona de aparcamiento cercana a la Fundación Miró. No era un lugar concurrido, sobre todo por la noche; pero aun así, un muchacho que pasaba haciendo *footing* fue localizado por nuestros hombres como testigo. No era mucho lo que vio; sólo a un hombre joven y corpulento que aparcó y salió del vehículo con calma.

Más tarde caminó en dirección a la ciudad con paso normal. El testigo se había fijado porque le pareció relativamente infrecuente que una furgoneta comercial se estacionara allí. Garzón estaba de un humor infernal.

—¡Ahora llegarán los de la Científica y se llevarán el cacharro! Ya me dirá usted para qué coño teníamos nosotros que venir!

—Le recuerdo que nos ocupamos de este caso.

—Pero hay más gente en la policía, ¿o no? Yo tengo una familia, cosas personales a las que atender, me asiste el derecho de cenar con mi esposa, de descansar.

—No me venga usted ahora con el síndrome del policía recién casado. ¡Todos tenemos otras cosas en qué pensar!

Me miró con rencor. Pero casi inmediatamente se arrepintió de su reacción y me dijo:

—Perdone, Petra; lo siento. Ahí abajo, en las primeras calles de Poble Sec, hay un bar donde hacen unos montaditos que no están mal.

—Pero usted ya ha cenado, y tenía mucha prisa por volver.

—No hay que perder las formas —mascullo—. Además, la sopa de verduras que estábamos comiendo era una bazofia. Lo siento por Beatriz, pero es la verdad. No me sentarán nada mal unas tapas sabrosas y una buena cerveza.

—Me parece bien.

—¿El qué le parece bien?

—Que no perdamos las formas.

El local en el que acabamos carecía por completo de personalidad; era uno de esos sitios donde cuatro o cinco individuos que no son sino restos del naufragio social toman una caña antes de hundirse en el profundo anonimato de la noche. Garzón se excusó.

—No era éste el bar al que me refería, pero no puedo recordar dónde está.

—Ni se inmute, Fermín, este garito me parece estupendo. Y fíjese, sirven una tortilla de patatas pleistocénica que con el hambre que tengo, me va a saber a gloria.

—Yo me inclino por aquellos choricitos, dentro de lo que cabe quizá no estén mal.

Cominos con avidez y bebimos cerveza directamente escanciada del barril. Me sentí mejor tras alojar algo en el estómago. El subinspector me miró con gravedad.

—¿Hacia dónde nos dirigimos, Petra?

—¿Es una pregunta filosófica?

—Meramente profesional. ¿Adónde nos lleva Juanito?

—Le hablaré con el corazón en la mano: no lo sé. En este caso todo el tiempo he tenido la sensación de estar meando fuera del tiesto, si me permite la vulgaridad.

—Se la permito.

—Bien. Pero ahora, después de esta liebre que ha saltado de improviso al camino, me siento desconcertada.

—Digamos que usted no cree que esto tenga nada que ver con los Caldaña ni con la historia de este país.

—Digamos que la liebre nos lleva al convento y no tengo ni idea de lo que podemos encontrar allí. Porque dígame, ¿es fruto de la casualidad que un repartidor que lleva la fruta a las monjas huya de esa manera y desaparezca?

—¿Estaba siguiéndonos?

—Quizá.

—Intuyo que mañana será un largo día de trabajo.

—Intuye a la perfección. Hay que ver qué encuentran en el interior de esa furgoneta, hablar con las monjas, con el cura del centro excursionista que frecuentaba Juanito Lledó...

—¡Nos pasamos la vida entre curas, monjas y frailes!

—Ya ve; en el fondo, somos españoles.

—¿No le parece frustrante que al final un temible asesino y ladrón de reliquias sea un repartidor de alcachofas y plátanos que se llama Juanito?

—¡Qué le vamos a hacer!; tal y como le digo: somos españoles.

Aquella noche dormí con una profundidad que no pudieron alterar las novedades del caso ni la intriga que provocaba en mí. Ni siquiera la posibilidad de que el asesino se llamara Juanito logró impedir que durmiera como un leño. Me desperté como un animal lozano que recupera la vida cuando abre los ojos. Descubrí a Marcos a mi lado, me acerqué a él en busca del calor de su cuerpo, lo abracé. De repente, la racionalidad se instaló en mi feliz mundo orgánico y tuve la fatalidad de recordar: el beato Asercio, el paraíso de las frutas y verduras, el asesinato y el mal, todo cuestiones típicamente humanas. Antes de caer en cualquier tentación, me levanté de un salto y entré en la ducha. Oí cómo Marcos, medio en sueños, emitía un suspiro de decepción.

Por teléfono me informaron de que ninguno de los hermanos Lledó había aparecido aún, si bien a instancias del comisario, un operativo especial los buscaba ya. Después, un orden de prioridades no consultado con nadie me hizo decirle al subinspector que nos encamináramos a la parroquia del cura excursionista, como habíamos dado en llamarle. Y allí lo encontramos, afable y madrugador, un hombre de unos cuarenta y tantos, que se mostró muy inclinado a colaborar con la policía en general. Otra cosa es que se quedara sin habla cuando le preguntamos por Juanito Lledó.

—¿Por qué lo buscan, qué ha hecho? Es un muchacho muy bueno y trabajador, no me lo imagino metido en ninguna fechoría.

—Creemos que puede estar implicado en el asesinato

del cisterciense hermano Cristóbal del Espíritu Santo, no sé si ha oído hablar de él.

—¡Por supuesto que sí, la prensa ha informado cumplidamente! Pero no estarán hablando en serio.

—Tenemos que charlar un buen rato con usted.

—Adelante.

Nos metió en un despacho un tanto destartalado y nos invitó a tomar asiento en un desvencijado sofá.

—Ustedes dirán.

Se había puesto muy serio.

—Necesitamos saber cosas sobre Juanito Lledó, cualquier cosa que usted sepa: qué vida lleva, los amigos que tiene, cuál es su personalidad.

—No me parece que sea buena idea contarles cosas privadas de un buen muchacho sin saber por qué razón lo buscan.

Me disponía a decirle cuatro lugares comunes sobre la obligación de colaborar con la policía, pero el subinspector se me adelantó:

—Oiga, hermano...

—Padre.

—Padre o lo que sea. Estamos investigando un asesinato del que ese hombre es sospechoso; de manera que deje de hacerse el cura progre o le pediremos al juez que lo impute como encubridor. Esto no es una película americana de chicos buenos del Bronx. ¿Lo ha entendido?

Me quedé estupefacta, el cura también. De cualquier modo, no me pareció mal la interpelación, el tiempo era demasiado precioso como para perderlo en largas explicaciones diplomáticas. El interpelado carraspeó, puso cara de ofrecer todos aquellos sacrificios al buen Dios y empezó a hablar con voz beatífica.

—Juanito es un hombre un poco especial: solitario, sensible, con poca capacidad para hacer amigos y relacionarse con los demás. Le faltó su madre muy pronto, y así como su hermano supo espabilarse, él acusó mucho más el golpe de la orfandad. Sin embargo, nadie puede decir que no sea totalmente normal, lo es. Sólo que resulta un tanto inmaduro para su edad: trabaja con su padre en un puesto que no le exige demasiada responsabilidad, viene aquí los fines de semana para ayudarme con los chicos más jóvenes y los domingos salimos todos de excursión.

—¿En qué le ayuda?

—Bueno, trabajamos con adolescentes de familias sin muchos recursos. Organizamos liguillas de fútbol, cinefórum, bailes... actividades para que esos chicos tengan algo sano que hacer en vez de dejarse atrapar por malos ambientes o drogas. Juanito me secunda en toda esa organización, y lo hace muy bien.

—¿Entonces no tiene amigos?

—Me ayudan otros jóvenes, con los que él se lleva bien, pero dudo de que tenga amigos personales al margen de la parroquia.

—Tampoco novia.

—Aunque se trata de algo muy privado, sería capaz de afirmar que no. Si se hubiera enamorado de una chica, creo que me lo hubiera contado, tiene mucha confianza en mí. Aunque nunca pierdo la esperanza de que aquí encuentre a una buena muchacha de la parroquia a la que seguro que hará muy feliz.

—Dado que confía en usted, ¿no le ha contado nada que le hubiera sucedido y por lo que se sintiera preocupado?

—No; hay periodos en los que está más callado, más ensimismado, pero no ha tenido últimamente un comportamiento que me llamara la atención.

—¿Qué relación tiene Juanito con el convento de las corazonianas?

—Perdone, pero no entiendo la pregunta.

—Durante mucho tiempo ha suministrado las frutas y verduras al convento. ¿Nunca le dijo nada en relación a ese hecho?

—No, le aseguro que no.

—Cuando los periódicos informaban sobre la muerte del hermano Cristóbal y el robo del cuerpo de fray Asercio , ¿alguna vez intercambiaron comentarios sobre las noticias?

—No, inspectora, jamás. Como puede imaginar, nuestras conversaciones tienden siempre hacia lo positivo. Además, no tenía ni idea de que Juanito sirviera la fruta al convento de las corazonianas.

—Pues es raro que estando este caso en boca de todos, él no se lo mencionara, siquiera como una curiosa coincidencia.

—Que nos tratáramos con confianza no significa que fuera muy hablador. Nos comunicábamos, por supuesto, pero los temas giraban siempre alrededor de las actividades de la parroquia.

—¿Qué hay de su hermano Miguel?

—No lo conozco mucho, pero no tienen nada que ver. Miguel se ha adaptado muy bien a la vida y a la sociedad. Aunque, desde luego, tampoco es tan buen chico y colaborador como su hermano mayor.

—¿Anda en malas compañías?

—No creo, pero Juanito siempre se ríe porque dice que es muy mujeriego.

—¿Se llevan bien?

—Juanito lo adora; y el otro también le demuestra cariño. A veces viene a buscarlo en su moto y se van juntos.

—Padre, escúcheme atentamente: si por alguna razón uno de los dos hermanos se pone en contacto con usted...

Bajó la vista y dijo en un susurro:

—Lo sé, les avisaré, sé que es mi obligación.

Un *friki*, el tal Juanito era un auténtico *friki*, lo cual me parecía una auténtica dificultad. Un sujeto que vive en los bajos fondos, tiene un montón de características comunes con cualquier otro individuo perteneciente al mismo ambiente. Cuando se trata de un ciudadano normal, gravitan en su existencia los mismos intereses y pasiones que encontramos en el resto de seres sociales. Pero ¿qué hay en la mente de un hombre callado, taciturno, que sólo frecuenta la compañía de un cura y su entorno de labores caritativas? Cualquier cosa, y nada que pudiéramos entender de un modo sencillo. Tenía la sensación de que el doctor Beltrán debía tomar cartas de nuevo en la investigación. Le pedí a Garzón que se entrevistara con él y le contara todo lo que sabíamos, lo cual no lo llenó de entusiasmo.

—Pero, inspectora; eso ralentizará las pesquisas , y no tenemos tiempo, hay que actuar.

—¡Actuar, actuar! ¿Y cómo, dónde, con quién?

—Usted dijo que Juanito señalaba hacia el convento, que debíamos volver allí.

—Sí, correcto, pero dígame, ¿qué hacemos en el convento, con quién hablamos, qué le preguntamos? Primero habrá que pensar.

—De acuerdo, inspectora, voy en busca del loquero, como dice Villamagna. ¿Y usted qué va a hacer?

—Pensar, Fermín, pensar; esa cosa tan práctica e inusual.

—La veo en una hora. ¿En comisaría?

—Allí estaré.

Una vez sola entré en un bar, me senté a una mesa y pedí un café. Tal y como planeaba, me puse a pensar: ¿Lledó se había obsesionado con la momia del beato hasta el punto de proyectar el robo de su cuerpo? ¿Por qué razón lógica? ¿De dónde surgió esa obsesión? No se pueden encontrar razones de índole habitual en un individuo que presenta problemas de personalidad; de acuerdo, una obsesión insana nace en un tipo de carácter patológico sin que el origen sea comprensible. Quizá el cura siempre estuviera hablándole de la santidad o quizá pensó que tener en su poder aquella reliquia podía traerle un poco de suerte, como si fuera un talismán. Pero entonces, ¿cómo se había atrevido a pedir ayuda a su hermano para cargar con el cuerpo del beato y para que le sirviera de cómplice en el asesinato de Eulalia Hermosilla? Probablemente se horrorizó al tener que atacar al hermano Cristóbal y comprobar después que lo había matado. La desesperación le hizo pedir ayuda. Pero su hermano era un chico normal, que se hubiera espantado al contarle lo sucedido, que nunca hubiera accedido a cooperar en una locura semejante, que incluso le hubiera disuadido de hacerla... Y las monjas corazonianas, ¿había alguna que estuviera al tanto de aquella obsesión de Juanito? ¿Y la nota gótica proponiendo juegos intelectuales? Aquel chico, que se dedicaba a un trabajo manual y que apenas si había tenido instrucción, ¿era capaz de idear algo tan alambicado, de caligrafiar letras góticas con la pericia de un maestro? Y si contaba con un cómplice, ¿quién era éste, su hermano, un muchacho aún más joven que él y de similares características culturales? Pero sobre todo, ¿para qué y por qué iban a meterse en una complicación de tal magnitud? Poniéndonos en una hipótesis absurda: si un loco coleccionista de momias medievales les hubiera encargado cometer ese robo, ¿por qué iban ahora a trocear la momia como si se tratara de una res en el mercado? ¡Dios, aquél era sin duda el caso más enrevesado con el que me había enfrentado en toda mi carrera de policía! Pero no era su complicación lo que me alteraba los nervios, sino su aparente estupidez, su absurdo, su gratuidad. Cualquier móvil que se me ocurría era de una índole tan fantasmal, tan alejada de lo que normalmente galvaniza a la gente en la vida cotidiana, que no podía por menos de descartarlo un minuto después. Y toda aquella investigación histórica, tan primorosamente dibujada, tan encajada en la realidad de las escasas pruebas, ¿había sido una alucinación, un modo de forzar las cosas? Porque nadie podía negar que los pedazos del pobre beato se habían hallado en los lugares donde habían existido conventos quemados en la Semana Trágica, alguien los había puesto allí. ¿Quién, Juanito Lledó? ¿Juanito Lledó era el vengador que habíamos buscado en la figura del tal Caldaña? La intensidad de mis pensamientos, junto a la frustración que me ocasionaban tantas preguntas sin respuesta lógica, me levantaron un inicio de jaqueca. Por fortuna vino a librarme de él una llamada de Garzón.

—Inspectora, ¿sigue pensando aún?

—He cubierto mi cupo para más de un mes.

—¿Con algún resultado?

—Un dolor de cabeza incipiente. Cuanto más pienso menos razones encuentro para todo lo que ha sucedido.

—Se lo dije, pensar es fatal. ¿Por qué no se viene por comisaría? Ha llegado un primer informe de la Científica sobre el interior de la furgoneta. Han encontrado pelos, quizá de Lledó.

—Enseguida estaré ahí.

Quizá el subinspector estaba en lo cierto, quizá frente a las complicaciones hay que actuar primero y sacar consecuencias después.

Cuando llegué había una reunión en el despacho de Coronas a la que también asistía el inspector jefe. Ya que yo me había detenido a pensar, habían sido ellos quienes se habían dedicado a la acción.

—Petra, han hallado restos de fibra muscular antigua en la furgoneta. Y las huellas dactilares de Lledó coinciden con las de los guantes de látex que conservábamos —dijo el comisario para recibirme—. De modo que queda demostrado: Juan Lledó es, como mínimo, el ladrón de la momia; ya veremos si también se confirma que es el doble asesino.

—Desde que golpeó a Sonia nunca lo había dudado, señor. Lo que me intriga es saber por qué.

—Las intrigas, para los guionistas de cine. Nosotros tenemos que seguir el hilo, el ovillo aparecerá al final.

—Pero hay que intentar comprender por qué los hilos han llegado hasta donde están...

—Deje, deje, pasemos a la acción.

El inspector jefe me sonrió.

—He estado revisando los informes que han elaborado hasta día de hoy y la verdad es que todo está bien encajado; sólo se me ocurre un reproche: la investigación ha pecado de ser excesivamente teórica e intelectual: historia, psiquiatría... claro que se han movido en un terreno muy inusual que justifica todos los métodos.

—Señor, hemos seguido los hilos, como dice el comisario, pero al final, el ovillo parece estar tan enredado como si un gatito hubiera estado jugando con él. Y encima, ahora sale de la madriguera este tipo al que no sabemos dónde colocar.

Coronas me interrumpió.

—Petra, centrémonos. ¿Qué órdenes prácticas daría usted en este momento?

—Una orden general de busca y captura para que se pasara a todos los cuerpos policiales.

—Correcto, hace un rato que la he dado. ¿Qué más?

—Una orden de registro en el domicilio de los Lledó, también en el almacén de verduras.

—Perfecto; pues hágalo. Primero ordene y luego comprenda. No se ha inventado nada mejor en cuestiones de investigación policial.

Salimos del despacho con un montón de deberes por hacer. Garzón estaba contento, porque los jefes abonaban y bendecían su estrategia de actuar ante todo. Yo me encontraba de mal humor.

—Eso, pongámonos todos en movimiento, que no se quede nadie quieto, ¡a trabajar! ¿Y quién trabaja poniendo su caletre a funcionar? ¡Los guionistas de cine, es bien sabido!, a los guripas no nos hace maldita falta la lógica ni el pensamiento. ¿Y éste es el mismo comisario que nos obligó a meter al psiquiatra en la investigación, el mismo que alentaba las pesquisas históricas?

—No sea insubordinada, Petra. Si cazamos a uno de esos chicos Lledó, enseguida se hará la luz.

—Eso puede llevarnos meses, ¿se da cuenta, Fermín?, igual están metidos en un agujero. Lo que deberíamos hacer es hostigarlos, conseguir que salgan.

—Sí, pero ¿cómo?

—No lo sé. Llame a Villamagna, que convoque a los periodistas y les diga que estamos tras la pista segura del asesino. Sin más aclaración.

—De acuerdo, ésa es una presión que puede contribuir a que se entreguen.

—Llame también a Yolanda y ordénele que se comunique con la hermana Domitila y el hermano Magí: de momento pueden abandonar la investigación en la Biblioteca Balmesiana.

—Muy bien. ¿Y nosotros?

—Usted se encarga de ejecutar estas órdenes más las que he mencionado delante de los jefes.

—¿Y usted?

—Yo me voy al convento.

—¿A qué?

—A profesar; en medio de todo este pandemónium, me he dado cuenta de que tengo una vocación religiosa del carajo.

—Oiga, inspectora, ¿por qué no me espera y vamos los dos?

—Frailes y monjas hacen los votos por separado. Luego nos vemos aquí.

No tomé el coche para ir a las corazonianas. Tenía la esperanza de que, al caminar, las ideas irían aflorando a mi mente. La escuela peripatética quizá podía echarme una mano, convocaríamos a la filosofía ya que la historia y la psiquiatría habían fallado. Aunque lo más probable era que necesitara las tres disciplinas, quizá más, para poner cierto orden en mi cabeza para aquella visita al convento. Sabía que debía ir sin más tardar, pero no sabía cómo ni por dónde comenzar los interrogatorios.

Cuando ya avistaba la hermosa y discreta portada, pensé en llamar antes al doctor Beltrán. Me contestó desde su móvil.

—¿El retrato de su sospechoso? Sí, más o menos lo tengo bastante definido, pero estoy redactando un informe.

—Hágame un resumen de urgencia, se lo ruego.

—Bueno, el individuo que ustedes me describen no sufriría una patología mental determinada. Para que un profano me pueda entender diré que no sería un loco. Sin embargo, sí tiene una personalidad conflictiva. Hay muchos sujetos así, en ausencia de la madre durante el crecimiento y la educación experimentan carencias que se agravan cuando la persona no es capaz de elaborar una estrategia social adecuada. Los hay agresivos y los hay regresivos. Su sospechoso sería del segundo grupo.

—Disculpe, doctor. Sé que no podrá responderme taxativamente, pero ese sujeto no agresivo, ¿sería incapaz de matar?

—Como muy bien deduce, no existe una respuesta definitiva para eso. Sin embargo, sí podríamos aventurar, con las convenientes salvedades, que llegaría a matar si le impulsara a ello un motivo emocional muy fuerte.

—¿Cómo por ejemplo?

—No sé qué decir: mucho amor, mucho odio, el deseo de proteger a alguien a quien amara, la deificación de alguien con quien hubiera simpatizado de modo especial... o todo lo contrario, la venganza contra alguien que lo hubiera ofendido. Y piense, inspectora, que una personalidad de ese tipo puede derivar en cualquier momento hacia lo patológico. En ese caso, los motivos que a usted o a mí nos parecerían triviales, impensables como para cometer un crimen, serían suficientes para ese hombre; depende de lo que se obsesionara con ellos.

—Comprendo.

—Pero le ruego que no haga un uso frívolo de lo que le he dicho, quiero presentar un informe con una documentación más exhaustiva y razonada, que pueda ir firmado con mi nombre.

—Yo nunca he hecho nada frívolo en toda mi vida, doctor. No está en mi naturaleza.

Sin duda lo desconcerté con mi tono tranquilo y educado pues, tras una pausa, se rió tontamente por toda respuesta a mi *boutade*. En condiciones normales después de haber colgado, me hubiera puesto a despotricar en un alarde de mala uva ocasionada por la vanidad del interfecto; pero en aquellos momentos tenía la mente tan embebida en el caso y sus meandros que enseguida olvidé a nuestro doctor Narciso. Aunque del mismo modo, también había olvidado la visita que me disponía a hacer y, por tanto, la puerta del convento se me antojó algo amenazante y abstracto. ¿Qué les diría a las monjas? Ni siquiera había decidido por dónde empezar. No tenía una estrategia, ni un orden de prioridades, ni lista de posibles sospechosos, ni sabía qué ligaba a Lledó con las corazonianas. Respiré hondo y caminé. Si era verdad lo que mis avezados colegas policías repetían, el movimiento daría lugar a la explicación. Además, había un pequeño inicio lógico que acometer: la hermana portera era quien trataba con Juanito, y ella sería la primera con quien cruzaría la palabra.

Pero el destino me negó toda facilidad; tras haberme presentado a través del interfono, me abrió la puerta una monja a la que no conocía.

—¿Dónde está la hermana portera? —pregunté.

—En la capilla, es su hora de rezar.

—Esperaré —respondí muy convencida. La monja, más joven y mucho menos fea que la portera, me hizo pasar al consabido saloncito. Unos minutos después, y tal como esperaba sin duda alguna, apareció la madre Guillermina.

—¡Inspectora! ¿Cómo no me ha dicho que estaba aquí?

—Intuía que no hacía falta, madre; como bien se ve.

—¡Ah, es verdad que mis hijas espirituales me informan de todo! Y eso, créame, a veces representa una carga; aunque no en este caso, naturalmente, porque estoy encantada de verla.

—Yo también.

—¿Quiere que vayamos a mi despacho?

—La verdad es que no era con usted con quien quería hablar, madre.

—Sí, ya sé que quiere ver a la hermana portera; pero, si le parece, dejaremos que acabe sus rezos y luego la haré venir.

—Quizá tenga que hablar con ella a solas.

Su rostro afable y franco exhibió un fogonazo de sorpresa.

—¿Con la hermana portera? ¿Qué ha pasado?

Me debatí durante un instante entre confiar o no en aquella mujer; pero estaba vendida; tarde o temprano se enteraría del asunto de Lledó y, además, en el interior del convento resultaba imposible dar un paso sin que ella lo aprobara; de modo que le conté lo que había sucedido con Juanito. Me miró sin dar muestras de entendimiento alguno.

—Perdone, pero no tengo ni idea de qué me está hablando. ¿Quién es Juanito Lledó?

—El repartidor de frutas y verduras que abastece el convento. ¿No lo conoce?

—¿Yo?; no, claro que no. No conozco a ninguno de los abastecedores del convento. Me limito a autorizar las facturas que me presenta nuestra hermana contable, pero por supuesto no he visto jamás a ninguna de las personas que descargan los camiones. No es mi cometido.

—Claro. Pero dígame, madre, ¿usted sabe cuántas de las hermanas están en contacto con los abastecedores?

—¿Por qué no me cuenta lo que quiere averiguar?

Suspiré profundamente, me armé de paciencia y se lo hice notar.

—Madre Guillermina, no podemos estar siempre con la misma discusión. Usted es la reina de este convento, pero yo soy policía y llevo a cabo una investigación y...

—¡Es usted quien está siempre en la misma discusión! Todo eso de la reina ya me lo había dicho otras veces, pero ahora escúcheme bien: si le pregunto es para ayudarla, para saber qué está buscando y ponerla en el camino si está en mi mano. Nadie sabe más que yo sobre lo que ocurre en este convento.

—Pero es que...

Me miró, al tiempo atónita y dolida.

—Lo que ocurre es que no confía en mí, ¿verdad?

—Ahora no puedo confiar en nadie, ni siquiera en mí misma.

Digna como una generala vencida en el campo de batalla, se puso seria y dijo:

—Enseguida le envío a la hermana portera. —Dio media vuelta y caminó con paso altivo. Cuando hubo llegado frente a la puerta se volvió de nuevo y sentenció usando un tono falsamente devoto:

—Quiero que sepa que aquí y en todas partes hay una sola reina verdadera: nuestra santa madre la Virgen María, nadie más. Decir lo contrario es una blasfemia.

Salió con la fastuosidad de una actriz aficionada interpretando a María Estuardo. Lo cual me hizo darme cuenta de que la había cagado, pura y llanamente la había cagado. Porque, aparte de que nuestra única reina fuera la Virgen María, allí, en aquel territorio, entre aquellas paredes sagradas, quien cortaba el sagrado bacalao era la priora, ella y sólo ella. De modo que si quería interrogar a alguna monja debía pedirle permiso, y si deseaba que cualquiera de mis interrogadas estuviera en el estado mental pertinente como para declarar, antes debía haber recibido el *nihil obstat* de la superiora, que la liberaría de la responsabilidad personal de haber aceptado confesar lo que supiera. Corrí tras ella, perdida toda dignidad.

—¡Madre Guillermina, por favor!

Se volvió, con la discreta sonrisa feliz de quien ya se siente suficientemente compensado viendo humillarse a su enemigo.

—Dígame, inspectora.

—No se lo tome a mal. De hecho, quizá sería más efectivo que usted estuviera presente en los interrogatorios. Lo único que pretendía evitar es que la hermana portera se sintiera incómoda frente a su autoridad.

—Ser madre superiora no significa ser una especie de *Führer*.

—Lo sé, y le pido disculpas. ¿Puede llamar a la hermana y estar usted presente durante el interrogatorio?

—Con mucho gusto; y no se preocupe, no pienso indagar el porqué de sus preguntas.

Se ausentó, y yo empecé a reconcomerme por haber cambiado de punto de vista. ¿Y si la madre Guillermina tenía algo que ver en el asunto? Daba igual, en ese caso el que estuviera presente no haría sino señalar su culpabilidad. ¿Su culpabilidad, en qué demonio estaba pensando, era aquella monja culpable de un par de asesinatos? Estaba segura de que eso era imposible.

La horrible hermana portera entró acompañada de la priora. No pude determinar qué tipo de estado mental venía pintado en su cara porque la atonía característica de la misma dificultaba semejante dilucidación. Hizo un gesto que parecía un saludo en mi dirección y cruzó frente al pecho sus dos manos gastadas.

—¿Está bien, hermana? —me interesé con toda cortesía. Aguzando el oído creí percibir un gruñido de respuesta afirmativa.

—La hermana contestará a sus preguntas, inspectora —dijo la priora indicando que no perdiera tiempo en prolegómenos civilizados.

—Hermana, la casa Frutas y Verduras El Paraíso las abastece a ustedes, ¿verdad?

—Sí —exclamó con la misma expresión que una mosca revoloteadora, y se quedó mirando al vacío como si lo encontrara fascinante.

—El chico que les trae los pedidos se llama Juanito, ¿cierto?

—Sí, pero hace unos días que han dejado de venir y no podemos localizarlo, así que hemos cambiado. Ahora nuestro proveedor es Frutas Garrido, si quiere la dirección...

—No, gracias, no será necesario.

—¿Quién trataba habitualmente con Juanito?

—Yo.

—¿Alguien más?

—A veces hacía las cuentas con la hermana Asunción.

—¿Quién es la hermana Asunción?

—La hermana Asunción es la contable del convento —terció la madre Guillermina.

—Creía que era usted.

—No, yo autorizo las cuentas parciales de cada departamento y gestiono los números generales, el presupuesto del convento. La contabilidad del día a día la lleva la hermana Asunción del Sagrado Corazón.

—¿Alguien más se entrevistaba con ese chico?

La hermana respondió con indolencia.

—No.

—¿Qué le parecía a usted Juanito?

—Normal. —Hizo una vez más gala de su laconismo funerario. Entonces la superiora se impacientó.

—Hermana, por el amor de Dios, está bien que no seamos pródigos en palabras innecesarias, pero aquí la inspectora necesita un poco de información completa y no las contestaciones de una encuesta.

—Pero es que yo, madre, no sé qué quiere que le diga. Juanito me parecía normal, un chico que traía las hortalizas y ya está.

La madre Guillermina me miró en reclamación de una paciencia que ella no tenía. De repente, subiendo el volumen de su voz, me suplantó como interrogadora y casi gritó:

—Sería simpático, antipático, hablador, amable, voluntarioso... de alguna manera sería, ¿no?

—A mí no me lo mostró, madre; y bastante tengo yo bregando con todos los proveedores como para saber de qué manera los hizo Dios.

Tomé la palabra de nuevo.

—¿Hasta dónde llevaba las cajas de la fruta?

—Hasta la cocina.

—Pues bien, tendría que hablar con alguien allí —exclamó la superiora al borde del enfado.

—Con la hermana cocinera y las ayudantes, supongo.

—¡Hágalas venir, y también a la contable y, en fin, a todas las monjas de la comunidad con quienes piense que ese chico ha tenido relación por muy breve y puntual que fuera! —ordenó. Cuando salió la portera, comentó en tono de disculpa:

—Hay que comprenderla, pobre hermana, lleva tantos años haciendo lo mismo que ha perdido la capacidad de comprensión de todo lo que no sea abrir la puerta.

—No, si a mí no me incomoda —dije perversamente.

—¡Pues a mí sí! Lo cual demuestra muy poca caridad por mi parte. Pero usted, inspectora, debe darse cuenta de que no saber nada de lo que se propone buscar en la comunidad de mis monjas está alterándome los nervios.

Sonreí, claudiqué, se lo había ganado.

—Juanito Lledó está en busca y captura. Cuando una de nuestras policías fue a darle el alto la atacó. Creemos que puede estar implicado en el caso. Quizá él mató a Eulalia Hermosilla, que declaró haber visto a dos hombres persiguiéndola.

—¿Dos hombres?

—El segundo puede ser Miguel, el hermano de Juanito.

Bebía mis palabras como si fueran agua fresca para su sed de saber más, intentaba colocar cada cosa en un lugar del entramado que le permitiera comprender, y era rápida, precisa.

—¿Cómo supo usted eso?

—La mendiga, dentro de su confusión, dijo varias veces temer al paraíso. Al principio interpretamos esa locución como simple miedo a morir, pero después vi el cartel de El Paraíso en la furgoneta, e hice una rápida deducción. Nos acercamos y el chico que conducía tuvo la reacción de huir. Finalmente agredió a una de mis policías, que intentaba impedirlo.

—¿Y cómo está la chica?

—Está bien.

Los ojos de la superiora enrojecieron debido a la concentración a la que estaba sometida. Entonces no lo dudó un instante, llegó a sus conclusiones.

—Ustedes creen que ese chico tiene algo que ver en el caso, pero ¿no puede ser casualidad?

—¿Qué tipo de casualidad?

—Ha cometido algún delito que nada tiene que ver con la muerte del padre Cristóbal, pero ustedes le dan el alto, se asusta y...

—No, madre, no, la experiencia nos ha demostrado que las casualidades se prodigan poco en el entorno de un crimen. Ese chico tiene algo que ver en el caso. Tenemos sus huellas marcadas en unos guantes de látex que se utilizaron en la muerte de la mendiga. En la furgoneta hay fibras del cuerpo del beato. ¿Quiere más casualidades? Lo malo es que tampoco debe ser casual que se tratara del repartidor de verduras del convento. Lo cual nos lleva a concluir que quizá los motivos por los que mató tienen algo que ver con esta comunidad.

—¿Quiere decir con mis monjas?

—No lo descarto. Por eso quiero hablar con todas las que tuvieron algún contacto con él.

—Pero ¿no se da cuenta de que eso carece de todo sentido? ¡Es absurdo, inspectora, absurdo! Deme una sola hipótesis de lo que hubiera podido pasar, una sola.

—No la tengo.

—¿Entonces?

—Investigar sirve para crear hipótesis, raramente se hace al revés. Claro que a lo mejor usted no quiere que me interne en el mundo de sus monjas.

—Tonterías, inspectora, tonterías. Puede hacer lo que considere necesario, yo la ayudaré. Y por cierto, ¿qué pasará con todo el duro trabajo de la hermana Domitila y el hermano Magí? ¿Lo han dejado de lado como posibilidad?

—Les hemos dicho que interrumpan las pesquisas, pero lo que han averiguado hasta ahora sigue pendiente de consideración.

—¡Con toda la publicidad negativa que han creado en torno a don Heribert, nuestro benefactor! ¿y ahora...?

—¿Quiere dejar de presionarme? ¡Es usted mucho peor que mi comisario!

Se quedó un tanto perpleja, se sonrojó.

—Perdone, pero no consigo entender nada de todo este galimatías.

—¡Tampoco yo! De entenderlo el culpable estaría ya frente al juez. La pregunta es: ¿piensa ayudarme o no?

—¡Por supuesto que pienso ayudarla, se lo he dicho diez veces! Hable usted con todas las monjas si lo desea, sométalas a interrogatorios extenuantes, ¡a torturas! Haga lo que le parezca, tiene mi consentimiento sin dudar. Pero le advierto de que va a perder más tiempo del que ha perdido hasta el momento. Buscar culpabilidad entre las hermanas es como buscar agua en el centro del desierto, se lo aseguro.

La miré, ya sin ánimos de contestar. De momento, la única extenuada era yo. Si pensaba ayudarme con aquel estilo entre peleón y teatral, prefería mil veces tenerla en contra. Aun así, templé mi paciencia y respondí:

—¿Será tan amable de disponer que vengan las hermanas que trabajan en la cocina, por favor?

Asintió y se fue. Quizá aquel caso quedara sin resolver, pero todo indicaba que, gracias a la paciencia que invertía en él, allí se iniciaría mi proceso de beatificación. Tomé aire, respiré profundamente, me levanté y di unos paseítos por la sala de visitas. Para colmo, no podía fumar un cigarrillo ni tomar una copa a fin de rebajar tensiones. Y qué haría a continuación, ¿pedirle a la superiora que estuviera presente en todos los interrogatorios? Me sentía poco proclive a ello, pero si no lo hacía, podía encontrarme con el laconismo exacerbado de las monjas presidiendo cualquier contestación. Adelante pues; si bien la advertiría de que ningún comentario que interrumpiera el diálogo sería bienvenido.

No recordaba los rostros de la cocinera y su pinche. De hecho, el día que interrogamos a todas las monjas en unión, me parecieron básicamente iguales entre sí. Las saludé y respondieron con una sonrisa. Debía reconocer que la presencia de la superiora resultaba positiva, porque las dos testigos estaban bastante relajadas. Una era de cierta edad, fuerte e incluso rechoncha, imaginé que se trataba sin duda de la cocinera. La otra no debía tener muchas luces, porque me dio la impresión de que le costaba comprender cuál era la situación ya que su sonrisa se eternizaba bobamente en su rostro.

—¿Ustedes veían con frecuencia a Juanito?

La cocinera miraba a la superiora en búsqueda de permiso. Una inclinación de cabeza se lo concedió.

—Siempre venía él a traer los pedidos, desde hace tres años o más.

—¿Qué carácter tiene ese chico?

—Bueno, un chico formal y poco hablador.

—¿Cómo llegó a ser su abastecedor, alguien lo recomendó?

—Antes venía un señor que se llamaba José, pero cuando se jubiló nos aconsejó Frutas El Paraíso. Dijo que eran serios y tenían buenos precios. La madre superiora lo autorizó y así empezamos.

—Aparte de ustedes, ¿veía a alguien más en el convento?

—La hermana contable le pagaba.

—¿Alguna vez, por alguna razón, vio o se entrevistó con otras hermanas?

—No creo. Podía ver a alguien por pura casualidad en los pasillos. Como ya teníamos confianza con él, no le hacíamos esperar a que estuvieran despejados de hermanas; pero de eso a hablar con alguna de ellas... no creo, francamente.

—¿Cabe la posibilidad de que en alguna ocasión Juanito coincidiera con el hermano Cristóbal? Tome su tiempo para pensarlo.

Clavó su mirada bonachona en el techo, se esforzó en hacer memoria. Luego dijo con un poco de miedo:

—No sé cómo contestar. Yo, desde luego, no lo vi hablando con él, pero es que yo tampoco veía nunca al hermano. Sólo al principio de venir por aquí a trabajar en el archivo, se presentó en la cocina una vez para pedirnos que nunca le diéramos bacalao para comer, ni siquiera en Cuaresma. Decía que era el único alimento del mundo que no podía tragar, le daba grima. Aparte de eso...

—Tampoco le gustaban las sardinas fritas —se arrancó de pronto la pinche. Luego puso cara de gran sagacidad, como si estuviera convencida de que aquél era un dato decisivo para la investigación.

—Muy bien, pueden marcharse.

Tras mirar una vez más a su superiora en demanda de aquiescencia, salieron, yo diría que felices por ser protagonistas una vez en la vida de algo inusual. La madre Guillermina indagó en mis ojos con los suyos.

—¿Qué le han parecido?

Me divirtió su tono profesional, absolutamente cómplice de mi actividad detectivesca.

—Nada especial.

—No, claro. Pero si ya se lo digo yo, inspectora; entre las monjas de este convento no va a encontrar usted pista ninguna. ¡Pero si vivimos apartadas del mundo!, cada una a lo suyo, metidas en nuestra actividad: el quehacer del día a día y los rezos. ¿Qué quiere que sepamos nosotras?

—Que las interrogue no presupone que sepan nada. Pero algún detalle que pase inadvertido a primera vista puede servir. Haga venir a la contable, por favor.

Salió casi corriendo. Algo en su actitud me hacía pensar que, al mismo tiempo que todo aquello la incomodaba, estaba pasándolo bien. Volvió, acompañada, al cabo de cinco escasos minutos. La contable rondaba los setenta, y me sorprendió la pregunta que me planteó nada más llegar:

—Si tiene preguntas de contabilidad que hacerme, puedo sacar una copia de la hoja Excel correspondiente a las fechas que quiera conocer.

—Veo que utiliza usted los más modernos métodos.

—Yo siempre usaba los libros del debe y haber con rayitas, pero la madre superiora me dijo que tenía que modernizarme.

—Hay mucha gente que no lo consigue.

—Yo, humildemente, esto de la informática me lo encuentro hecho.

—Perfecto, hermana, pero no es eso lo que nos interesa en este momento. Hoy quiero que me hable de Juanito Lledó.

—¿Del chico de El Paraíso?

—Creo que tenía cierta relación con usted.

—Le pagaba el pedido semanal.

—Quiero que me cuente todo lo que pueda sobre ese joven.

Estaba perpleja, pero intentaba no dejar entrever su curiosidad; supongo que por la presencia de la madre Guillermina; sin duda, en la orden manifestar curiosidad estaba considerado como una especie de falta grave.

—Es un chico normal, tirando a tímido, reservado. A mí me caía muy bien porque no era como esos repartidores que no paran de hablar y hacen preguntas sobre todo. Desde que él ha dejado de venir lo ha sustituido un pakistaní que apenas si abre la boca; eso está bien, pero nunca sonríe. Juanito sí, Juanito sonreía y siempre decía que le encantaba venir al convento.

—¿Alguna vez sucedió algo con Lledó que le llamara la atención?

—No, no creo. Me acordaría; aunque sea mayor conservo muy buena memoria, gracias a Dios.

—¿Recuerda si en alguna ocasión alguien le mostró a ese chico la momia del beato?

—Que yo sepa, no. A no ser que viniera por su cuenta como visitante algún domingo.

—Me alegro de que tenga buena memoria, hermana, porque la pregunta que voy a hacerle ahora exige que la piense en profundidad. Tanto es así, que a lo mejor necesita de más tiempo del habitual para rebuscar en su mente. ¿Cree que Juanito pudo entrevistarse con alguien más del convento que no fueran usted, la cocinera y la hermana portera?

—¿Qué entiende por «entrevistarse»?

—Tener algún tipo de relación como conversaciones, comentarios, incluso algún altercado.

—No hace falta que piense demasiado para contestarle. Conversaciones repetidas una y otra vez, no, descartado. El chico a veces tenía que esperar en el pasillo un rato y como no es zona de clausura total, por allí podía haber pasado alguna hermana y saludarlo, poco más. En cuanto a altercados... ni se me pasa por la imaginación.

—Sin embargo, sí pudo coincidir con alguna de las monjas en el pasillo.

—Pero eso...

—Contésteme, por favor.

—Sí, le contesto encantada; pero lo que quiero decir es que, si coincidió con alguna de las hermanas, no le dio tiempo a hablar demasiado. Yo tampoco solía hacerlo esperar mucho rato.

Le di permiso para marcharse y, naturalmente, esperó a que tal permiso emanara también de la madre Guillermina. Ésta me miró con actitud retadora.

—No irá a decirme que quiere interrogar de nuevo a todas las monjas de la comunidad.

—No se lo digo porque ya lo ha hecho usted. En efecto, quiero interrogar al grupo.

—¡Vamos, inspectora, válgame Nuestro Señor! Por cinco minutos, como máximo, que haya podido hablar cualquier hermana con ese chico ¿quiere interrogarla? ¿Qué es lo que busca en este convento? Dígamelo.

—Busco aclarar la verdad.

—Sus verdades, que después resulta que no lo son, quizá nos hayan costado la subvención de los Piñol i Riudepera. ¿Qué pretende ahora, acusar de asesinato a alguna de mis monjas?

—Dos personas muertas significan menos para usted que estas malditas paredes, ¿verdad? —le solté, indignada de pronto por su actitud.

—¡Retire lo de «malditas paredes»!

—Lo retiro, madre. ¿Cómo prefiere que les llame: sagrados muros de ocultación?

Nos quedamos ambas calladas, desfondadas, hartas de batallar, de no movernos de nuestros absurdos roles, de chocar abruptamente, cornamenta contra cornamenta, en una inútil pelea de renos. La miré a los ojos sin vislumbre de amenaza; no era necesario, la mayor fuerza la tenía yo, y ella no podía hacer sino obstaculizarla.

—Volveré mañana, madre Guillermina. A las nueve de la mañana tenga a toda la comunidad reunida.

—A las nueve están rezando, venga usted a las diez. Y sola, por favor; mejor que no la acompañe su amigo policía.

Le permití aquella pataleta final. No quería hablar más, ya sólo deseaba salir del edificio, respirar aire fresco.

En la calle tuve la sensación de volver no sólo a la vida normal, sino también a la época contemporánea. Tenía unas ganas locas de parar en un bar y tomar una cerveza, fumar un cigarrillo. De pronto recordé que estaba casada y un amoroso marido me esperaba en el hogar. No es que lo hubiera olvidado, sino que la fuerza de mi concentración mental me había llevado hasta la negación de mí misma. Corrí a casa, y me lancé a los brazos de Marcos en cuanto lo vi.

—Hoy no quiero hablar —le dije. Había esperado que me llevara en eróticas volandas hasta la habitación, donde liberaría mis tensiones con su cooperación marital, pero me equivoqué. En vez de ejecutar esa sencilla maniobra que mi silencio le pedía, se puso frente a mí y me soltó:

—¿Pero tú te has visto, Petra?

—No, no me he mirado al espejo en las últimas doce horas. ¿Por qué?

—Estás pálida, tienes dos cercos morados bajo los ojos... ¿te encuentras mal?

—No, de hecho hace tiempo que no me encontraba mejor.

—¿Has comido algo en todo el día? ¿Cuántas horas has estado trabajando sin parar?

—¿Te has convertido en mi padre?

—Me preocupo por tu salud.

—¿Acaso me preocupo yo por la tuya?

—No, por cierto, en absoluto. No te preocupas por nada que me concierna.

—Antes de venir a casa he estado dudando entre ir a tomarme una cerveza o venir aquí, ¿y sabes lo que te he digo?: que he resuelto mal la duda. ¡Adiós!

—Este maldito caso te está transtornando. ¿Por qué no dimites de una vez?

—No me apetece hablar, ni dimitir, ni discutir. De modo que voy a tomar una cerveza a uno de esos bares solitarios que siempre han sido mi verdadero hogar.

Antes de que pudiera contestar, abrí la puerta y luego la cerré de golpe. De entre todas las modalidades de bronca que en el mundo pueden existir, probablemente la conyugal es la que más rápidamente se arma, la más tonta también.

15

Sonia salió del hospital, recuperada pero triste. Estaba en mi despacho escribiendo informes cuando entró Yolanda para darme tal nueva. Creí que debía ser expeditiva.

—En este momento, que Sonia esté triste o no es la última de mis preocupaciones. ¿Y tú, qué haces aquí. No deberías estar buscando a los Lledó?

—He tenido turno de noche, y antes de irme para casa quería avisarla de lo de Sonia; pero si no le importa...

Levanté la vista de la pantalla, la fijé en la joven policía.

—Me importa, y me alegra que esté mejor, pero ¿a qué viene eso de la tristeza?

—Es que, inspectora, Sonia quiere reincorporarse ya a la búsqueda.

—Pero aún está de baja, ¿no?

—Ése es el tema. Se siente culpable de que se le escapara el sospechoso y quiere que usted la autorice a entrar en el operativo de nuevo.

—Siempre he creído que los sentimientos de culpa voceados a los cuatro vientos no dejan de ser más que un deseo de protagonismo.

—Es usted demasiado dura, inspectora Delicado.

—Si te sirve de consuelo te diré que lo soy conmigo misma también.

Hizo un gesto de incomprensión y dio media vuelta. Los rasgos de su cara denotaban un enorme cansancio físico. La llamé.

—Pero de todas maneras, si eso va a hacerla feliz, que vuelva al trabajo.

Sonrió, se disponía a darme las gracias cuando la interrumpí.

—Le brindaremos la oportunidad de que se le escape el sospechoso de nuevo.

La sonrisa se le congeló en el rostro. Me miró con auténtico reproche y declaró en plan muy grave:

—No tiene usted piedad.

—La piedad no es buena en cuestiones de trabajo.

No me arrepentí de haber hablado así. En aquellos momentos me parecía importante que todo el mundo exacerbara su sentido de alerta, y el sentimiento de compañerismo y amistad no hace sino relajar al individuo, sumiéndolo en una charca feliz. Al cabo de un minuto entró Garzón.

—¡Joder, inspectora, buscar no está sirviendo de mucho! Los Lledó no pertenecen al mundo del hampa y, por tanto, los garitos habituales no parecen idóneos para encontrarlos.

—Buenos días, subinspector.

—Perdone, pero no estoy de humor ni para saludar.

—Ni el saber ni la educación ocupan lugar.

—Hay que hacer algo, inspectora. Como usted dijo, echar pimienta en la madriguera para que salga el ratón. ¿Usted no mencionó una maniobra con la prensa?

—Estaba esperando un poco, pero quizá haya llegado el momento. De todos modos, para eso necesitamos la aquiescencia del comisario, el inspector jefe y, probablemente, el jefe superior. Vaya usted a solicitar esos permisos.

—¿Permisos para qué?

—Quiero que el capullo de Villamagna convoque a

los periodistas y les diga que contamos con pruebas para imputar a los dos hermanos Lledó, a los dos. Tengo la esperanza de que el pequeño no sea más que cómplice y si se ve en una situación tan comprometida deje al otro en la estacada e incluso lo denuncie.

—El juez Manacor se pondrá de los nervios.

—Por eso necesitamos permiso hasta del papa.

—¿Y usted qué va a hacer mientras tanto?

—Seguiré aquí, falseando informes, hasta cerca de las diez. Luego me voy a las corazonianas a continuar con los interrogatorios, esta vez con todas las monjas a mogollón. Ayer me encontraba demasiado alterada y tuve que largarme sin concluir.

—¿Tan alucinante fue?

—¿Por qué cree que falseo los informes?

—La veo luego, inspectora; y que gane la mejor.

Pasé por alto el avieso comentario que sin duda se refería al pulso continuo que manteníamos la superiora y yo. Garzón era tan deductivo que no había sido necesario explicarle la situación.

A las diez en punto me abrió la puerta del convento la propia madre Guillermina. La escaramuza iba a empezar pronto, y el verla me dio ánimos para resistir. Esta vez el respeto no me impediría usar mis mejores armas: cinismo y mordacidad.

—¡Vaya! ¿Se ha democratizado el convento desde ayer o es que la hermana portera ha huido durante la noche dejando un reguero de muertos tras de sí?

—No entiendo su tono, inspectora. La hermana portera no está en su puesto porque se sentía demasiado nerviosa como para recibirla a usted. En realidad, todas las religiosas están un poco fuera de sus casillas.

—¿En serio? ¿Y qué les ha dicho para ponerlas en ese estado de excitación?

—Les he dicho la verdad: que sospecha de alguna de nosotras.

—Eso es una deducción que usted hace por su cuenta.

—¡Usted dijo que entre ese chico, presunto culpable, y el convento había un vínculo seguro!

—Lamento haber herido su fina sensibilidad. ¿Dónde están sus hijas?

—En el refectorio, como la otra vez.

—Pues adelante, tutéleme hasta allí, como siempre. Ya he aprendido que en este convento la libertad de movimientos no es algo con lo que se pueda contar.

—¿Entro yo en su casa y me muevo libremente por allí?

—Hoy no quiero discutir con usted, madre. ¡Ni siquiera con mi madre real discutí tanto mientras vivió!

—Imagino lo que su pobre madre tuvo que sufrir.

Era como un perro de presa que nunca suelta el señuelo, como un inquisidor que siempre profiere la última sentencia, era más peleona de lo que en su día lo fue Cassius Clay. En el refectorio me encontré una escena que ya había contemplado: todas las monjas, unas junto a otras y en pie, diseminadas junto a la gran mesa de comedor, con los ojos bajos y en silencio. Carraspeé y elevé la voz.

—¿Quieren tener la amabilidad de mirarme todas directamente, por favor?

Hubo algún alzamiento furtivo de ojos. La madre Guillermina, de nuevo, tomó el liderazgo de la situación.

—Hermanas, quiero que hagan exactamente lo que les indique en cada momento la inspectora. También quiero que le contesten a todo lo que les pregunte con total sinceridad y veracidad. Y si hay algo que no entiendan, pregúntenlo sin problemas. Es necesario que la inspectora quede completamente segura y convencida de todo cuanto le digan.

Me miraron. Resultaba difícil indagar en sus expresiones. El hábito y la toca las uniformizaban de manera que costaba distinguir bien incluso sus facciones, calcular qué edad tenía cada una de ellas.

—¿Están todas presentes?

La madre Guillermina me dijo en un aparte que todo el mundo oyó:

—Falta la hermana Pilar. La hermana Domitila me ha dicho que tenía un examen hoy en la facultad y me ha parecido una pena que lo perdiera. Como de todos modos casi siempre que ese chico venía aquí ella no se encontraba en el convento sino en sus clases...

La escruté sin ningún disimulo, buscando alguna pista en sus palabras. Se percató, por supuesto, y añadió:

—Pero si le parece necesario vamos a buscarla, ¿eh?

—No, no, está bien así —dije sin haber detectado nada anormal. Luego, las costumbres lingüísticas me traicionaron y empecé a hablarles diciendo:

—Señoras... —enseguida lo enmendé añadiendo con desparpajo—: Quiero decir: hermanas. No me propongo llevar a cabo un interrogatorio largo; al contrario, se trata de una sola pregunta; pero si queremos que la contestación sea provechosa es necesario que piensen bien, muy detenida y cuidadosamente.

La más absoluta impasibilidad fue la única y colectiva reacción. Sólo pude advertir en el rostro de la hermana Domitila un cabezazo de infantil asentimiento.

—Lo único que deseo saber es quién y en qué circunstancias habló o se encontró alguna vez con el repartidor de frutas del convento, el joven llamado Juanito Lledó.

Si aquella comunidad hubiera estado constituida por los vecinos de un inmueble, todos hubieran empezado a hablar al mismo tiempo; pero las corazonianas estaban entrenadas para callar, y callaron. Noté que la madre Guillermina se impacientaba.

—Hermanas, alguna vez lo habrán visto, ¿no?

Una de ellas levantó el dedo y dijo:

—Yo me crucé con él alguna vez en el pasillo.

—¿Le habló?

—Noooo —exclamó con el mismo escándalo que si le hubiera preguntado si le practicó una felación.

—¿Se fijó en algún detalle del muchacho? —retomé yo las preguntas.

—No lo miré.

—¿Y entonces cómo lo vio?

—Lo vi desde lejos, pero bajé los ojos cuando estuve cerca de él: es lo decoroso en una monja.

—Comprendo.

—¿Alguien más lo vio del mismo modo, es decir sólo pasando por su lado y sin hablar con él?

Algunas monjas, incluida la madre Guillermina, levantaron una mano tímidamente.

—¿Alguien en alguna ocasión habló con él, aunque sólo fuera del tiempo?

Ni una mano se destacó entre los hábitos negros.

—¿Alguien lo vio en alguna oportunidad haciendo o diciendo algo que le llamara la atención?

Silencio e inmovilidad en el grupo. Me di cuenta de que era inútil intentar nada más. Miré a la priora y le dije en voz baja:

—Dígales que pueden retirarse.

Salí al corredor y por el rabillo del ojo pude observar cómo todas regresaban a sus celdas sin hablar entre ellas. Quedamos solas la superiora y yo.

—Madre Guillermina —empecé, pero inmediatamente me interrumpió:

—Cualquier cosa que quiera decirme, en mi despacho.

Fue tan imperativa que la seguí sin dudar, preguntándome si en su despacho me diría algo interesante. Pero no, enseguida comprendí la premura por llegar a su pequeño rincón. Inmediatamente después de haber cruzado el umbral, sacó de un lugar oculto de su hábito una cajetilla de tabaco, tomó un cigarrillo y se puso a fumar con la vehemencia de una drogadicta.

—Discúlpeme... —acertó a decir, reconfortada por el humo. —... pero nuestra conversación anterior fue tan tensa que sentía absoluta necesidad de un cigarrillo.

La observé con simpatía, como siempre que me mostraba sus debilidades de ser humano. Yo también busqué mi paquete para fumar.

—Lo siento, madre, se lo aseguro. Mi intención no es nunca la de pelear con usted, pero debe comprender que este caso está durando demasiado, y eso genera un enorme nerviosismo general. Hemos cometido demasiados errores y quiero estar convencida de que no cometemos más.

Asintió gravemente, exhaló el humo, cerró los ojos.

—Yo también le pido perdón. Piense que quiero ayudarla, conseguir que estos crímenes execrables queden aclarados de una vez y que al convento regrese un poco de la paz de la que antes disfrutábamos. Todo esto es cansado para mí también, inspectora. Ha sido excesivo, ha sido... como una terrible maldición. ¿De verdad cree que serán ustedes capaces de encontrar pronto al culpable?

—Sin duda ninguna, presiento que nunca habíamos estado más cerca.

—Rezaré intensamente porque lo consigan.

—Se lo agradezco.

Dejé cansinamente el despacho y por primera vez en todo aquel desgraciado caso, me di cuenta de que circulaba por los corredores del convento yo sola, sin que nadie me acompañara. Tal ausencia de vigilancia me provocó una sensación extraña. Aquél era un reducto imposible de franquear, un círculo cerrado al que resultaba francamente difícil arrancar sus secretos, si es que existían.

Sólo a mediodía reuní fuerzas y serenidad suficientes como para telefonear a Marcos. Respondió desabridamente al comprobar que era yo.

—¿Aún estás enfadado conmigo?

—Fuiste muy injusta ayer.

—Sí, ya lo sé —contesté imbuida aún del espíritu de santa convivencia que me había transmitido la superiora horas atrás.

—Saberlo no cambia mucho las cosas.

—Lo sé y te pido disculpas.

—Bien —dijo en un susurro.

—Si quieres puedo someterme a duras penitencias.

—¿Como por ejemplo?

—Puedo ir contigo a comer *sushi*, que, como sabes, me sienta fatal.

Se echó a reír.

—Te recojo en comisaría dentro de veinte minutos.

Comimos felices y tranquilos en un restaurante japonés lleno de ciudadanos barceloneses devotos del pescado crudo. Sin duda ninguna el amor era una planta muy delicada que necesitaba cuidados permanentes, todo lo contrario de lo que siempre se nos ha hecho creer: «El amor verdadero aguanta ciclones». Puede que sí, pero se mustia si alguien no derrama sobre él un poco de lluvia remansada.

—Creo que esta noche podré llegar pronto a casa —prometí de modo suicida a los postres.

—Sería genial, porque hoy están los chicos y no paran de preguntarme por ti.

—¿Estás seguro de que es por mí, no será por la momia o el asesino psicópata?

—Bueno, por ellos también.

—Entonces no sé si quedarme trabajando, tengo pocas novedades que presentarles y me machacarán.

—Es un riesgo al que debes enfrentarte.

Después de la comida me sentía más en paz con el mundo, sentimiento que se esfumó en cuanto tuve delante a Garzón.

—¡Coño, inspectora, me preguntaba dónde se había metido!

—Pues siga preguntándoselo porque no pienso decírselo. ¿Ha pasado algo interesante?

—La plana mayor ha dado luz verde a la comparecencia de Villamagna frente a los medios. En media hora estarán todos aquí para la rueda de prensa.

—¿Sabe algo el juez?

—Creo que ni mu. Los jefes se han portado.

—Se han portado, pero como Manacor se ponga chungo nadie dará la cara por nosotros y nos la cargaremos usted y yo. ¿Es consciente de eso?

—No he nacido ayer. ¿Acaso ve pañales en mi entrepierna?

—No veo en su entrepierna nada que me llame la atención.

—Aprecio su sentido del humor, lástima que el sentido del deber no esté a la altura.

—¡Toda esta gresca porque he llegado media hora tarde!

—¿Está segura de que Villamagna sabe lo que debe decir?

Como en una escena vodevilesca, el propio Villamagna apareció por la puerta. Llevaba puesto el precioso uniforme negro de la Policía Nacional, que le sentaba muy bien a su físico. A su espíritu no parecía cuadrarle de igual manera, porque enseguida se puso a despotricar en su habitual *slang* castizo:

—¡La madre que me parió! Al tío que diseñó este uniforme deberían caerle veinte años y sin posibilidad de provisional.

—Estás muy guapo, Villamagna.

—¿Guapo?, mírame el cuello: rojo como el culo de un mandril. ¡Y todo por esta camisa de los cojones!

—¿Los jefes te han dicho que te pusieras de gala?

—Sí, para dar más empaque a la declaración. Por lo

visto se trata de cargar las tintas sobre la culpabilidad de los huidos, ¿no?

—Sobre todo de uno de ellos, queremos que se acojone y se entregue. Es probable que no sea tan culpable como su hermano.

—¿Y por lo menos hay algún fundamento en lo que voy a decir?

—Tenemos pruebas.

—Bueno, me lo creeré. De todas maneras no vais a contármelas, ¿verdadero o falso?

—Tú suelta lo de los hermanos, carga las tintas y no contestes ni a una pregunta.

—¡Joder, cómo odio ser portavoz!

—¡Qué va, te encanta! Has nacido para ello.

—Algún día me las pagarás, Petra Delicado, te lo juro.

A las ocho en punto regresé a casa. Lo había prometido y lo cumplí. No dejaba de ser un atrevimiento por mi parte el hecho de tener empantanada la ciudad con policías en busca de sospechosos mientras yo me dedicaba a velar por la armonía de mi hogar y mi nueva familia. Pero en fin, tampoco hubiera hecho gran cosa metida hasta los ojos en el lodazal en que se habían convertido los informes de investigación, cada vez más ambiguos, más erráticos, más carentes de objetivo final.

Los chicos me demostraron gran alegría cuando llegué. Marina corrió hacia mí y me abrazó; los gemelos me besuquearon ambas mejillas. Luego, en cuanto concluyó la efusión de bienvenida, no se recataron en preguntar:

—Petra, ¿cómo va el caso?

—¡Todo el mundo habla de eso otra vez!

—Una niña de mi clase dice que ella ya sabe quién es el asesino, que si quieres te lo dirá.

Ante tal avalancha no supe por dónde tirar. Les sonreí, los miré con cara de madrastra arrobada por la emoción y dije:

—Bueno, queridos, cada cosa a su tiempo. ¿Por qué no me contáis vosotros primero cómo os ha ido durante todos estos días?

—A mí, fatal —respondió Marina.

—¿Por qué?

—Porque no me han escogido para la función de danza.

—¿Y cómo es eso?

—La profesora dice que lo hago bien, pero que otro día lo haré mejor y que entonces ya me escogerá.

—Sí, te escogerá cuando la obra sea *El lago de los cisnes muertos* —intervino malévolamente Teo. Marina se soliviantó.

—Imbécil, tú eres un sapo muerto.

La réplica provocó un efecto cómico sobre Teo, que empezó a reírse a carcajadas. Entonces Marina, furiosa ante esta reacción, empezó a dar puñetazos en el torso de su hermano, que sólo conseguían hacerlo reír aún con más fuerza. Hugo, lejos de mediar, había adoptado la postura de un espectador de lucha libre y vociferaba:

—¡Dale, fuerte, tú puedes tumbarlo por KO!

Sobrepasada por aquel inmenso alboroto, cansada, con los nervios a flor de piel, di un grito enorme.

—¡Basta, basta ya!

Mi berrido debió de tener el componente de las serias reprimendas, porque de pronto mis tres hijastros dejaron de pelear y me miraron sorprendidos.

—¡Me gustaría que supierais que he abandonado mi trabajo antes de hora para estar aquí, con vosotros! Pero ¿qué me encuentro cuando llego? ¡A tres niños mimados haciendo sus gracias, incapaces de comprender, de quedarse tranquilos para agradar! ¡Deberíais daros cuenta de los esfuerzos que los demás hacen por vosotros!

Se les dibujó en la cara una expresión de susto y antes de que hubieran proferido ni una palabra, di media vuelta para salir del salón. Entonces sonó mi móvil. Un mal momento, pero no podía dejar de responder. Era la madre Guillermina y su voz sonaba llena de angustia.

—¿Qué ocurre, madre?

—Se trata de la hermana Pilar, ha desaparecido.

—Un momento. ¿Qué entiende usted por desaparecer?

—Debería haber vuelto a las cuatro de la facultad y ya son las ocho y media.

—Eso no es desaparecer, madre Guillermina. Se habrá entretenido, le habrá surgido algo extraordinario en clase, otro examen, quizá.

—No sabe usted de qué está hablando. La hermana Pilar nunca vendría tarde sin haberlo advertido. No lo ha hecho en todo el tiempo que han durado sus estudios hasta hoy. Además, ella tiene un móvil al que hemos llamado repetidamente y nunca contesta.

—¿Y qué quiere que haga yo?

—¿Cómo que qué quiero que haga? Cuando alguien desaparece se avisa a la policía, así que yo la he avisado a usted. ¿No ha pensado en que puede haber sido ese horrible asesino quien...? ¡Dios mío, no quiero ni imaginarlo!

—Madre, no nos pongamos nerviosos; la probabilidad de que la hermana Pilar haya desaparecido es mínima; no se considera que alguien está desaparecido hasta que no hace al menos un día que no se tienen noticias de él. Pues bien, la posibilidad de que la ausencia, he dicho ausencia, de la hermana Pilar tenga algo que ver con el caso es aún menor. De modo que no se preocupe.

La oí refunfuñar un rato antes de cortar la comunicación. Luego volví la vista al campo de batalla que se había formado en mi propia casa y observé que los tres hermanos me miraban sin pestañear.

—No había sido culpa mía —exclamó Marina, al borde de las lágrimas.

—Lanzarse sobre los demás a puñetazo limpio nunca ha solventado ningún problema, deberías saberlo ya.

—¿Quién ha desaparecido? —preguntó Teo con toda desfachatez.

—Y tú deberías saber que los chicos de tu edad no pueden andar metiendo las narices en el trabajo de los mayores. Es mucho más importante que un juego, ¿comprendes?

Apenas había pronunciado la última sílaba de mi filípica cuando se abrió la puerta del salón y apareció un increíblemente sonriente Marcos.

—¡Bueno, veo que hay reunión familiar! ¡Y hoy estamos todos!

Una simple mirada a sus hijos bastó para que preguntara:

—¿Pasa algo?

Pero yo estaba dispuesta a variar la situación y casi grité:

—¡Qué va!, estábamos charlando. Y ¿sabes a qué conclusión hemos llegado? Pues que nos gustaría salir a cenar. ¿Verdad, chicos?

Los aludidos, entre sorprendidos y remolones, respondieron con afirmaciones desvaídas. Marcos sonrió de nuevo.

—Estupendo. Justamente a mí también me apetece salir. Hay un restaurante chino que han abierto hace poco, creo que os gustará.

Se preparó la expedición, siempre disimulando la escaramuza que acabábamos de tener. En el coche, Teo, dando una vuelta de tuerca más, preguntó en tono desenfadado:

—Petra, ¿cuánto tiempo hace falta que alguien esté desaparecido para que lo busque la policía?

Lo miré con ojos asesinos que eran una amenaza y contesté:

—¿Lo dices por algo en concreto?

—No, nada, una cosa que leí.

—Te recomiendo que leas a los clásicos. Un poco de Quevedo y Lope de Vega serán buenísimos para tu formación.

Marcos rió tontamente, lejos de sospechar la verdad.

Pedimos rollitos de primavera, *chop suey* de pollo, cerdo agridulce y muchísimo arroz cantonés. Marina se mantenía silenciosa. Su padre quiso saber por qué.

—Nada, me duele un poco la cabeza.

—A lo mejor es que se ha peleado a puñetazos con alguien en el colegio —apuntó Hugo.

—No lo creo. Marina no hace esas cosas, ¿verdad, cariño? —replicó su padre demostrando debilidad por la pequeña. Mientras, los gemelos intentaban sofocar la risa. Incluso yo tuve que hacer lo mismo. La tontería infantil me había contagiado, lo cual era bueno, porque aquella complicidad de silencio había propiciado cierto deshielo entre los chicos y yo. Pero no tuve tiempo de disfrutarlo, el móvil volvió a sonar. Era Coronas. ¿Coronas a aquellas horas? Justamente el que fuera a aquellas horas contribuía a ponerlo fuera de sí.

—Inspectora Delicado. Sabe usted perfectamente cuáles fueron mis primeras órdenes para el caso que llevan, ¿no?

Me cogió despistada por completo.

—No sé a qué se refiere, señor.

—Creo que le dejé muy claro que debía mantener tranquilos a los frailes y a las monjas, ¿no?

—Sigo sin saber qué quiere decir —contesté empezando a cabrearme.

—La madre superiora ha llamado al jefe ídem para decirle que una monja ha desaparecido y que usted no le hace caso.

Una oleada de indignación me nubló la vista:

—¡Esa dichosa monja del demonio! La novicia no ha faltado más que cuatro o cinco horas del convento, señor. En condiciones normales...

—¿Cómo que en condiciones normales? ¿Desde cuándo un convento envuelto en un crimen tiene condiciones normales? Eso es, por definición, lo más anormal que ningún ser humano puede encontrar en el mundo. ¿Lo entiende?

—Creo que el caso nada tiene que ver aquí. Pero no se preocupe, iré a ver a la madre Guillermina e intentaré tranquilizarla.

—Haga lo que considere oportuno, Petra: tranquilice a esa monja, o anestésiela si es necesario; pero quiero que aparte de mí a las corazonianas, los cistercienses, los trapenses o los capullos de Getsemaní, ¿me oye?

—Muy bien, señor, a sus órdenes.

Miré a Marcos a los ojos y él se hizo cargo rápidamente de la situación. No sólo no hizo ningún gesto de desagrado o protesta, sino que salió inmediatamente en mi ayuda.

—Tienes que irte, ¿verdad? No te preocupes, querida, no sufras por nosotros. Lo único que siento es que ni siquiera te dejen cenar en paz. Espero que después de este caso te concedan quince días extra de vacaciones.

Sonreí sin ánimo, pero en mi fuero interno, lo adoré. Los niños ponían cara de circunstancias, aunque más de curiosidad. Me puse en pie como una autómata. Di besos a todos y salí del restaurante después de haber declinado el ofrecimiento de mi marido para acompañarme en coche o llamar a un taxi. Sólo en la calle mi enojo se vio libre para crecer. Como no tenía a nadie en quien volcarlo, todo se fue en pensamientos insultantes contra la madre Guillermina que, dado el carácter religioso de su condición, tomaron un oportuno sesgo sacrílego. Cuando yo misma empezaba a asustarme de mi imaginación para el escarnio, me vi como por arte de magia frente a la puerta del convento. Eran las diez y media de la noche. Llamé con la esperanza de que nadie me abriera; pero no, la madre superiora lo hizo en persona.

—Todas las hermanas duermen ya —dijo como bienvenida. De repente tuve la desquiciada idea de intentar imaginarme qué atuendo llevarían las corazonianas para dormir. ¿Un largo camisón de algodón blanco como Mr. Scrooge? ¿Irían todas de uniforme? ¿Llevarían redecillas en el pelo? Luego recordé por qué estaba allí.

—Madre Guillermina, le dije muy claramente que...

Me interrumpió pidiéndome con gestos que bajara la voz.

—No se enfade conmigo, inspectora. Lo sé, sé lo que me dijo, pero estoy enferma de preocupación. Se me ocurrió que quizá el jefe superior pudiera hacer algo y en un arranque, le llamé.

—Lamento comprobar que usted también se permite mentir, madre. Llamó al jefe superior para que él se quejara al comisario y el comisario me hiciera venir.

—Dios, que conoce mis motivos, sabrá perdonarme.

—Puede que Dios la perdone, pero yo...

—Dejemos de discutir inútilmente. Pase a mi despacho, por favor.

Comenzó el ritual de fumar. Le temblaba la mano al sujetar el cigarrillo. Nunca la había visto tan nerviosa, ni siquiera el día en que fue encontrado el cadáver del hermano Cristóbal. Decidí tomar en serio lo que decía, en el tiempo en que la conocía me había parecido que muchos defectos desdoraban su personalidad, pero uno de ellos no era alarmarse sin razón.

—Cuénteme lo que ha sucedido, madre.

—Nada, nada anormal. La hermana Pilar fue esta mañana a sus clases como de costumbre. Esta tarde, pasadas las tres y media, la hermana Domitila vino a verme y me informó de que no había regresado.

—¿Cuál es su hora normal de volver?

—Sobre las dos. La hermana Domitila había estado intentando localizarla por teléfono sin ningún resultado. Enseguida se asustó, por supuesto.

—¿Se ha acostado la hermana Domitila?

—Le dije que se quedara despierta porque quizá usted quisiera hablar con ella. De cualquier modo, estaba tan inquieta que dudo que hubiera podido dormir.

Llegó un minuto después y me costó reconocerla. Su rostro, siempre tranquilo y relajado, se había tensado hasta el extremo de hacerla parecer mucho mayor. Tenía los ojos enrojecidos de tanto llorar.

—Estaba en la capilla, rezando —musitó. La superiora intentó animarla en su estilo castrense.

—¡Dios del Cielo, hermana Domitila! ¿Quiere dejar de comportarse como si la hermana Pilar estuviera de cuerpo presente? ¡No ha sucedido nada como para que lo tome así! ¡Conservemos la calma!

—Temo que... —no pudo articular ni una palabra más. Sacó del hábito un pañuelito arrugado y se frotó los ojos.

—¿Encontró normal a la hermana esta mañana cuando se fue?

—No la vi, inspectora. Ella sale muy pronto.

—¿Había estado normal en los últimos días, no le notó ningún indicio de preocupación, de inquietud, algo que la hiciera reaccionar de modo distinto?

—En absoluto. Anteayer mismo estuvimos repasando sus tareas, un tema sobre la Reconquista. Le indiqué varios libros de consulta para completar los que le habían recomendado en la universidad. Estaba atenta, motivada, serena como siempre.

—Sin embargo... —terció la superiora —... yo he preguntado en la cocina y me han dicho que hacía unos días que devolvía los platos desde la mesa casi sin tocar. Tanto es así que la cocinera estaba ya a punto de comentármelo, por si había que avisar a un doctor.

—¡Bah, sería un malestar pasajero! —comentó Domitila—. Anímicamente estaba perfecta.

—La experiencia me dicta que cuando una monja joven no come es que algo rebulle en su interior.

—Ésa puede ser una tendencia general, madre, pero no es una norma exacta —se atrevió la otra monja a contradecirla.

—Miren, en cualquier caso, a la hora que es resulta imposible hacer ninguna comprobación ni iniciar una búsqueda. Lo mejor es que se queden tranquilas y vayan a la cama. Todo esto debe tener alguna explicación, y lo más probable es que mañana la hermana Pilar aparezca sana y salva. Nadie se esfuma en el aire así como así. Les prometo que mañana bien temprano iré a la universidad y reconstruiremos todos los pasos de Pilar; suponiendo que para entonces no esté ya en el convento.

—Pero yo tengo miedo de que...

Miré a Domitila, que no parecía nada reconfortada por mis palabras.

—¿De qué tiene miedo, hermana?

—¿Y si Pilar está en poder de ese tal Lledó que parece ser el asesino?

—No hay ninguna razón para pensar eso.

—Sí, inspectora; dicen que ese chico está loco y si se le ha ocurrido rondar por el convento, pudo ver a la hermana Pilar cuando iba a sus clases. Es la única que sale sola de estas paredes.

—Hasta los locos se mueven por motivos concretos, hermana. No me parece probable esa opción. Además, la zona está vigilada por la policía.

—Sin embargo, pudo seguirla hasta la facultad.

—No lo creo, sinceramente. No sé para qué haría algo así.

—Váyase, inspectora. Comprendemos lo que dice; pero mañana manténganos informadas —sentenció la superiora.

—¿Puedo acompañarla mañana cuando vaya a la facultad?

—No creo que sea buena idea, hermana.

—Pero yo siempre les he ayudado, inspectora.

La superiora la miró con severidad.

—Hermana Domitila, si la inspectora no juzga necesaria su presencia, será mejor que se quede aquí; quizá en su estado de nerviosismo no haría más que entorpecer.

—Pero...

—Vaya a su celda y procure dormir. Confiemos en Dios, que todo lo decide. —Las palabras de la madre Guillermina, a pesar de su dulzura intrínseca, habían sido pronunciadas con la firmeza de una orden sumaria. Aproveché para marcharme yo también.

Marcos me esperaba despierto en la cama e hicimos el amor sin hablar. Tuvo la suficiente delicadeza como para no hacerme ninguna pregunta sobre el trabajo. Pero ni siquiera con esa precaución pude quitarme el caso de la cabeza. Las imágenes de las dos monjas hablando conmigo, sus palabras, sus expresiones, me ocupaban la mente impidiéndome dormir. Aparte de lo que hubiera podido decirles para serenarlas, era evidente que la ausencia de la hermana Pilar no era un hecho tranquilizador, aunque no tuviera nada que ver con el caso. La hermana Domitila estaba destrozada. Curiosamente, entre las pocas cosas que sabía sobre las órdenes religiosas, creí recordar que existía una especie de prohibición sobre los afectos entre los religiosos de la misma comunidad. Teóricamente se llegaba incluso a cambiarlos a otro convento de vez en cuando para que no desarrollaran cariño hacia ningún compañero. Era algo que tenía que ver con la negación de las condiciones familiares o de amistad en un entorno en el que debía primar el amor divino, la concentración en los asuntos del alma. Al menos eso era lo que siempre había creído. Y sin embargo, aquella monja demostraba a las claras su devoción hacia su joven pupila intelectual. Quizá estaba equivocada y esas reglas pertenecían al pasado o quizá eran una de tantas leyendas de las innumerables que se habían creado en torno al mundo opaco de la religión.

A la mañana siguiente me acompañó Yolanda a la facultad de historia. Habíamos preguntado por teléfono a la hermana Domitila cuáles eran las asignaturas y horarios del día que debía cumplir la hermana Pilar. Los conocía perfectamente y nos informó. De modo que tuvimos que ir, profesor tras profesor, indagando si habían visto a su alumna monja asistiendo a sus clases el día anterior. Nuestra presencia no causó curiosidad. Yolanda pasaba por una estudiante y yo me guardé mucho de sacar y exhibir mi placa en los lugares transitados. La respuesta unánime fue que la hermana Pilar no había pisado ningún aula. Lo decían con bastante seguridad, puesto que el hábito singularizaba a la alumna sobre el resto. Además, comprobé que todos los docentes conocían bastante bien a sus estudiantes, cosa impensable en mi época universitaria, cuando la masificación impedía un trato detallado.

Mientras yo me movía por los despachos, Yolanda se encargó de patear las aulas, interrogando a los compañeros de Pilar. Tuvo suerte, o sería más oportuno decir que, como siempre, lo hizo bien. Cuando hube acabado mi ronda, me esperaba junto a una joven más o menos de su edad, que lucía un pañuelo palestino alrededor del cuello. Repitió para mí cómo había visto a Pilar marcharse del edificio con un chico a primera hora de la mañana. El corazón me palpitó con fuerza. Yolanda me miraba intensamente.

—¿Cómo era ese chico?

—Bueno, era un hombre, pero joven. Era fuerte, alto, con pinta de bruto. Me sorprendió que Pilar se fuera con él. La conozco un poco, alguna vez hablábamos, y me parecía que era una monja muy monja, muy a su rollo, muy anticuada quiero decir. Se comunicaba poco con la gente y no la había visto mirar a un chico jamás. Así que pensé que era su hermano; pero me chocó que se marchara con él en el momento de empezar las clases. No faltaba a una jamás y además teníamos examen.

—¿En qué actitud se fueron?

—No sé, normal.

—¿El hombre la esperaba?

—Sólo los vi saliendo del edificio y ya está, nada más.

—¿Él la llevaba cogida, la intimidaba?

—Caminaban el uno al lado del otro, con tranquilidad. Sólo me fijé en que estaban muy serios.

—¿Serios quiere decir tensos, preocupados?

—Serios quiere decir que no se reían. Como me llamó la atención que se fuera con un tío quise mirar si iban de buen rollo. Pero no, iban serios y callados.

La chica vino con nosotros a comisaría. Allí debía determinar si el tipo del que hablaba era Juanito Lledó. Para ello le presentamos una foto reciente proporcionada por su padre. La miró con atención. Se encogió de hombros.

—No sé, no estoy segura. Como lo vi desde lejos lo que más me chocó no fue la cara, sino el cuerpo. El tío era un gigantón.

—Aparta la vista y después mira la foto de nuevo. —le pedí. Miró al techo y tras una pausa, regresó al rostro de Juanito. Su expresión cambió.

—Sí, era él. Quizá podría equivocarme, pero no, era el mismo hombre, era éste.

Aquello variaba por completo el curso de la investigación, o quizá no. ¿Juanito Lledó había tomado a la hermana Pilar como rehén por si dábamos con él? Imposible, absurdo, no tenía sentido. ¿Se conocían? Nadie en el convento había dicho que se conocieran, incluso comentaron que era imposible que se hubieran visto nunca debido a sus horarios. ¡Dios mío, aquello sí que era un auténtico follón! Debía comunicárselo a Coronas inmediatamente, aquel secuestro o lo que fuera no podía trascender a la opinión pública. Ni siquiera las corazonianas podían saberlo.

—Imposible, Petra, imposible —repetía el comisario—. Las monjas deben saberlo. En ausencia de familia, ellas son las depositarias de la responsabilidad.

Garzón, que asistía al encuentro, intentó echarme una mano.

—La inspectora tiene indicios de que en el convento se cuece algo, señor.

—No hay caso, ni pensarlo, ni hablar. Si ustedes no se lo comunican a las monjas, lo haré yo.

Naturalmente tuve la suerte indeseada de regresar al convento. Le pedí a Garzón que me acompañara, era un modo de que la madre Guillermina no se liara a hablar más de lo necesario. Además, traspasar aquella puerta había empezado a ser una pesadilla para mí y acompañada me sería más leve. En el coche, el subinspector hacía cábalas como un loco.

—Veamos, Petra, intentemos ser lógicos por una vez en este jodido caso. Planteemos las preguntas pertinentes: ¿el hermano Cristóbal sabía algo que tiene relación con el convento? ¿La hermana Pilar está involucrada de alguna manera? ¿Juanito Lledó y su hermano mataron a las dos víctimas? ¿Y qué pinta el robo de la momia en todo este entuerto, se la llevaron para despistar sobre el móvil del asesinato? ¿Y Caldaña y la familia Piñol?

—Me está poniendo nerviosa, Fermín. Lo único que consiguen sus preguntas es dejar en evidencia que hemos dado palos de ciego desde el principio.

—Cierto, porque tenemos los mismos interrogantes

que teníamos. ¿Y qué hemos hecho durante todo este tiempo?: seguir pistas que no han hecho sino desviarnos de los puntos neurálgicos de la investigación. Psiquiatras, expertos en historia eclesiástica, estudios contables... pues bien, nada parece haber contribuido a generar cierta claridad. Al contrario, nos hemos ido por los cerros de Úbeda: que si un fanático religioso, que si venganzas por la Semana Trágica, que si familias benefactoras del convento... nada, no hemos dado ni una. Es como si alguien nos hubiera dirigido por los caminos equivocados a propósito.

—Todos esos informes los hemos pedido nosotros.

—Es verdad, pero guiados por deducciones lógicas. Los carteles en letra gótica parecían señalar hacia un contexto histórico o a un loco de remate. Luego, la posible relación de la familia benefactora y la Semana Trágica puso la guinda final. Era una teoría buena, elaborada, de ley. Todo cuadraba bien.

—Demasiado bien. Pero no olvide que las teorías siempre cuadran bien, de lo contrario se convierten en especulaciones. Y eran dos teóricos quienes las ponían en pie. Busca y hallarás, dice la frase; sólo que lo que encontraron nuestros expertos no parece tener nada que ver con el caso.

—Eso no nos quita ni un ápice de culpabilidad. Ahí estábamos nosotros para descartar todo lo que quedara fuera del núcleo de interés.

—Subinspector: si pronuncia una sola palabra más pararé el coche y le haré bajar.

—Eso sería una medida injusta y caprichosa.

—Lo sé, pero de ella depende en este momento mi integridad emocional.

—En ese caso, me callaré.

A la madre Guillermina no le hizo gracia la presencia de Garzón. Parecía seguir creyendo que todo aquel proceso era una especie de divertimento que le permitía intimar con gente ajena al convento, como yo. Fui taxativa y un pelo brutal:

—Madre, no es necesario que nos lleve a su despacho ni nos invite a café. En la sala de visitas estamos perfectamente. Nuestra estancia será breve. Sólo venimos a decirle que la posibilidad que apuntó la hermana Domitila ha resultado verdad: una testigo vio a la hermana Pilar salir de la facultad de historia con el sospechoso.

Observé su reacción: su rostro se puso colorado y se llevó una mano al pecho como si le costara respirar.

—¡Dios mío! —exclamó en voz muy queda.

—No sabemos si ella le acompañaba bajo coacción o si... ¿está completamente segura de que no se conocían?

Me di cuenta de que era incapaz de hablar. Los ojos se le habían llenado de lágrimas.

—¿Por qué nos castiga Dios así, díganme, por qué a este convento apartado del mundo, qué hemos hecho?

—Dejémonos de preguntas retóricas, madre, se lo ruego.

Se rearmó inmediatamente y respondió con voz firme:

—¡Dios no es ninguna retórica para mí, inspectora, es una realidad palpable, la realidad a la que he dedicado mi vida! ¡Y si le digo que Dios nos castiga porque hemos hecho algo malo es porque lo pienso de verdad! No es normal que los acontecimientos siempre estén relacionados con este convento, que la gente implicada en el caso siempre revierta aquí. Al principio llegué a estar convencida de que se trataba de un simple ladrón de reliquias, después empecé a creer que nuestro benefactor o su hijo... pero hay un sospechoso que venía a este lugar dos veces a la semana y ahora la hermana Pilar... Hay algo aquí que ofende a Dios, lo presiento. Algo se esconde entre estas paredes que huele a podrido.

Garzón y yo nos manteníamos silenciosos, incapaces

de salir de nuestro asombro. Tomé la palabra ansiosamente, dispuesta a no perder aquella oportunidad.

—Nosotros hemos llegado a la misma conclusión, madre; pero no sabemos hacia dónde tirar. Ayúdenos.

—Pero ¿cómo, qué puedo hacer yo?

—Ya ha empezado a hacer algo importante: sospechar, admitir que alguien del convento puede estar implicado en este horror. Usted puede ser nuestros ojos y nuestros oídos aquí dentro, sólo usted. No diga nada a las monjas de que han visto a la hermana Pilar con Lledó. Observe, indague discretamente, muévase en el plano de la sospecha continuada.

Agitó la cabeza tristemente. Se quitó las gafas, las limpió. Por fin nos miró y dijo:

—Lo intentaré. Pero sólo Dios sabe cuánto me costará hacer lo que me pide, y la tristeza que me produce hacerlo.

—Nosotros también lo sabemos, anímese. Usted puede con eso y mucho más —le soltó de improviso Garzón. La monja, al verse jaleada en plan cuasi deportivo, se puso un poco violenta, retomó su compostura habitual y nos acompañó personalmente hasta la salida. Antes de dejarnos marchar, imploró:

—Busquen a Pilar, está en peligro.

Tanto el subinspector como yo caminamos hasta el parking sin intercambiar comentarios. Sólo tras un rato de conducción él dijo por fin:

—¿Cree que servirá de algo?

—Es posible, no lo sé.

—Sí, yo también creo que es posible, siempre que...

—Siempre que...

—Que la propia superiora no esté metida en el ajo.

—Confío en ella.

—Yo no.

—Hay que confiar en la tropa cuando se tienen pocos soldados.

—El problema es saber quiénes son tus soldados y quiénes no.

—¿Tiene hambre?

—Más que un perro perdido.

—Nadie confía en nadie con el estómago vacío.

—Pues vamos a llenar el nuestro y luego le diré.

16

No era fácil recoger en un informe la última conversación con la madre Guillermina, pero lo intenté. Tampoco me apetecía demasiado que Coronas supiera que nuestras estrategias eran desesperadas hasta el punto de encargar a la superiora que nos sirviera de espía en el convento. Para que él y cualquiera de los jefes comprendiera la dificultad de aquella investigación, hubiera sido necesario que visitaran a las corazonianas en su propio feudo, que hubieran visto lo problemático que era moverse, hablar, obtener una imagen no censurada de la situación. Naturalmente, no se me ocurrió incluir ese comentario en la redacción, hubiera sido interpretado como una petición de clemencia, y ya era tarde para eso. Todo se había complicado tanto, se habían abierto tantas vías que no lográbamos cerrar, que la prudencia aconsejaba tiento y estrategia camaleónica frente a los mandamases. Aunque quién podía saber, quizá con o sin clemencia aquél sería el último caso importante que nos encomendaran a Garzón y a mí. Las repercusiones del actual habían sido tan amplias en todos los frentes que si colgábamos el cartel de «No resuelto», algunas cabezas tenían que rodar, y no albergaba dudas sobre a quiénes pertenecerían.

Quería llegar a casa a una hora que me permitiera hablar un rato con Marcos. No olvidaba que una de las razones objetivas por las que me había decidido a convertirme en una mujer casada era la posibilidad de llorar de vez en cuando sobre un hombro amado. Y bien, hasta aquel momento, poco había aprovechado ese beneficio: o no tenía tiempo libre, o temía abrumar a mi marido con mis sinsabores profesionales, o estaban los niños en casa y no era cuestión. Pero aquel día me encontraba dispuesta a llenar de lágrimas el jersey de Marcos. Al borde de mis fuerzas y con la sensación casi permanente de haber fracasado, no veía otro modo de reconfortarme. Sin embargo, como hubiera dicho la madre Guillermina, Dios no estaba dispuesto a darme ni siquiera esa pequeña compensación. Claro que Dios es raro, porque si no pude ir a casa para ser consolada, fue por un buen motivo.

Iba en mi coche cuando me llamó Coronas.

—¿Dónde está, Petra?

—Acabo de salir de comisaría.

—Regrese inmediatamente.

—¿Hay alguna novedad?

—Su estrategia ha dado resultado. Miguel Lledó acaba de entregarse.

—Enseguida voy.

Telefoneé a Marcos, pero no contestaba. Le dejé un mensaje: «Marcos, cariño, no me esperes a cenar. Seguramente tampoco a dormir. Parece que algo empieza a moverse en el caso».

Garzón y Coronas me esperaban en el pasillo. No lo habían interrogado aún.

—Está ahí dentro —señaló el comisario hacia la sala de interrogatorios.

—Hemos llamado a su padre, pero no ha llegado todavía.

—¿Dónde se entregó?

—En la calle Enric Granados, a los mossos d'esquadra.

—Bien, ¿ha dicho algo?

—Que sólo hablaría con quienes persiguen a su hermano.

—Perfecto, quizá sea una confesión en toda regla. ¿Ni rastro de Juanito o de la monja?

—De momento, no. ¿Necesitan que esté yo presente? —preguntó el comisario.

—Creo que no.

—Entonces ya me informará, esto va a llevar multitud de prolegómenos. Llámenme cuando haya algo sustancial.

El padre de los Lledó no apareció por comisaría sino una hora más tarde. Me quedé de piedra al verlo. Había envejecido diez años en unos días. Delgado hasta el extremo, demacrado, las venas de las sienes se le transparentaban como si fuera uno de esos muñecos de fibra plástica sobre los que se estudia anatomía. Sin embargo, caminaba con determinación. Serio como la muerte, apenas si nos dirigió un saludo.

—¿Dónde está?

—Lleva un par de horas en esa sala. Ha pedido hablar con usted. Nosotros estaremos presentes.

Asintió con un cabezazo vigoroso. Entramos los tres y pude ver al hermano de Lledó por primera vez. Físicamente no tenía nada que ver con Juanito: delgado y de aspecto nervioso, llamaban la atención en su rostro unos enormes ojos orlados por largas y hermosas pestañas. Dio un suspiro de alivio cuando vio a su padre y se dirigió a él con la intención de abrazarlo. Pero, para sorpresa general, el viejo Lledó extendió un brazo sarmentoso y lo retuvo, impidiéndole que se acercara a él.

—Hijo de puta —le espetó en catalán, lengua en la que hablaron durante todo el encuentro.

—Papá, te lo explicaré, te contaré todo lo que ha pasado. Yo no he tenido nada que ver en este asunto, de verdad. Sólo he intentado proteger a Juanito.

—Me avergüenzo de vosotros. No merecéis el pan que coméis.

—Papá, ya hablaremos de todo, pero ahora necesito que llames al abogado Sales, el que se ocupa de tus asuntos.

—No cuentes con él, no cuentes con nada que venga de mí. Búscate uno de oficio. ¡Apáñatelas!

—Pero papá, ¡soy tu hijo!

—Ya no. Nunca hubiera debido dejarme convencer por tu madre para tener hijos y cuando ella murió hubiera debido echaros de casa como a perros.

Dio media vuelta y salió, dejando a un desconsolado Miguel con los ojos fuera de las órbitas. Garzón se quedó con él mientras yo corría tras el padre. Cuando lo alcancé me miró con desprecio y dijo:

—Sólo llámeme si me necesita la policía por algo legal. Ni de ése ni del otro quiero saber nada, como si no fueran hijos míos. No me he pasado la vida trabajando y cuidando de ellos para esto.

Su cuerpo frágil se alejó por el pasillo sin poder disimular con el vigor de los pasos que un gran peso se abatía sobre él. Y bien, lo que acababa de suceder nos beneficiaba y nos perjudicaba al mismo tiempo. Por un lado, la reacción airada del padre dejaba al chico en condiciones de debilidad psicológica que podíamos aprovechar en el interrogatorio. Sin embargo, si habíamos contado con el padre para que ejerciera alguna influencia con vistas a que el hijo declarara, ya podíamos olvidarnos.

Regresé a la sala. Miguel Lledó lloraba desesperadamente. Garzón, contraviniendo las leyes gubernamentales, había encendido un cigarrillo y miraba impasible por la ventana.

—Tienes derecho a un abogado de oficio que asista a los interrogatorios.

—¡No quiero un abogado de oficio! Sé que no sirven para nada. Además, no tengo secretos que ocultar.

—Mucho mejor. Empecemos entonces. ¿Dónde está tu hermano?

—No lo sé.

—Déjate de chorradas y dinos dónde está. Acabaremos antes.

—¡Les digo que no lo sé! Hace unos días me llamó por teléfono y me dejó un mensaje. Escúchelo, aún lo llevo en mi móvil.

Se llevó la mano al bolsillo y lo sacó. Manipuló los mensajes y me pasó el aparato. Escuché. En una extraña voz grave e impersonal pude oír, siempre en catalán: «Miguel: ha pasado algo malo y nos buscan. Desaparece por unos días. Ya te volveré a llamar». Le di el teléfono al subinspector. La llamada venía desde un número oculto y la fecha coincidía con la huida de Juanito.

—Le estuve llamando mil veces pero el automático me decía que lo tenía desconectado. Me asusté y me fui.

—¿Dónde?

—Estuve con mi novia.

—Eso no es verdad. Nuestros hombres la interrogaron en su casa y no sabía nada de ti. La han seguido todos estos días y no ha estado contigo ni te ha llamado por teléfono. Señal de que la advertiste de que no lo hiciera.

—Era una manera de expresarme. Lo que quiero decir es que ella habló con una amiga que le dejó un apartamento vacío que tiene en la zona de Les Corts. La amiga no sabía nada de que me buscaban, se creía que lo necesitábamos para follar. Allí he estado todos estos días, solo; hasta que me di cuenta de que si yo no había hecho nada malo debía entregarme sin miedo. Si me ocultaba era peor. Yo no tengo nada que ver con los líos de mi hermano.

—Lo comprobaremos. Escribe en esta página la dirección del apartamento.

Mientras lo hacía, el subinspector y yo intercambiamos una mirada. Empezó él a preguntar.

—Vale, muy bien. Supongamos que es cierto lo que afirmas y que tú no tienes nada que ver con los líos de tu hermano. Perfecto, pasemos a los líos de tu hermano propiamente dichos.

—Esos líos son suyos, pregúntenle a él cuando lo cojan.

Garzón dio tres zancadas de oso que lo colocaron a un centímetro de la cara del joven. Lo cogió de la ropa y le escupió en voz contenida pero amenazante:

—Oye, muchachito, me gustaría que te dieras cuenta de que esto no es un juego virtual. Aquí si se escapa una hostia la recibes tú, ¿entendido?

Por la cabeza del muchachito no había pasado la idea de ponerse chulo, de modo que la frase de Garzón surtió efecto inmediato.

—¡Yo sólo quiero vivir tranquilo! No me he metido para nada en los asuntos de mi hermano.

—De acuerdo. Empecemos otra vez: ¿cuáles son esos asuntos?

—Les contaré todo lo que sé.

—Te escuchamos.

Por primera vez desde el comienzo del interrogatorio, todos estuvimos sentados.

—Hace ya tiempo mi hermano me dijo que necesitaba ayuda. Me extrañó. Vaya por delante que, haya hecho lo que haya hecho, Juanito no es un tío de meterse en follones. Al contrario, se pasa la semana trabajando como un cabrón y luego se larga a la parroquia a hacer caridades. Yo es que nunca lo he entendido, de verdad.

—Centrémonos en lo que haya hecho.

—Quería que le diéramos un susto a una mendiga que le molestaba. Pretendía que lo acompañara y que la amenazáramos los dos. Me pareció raro, pero como él es raro también, pues pensé que no me costaba demasiado darle gusto en lo que pedía. Él también me hace favores de vez en cuando. Así que la localizamos, la amenazamos y ya está.

—¿Ya está? —gritó el subinspector como si lo hubieran aguijoneado. Tomé yo la palabra.

—Miguel, no irás a pensar que vamos a tragarnos eso.

—¡Pero es que es verdad!

—Muy bien, es verdad, pero esa verdad no está sola, a ella se unen otras verdades que hacen las cosas comprensibles.

—No sé qué quiere decir.

—Pues quiero decir que tú sabías quién era la mendiga.

—No lo sabía.

—¿No habías visto la televisión?

—No me enteré hasta después, se lo juro. Días después vi en la tele que se habían cargado a esa mujer y entonces empecé a pensar que mi hermano se había metido en algo muy chungo.

—¿No habías oído hablar del asesinato del hermano Cristóbal, ni del robo de la momia? ¡Extraño!, te aseguro que los medios de comunicación se han ocupado del caso.

—Puede que sí, pero yo no me entero. Nunca veo los informativos, ni leo periódicos. Yo voy a mi rollo y lo que haga el resto de la gente me da igual.

—Muy sabio por tu parte, muy budista. De acuerdo, ya comprendo. Tú vas a tu rollo y además nadie te habla en el trabajo o en el bar del caso de la momia. Perfecto, admitámoslo. Y dime, ¿tampoco le preguntaste a tu hermano qué tenía en contra de la mendiga? Y cuando empezaste a sospechar que se la había cargado él, que por cierto de eso sí te enteraste por la tele, preferiste no preguntarle nada para no molestar. ¿Es así?

—Inspectora, ¿usted sabe de quién estamos hablando? Mi hermano no es normal, nunca lo ha sido desde que nació. Es un poco autista o algo así. Bueno, no sé cómo llamarle a la manera que es, pero no es un chico como los otros. No habla mucho, no comenta nada de lo que le pasa por la cabeza. Está en su mundo, y nadie sabe cuál es. No tiene amigos ni novias. Si le preguntas algo contesta en dos palabras.

—¿Es una especie de subnormal? —preguntó Garzón, presto a bajarle la moral al sospechoso.

—¡No!, para el trabajo es bueno, y en el colegio iba pasando. Puede que no sea una lumbrera, pero tiene inteligencia de sobra para todo. Lo que tiene raro es el carácter, su manera de ser. Mi padre dice que cuando vivía mi madre era más comunicativo, pero que luego se cerró. Yo no me acuerdo, puede que sea así.

—Y con todo eso, ¿adónde quieres ir a parar?

—Pues a que yo estoy acostumbrado a no hacerle preguntas porque no sirve de nada. Si él me cuenta algo, bien, y si no...pues tan contentos.

—Vale, pues entonces reconoce que él te contó que había matado al hermano Cristóbal y robado la momia del convento. Si es que no le ayudaste tú en eso también —apuntó muy oportunamente mi compañero.

—¿Yo? ¡Pero yo es que alucino, de verdad! ¿Para qué iba a querer Juanito matar a un cura? ¿Y llevarse una momia?

—¿Y no alucinaste cuando te pidió ayuda? Porque con la misma lógica: ¿no alucinaste de que Juanito quisiera intimidar a una mendiga? ¿Para qué o por qué querría hacer una cosa semejante?

Dio síntomas de flaqueza. Se restregó los ojos con los nudillos, permaneció callado durante un rato, nosotros también. Luego dijo:

—¿Va a durar esto mucho más? Estoy cansado.

—No, enseguida acabamos —le contestó Garzón—. En cuanto nos digas la verdad, nos vamos.

—¿Qué más quieren que les diga?

—Empezaremos desde el principio: ¿dónde se esconde tu hermano?

Empezó a sollozar, se tapó la cara con las manos.

—¡Quiero irme, quiero salir de aquí!

—¿Sigues sin necesitar un abogado?

—¡No quiero un puto abogado, no lo necesito! Sólo quiero largarme, no tengo nada que ver con esto.

—¿Cómo prefieres el jamón: dulce o salado?

—¿Y eso?

—Te traeremos un bocadillo, un refresco. Te dejaremos descansar.

—¿Luego podré irme a casa? —preguntó ingenuamente. Garzón lo miró con desprecio.

—Estás detenido, muchacho, detenido y solo. No me gustaría estar en tu piel.

Salimos, dejamos al sospechoso bajo la vigilancia del policía Domínguez, y nos dirigimos al bar. Después de haber pedido un bistec, le pregunté al subinspector.

—¿Cómo lo ve?

—Es débil, cantará.

—Nunca se sabe. Si por lo menos supiéramos en qué sentido hemos de dirigir las preguntas... ¡pero no tener ni una mala teoría que abonar!

—Mejor, así nos sorprendemos, más emoción —dijo hincando los dientes en un pedazo de pan.

No pensaba como él. Todo lo que podíamos hacer era dar vueltas alrededor del chico como buitres esperando a que nos lanzara alguna carnaza con la que intentar alimentar motivos que articularan y convirtieran en lógica aquella locura. Garzón, que daba cuenta de su plato como si nunca hubiera hecho nada más importante, dijo entre mordisco y mordisco:

—Lo más probable es que lleguemos al final en pleno despiste; pero da lo mismo, inspectora. El punto está en que este párvulo nos diga dónde se encuentra su hermano. Y lo hará. Con él encontraremos a la monja y, probablemente, a la puta momia mutilada.

—No cree que sea cierto nada de lo que dice, ¿verdad?

—Ni una palabra, pero le haremos cantar.

—Me pregunto cómo.

—Por acoso. No creo que aguante demasiado. No se trata de un tipo fuerte. ¿Ha visto cómo lloraba cuando su padre lo rechazó?

—A veces los débiles se convierten en rocas. Parece acostumbrado a nadar en contra de la corriente.

—No lo creo. ¿Le apetece un pastelito?

—No tengo el cuerpo para dulces.

—Entonces voy a pedir que nos preparen un termo de café. La noche será larga.

Mientras lo hacía llamé de nuevo a Marcos. Me contestó esta vez.

—¿Has oído mi mensaje? Esta noche no iré a dormir.

—Sí, Petra, lo oí. ¿Ha sucedido algo grave?

—Tenemos que quedarnos a interrogar a un sospechoso.

—¿Y eso durará toda la noche?

—Al menos hasta que el tipo quede extenuado.

—¡Qué desagradable! —fue su comentario, y me molestó.

—Te recuerdo que soy policía, no decoradora de interiores.

Notó perfectamente mi tono hostil y contraatacó.

—Lo sé muy bien, si decoraras interiores quizá te vería un poco más.

—Buenas noches, no tengo tiempo para altercados conyugales.

Colgué. Los malentendidos entre parejas suelen resolverse con un par de bromas y un beso de paz; pero para eso hay que estar presente, convivir y charlar con normalidad. Un par de momias robadas más y mi matrimonio se iría al infierno. Hace falta algo más que amor y madurez para que una relación se prolongue exitosamente: hace falta tiempo.

—¿En marcha? —preguntó mi compañero con el termo bajo el brazo como si saliéramos a un picnic.

—Vamos allá.

El policía Domínguez nos informó de que el sospechoso había comido, bebido e ido al lavabo. Seguía esperándonos en la sala. Garzón entró con aire feliz.

—¿Qué tal, muchacho, listo para volver a empezar?

El tal muchacho nos miró lúgubremente. Estaba más repuesto pero ponía cara de aburrimiento. Cogí las riendas.

—Antes de hacerte preguntas deberías saber de qué te puede acusar el juez. A saber: de asesinato o cómplice de asesinato, de obstrucción a la justicia, de...

—El juez no tendrá nada contra mí.

—Seguro que no —dijo con ironía el subinspector—. A lo mejor hasta te da un abrazo y un besito para compensarte de las molestias. Como tu padre, ¿eh?

—Mi padre es un cabrón —respondió el chico con calma—. Ya lo han visto, ¿no? Lo dijo muy claramente: él tuvo hijos porque se empeñó mi madre. Y cuando ella murió si hubiera podido borrarnos del mapa lo hubiera hecho sin pensarlo dos veces. Para lo único que le hemos interesado siempre es para trabajar. Por lo menos nunca lo ha ocultado, siempre fue muy sincero en eso. Algunos días me daba la impresión de que estaba insinuando que la culpa de que mi madre estuviera muerta la teníamos nosotros.

—Oye chico... —replicó mi compañero con brutalidad—. Puede que la vida te haya tratado mal y arrastres muchos traumas infantiles. Lo siento, en serio. Pero aquí tenemos dos víctimas, a quienes les han quitado la vida, y una monja a quien tu hermano al parecer mantiene secuestrada. Ninguno de ellos tenía la culpa de tu triste existencia. ¿Me sigues?

—¡Yo no he tenido nada que ver en esas muertes! ¡Y seguramente mi hermano tampoco!

—¡Ah, y la momia del beato! —añadió Garzón como si no lo hubiera oído—. ¿Os divertisteis cortando en lonchas a fray Abulio como si fuera un salchichón?

—¡Este tío está loco! —exclamó dirigiéndose a mí.

—Este tío te dobla la edad. Sé más respetuoso con él —dije sin aparentar enfado ninguno—. Por cierto, ¿qué me dices de la monja?

—¿Qué monja?

—La monja jovencita, sor Pilar. ¿Se conocían ella y tu hermano?

—No conozco a ninguna monja.

—Pero quizá Juanito te habló de ella.

—Ya le he dicho que Juanito no hablaba de nada.

Quizá debido al cansancio había desarrollado una táctica de apatía controlada. Contestaba con una especie de inercia indiferente que no nos convenía. ¿Debíamos dejarlo ya? No, en cualquier momento podía rendirse.

—¿Sabías algo sobre el convento?

—Que pagaban sin retrasarse.

—¿Algo más?

—No.

—¿Tu hermano tenía algún asunto extra con las corazonianas? Quiero decir, ¿había hecho para el convento lo que tú llamas caridades o algo por el estilo?

—No lo sé, mi hermano nunca hablaba. Estoy harto de repetirlo.

Continuamos así durante un par de horas más. Eran las cinco de la mañana. Decidimos dejarlo porque se le cerraban los ojos y era incapaz de articular las palabras con nitidez. Domínguez ya había acabado su turno y en su lugar había un joven policía al que nunca había visto con anterioridad.

—Llévelo a su celda. Mañana a las ocho que esté de nuevo aquí.

Garzón parecía bastante derrotado.

—¿Se va a la cama? —le pregunté.

—Aunque sólo sea para un rato.

—Yo creo que me quedaré. Dormiré en el despacho de Coronas, que tiene sofá.

—Márchese a su casa, inspectora, unas horas de descanso le harán bien.

—Es absurdo marcharme para regresar enseguida de nuevo. Además, ya he avisado a Marcos de que no iré. No quiero despertarlo.

—Como guste; yo me largo.

Sus pasos me parecieron cada vez más cansinos hasta que su sonido desapareció. De madrugada, la comisaría se convertía en un lugar inhóspito. La desventaja de no volver a casa era que a la mañana siguiente no podría ducharme ni cambiarme de ropa. Además, no había pensado en que el personal de limpieza empezaría pronto su labor. Si dormía en el sofá de Coronas me despertarían y les impediría trabajar. Lo más prudente era seguir el consejo del subinspector y regresar a casa. Me instalaría en el salón para no molestar a Marcos.

Caminando por los pasillos una figura femenina me sobresaltó. Era Sonia. No podía creerlo.

—Sonia, ¿qué demonio haces aquí?

—Es que... bueno, me he enterado de que estaban interrogando a ese chico que se ha entregado y quería saber si ha dicho algo sobre dónde está el sospechoso que se me escapó.

Debería haberme sentido enternecida por aquel exceso de celo en el cumplimiento del deber; pero como siempre, Sonia me sacaba de quicio. Conté hasta diez antes de decir:

—El sospechoso se escapó, Sonia, no se te escapó. No veo ninguna razón para que te quedes aquí hasta la madrugada. Mañana tienes trabajo a primera hora, ¿no?

—Estaré aquí puntualmente, inspectora; ya verá.

—Buenas noches.

—Adiós.

Me pareció que había sido excesivamente desagradable con ella y volví la cabeza para preguntar:

—¿Te encuentras mejor del golpe?

—Sí, ya me encuentro del todo bien —contestó sonriendo como si creyera que de verdad me interesaba su salud.

Me tumbé en el sofá del salón sin quitarme siquiera la gabardina. Mi destino aquella noche era fatalmente un sofá. Deposité el móvil sobre la mesita de centro. Creí que, debido a la intensidad emocional de la jornada, no conseguiría dormirme, pero me equivoqué. Nada más cerrar los ojos caí en un pozo profundo de donde tuve la sensación de que no saldría jamás.

El despertar fue brusco. Di un bote y me senté. Busqué el móvil con rapidez, pero había desaparecido de donde yo lo coloqué. Miré el reloj: las nueve menos veinte. ¡Dios, qué desastre! Por la casa se extendía un apetitoso olor a café que me condujo hasta la cocina. Allí encontré a Marcos, recién duchado y vestido, preparando el desayuno.

—¿Dónde está mi teléfono?

—Aquí —dijo mostrándolo en su mano—. Te ha llamado la monja ésa.

—¿La superiora?

—Sí, quería hablar contigo. Le he dicho que estabas durmiendo. Ha dicho que muy bien.

—Pero... —la enormidad de lo que estaba sucediendo me impidió hablar. Le arrebaté el teléfono y llamé a la madre Guillermina. Tardaron un poco en localizarla, pero al fin llegó.

—Venga en cuanto pueda al convento, inspectora. Es urgente que hable con usted.

—Enseguida estaré ahí.

—Tómese su tiempo. No me moveré.

Marcos puso delante de mí un café con leche humeante y unas tostadas recién hechas.

—Desayuna, por favor.

—Marcos, ¿cómo has podido? ...

—El teléfono sonó al menos cinco veces al lado de tu oído. No te despertaste. Entonces lo cogí. Te vi tan destrozada que me pareció prudente dejarte dormir un rato más.

—¿Prudente, te pareció prudente? Estoy en medio de un caso que es un laberinto horroroso, recibo una llamada importante y sólo se te ocurre dejarme dormir.

—Petra, no me pidas que la seguridad de los ciudadanos sea lo fundamental para mí. Para mí, lo más importante eres tú.

—Pero, debes comprender que...

—Ya comprendo todo lo que debo comprender. No soy ningún estúpido, tampoco un niño. De modo que volvería a hacer exactamente lo que he hecho. La superiora sabe esperar, y tú tendrías que aprender a hacer lo mismo. Y ahora me voy al estudio. Por cierto, yo de ti desayunaría y tomaría una ducha. Con el aspecto que ofreces en este momento dudo que te dejen entrar en ninguna parte, ni siquiera en tu propia comisaría.

Salió sin síntomas de haberse enfadado. Marcos creía entender pero no entendía nada, no tenía ni idea de lo que es la práctica policial, de la inmediatez que exige, de la dedicación. Claro que a lo mejor yo estaba exagerando y empezaba a caer en un defecto que siempre había criticado en los demás: la mitificación del trabajo. Sólo el trabajo es importante, nada puede esperar y nosotros somos imprescindibles para que todo vaya bien. No, un poco de calma, quizá mi impávido marido llevaba razón y lo más recomendable era zamparse aquel desayuno sustancioso, reponer fuerzas, darme una ducha bien caliente, cambiarme la ropa arrugada y pestilente a humo de cigarrillo. Puede que así consiguiera llegar a mi cita pareciéndome un poco a quien era.

Funcionó. Desde el coche llamé a Garzón, que ni siquiera se mostró sorprendido porque me incorporara a mis quehaceres un poco más tarde.

—Quiero que venga conmigo al convento, Fermín. A ver qué sorpresa nos tiene preparada la madre Guillermina.

—¿Y Miguel Lledó?

—Que nos espere en la sala de interrogatorios, así irá templando los nervios.

La portera nos abrió. Había vuelto a su ánimo habitual, muy parecido al de una lechuza. Nos condujo hasta el despacho de la superiora. Ésta no nos dio permiso para pasar como solía, sino que se presentó personalmente en el quicio de la puerta. Enseguida comprendí la razón, toda la habitación se encontraba invadida de humo, cosa que pretendía ocultar a ojos de la portera. Miró a Garzón con desconfianza y nuevamente tuve que interceder por él.

—El subinspector está al tanto de todo.

—Lo sé, lo sé, pero justamente hoy era necesario que habláramos de mujer a mujer. Tengo dudas de poder decir nada en su presencia. Perdóneme, señor Garzón, no es nada personal, se trata de una cuestión de costumbres, de educación. No me veo con ánimos de contar en su presencia lo que debo.

—No se preocupe, esperaré fuera.

—Para esperar fuera vaya a comisaría, tiene trabajo. Luego nos vemos allí —le indiqué.

Nos quedamos las dos mujeres frente a frente. La monja se quitó las gafas, se las puso de nuevo, encendió un cigarrillo, lo apagó. Su rostro estaba contraído y acalorado. Por fin encontró fuerzas para hablar.

—Inspectora, lo que tengo que confesarle es muy grave. Probablemente recibiré una amonestación de la superiora provincial por no haberle pedido permiso antes de citarla a usted; pero no puedo vivir con eso en la mente ni un momento más.

—Hable, la superiora no tiene por qué enterarse.

—Ayer, cuando usted se marchó... bueno, decidí hacer algo extremo y llamé a las hermanas una por una para presionarlas y que me dijeran si sabían algo sobre el caso que yo ignorara. Me entrevisté con cinco de ellas sin resultados, pero a la que hacía seis... la hermana Bárbara, que cuida de la enfermería... la hermana Bárbara se echó a llorar y entre llantos y lamentos me contó algo terrible —se quedó callada, bebió agua. Parecía incapaz de seguir.

—¡Dígame lo que sea, hermana, por Dios!

—La hermana Bárbara ayudó a la hermana Pilar a abortar. Dicho de otra manera, le provocó un aborto voluntario. Un pecado innombrable contra la ley de Dios.

El estupor me impedía preguntar. Me rehíce, pero la cabeza me daba vueltas.

—¿Quiere repetirlo, por favor?

—No, no me haga decirlo otra vez. Me ha entendido a la perfección. La hermana estaba aplastada por el peso de la culpa y, cuando la presioné, explotó. Acusó a la hermana Domitila de estar involucrada en el mismo abominable asunto.

—Siga, se lo ruego.

—Llamé a la hermana Domitila, la interrogué, pero no admitió nada de cuanto era acusada. Entonces las puse juntas a las dos y... bien, fui incapaz de continuar. La hermana Bárbara la señalaba como instigadora principal, Domitila la llamaba loca. Creí que lo indicado era mandarles a ambas que se recluyeran en sus celdas y llamarla a usted.

—¿Sabe si...? —mi teléfono nos interrumpió. Era el subinspector, recién llegado a comisaría.

—Inspectora, tiene que personarse inmediatamente en el número 24 de la calle Sant Eloi, en la Zona Franca, es un almacén. Yo voy para allá con un operativo de cinco hombres. Miguel Lledó ha confesado. Al parecer su hermano está allí con la monja.

—¡Bien! —exclamé entrecortadamente—. ¿Cómo lo ha conseguido, Fermín?

—No he sido yo, inspectora, fue Sonia. Cuando llegué estaba hablando con el sospechoso y enseguida me comunicó que había cantado. Es como lo oye.

El papa asomándose a su balconcillo disfrazado de travesti, el presidente de Estados Unidos disolviendo la CIA, un orangután descubriendo una vacuna anticáncer. Nada, nada hubiera podido sorprenderme más que las dos noticias que acababa de recibir: la hermana Pilar abortando y Sonia convertida en una policía sagaz. Me volví hacia la madre Guillermina y aún tuve cordura para ordenarle:

—Madre, cierre usted este convento a cal y canto, ¿me oye? Que nadie entre ni salga de aquí. Han localizado al sospechoso y a la hermana Pilar.

—¿Ella está bien?

—Aún no lo sabemos. No se preocupe, la llamaré. De momento voy a poner dos policías en la puerta del convento; de paisano, para que no haya escándalo.

—El escándalo ya me da igual.

—En cuanto pueda regresaré.

Volé hacia la dirección de la Zona Franca sin la seguridad de que allí fuera a encontrar nada. Era como si no acabara de creer que todo aquello fuera cierto, como si me sorprendiera llegar a una solución después de haberla esperado tanto. Desde el principio me había parecido obvio que Miguel Lledó conocía el paradero de su hermano, y era casi seguro que, sometido a presión, tarde o temprano acabaría por revelarlo. Sin embargo, ¿Sonia había conseguido socavar su resistencia? ¿No le habría dicho el sospechoso cualquier cosa con tal de quitársela de encima? Al mismo tiempo que mi mente iba elaborando una muralla de escepticismo, se ocupaba de clasificar el nuevo dato recibido, que era crucial. Pero ¿dónde encajarlo para que todo el conjunto cobrara lógica y continuidad? La hermana Pilar había abortado ayudada por una especie de monja enfermera, y ahora se encontraba junto a Juanito Lledó. Tuve que apartar todos los pensamientos que asaltaban mi cabeza, porque temí pasar algún semáforo en rojo causando un atropello.

En el lugar indicado me encontré con el subinspector y dos policías que había llevado con él. Iban todos armados.

—Inspectora, la estábamos esperando. El almacén está cerrado y externamente no se aprecia vida en el interior. ¿Nos preparamos para entrar?

—Adelante —dije como en sueños, e inmediatamente saqué mi Glock.

Uno de nuestros hombres descerrajó la puerta metálica con facilidad. Metí la cabeza. Un poco de sol se filtraba por los sucios ventanales y descubría una gran nave aparentemente vacía. El polvo bailaba en el aire. Entramos todos con las armas en la mano y nos pegamos a la pared.

—Vamos avanzando —ordené—. Pero tengan cuidado con lo que hacen. No hay evidencia de que el hombre vaya armado.

Nos desplegamos por toda la superficie con cautela y celeridad. Al fondo había dos puertas cerradas, que eran nuestro objetivo. Me acerqué a la primera y dejé oír mi voz.

—¿Hay alguien ahí? ¡Abran, les habla la policía!

Las palabras flotaron unos segundos provocando un eco fantasmal. Ninguna respuesta. Lo intenté de nuevo.

—¡Abran, policía, sabemos que están ahí!

Silencio total. Garzón se situó a un lado de la puerta, yo al otro y los dos policías adoptaron la misma posición en la puerta contigua. Les hice señas para que todos alzaran la voz. Se produjo un coro desmadejado de gritos: ¡abran, policía! En medio del guirigay di orden con la cabeza para que el más fornido de nuestros hombres se pusiera en acción. Con un ímpetu que no necesitó preparaciones, se colocó frente a la primera puerta y descargó un patadón monumental sobre el picaporte. La puerta cedió. Sin esperar ni un segundo hizo idéntica operación brutal en la otra puerta, que se abrió también. Atenazando la pistola con ambas manos me planté frente a la primera habitación. Allí, en un rincón, ligados en un abrazo apretado que confundía sus cuerpos, estaban Juanito Lledó y la hermana Pilar.

—¡Vengan, todos aquí! —dije con un alarido.

Los dos hombres y Garzón, todos con la pistola desenfundada, se plantaron a mi lado, luego rodearon a los recién hallados. En ese momento, la hermana Pilar gritó también:

—¡No le hagan daño, por favor!

Los policías se acercaron y estiraron del cuerpo de la novicia, pero inútilmente, Lledó no la soltaba. Garzón le puso la pistola en la cabeza al sospechoso y graznó:

—¡Suéltala, apártate de ella!

La monja suplicaba, llorando:

—¡Déjenlo, no va armado!

Lledó tenía la cara encarnada, los ojos cerrados y toda su reacción se centraba en mantener a Pilar pegada a él, más protegiéndola que reteniéndola. Entonces me di cuenta de que ella lo abrazaba también, llorando, y que empezó a darle pequeños besos, intentando calmarlo.

—Mi amor, mi amor —susurraba con desespero. Me adelanté e hice que los hombres se quedaran en segunda línea. Intenté que mis palabras sonaran tranquilas.

—Acompáñennos a comisaría. No les haremos daño.

La hermana hizo el primer movimiento para desembarazarse de él, pero no parecía fácil. Juanito negaba con la cabeza y me percaté de que parecía hipnotizado. Poco a poco la monja se fue apartando, se puso en pie. Entonces el chico abrió los ojos y se levantó de improviso, intentó saltar sobre ella, pero nuestros policías lo inmovilizaron. Se puso a gritar salvajemente como una fiera caída en una trampa. Todos, incluido el subinspector, eran pocos para sujetarlo. Yo también tuve que tomar a la monja por los brazos, llevárselos a la espalda y mantenerla quieta, evitando que llegara hasta él. Fue entonces cuando Pilar bramó entre lágrimas:

—¡Déjenlo! Mataron a nuestro hijo, lo mataron. ¿Qué más pueden hacernos? ¡Díganme!

Uno de los policías me llamó desde la segunda habitación que habíamos abierto.

—¡Mire, inspectora!

Garzón y yo corrimos hasta allí. Al llegar descubrimos una especie de palo de madera rodeado de sábanas viejas. Una inspección más atenta nos reveló que se trataba del beato fray Asercio de Montcada.

Indiqué a los hombres que llevaran a Juanito y Pilar a comisaría en dos coches distintos, con la máxima seguridad. Lledó fue esposado. El subinspector y yo regresamos al interior.

Nos quedamos un buen rato en silencio, frente a la momia. Lo que al principio nos habían parecido sábanas viejas eran sacos de plástico blanco, en los que se leía: «Patatas de Galicia».

—¡Joder! —exclamó mi compañero por todo comentario. Luego siguió callado. Fray Asercio había sufrido un deterioro sustancial. Aparte de los miembros cercenados, tenía arañazos en el acartonado rostro y el hábito rasgado en varios lugares. De repente le dije a Garzón:

—¿Ha visto, subinspector? Este guiñapo asqueroso parece un símbolo de la España de otros tiempos: rota, pobre, ridícula...

—No se me ponga retórica, Petra. ¿Usted entiende un carajo de todo esto?

—Creo que sí.

—Pues haga un esfuerzo y cuéntemelo.

—Primero tengo que cumplir con el deber.

Saqué mi teléfono móvil y llamé a Coronas.

—Comisario: ya tenemos a Lledó y a la hermana Pilar, que se encuentra bien.

—Perfecto, Petra, algo he oído por aquí. ¿Y la momia?

—Está en nuestro poder. Cuando venga tráigase a alguien que la pueda manipular y una camilla para cargarla.

—De acuerdo, enseguida llegaré. Por cierto, Petra, ¿está en condiciones de explicarlo todo?

—Aún no, señor. De hecho, cuando usted venga Garzón y yo ya no estaremos aquí. Hay interrogatorios que ultimar.

—Muy bien. Entonces aún es pronto para convocar a Villamagna.

Colgué. Me volví hacia mi subalterno y le dije:

—¿Sabe lo que parece interesarle más al jefe? Cuándo se organiza la próxima rueda de prensa con el portavoz.

—Por lo que llevo visto, los periodistas se van a hinchar, ¿no?

—Tendrán para una novela por entregas.

—¿Tanto?

—Espere un poco y verá.

17

La hermana Pilar hizo muchas preguntas antes de contestar las nuestras. Quería saber qué le ocurriría a Lledó, de qué sería acusado, cuántos años podían caerle, qué abogado le adjudicarían y hasta qué punto el testimonio que ella proporcionara podía obrar a su favor o en su contra. Por lo que le concernía más directamente no parecía sentir interés. Para que fuera consciente de la situación le advertí:

—También hay acusaciones en contra de usted, hermana Pilar; me gustaría que tuviera eso presente.

—Deje de llamarme hermana Pilar. Mi nombre es Pilar Tolosa.

Cuando la habíamos encontrado en el almacén de la Zona Franca aún llevaba el hábito, pero se había quitado la toca. Me llamó la atención su pelo corto, que le daba un aspecto a lo Juana de Arco. Ahora, Yolanda se había brindado a traerle un vestido de su talla y parecía una chica corriente. También su carácter me daba la impresión de haber cambiado. Se comportaba de modo enérgico y decidido, como si no quedara en ella ni un rasgo de la monjita tímida y callada que habíamos conocido. Estaba deseosa de hablar, y lo hacía a borbotones, como si todas las palabras retenidas durante tanto tiempo quisieran fluir a la vez. El primer nombre propio que pronunció fue el que yo esperaba.

—Domitila, la hermana Domitila me obligó a abortar. Eso fue el principio de todo.

—No, hermana... —la atajé—. El principio de todo fue que usted estaba embarazada. Quiero saber de quién y cómo sucedió.

—Yo... —Pareció acometida por su antigua inseguridad, pero como alentada por una profunda determinación, continuó—: Juanito y yo nos vimos alguna vez en los pasillos del convento cuando él venía a traer el pedido. Un día él me siguió hasta la universidad y hablamos. Eso sucedió otras veces. Hasta que un día me dijo que estaba enamorado de mí. Yo nunca había estado con un chico, y éste era muy sensible, bueno, cariñoso y nada feliz en su vida. Seguimos viéndonos, tuvimos relaciones y me di cuenta de que estaba embarazada un tiempo después. Entonces me asusté y cometí el gran error de no decírselo a Juanito, sino a la hermana Domitila. Siempre me había cuidado y me decía que quería lo mejor para mí.

—¿Cómo reaccionó?

—Mal, muy mal. Se puso como una fiera, nunca la había visto así. Me metió el miedo en el cuerpo. Me dijo que Juanito no debía saber nada porque lo divulgaría y tampoco las corazonianas, porque me echarían a la calle. Llegó a convencerme de que lo mejor era abortar y que ella sabía cómo hacerlo sin que nadie se enterara.

—¿De cuántos meses era su embarazo?

—De cinco.

—¿De cinco? ¿Pasó todo ese tiempo sin comentarle a nadie su estado?

—Sufrí mucho, pero aguanté todo lo que pude, demasiado. Cuando me practicaron el aborto lo pasé muy mal. Estuve una semana en la cama. La hermana Domitila no quiso llamar al médico, dijo a toda la comunidad que era una gripe muy fuerte. Y... bueno, antes de eso tuvo la idea.

—¿Qué idea?

—No podíamos desembarazarnos del feto. Tirarlo a la basura le parecía muy peligroso aunque fuera partiéndolo, porque podían localizarlo y saber de dónde procedía la bolsa en que estuviera. Que yo me lo llevara a la facultad y lo tirara por ahí también le parecía arriesgado, cualquiera podía verme. Además, la hermana portera siempre estaba revisándome de arriba abajo cuando salía. Quedaba descartado decírselo a Juanito, que continuaba sin saber nada. Entonces... entonces se le ocurrió abrir la hornacina del beato y meterle el feto dentro del cuerpo.

Un gran ventanal se abrió en mi mente con un ruido descomunal. *Voilà le mistère!*, pensé. Garzón debió de pensar lo mismo, pero en su boca la exclamación tomó otra forma:

—¡La rehostia! —soltó abriendo los ojos de par en par.

—Continúe, por favor —musité, aún bajo conmoción.

—Entre las dos no era posible que levantáramos la tapa, porque pesa muchísimo. Hubo que decírselo a la hermana Bárbara, que ya era una cómplice; pero tampoco podíamos entre las tres. Entonces tuvimos que meter en el asunto a la hermana Anunciación.

—¿La contable?

—Sí, y no fue difícil, porque la hermana Domitila es una gran manipuladora de personas. Entre las cuatro lo conseguimos sin problemas. Con un bisturí la hermana Bárbara hizo una incisión en el cuerpo momificado y allí metió a mi hijo, envuelto en un trapo de cocina. Luego le arregló los ropajes al beato y quedó igual que estaba. Si había putrefacción no se notaría desde el exterior y con la gran tapa de cristal de la urna, casi hermética, ningún olor podría percibirse.

Miré al subinspector, comunicándole mi asombro sin palabras. ¡Ni en un millón de años hubiéramos sido capaces de llegar a esa deducción! ¡Jamás! Me encontraba alterada, casi febril. Hubiera necesitado que la hermana se callara un rato y procesar lo que acababa de oír; pero era imprudente interrumpirla en aquellos momentos. Su estado de ánimo podía variar y dejar pendiente aquella espontánea confesión.

—A partir de ese momento le dije a Juanito que tenía problemas de conciencia y que no nos veríamos más. Lo aceptó porque me respetaba mucho. Hasta que dos años más tarde vino la complicación con la que no habíamos contado. Llamó la superiora provincial pidiendo que la momia del beato se pusiera en regla como había oído que se hacía en otros conventos de España. Enseguida nos enteramos porque la madre Guillermina pidió ayuda profesional a la hermana Domitila, que intentó convencerla de que ella sola era capaz de hacer ese trabajo. Naturalmente no coló, y la priora se puso en contacto con los monjes de Poblet, que llevan a cabo ese tipo de misiones. La hermana Domitila tuvo que conformarse con ayudar; algo era algo, porque con esa ayuda pudo estar todo el tiempo al tanto de lo que sucedía.

Tenía ganas de preguntarle por qué ella se había avenido a realizar aquel plan, qué sentía, por qué nunca habló, por qué Juanito se conformó tan pronto con no verla más. Sin embargo, eso era simple curiosidad que no añadía nada al caso. Lo estaba haciendo muy bien y había que dejarla seguir.

—Naturalmente la bomba llegó cuando el padre Cristóbal empezó a hablar de recomponer la momia, de inyectarle sustancias y de practicarle un análisis de ADN. Ahí el peligro se hizo tan evidente que la hermana Domitila se vio obligada a idear otro plan. Era más que probable que si se manipulaba el cuerpo del beato los jóvenes tejidos del feto salieran a relucir.

—Entonces planeó matar al hermano Cristóbal.

Dudó un instante, apretó los puños y respondió un categórico:

—¡Exacto! Y para eso sí contó con el pobre Juanito. Le habló un día que estaba en el pasillo esperando para cobrar. Le dijo que yo había cometido pecados que saldrían a la luz si se tocaba al beato. Juanito no hizo ni caso, porque me quería aún. De modo que tuvo que contarle lo del aborto. Él se hundió, pero se dio cuenta de que hacía tanto tiempo que todo había sucedido que no tenía más remedio que colaborar, oponerse no servía de nada, y podía perjudicarme. La hermana le habló de las cosas espantosas que me pasarían si él se inhibía del problema.

—¿Decidió matar al hermano Cristóbal o sólo robar la momia?

No respondió directamente, se limitó a decir:

—Debía llevarse la momia y mantenerla sin tocar.

—¿Por qué, por qué no decidió destruirla y tirarla a un contenedor, o quemarla en un descampado?

—No lo sé. Dijo que a lo mejor la necesitaríamos más adelante como coartada, que podía venderse a un museo del exterior si había que pagarle dinero a Juanito. No sé, yo creo que lo único que le ocurría era que le daba impresión hacerla desaparecer después de haberle rezado tantos años, como historiadora tampoco debía aprobarlo.

La interrumpí intentando mostrarme calmada.

—Pilar, esto no es todavía una declaración formal frente al juez; de modo que debo avisarte de algún error que puedes cometer fácilmente.

—Estoy diciendo la verdad —contestó con vehemencia.

—¿Quieres escucharme, por favor? Sé que dices la verdad, pero debes darte cuenta de que a lo mejor, intentando proteger a Juanito lo que haces es perjudicarlo. Juanito mató al hermano Cristóbal, ¿cierto?

Bajó los ojos, se mordió el labio.

—Sí —pronunció de modo casi inaudible.

—En ese caso debes comprender que la acusación contra él será mucho más grave si cometió un asesinato por encargo; lo cual lo convertiría en una especie de sicario, que si, fortuitamente, cuando estaba robando la momia, apareció el hermano Cristóbal y él, de modo reactivo, lo mató.

Se quedó callada, sin mirarnos, con gesto de obstinación.

—Nos damos cuenta de que acumulas mucho resentimiento contra la hermana Domitila, tienes tus motivos, sin duda. Pero si ese rencor te hace mentir aunque sea una única vez o en un solo detalle, entonces toda esta declaración no servirá.

Asintió y dijo con entereza:

—Juanito atacó al hermano Cristóbal porque éste se presentó de improviso, es cierto. Se asustó y le dio un golpe que, como él es tan fuerte, lo mató.

—¿Qué pasó entonces?

—La hermana Domitila, que estaba pendiente del robo, se horrorizó, le llamó subnormal, lo trató como a un perro. Hubo que despertar a las dos monjas que habían ayudado en el proceso del aborto para que lo hicieran de nuevo. Borraron las huellas, y entre la hermana Domitila y Juanito, cargaron el cuerpo en la camioneta.

—Hay algo muy importante que tenemos que preguntarte —intervino Garzón—. Miguel Lledó, el hermano de Juanito, ¿intervino en algún momento?

—Él conducía la camioneta y la trajo a la puerta del convento. Fue cuando la mendiga los vio.

—¿Era la furgoneta de reparto?

—Sí, pero el cartel de la frutería lo habían tapado con una pieza de chapa que Juanito había hecho fabricar hace tiempo en un taller. Como no tenía coche se llevaba la furgoneta tapada así cuando la usaba para sus cosas.

—Entonces, ¿cómo la mendiga hablaba después de El Paraíso?

—Eso fue después, cuando fueron a amenazarla el burro de Miguel se olvidó de acoplar la pieza.

—¿Quién de los dos mató a Eulalia Hermosilla?

—No lo sé —dijo en un suspiro.

—Fue también Juanito, ¿no es cierto, Pilar?

En ese momento empezó a llorar con desconsuelo. Estábamos dispuestos a esperar lo que fuera necesario hasta que se serenara, pero el llanto degeneró en un grito desgarrador:

—¡Sí, fue él, el día que la mató Miguel no estaba presente! ¡Y también eso se lo ordenó la hermana Domitila, ese monstruo, esa mala mujer!

—Hubiera podido negarse.

—Él nunca hubiera hecho o dejado de hacer nada que creyera que estaba perjudicándome, ¿no se da cuenta? Aunque yo lo hubiera dejado tirado y no hubiera querido verlo más, él seguía enamorado de mí.

—De acuerdo, prosigamos.

—Ya no hay nada más que contar. La hermana Domitila retomó la situación y preparó el cartel escrito con letra gótica. Quería despistar a la policía y conducirles por caminos de sectas o maníacos. Luego ustedes se lo pusieron en bandeja invitándola a cooperar junto con ese monje. Les ha llevado por donde ha querido. Y cuando ustedes variaban la teoría, ella daba un giro y en paz. Juanito guardó el cuerpo en el almacén donde nos han encontrado. Y Domitila tuvo de nuevo que recurrir a él para que le cortara las extremidades al beato. Así iba creando pistas falsas según por donde tiraran ustedes en sus pesquisas. Juanito se las cortó con el enorme cuchillo que tiene para cortar racimos de plátanos.

—¿De quién es ese almacén?

—Del padre de un amigo de Miguel, le prestó la llave y allí se metió Juanito cuando usted lo persiguió.

—¿Fue a buscarla a la universidad?

—Sí, no aguantaba más la presión de estar solo y buscado cuando su hermano decidió entregarse. Vino a pedirme que nos fugáramos, que nos fuéramos juntos al extranjero. ¡Pobre Juanito! No se daba cuenta de que ya era demasiado tarde para todo.

—¿Cuántas monjas conocían todo este embrollo?

—En teoría, dos; pero no me extrañaría que se hubieran enterado muchas más. Aunque ya ve, del convento no ha salido ni una palabra. Estamos entrenadas para callar.

—¿Cree que la madre superiora sabe algo?

—¿La madre Guillermina? ¡No, qué va! Nunca se entera de nada. Ella se cree que es una directora severísima, pero no controla lo que ocurre en el convento de verdad. A veces me daba pena.

—¿Nunca pensó en confiarse a ella y contarle lo sucedido?

—No, no me hubiera comprendido. Para ella el pecado no existe aquí, es algo que sucede en otra dimensión de la que nosotras estamos a salvo.

—Y sin embargo, la hermana Domitila sí la comprendió, aunque la obligara a abortar.

Se quedó mirando al infinito, sacudió la cabeza haciendo volar a derecha e izquierda sus últimas lágrimas.

—Yo tampoco quería tener el niño, inspectora. ¿Para qué? ¿Qué hubiéramos hecho el simple de Juanito y yo en medio del mundo con un niño? Se nos hubieran comido vivos.

—Usted nunca ha amado a Juanito, ¿verdad, Pilar?

Se limpió con fuerza los ojos enrojecidos por el llanto. Me miró de modo desafiante y me espetó una pregunta que no esperaba.

—¿Cuánta gente la ha querido a usted en su vida, inspectora? Y no me refiero a amor de pareja, sino a cariño, a preocupación por lo que pueda sucederte, a... —Tuvo que parar porque estaba emocionándose de nuevo. Intentando retenerse me miró.

—Contésteme, por favor, se lo ruego.

—No lo sé, no es una pregunta que me haya planteado jamás —dije seriamente.

—Eso demuestra hasta qué punto ha ido usted sobrada de amor. ¿Quieren que les diga cuántas personas me han querido a mí? Dos, exactamente dos: la hermana Domitila y Juanito. Nadie más.

—Nunca puede estar uno seguro de una cosa así. Debe de haber mucha más gente que la ha querido —apuntó, apiadado, Garzón.

Negó con la cabeza, se tragó las lágrimas.

—Yo no estaba enamorada de Juanito, pero él me quería y aún me quiere, ya ven. Puede que no sea un chico muy normal, pero es bueno a pesar de lo que le han obligado a hacer.

—Lo siento —fue lo único que se me ocurrió decir. Intentando restar emotividad a aquellos momentos duros, resolví acabar por el momento. Para ello añadí de manera profesional—: Habrá más interrogatorios y más preguntas. Hoy mismo tendrá que declarar frente al juez que instruye este caso. ¿Tiene abogado?

—No lo quiero; y no se preocupe, no me voy a volver atrás en mi declaración.

—Le proporcionarán uno de oficio. No haga tonterías y acéptelo. La vida aún será muy larga para usted.

—Ya no quiero vivir.

Nos levantamos y la dejamos sola. Se replegó sobre sí misma como un animalito que buscara la posición fetal para descansar. En el pasillo le dije a Garzón:

—Avise al doctor Beltrán, que hable con ella, que aconseje una supervisión psicológica.

—¿Teme que intente suicidarse?

—Sí. Además, al psiquiatra le gustará este capítulo final. Se sentirá implicado en la resolución del caso. ¿Vamos ya al convento?

—¿Hace falta llevar algún policía?

—Sí, que lleven una furgoneta con una mínima dotación, en el coche no cabrán todas las monjas que vamos a detener.

—¿No nos da tiempo a tomar una minúscula cervecita? Después de lo que hemos oído la necesito.

—Sí, mientras se preparan los hombres. Que nos avisen cuando estén listos.

Durante el tiempo en que tardó en hacer las llamadas fui al lavabo, me miré en el espejo, me peiné. Noté extraña mi propia mirada, como si se hubiera quedado perdida en algún otro lugar. Volví junto al subinspector y cruzamos hacia La Jarra de Oro. Pedimos un par de cañas. De repente, Garzón se echó a reír.

—¡Ah, no me lo puedo creer, sencillamente, no me lo puedo creer! Fray Asmundo de Montcada, convertido en empanada. El pobre beato relleno como un canelón, mechado como un rollo de carne, repleto de nata como un brazo de gitano! ¡Nunca hubiéramos resuelto este caso si no llega a ser por usted!

—¿Por mí?

—¡Pues claro! Usted relacionó las imprecaciones al paraíso de la Hermosilla con el nombre de la camioneta. Y a raíz de ahí...

—No me siento muy orgullosa. Puede decirse que lo hemos resuelto de puta casualidad.

—¡Ni hablar! Juanito Lledó huyó, y usted tuvo la idea de echar sal en la madriguera del hermano, intuyendo que su culpa era menor y saldría por propia voluntad.

—Dudo de que me condecoren. Por cierto, ¿sabe cómo consiguió Sonia que hablara ese chico?

—No he tenido tiempo de enterarme; pero le aseguro que siento una gran curiosidad.

—Yo también.

—¡Un cerebro, la hermana Domitila!, ¿no le parece? Nos mantuvo engañados hasta el final. Y la idea de ir dejando trozos de beato en los emplazamientos de los conventos quemados fue genial. Estuvo a punto de hacernos picar en el tema de Caldaña y la Semana Trágica. Nunca lo hubiéramos encontrado, claro está.

—Parece hacerle mucha gracia.

—Hay que reconocerle ingenio y dominio de la historia.

—No me gusta cómo han ido las cosas. No lo hemos hecho demasiado bien.

—Pero, inspectora, ¡era imposible aplicar el método deductivo! No hubiera tenido éxito ni el mismísimo Sherlock Holmes.

—En eso le doy la razón. Holmes era inglés, y todos estos asuntos de conventos y momias sagradas le hubieran dejado sin argumentos. Este tipo de casos sólo puede producirse en este dichoso país, en el que aún quedan rincones de oscurantismo y superstición.

El subinspector estuvo un rato pitorreándose de mi poco patriótica conclusión. En ese momento vinieron a buscarnos: el furgón policial estaba listo. Cuando nos dirigíamos hacia las corazonianas me encontraba preocupada por una cuestión circunstancial: ponerme cara a cara frente a la superiora y contarle lo que acababa de saber. Podía ser muy duro para una mujer que se había revelado tan inocente. Claro que también era inocente el asesino: una inocente máquina de matar.

Una vez en presencia de la madre Guillermina, no supe por dónde empezar, así que me comporté de modo poco diplomático y le espeté:

—Vengo a detener a tres de sus monjas: la hermana Bárbara, la hermana Anunciación y la hermana Domitila, encartada principal en este caso.

Asintió humildemente. Atrás había quedado su rebeldía y sus ganas de pelea. Estaba tan abatida que ni siquiera conseguía hablar.

—Ahora irán a buscarlas —dijo en el tono de una disculpa.

—Voy a hacerle un par de preguntas a la hermana Domitila aquí mismo. Me gustaría que estuviera presente usted. Eso le servirá de información. ¿Sabe que en el interior del cuerpo del beato... —Me interrumpió.

—Sí, la hermana Bárbara me lo ha contado. Demasiado tarde, pero se avino a hacerlo. Ahora, cuando salgan las hermanas verá que ya no llevan hábito. La superiora nacional está viniendo desde Tudela en tren. Por teléfono me dijo que las tres monjas ya han sido expulsadas de la orden. Hubo que ir a comprarles ropa hace un rato.

—Así es como se elude una responsabilidad, ¿no le parece, madre?

—A mí ya nada me parece nada, inspectora. He renunciado a juzgar. Lo único que hago es encomendarme a Dios y pedirle perdón de rodillas por haber consentido un mal que ni siquiera supe intuir.

Entraron en la sala tres mujeres vestidas con baratos y feos trajes de chaqueta. Las tres llevaban el pelo corto. Me quedé de una pieza. Sólo por las gafas pude reconocer a la hermana Domitila. Se la veía ahora como una mujer de mediana edad y rasgos duros, demasiado delgada, de miembros alargados y gesto tenso. Llevaba pintada en la boca una media sonrisa de indiferencia y desprecio. Me miró, retadora, y me dijo antes de que yo pudiera dirigirle la palabra:

—Nunca hubieran resuelto este caso si no hubiera sido por la estupidez de esos dos hermanos.

—¿Eso la llena de orgullo?

—Hubiera podido elaborar cualquier teoría histórica, cualquiera. De cualquier época, de cualquier cariz que ustedes decidieran darle al asunto, les hubiera llevado por donde hubiera querido. Aunque también debo reconocer que me lo pusieron bastante fácil. La ocurrencia del hermano Magí con la Semana Trágica me vino de maravilla y la coincidencia con los Piñol i Riudepera fue un verdadero regalo de la Providencia.

—Supongo que en la cárcel tendrá tiempo de seguir con sus estudios e investigaciones. Acabará siendo una brillante historiadora, sólo que presa.

—No me arrepiento. Espero que los demás paguen sus culpas también. Sobre todo esa estúpida niña.

—¿Pilar?

—Creí que tenía talento. En esta casa se le ofreció todo lo que necesitaba para desarrollarlo. Yo me volqué en ella. La ayudé en sus estudios, insistí que los ampliara, logré que viviera en un ambiente de concentración y respeto por el saber. ¿Y qué hace ella para compensar a todo el mundo de sus sacrificios? ¿Qué hace para llevar su propia vida por el camino adecuado? ¡Se lía con un desgraciado, un tipo sin oficio ni beneficio, una especie de inadaptado social corto de luces! ¡Maravilloso! Podía haber tenido un amorío con algún compañero de la facultad; hubiera sido un escollo, pero no la hubiera sumido de ese modo en la miseria moral. Pues no, tuvo que ser el primer patán que la solicitó y encima se dejó llevar hasta el embarazo. En verdad no merecía nada de lo que se le dio, nada.

La madre Guillermina saltó como una fiera.

—¡Le prohíbo que hable con semejante cinismo!

—Usted ya no es mi superiora; de manera que no me puede prohibir que diga lo que quiera.

—¡Ha hecho tanto daño!

—Mírese en un espejo, Guillermina, y dígame qué es lo que ve: una mujer inútil, que no se entera de nada de lo que ocurre a su alrededor, siempre pendiente de que funcione bien esta absurda organización de mujeres a las que desconoce, de que todo tenga una apariencia de armonía... puede que no sea mala persona, pero su mundo es tan minúsculo que cabe en un dedal.

El rostro de la superiora registraba los impactos que las palabras de la hermana lanzaban contra él. Le hice un gesto a Garzón para que nos marcháramos. Aquello estaba derivando hacia campos en los que era mejor no entrar. El subinspector fue a coger por el codo a Domitila, pero ésta se liberó como alcanzada por una corriente eléctrica.

—Sé salir sola, no se preocupe.

Las otras dos exclaustradas la siguieron. Me acerqué a la madre Guillermina y comprobé que estaba a punto de llorar, reprimiéndose con un gran esfuerzo.

—Volveré otro día a despedirme de usted, madre.

Asintió tristemente y dio media vuelta. Se alejó, incapaz de soportar por más tiempo la congoja.

En comisaría se había montado un considerable follón. Coronas reinaba sobre todas las cosas, mientras recibía las felicitaciones del inspector jefe y el jefe superior. Me miró con simpatía.

—Bien, Petra, bien. Por un momento creí que este caso se iba al cajón, y con toda la polvareda que ha movido...

—No crea, comisario, la gente se hubiera olvidado al cabo de un tiempo.

—Puede que sí, pero es deber de la policía que los asesinos no anden sueltos y cuando hay tanta expectación queda bien subrayado que hemos cumplido.

—¿Van a convocar a los medios de comunicación, señor?

—No hasta que el juez lo permita. Después hemos pensado que la policía debería estar presente en un acto que se celebrará en el convento de las corazonianas.

—¿Cómo?

—Lo que oye. La madre superiora general y el jefe superior se han puesto de acuerdo. Se devolverá el cuerpo del beato a su hornacina con todos los honores. Naturalmente, algún monje de Poblet se ocupará de recomponerlo. Será una ocasión para que las cámaras de los fotógrafos funcionen. Espero que asistan usted y Garzón.

—Ya veremos.

La mención del comisario a los monjes de Poblet me recordó al hermano Magí. Le pregunté por él y no parecía ni saber quién era o quizá no era momento de mencionar a quien nos había ayudado en las hipótesis frustradas. Al encontrarme en un pasillo con Yolanda indagué de nuevo y me sorprendió al contestar que el fraile se encontraba en comisaría.

—Ha venido a declarar. Está en la sala de interrogatorios.

—Gracias, Yolanda, voy a ver si no se ha marchado aún.

Intercambiamos sonrisas y cuando ya habíamos caminado varios pasos cada una hacia su destino, le di una voz:

—¡Yolanda! ¿Dónde está Sonia?

—En la sala general. ¿Quiere verla?

—Sí, dile que me espere en mi despacho.

—No irá a reñirle hoy también.

—Sin comentarios.

En la sala de interrogatorios se había instalado el juez Manacor. Como había tantas declaraciones que tomar, había preferido trasladarse a nuestras dependencias. Domínguez montaba guardia en la puerta.

—¿Quién hay dentro, Domínguez?

—Un fraile.

—Cuando salga no deje que se marche, acompáñelo a mi despacho.

—Sí, inspectora.

Me encaminé hacia allí y al entrar comprobé que Sonia ya estaba sentada en la butaca del confidente. Se puso en pie en cuanto me vio, adoptando una postura de firme castrense.

—Vuelve a sentarte, Sonia.

Llegué hasta mi asiento y lo ocupé. La miré en silencio. Estaba nerviosa, esperando algo que no acertaba a determinar.

—Sonia, te he hecho venir para preguntarte cómo conseguiste que Miguel Lledó confesara el escondite de su hermano.

—¡Ah, bueno! Había oído decir que Juanito Lledó

no era del todo normal. Por comisaría circulaba que era un poco autista o algo por el estilo. Entonces... entonces pensé que yo sabría cómo hablarle.

—¿Ah, sí? No sabía que tenías conocimientos de psicología.

—No, inspectora, si yo de psicología no sé nada. Pero es que... bueno, tengo una hermana con un poco de retraso mental. Somos cuatro y ésta nació al final, es la más pequeña. Para mis padres fue un palo de mucho cuidado, y al principio lo pasaron fatal. Luego ha resultado que la chica es muy maja, va a un colegio especial y se porta estupendo. Por eso es por lo que yo sé cómo están los chicos que tienen algún hermano especial, como Miguel Lledó. La paciencia que hay que gastar con el crío, cómo los padres se olvidan de ti y sólo se preocupan por el chico o la chica que tiene el problema, lo solo que a veces puedes llegar a encontrarte. Pensé que si le contaba eso a Lledó se sentiría comprendido. Y así fue. Vi que no estaban ustedes en la sala y me atreví a entrar. Cuando le dije lo de mi hermana se emocionó, me trató de igual a igual. Luego lo convencí de que lo mejor que podía hacer por su hermano era acabar con esta pesadilla y decirnos dónde se ocultaba. Y ya ve...

—Bueno, supongo que debes saber que lo has hecho muy mal.

—Sí, lo sé.

—Un policía no puede obrar a impulsos personales saltándose la cadena de mando. Hubieras podido hacer exactamente lo mismo consultando primero conmigo o con el subinspector Garzón.

—Lo sé, inspectora, y le pido perdón.

—Por esta vez, pase; pero en el futuro...

—Sí, inspectora, no se preocupe.

Se la veía satisfecha por haber orillado algún tipo de sanción o de reconvención más severa. Se incorporó levemente y le dije:

—Vuelve a sentarte, yo te indicaré cuándo quiero que te levantes.

—Sí, inspectora —susurró empezando de nuevo a no tenerlas todas consigo.

—Quiero comunicarte que voy a solicitar para ti una condecoración.

Me miró de hito en hito y puso cara de boba. Continué, evitando observar su reacción.

—En este caso te has arriesgado por encima del deber y has demostrado un celo que va más allá de lo que le correspondía a tus responsabilidades. Debido a ello estoy segura de que mi petición a la superioridad de que seas condecorada no tropezará con ningún impedimento.

Estaba colorada como si fuera a ponerse enferma.

—Yo, inspectora, yo quiero decirle que mi agradecimiento... que mi... bueno, que se lo agradezco un montón.

—Escúchame bien: si me comunicas alguna vez, una sola vez en forma de palabras ese agradecimiento que dices sentir, ahora o en el futuro... pediré inmediatamente que causes baja en mi grupo de investigación. ¿Estamos?

—Sí, inspectora —exclamó ufanamente. Su alegría se superponía a su eterna incomprensión de lo que yo podía querer. Fue a levantarse y se sentó de golpe, sonriente:

—Inspectora, ¿da usted su permiso para que me levante?

—Sí, por Dios, y lárgate.

Soltó una risita tonta y se fue casi dando saltos de felicidad. Una hermana con retraso mental, una familia con pocos recursos, cuatro hijos... realmente me sentí exactamente como debía sentirse la madre Guillermina: uno pasa la vida rodeado de gente de la que lo ignora prácticamente todo. Sólo la organización general parece contar, pero no es así, la gente tiene sus historias, sus pegas, sus conflictos, sus amores y pasiones... Claro que barajar todo eso sería imposible para un superior. Nuestro papel era obrar como si aquella pequeña parte de la persona que asistía al trabajo fuera el todo. Una empobrecedora pero clarificante reducción.

Recordé al hermano Magí y salí al pasillo. Allí estaba, luciendo hábito esta vez.

—Pase, hermano. ¿Tiene prisa?

—No —respondió mientras entraba y tomaba asiento.

—Es que lo he llamado solo para charlar con usted. ¿Cómo va todo por el monasterio?

—Bueno, se podría decir que bien. El prior está razonablemente satisfecho por la resolución del caso. Aunque claro, nadie puede estar contento por un asesinato. Al menos la familia ha quedado más conforme. Han visto que a su hijo nadie le odiaba.

—Un triste consuelo.

—Sí, pero todos nos aferramos a lo que tenemos para poder continuar.

—¿Y usted, cómo está usted?

—Conmocionado, debo decirle la verdad. Haber estado tanto tiempo junto a... bueno, junto a la hermana Domitila y después saber...

—¿Nunca sospechó nada?

—Nunca, se lo aseguro. Sólo alguna vez... sólo alguna vez me dejaba pasmado la energía con que esa monja trabajaba en los temas históricos. Sentía una auténtica pasión por la historia y, claro, la pasión es un sentimiento peligroso en cualquier campo.

—Hay quien dice que sin pasión no se pueden hacer cosas importantes.

—Es un razonamiento acertado, pero no especifica si esas cosas son buenas o malas, y ésa es la parte que más me interesa a mí. De todas maneras, yo no soy buen opinante para ese tema. Nunca he sido tan sabio como el hermano Cristóbal o como la hermana Domitila, a quien

Dios perdone. Las tentaciones no son tan fuertes para los menos dotados.

Sonreí ante su humildad. Él prosiguió.

—El ser humano está lleno de terribles contradicciones. La hermana Domitila no fue capaz de tirar el cuerpo del beato a la basura y luego lo hizo mutilar. Era integrista y tremendamente preconciliar en las opiniones que me iba manifestando mientras charlábamos y luego obligó a la hermana Pilar a cometer ese crimen terrible del aborto. En fin, yo creo que deben tener piedad de ella porque lo más probable es que no esté en sus cabales.

—Eso ya se verá. Y usted, ¿qué va a hacer ahora?

—Nada, seguir con la vida monacal, que te libra de decidir en cada momento. Quería informarla de que habrá un funeral conjunto por el hermano Cristóbal y Eulalia Hermosilla. Esa pobre mujer no parece tener a nadie que le rece.

—Hay mucha gente solitaria.

—Por eso ser monje es una opción egoísta.

Le sonreí de nuevo y me devolvió la sonrisa con beatitud. Un hombre afortunado, pensé. En realidad la paz no está localizada en ningún lugar: ni en el monasterio ni en el burdel, sino en el tesoro valiosísimo de un carácter equilibrado, aunque eso signifique renunciar a la genialidad o la pasión, a la excelencia.

Se fue el monje y entró Garzón.

—¿Qué hace, inspectora?

—Filosofaba.

—Pues perdone que la moleste pero el inspector Villamagna anda buscándola.

—En ese caso me largo.

—Por eso la he avisado. ¿Qué le digo cuando me pregunte por usted? Dice que quiere saber qué estilo debe darle al comunicado de prensa.

—Dígale que lo haga cubista.

—Vale.

—Y que no joda.

—¿Eso también?

—Eso, sobre todo.

Dicho esto me escapé a toda prisa antes de que alguien me encargara algo que hacer.

Felizmente, en casa estaba Marcos, sobre el que salté.

—¡Caso resuelto! —le dije mordiéndole una oreja.

—¿De verdad?

—¡De verdad!; ya estoy lista para volver a vivir. ¿Cómo tienes tú el trabajo?

—¡Me temo que tengo más que nunca! Pero ven, siéntate y cuéntame los detalles del caso. Ahora sí, ¿eh?

Se los conté y me escuchó como debe escucharse una información de esas características y calibre: en silencio, con gravedad, con respeto, sin interrumpirme con curiosidad anecdótica, sin regodearse en detalles escabrosos. Al final de mi relato suspiró.

—Es una historia tremenda.

—Lo es.

—Vivimos bien protegidos en nuestra realidad mientras que justo al lado hay sentimientos terribles, sufrimientos soterrados, gente muy desgraciada.

—Ya ves.

—¿Los acusarán a todos?

—Sí, sin duda, de diferentes delitos y con distintos grados de implicación, pero todos los que han intervenido tendrán su acusación.

—Quizá la urdidora de todo el proceso salga mejor parada que los demás. En el fondo, no asesinó a nadie con su propia mano.

—Podría pasar. Pero eso ya no es de mi incumbencia, yo ya he cumplido con mi deber.

—Tienes un trabajo extraño, Petra, que te lleva de aquí para allá y te mete en la mente de gente distinta.

A estas alturas debes conocer a los seres humanos bastante bien.

—Puede ser, pero cuanto más los conozco, menos los entiendo.

—Estoy por decirte que mejor así; entender todos esos procesos psicológicos tan tortuosos no debe de ser muy sano.

—Por eso tiendo a apiadarme del delincuente; siempre pienso que bastante tiene con aguantarse a sí mismo y a las circunstancias que lo han hecho como es.

Me sonrió, orgulloso.

—Te apiadas, pero no le das tregua.

—Así es la temible y justiciera Petra Delicado.

—¡Bien por ella!

—Hemos estado muy distanciados últimamente, ¿verdad?

—Separados, sí. Distanciados, no lo creo. Pero es lo normal. Nos hemos unido cuando nuestras vidas ya estaban muy construidas y hay que seguir con ellas.

—¿Y si nos fugamos a una isla desierta?

—No daría resultado; ambos somos personas de acción.

—¡Pues vaya putada!

—Así es.

—Me jode que seas tan equilibrado.

—A mí también, no creas. Menos mal que aún me gusta emborracharme de vez en cuando. ¿Cenamos esta noche en uno de esos restaurantes de los que uno sale eviscerado?

—¿Eviscerado?

—Sí, porque los platos valen un riñón y los vinos un huevo.

Me eché a reír, le di un beso amistoso y nos fuimos de juerga los dos, a la salud del bueno del beato.

Unos días después se dio por cerrado el caso y cuando Villamagna ya había contado a los periodistas todos los escabrosos detalles del mismo, decidí que era el momento de ir a ver a la madre Guillermina. La encontré en su despacho, alicaída, recogiendo papeles.

—¿Qué hace?

—Nada, inspectora, me voy. Las instancias superiores de las corazonianas me trasladan a un pequeño convento de un pueblo de Valladolid.

—¿Es un castigo?

—Creen que es lo mejor para mí; y por supuesto no volveré a ser directora nunca más.

—¿También es lo mejor para usted?

—Si lo determinan mis superioras, seguro que así es.

—Personalmente no me gusta que sean los demás quienes digan qué es mejor o peor para mí. Prefiero decidirlo yo misma.

—Pero usted es una mujer libre.

—Eso es lo malo.

—¿Lo malo?

—Lo malo es que usted no lo es.

—Un día lo elegí así.

—¡Déjese de mandangas, madre Guillermina! Parece que una especie de destino fatal se cerniera sobre su cabeza; sólo que no es verdad. Usted tiene ahora mismo la capacidad de hacer lo que quiera con su vida. ¿Por qué no abandona la orden?

—Puse mi vida en manos de Dios.

—Pero Dios campa por todas partes, ¿no? No está de guardia permanente en los conventos.

Se le escapó una sonrisa que intentaba retener.

—¡Qué bruta es usted, Petra!

—La verdad suele sonar siempre brutal.

—¿Y qué haría yo en el mundo? ¡Tengo más de cincuenta años!

—¿Usted? ¡Usted es un trueno, madre Guillermina,

con su vitalidad, su capacidad de organización, su dominio de la economía y la psicología de grupos... ¡En cualquier empresa la aceptarían!

—Quite, todo eso son tonterías. Iré donde me manden. En realidad me da igual. Sólo me duelen dos cosas: haber estado ignorante de todo ese dolor y odio que se gestaba cerca de mí y... bueno, no volver a ser superiora tampoco me hace gracia. Pero sólo porque, al no disponer de despacho privado, me resultará imposible fumar.

—¡Pues claro! ¡Lárguese, madre, lárguese! El mundo es muy ancho y habrá un lugar para usted. ¿No se da cuenta de que una de las razones de que haya pasado todo esto no es más que la propia organización de un convento? ¡Se trata de algo antinatural: un montón de mujeres metidas entre paredes que las separan del exterior! Es un resto de otros tiempos, un modo de vivir caduco, insano.

Me miró con severidad y volvió a ser la que era para decir:

—¡No se pase, inspectora, que tampoco es tan horrible!

—Echaré de menos las peleas con usted, madre.

—Yo también. La verdad es que eran unas peleas por todo lo alto.

Soltamos una risita y le alargué la mano, que ella estrechó:

—Llámeme si me necesita para algo, madre Guillermina. Y prométame que pensará en lo de dejar los hábitos, al menos que lo pensará.

—Se lo prometo.

Nos dimos un apretón de manos franco y yo salí. Sabía que probablemente no volvería a verla nunca más.

Uno de los puntos difíciles de aquel final de caso lo constituía el encuentro con mis hijastros. Antes de que llegara el jueves por la tarde, día en que sabía que estaría sola con ellos al menos un par de horas hasta que su padre volviera, mis pensamientos no dejaban de atormentarme. Sin duda los tres chicos saltarían sobre mí y me pedirían cumplidas explicaciones sobre el desenlace del caso de la momia. Bien es verdad que habrían oído a Villamagna en la televisión, pero sabía que mi compañero había recurrido a un lenguaje tan técnico y eufemístico para referirse a las partes más escabrosas de la historia, que sin duda la comprensión de los chavales sería limitada. Pero se lo debía; tantas veces los había emplazado a cuando las investigaciones estuvieran definitivamente cerradas, que ahora no tenía más remedio que cumplir. ¿Y cómo se les habla a tres niños, sobre todo a la pequeña Marina, de abortos clandestinos, fetos ocultos, hombres inadaptados y monjas falsarias? Los componentes de la historia no eran precisamente de horario infantil. Si recurría al descarnamiento, podía provocar alguna reacción a la que no estaba dispuesta a enfrentarme, al fin y al cabo los niños no eran míos. Y si dulcificaba los hechos... ¿aunque cómo se podían dulcificar unos hechos semejantes? Finalmente decidí librarme a la improvisación y pedí ayuda espiritual al jodido beato.

Al encontrarme con ellos tuve la impresión de que habían sido más o menos aleccionados por su padre para la ocasión, ya que muy formales se acercaron a mí y después de besarme me dijeron: « Felicidades, Petra, por haber solucionado el caso».

—¿Lo habéis visto en la televisión?

—Sí, lo explicó aquel policía que habla siempre.

Valiente, dejé un momento en blanco, sin precipitarme a charlar de otra cosa. Nadie dijo nada. Bueno, el encomendarme al beato había funcionado o quizá yo había exagerado en cuanto a los peligros de la situación. Les propuse tomar un aperitivo mientras llegaba su padre y parecieron muy satisfechos con la opción, de modo que entre todos sacamos aceitunas, patatas fritas, tortitas de maíz, refrescos y una cerveza fría para mí y nos sentamos alegremente en la cocina. Al principio los gemelos me pusieron al corriente de la marcha de los campeonatos de motociclismo. Siempre lo hacían y nunca he sabido muy bien por qué, quizá la primera vez mostré un interés desmedido ante alguna de sus crónicas. Les escuché con atención. Fue al cabo de unos veinte minutos, cuando yo ya creía alejado el peligro, cuando, naturalmente Teo, preguntó en tono normal:

—Petra, hay algo del caso que no entendemos. Bueno, o que por lo menos creemos que no lo han aclarado bien.

Me aferré a mi servilleta de papel intentando que funcionara como quitamiedos, y entonces oí la pregunta.

—¿La monja mala y la novicia estaban liadas?

Una oleada de sangre caliente me sofocó y miré a Marina, que imperturbable mordía una patata frita. Pero él siguió matizando la pregunta como si no la hubiera planteado con la suficiente claridad.

—Es que eso de que era su tutora y creía que llegaría muy lejos en el estudio de la historia es raro. ¿Por eso la hizo abortar? Seguro que estarían liadas, ¿no?

Cualquier precisión dirigida a quitarle hierro al asunto me hubiera llevado cierta extensión llena de palabras y conceptos que no me veía con ánimos de pronunciar.

—No lo sé —fue lo que dije.

—¿Cómo que no? ¡Pero si habéis dado por terminado el caso!

—Sí, pero ese detalle no hubiera variado las conclusiones. Tuviera los motivos que tuviera, lo que hizo esa monja es lo que cuenta para la ley.

—¡Pues vaya! —respondió Hugo en plan de protesta—. A mí no me parece bien que se haga así, porque si la monja tenía la intención de...

Lo corté con firmeza.

—Si no os parece bien, tenéis que esperar a los dieciocho años y planteárselo a un juez.

—Yo lo haría ahora mismo —dijo Teo.

—No tengo la menor duda. Sólo que no te prestarían la menor atención.

—Me lo imagino.

Intervino Marina.

—Yo también tengo una pregunta.

Tal como iba la conversación, la curiosidad de la niña podía depararme cualquier novedad. Le sonreí, tensa.

—¿Cómo le pegarán a la momia las manos y los pies que le cortaron? Una niña de mi clase dice que con alambres por dentro, pero yo creo que se notaría.

La adoré. Ésa sí era una pregunta que podía ser contestada sin bochorno.

—Otro de los monjes de Poblet, que también sabe mucho de momias, aunque no tanto como el hermano Cristóbal, irá al convento de las corazonianas y reparará la del beato. No sé cómo lo hará, pero si quieres podemos preguntárselo.

—¡A ver si se lo cargan a éste también! —soltó Hugo, y todos nos echamos a reír sin poder evitarlo.

De esa guisa nos encontró Marcos quien, arrobado, debió de pensar que éramos una familiastra feliz tratando sobre temas cotidianos.

Conclusión

Un mes después, el beato estaba listo para ser exhibido de nuevo. Tal y como nos había anunciado Coronas, alguien debía asistir, como representación de la policía, a la ceremonia de la nueva entronización en el convento. Lo cierto es que ya nos habíamos olvidado todos un poco del asunto que tanto revuelo creó y a nadie le apetecía hacer de embajador frente a las monjas. Quizá por eso el comisario quiso delegar tal honor en los investigadores del caso. Yo no estaba muy por la labor, pero a Garzón le apetecía, de modo que no me opuse; finalmente era una manera de tener media mañana libre, quizá más. No entendía muy bien qué gracia le encontraba el subinspector al evento, y no compartí su criterio cuando me lo explicó. Le parecía que en el caso del beato todo el mundo había tenido una especie de gratificación final menos nosotros. Sonia iba a ser condecorada, Villamagna se había exhibido como un pavo real, el doctor Beltrán también, y no sólo eso sino que le habían encargado una serie de artículos sobre la mentalidad psicopática para un periódico de tirada nacional. A nosotros sólo nos había cabido la satisfacción de haber provocado una demanda por parte de los Piñol i Riudepera, por lesiones al honor, que según los servicios jurídicos de la policía no tenía la más mínima posibilidad de prosperar. Para mí era suficiente, pero el subinspector quería estar presente en la recolocación del beato. Le parecía una reparación simbólica de la afrenta que significaba para nosotros no figurar en un lugar público destacado.

Así que allá fuimos, de paisano, por supuesto, y confundidos entre la gente corriente que se agolpaba al fondo de la iglesia de las corazonianas. Asistieron tantos curiosos, aparte de dos o tres equipos de televisión, que tuvieron que dejar la puerta de la capilla abierta para que cupiéramos mejor. En el templo estaban todas las monjas, entre ellas la superiora general, el obispo y un par de curas que oficiaban la misa entre ambos. Hubo cánticos virginales, resoplidos de armonio y acción de gracias. Todo muy bien organizado, muy teatral. Había que reconocerle a la Iglesia católica que en cuestión de liturgias, superaba a cualquier otra religión. Al final, y antes de que el obispo repartiera la bendición *urbi et orbe*, se formó una cola de fieles que pasaban uno a uno por delante de la urna del beato, para rendirle un homenaje final. Nunca había estado fray Asercio más frecuentado, aunque tanta devoción me parecía sospechosa. Más cierto era que la gente iba allí para mirar con auténtica curiosidad a la momia, sin duda para comprobar si se notaban las costuras de su reconstrucción. El subinspector me murmuró al oído:

—Voy a verlo de cerca yo también.

—Le espero aquí —respondí bien instalada en mi banco de madera. Desde allí iba mirando cansinamente aquella línea de gente corriente que aspiraba a ser testigo de lo extraordinario. De pronto, en una puerta lateral que me cogía lejos, apareció una mujer que creí reconocer. Era alta, fornida, llevaba pelo corto y un vestido negro con minúsculos lunarcitos. La miré a la cara intentando localizarla en mi mente y entonces ella me sonrió. ¡Era la madre Guillermina! ¿Era ella? ¡Imposible! Me quedé mirándola como una tonta, y entonces ella sacó unas gafas de su anticuado bolso y se las puso. ¡La madre Guillermina, Dios, era ella sin duda ninguna! Sólo que ya desmonjada y en plan secular. Me puse en pie, pedí perdón a los que tenía a derecha e izquierda y al volver a mirar había desaparecido. La busqué con los ojos y entonces la vi ya fuera del convento, cargada con una maleta y preparada para subir en un taxi que la esperaba frente a la puerta principal. No podía dar un grito llamándola, y llegar hasta ella en medio de tanta gente constituía una proeza casi imposible. Fui avanzando con dificultad, pero ella se internaba en el vehículo. Antes de hacerlo me miró, sonrió de nuevo e hizo el gesto de la victoria con el índice y el corazón de su mano derecha. Luego cerró la portezuela y el taxi arrancó. Me quedé plantada entre los fieles y sin saber muy bien lo que hacía, retrocedí y ocupé de nuevo mi lugar. Sentada otra vez en el banco me sentí emocionada y me eché a llorar. Una señora de edad que tenía a mi lado me dijo:

—No se preocupe, guapa, el beato ha quedado muy bien. Le han pegado todo con una especie de pegamento especial y no se le nota casi nada de los tajos. Además, como ya estaba muerto...

De repente me entraron unas enormes ganas de reír, pero no había motivo, para la madre Guillermina los problemas de la vida común acababan de empezar. Me contuve, y aprovechando que Garzón regresaba de rendir su homenaje personal, le dije antes de darle tiempo a sentarse:

—Larguémonos de aquí.

Una vez en la calle aspiré el aire limpio y seco con toda la fuerza de mis pulmones. El subinspector se quedó mirándome.

—¿Se encuentra mal?

—No, me encuentro muy bien.

—Tiene los ojos como si hubiera llorado.

—Ha sido la emoción de ver a fray Asercio tan apañado, listo para tirarse otros quinientos años haciendo la horizontal.

—Usted se lo toma a cachondeo, pero la ceremonia ha estado muy bien. Todos esos curas disfrazados de gala, las monjas arreándole al cántico, los cirios apestando, la momia repeinada... Voy a decirle al comisario que la próxima fiesta del patrón la celebremos aquí.

—¿Pero usted se cree que esto es una especie de salón para bautizos y comuniones?

—¡A ver, seguro que pagando te dicen que sí!

—No sea herético, Fermín. Y salgamos de este barrio. He llegado a detestar estos claustros. ¡Le invito a comer! ¿No le apetecería una buena comida repleta de calorías y colesterol?

—Puede apostar a que sí.

—Entonces, marchando.

—¿Qué celebramos, la recuperación del beato?

—Al beato déjelo dormir. Celebraremos el despertar de los que aún están vivos.

—Eso es raro.

—Pero profundo.

—No se lo voy a discutir.

—Para discutir ya encontraremos otros temas.

Y allá que fuimos. Comimos, bebimos, discutimos, nos reímos... Me sentía bastante feliz. Al final, la vida no sólo tiene recodos, laberintos, pasadizos, túneles y esquinas donde uno se queda atrapado sin salida. Hay también caminos, avenidas, descampados, praderas y horizontes que explorar. Todo consiste en no tener miedo, en echar a andar por ellos sin volver nunca la cara hacia el pasado.

Vinaroz, 11 de julio de 2008
Revisión: 8 de septiembre de 2008